Sylvia Lott
Duftwickensommer

Autorin

Die freie Journalistin und Autorin Sylvia Lott ist gebürtige Ostfriesin und lebt in Hamburg und im Ammerland. Viele Jahre schrieb sie für verschiedene Frauen-, Lifestyle- und Reisemagazine, inzwischen konzentriert sie sich ganz auf ihre Romane, die regelmäßig auf der SPIEGEL-Bestsellerliste zu finden sind. Die Autorin liebt es, auf ihren Lesungen, die immer etwas ganz Besonderes sind, mit ihren Leser*innen in Kontakt zu treten. Nach der Erfolgsreihe rund um den »Inselsalon« legt sie nun mit »Duftwickensommer« ihren neuen Stand-alone vor.

SYLVIA LOTT

DUFTWICKEN SOMMER

ROMAN

blanvalet

Penguin Random House Verlagsgruppe FSC® N001967

1. Auflage
Copyright © 2025 by Blanvalet Verlag,
in der Penguin Random House Verlagsgruppe GmbH,
Neumarkter Str. 28, 81673 München
produktsicherheit@penguinrandomhouse.de
(Vorstehende Angaben sind zugleich Pflichtinformationen nach GPSR)

Redaktion: Margit von Cossart
Umschlaggestaltung: Johannes Wiebel | punchdesign,
unter Verwendung von Motiven von Adobe Stock (Benno Hoff, Pixel62,
MrGraphics1990, Елена Нечипоренко, lamax, arxichtu4ki)
Satz: Uhl + Massopust, Aalen
Druck und Bindung: GGP Media GmbH, Pößneck
LH· Herstellung: DiMo
Printed in Germany
ISBN: 978-3-7341-1421-2

www.blanvalet.de

Man sollte sich darauf einstellen, sein Leben
unzählige Male ganz von vorn zu beginnen.

Credo der Komponistin und Frauenrechtlerin
Ethel Smyth (1858–1944)

Borkum, Juli 2024

Das Fenster schlug mit einem heftigen Knall zu, und Marieke blickte von ihrem Laptop hoch. Offenbar hatte sie die Auflockerung der Wolkenberge zu optimistisch gedeutet. Es goss ja auch seit Tagen ununterbrochen – die stürmischen Böen flauten nicht ab, nur weil mal ab und zu kurz die Sonne durchkam.

Sie schloss das Fenster der ehemaligen Frühstücksveranda, jetzt eine Mischung aus Arbeits- und Esszimmer. Dabei registrierte sie, dass am Gartenzaun ein Mann stand und interessiert das Rankzeug betrachtete, das sich um den verwitterten Holzzaun schlang, der ihren verwilderten Vorgarten begrenzte. Er passte zum Stil des Hauses, wirkte schön nostalgisch, doch einige Latten wackelten. Ich hab nicht mehr alle Latten am Zaun, dachte sie und musste kurz auflachen. So sieht's aus, ist doch irgendwie auch romantisch. Aber ihr Bedarf an Romantik war gedeckt, ein für alle Mal.

Feststellhaken Fenster Veranda notierte sie unten auf einer schon ziemlich vollgeschriebenen Karteikarte mit Stichpunkten für Reparaturen an der Villa Cupani. Seit Monaten arbeitete sie die To-do-Liste ab, strich durch, übertrug Woche für Woche Unerledigtes auf eine neue Karte. Trotzdem wurde die Liste nicht kürzer. Es war schwierig,

Handwerker zu bekommen. Aufseufzend fügte sie hinzu: *Zaunlatten befestigen und streichen!*

Die Nachrichten, die gerade im Radio verlesen wurden, waren alles andere als aufmunternd. Schon wieder trieben regenschwangere Wolken vor die Sonne. Warum zum Teufel hatte sie sich von ihrer Abfindung nach der Scheidung nicht eine moderne, pflegeleichte Wohnung auf Mallorca oder Ibiza gekauft? Warum ein Insulanerhäuschen mit Reparaturstau ausgerechnet im rauen Nordseeklima auf Borkum? Weil du hier am glücklichsten gewesen bist als Kind in den Ferien bei Oma und Opa, gab sie sich tonlos zur Antwort. Weil du dich damals so wunderbar frei gefühlt hast und dieses Gefühl zurückhaben willst.

Der Mann draußen – sie schätzte ihn auf Anfang bis Mitte vierzig – ging jetzt in die Knie, um das Grünzeug näher zu betrachten. Er fotografierte es sogar. Komischer Vogel.

Gedankenverloren wandte sie sich wieder ihrem Laptop zu. Vor einer Stunde hatten sie und die Zwillinge sich per Facetime zu einer kleinen Familienkonferenz zusammengeschaltet und viel gelacht. Ihre Tochter Neele studierte in Münster Kunstgeschichte, hübsch hatte sie ausgesehen, etwas rundlicher als sonst, was ihr stand. Ihr Sohn Jonas, der ein Jahr lang als Backpacker durch Australien zog, hatte sehr witzig von seinem letzten Farmstay mit Schafen erzählt. Beiden ging es gut. Das war das Wichtigste. Alles andere würde sich finden. Ihre Erschöpfung würde vergehen, genau wie ihre Traurigkeit. Und dass sie sich isolierte, obwohl sie jetzt manchmal eine nie gekannte Einsamkeit verspürte, mit schmerzhafter, geradezu metallischer Kälte, auch das würde vergehen. Irgendwann würde sich das Gefühl von Freiheit schon einstellen.

Wenigstens war sie jetzt nicht mehr eingesperrt – und nicht mehr abhängig von Gisbert Kröner, Bauunternehmer in Oldenburg. Aus rosaroten Träumen erwacht, hatte sie spät, aber nicht zu spät, nach einem zermürbenden Ehefinale ihr Leben selbst in die Hand genommen. Sie ließ sich nicht mehr einlullen, einschüchtern und betrügen.

Marieke öffnete per App ihr Aktiendepot. Beruhigend – grüne Zahlen überwogen, das bedeutete Gewinn. Alles in allem konnte sie doch wirklich zufrieden sein mit der Entwicklung. Den Rest ihrer Abfindung hatte sie bei einem Neobroker in Wertpapieren angelegt. Und in Gold. Früher hatte sie gern historische Romane gelesen, deshalb war sie überzeugt gewesen, dass sich in Krisenzeiten stets Gold als Währung behaupten würde. Der Experte ihrer Hausbank hatte ihr zuvor jedoch dringend von Gold abgeraten und stattdessen Fonds seiner Bank angepriesen. Gold wirft doch keine Rendite ab, hatte er verächtlich gesagt. Seine Hochnäsigkeit und die Höhe der verlangten Provisionen hatten sie so geärgert, dass sie ihm abgesagt und sich selbst schlaugemacht hatte, auch mithilfe einer Gruppe gleichgesinnter, an Finanzthemen interessierter Frauen, mit denen sie schon während ihrer Ehe online verbunden gewesen war. Sie hatte viel gelesen über Aktien, ETFs und Anlagemöglichkeiten und bald begriffen, dass solche Geldgeschäfte kein Hexenwerk waren.

Mittlerweile war der Goldkurs deutlich gestiegen. Das

wiederum bedeutete, dass sie nicht gezwungen war, sofort Geld zu verdienen. Sie konnte sich überlegen, ob sie weiter als schlecht entlohnte Ratgeberautorin für ein Internetportal arbeiten oder vielleicht im Häuschen ein oder zwei Appartements herrichten wollte, um sie an Feriengäste zu vermieten. Aktuell hatte sie weder zum einen noch zum anderen Lust. Sie klappte ihren Laptop zu und schaute wieder zum Fenster. Kurz sah sie ihre eigene Spiegelung. Eine Frau von Anfang vierzig, weder dick noch dünn, mit schulterlangen dunkelblonden Haaren, vollen Lippen, blauen Augen und einem leichten Silberblick, der wirklich nur manchmal ein bisschen auffiel und von freundlichen Menschen als sexy beschrieben wurde.

Aus dem Radio dudelte ein alter Song – »No Doubt About It!« Wie herrlich schwelgerisch, losgelöst von Zweifeln und Niedergedrücktheit das klang, so ein Gefühl hätte sie gern mal wieder, doch davon war sie Lichtjahre entfernt. Seit dem Umzug litt sie an Rückenschmerzen und Energiemangel. In der ersten Woche nach ihrer Ankunft auf der Insel war sie so erschöpft gewesen, dass sie eine vom Teller halb unters Sofa gerollte Cocktailtomate nicht hatte aufheben können. Eine Woche lang hatte sie zugesehen, wie sie Tag für Tag weiter zusammenschrumpelte. Dann erst war es ihr gelungen, sich hinunterzubeugen, um sie endlich zu entsorgen. So was durfte man keinem Menschen erzählen.

Marieke strich sich das Haar zurück und sah erneut nach draußen. Der Mann stand noch immer am Zaun, sein Blick wechselte vom Handy zur Pflanze und zurück. Was mochte ihn so faszinieren?

Neugierig trat sie hinaus. »Moin«, sagte sie lächelnd mit einem leicht ironischen Unterton, als sie die Stufen vom überdachten Eingangsbereich hinunter in den Vorgarten ging. »Was gibt's denn da Spannendes?«

»Wissen Sie, was Sie hier für Schätzchen haben?«, fragte der Unbekannte, ohne ihren Gruß zu erwidern, und zeigte begeistert auf einige lilafarbene Blüten, die ein bisschen aussahen wie kleine Schmetterlinge.

Marieke hob die Augenbrauen. »Sind das Wicken?«

»Ja. Allerdings keine gewöhnlichen«, antwortete er. Groß, gute Figur, registrierte sie. Rotblondes Haar, sympathische Gesichtszüge, aber rote Haare, nee, sie stand auf dunkelhaarige Typen. Wie seltsam, dass dieses »Kommt er als Partner infrage?«-Abcheckprogramm noch immer blitzschnell in ihrem Hinterkopf ablief, obwohl sie weiß Gott kein Interesse daran hatte, eine neue Beziehung einzugehen. Vermutlich war das genetisch, und man konnte nichts dagegen tun. Der Fremde wäre ja auch überhaupt nicht ihr Fall. Bei rothaarigen Menschen stellte sie sich immer vor, dass sich ihre Haut kühl und leicht feucht anfühlte. Beinahe hätte sie sich geschüttelt. Woher kam diese Assoziation? Vermutlich hing sie mit der Erinnerung an eine rothaarige Mitschülerin zusammen. Deren Haut, die weiß und glatt wie Marmor schien, hatte sie einmal unabsichtlich nach dem Sport berührt – schweißbedeckt und kühl war sie gewesen. Der kurze Kontakt hatte sie erschaudern lassen. »Das ist eine historische viktorianische Duftwicke«, sagte der Mann strahlend, als hätte er soeben einen Preis gewonnen.

»Aha«, erwiderte sie etwas ratlos.

Er ging erneut in die Hocke. »Die Blüten sind kleiner, duften aber viel intensiver als die üblichen Sorten. Riechen Sie mal!«, forderte er sie auf und schnupperte dann selbst verzückt mit geschlossenen Augen an einer Blüte.

Marieke musste auf die andere Seite des Zauns wechseln. Sie beugte sich neben ihm hinunter, sog den Duft ein. Ja, doch ... sehr angenehm. Lieblich, süß, blumig-duftig, vornehm, intensiv, ohne aufdringlich zu wirken. Feminin. Ein wenig altmodisch und ... schwer in Worte zu fassen ... wie ein schwebendes Versprechen ...

»Wirklich etwas Besonderes«, gab sie ihm recht. »Ich konnte ja nicht ahnen, dass so eine Rarität in meinem Garten wächst.«

Dann fiel ihr ein, dass Neele im Frühjahr ein paar aus Schreibmaschinenpapier gefaltete Tüten voller Samen im Gartenhäuschen aufgestöbert und ausgesät hatte. Vermutlich stammten die Wicken daher. Dass sich bereits erste Knospen geöffnet hatten, war ihr völlig entgangen.

»Blühen sie denn das erste Mal bei Ihnen?«, wollte der Mann wissen, während er sich wieder aufrichtete.

»Keine Ahnung.« Sie erhob sich ebenfalls. Er überragte sie um einen halben Kopf. »Ich bin erst Anfang des Jahres hier eingezogen und noch nicht dazu gekommen, mich richtig mit dem Garten zu beschäftigen.«

Die dominierenden Hortensienbüsche stellten keine Ansprüche und gediehen in herrlichen Farbnuancen von Blau über Lila bis hin zu Rosa. Bei ihrem Anblick musste sie immer an Rilkes Sonett *Blaue Hortensie* denken.

So wie das letzte Grün in Farbentiegeln
sind diese Blätter, trocken, stumpf und rau,
hinter den Blütendolden, die ein Blau
nicht auf sich tragen, nur von ferne spiegeln.
Sie spiegeln es verweint und ungenau,
als wollten sie es wiederum verlieren,
und wie in alten blauen Briefpapieren
ist Gelb in ihnen, Violett und Grau.

Nachdenklich blickte sie auf das rankende Erbsengrün. »Aber selbst wenn«, fügte sie hinzu, »hätte ich wohl kaum erkannt, dass hier eine Besonderheit blüht. Wie heißt sie noch?«

»Das ist eine historische viktorianische Duftwicke, *Lathyrus odoratus.*«

Oje, ein Fachidiot, dachte sie. Allerdings war nicht zu übersehen, dass unter seiner dünnen Windjacke ein trainierter Körper steckte.

»Woher wissen Sie das?«

»Ich bin Biologe und auf der Insel, weil eine Urlauberin uns ... Also, ich bin unter anderem für den Nationalpark Wattenmeer tätig und erforsche den aktuellen Bestand seltener Wildpflanzen, und eine aufmerksame Borkum-Besucherin hat uns eine Strand-Platterbse gemeldet. *Lathyrus japonicus maritimus*. Meint sie jedenfalls.«

»Oh«, bemerkte Marieke belustigt, »noch ein *Lathyrus.*«

»Ja. Doch ich bezweifle, dass es sich wirklich um den *Lathyrus japonicus maritimus* handelt. Die Dame hat leider kein Foto gemacht. Wahrscheinlich ist es nur ein *Lathyrus sylvestris*, die Wald-Platterbse.«

»Wald ist doch hier auf der Insel eher selten«, wandte sie ein.

»Trotzdem«, beharrte er. »Die Wald-Platterbse gilt als ungefährdet.«

»Sie sind also *Lathyrus*-Experte.« Sie konnte sich ein Lächeln nicht verkneifen. Was es doch für seltsame Interessen gab! »Haben Sie die gemeldete Sichtung denn noch nicht überprüft?«

»Bin erst gestern angekommen.«

Sie nickte verständnisvoll. »Das Wetter war ja nicht allzu gut. Hoffentlich bleibt Ihnen noch genügend Zeit vor dem nächsten Wolkenbruch.«

»Ich verbinde diesmal Recherche mit Urlaub.«

»Wie schön. Ich nehme an, dass es sich dann bei der Strand-Platterbse ... Wie hieß sie noch gleich? *Lathyrus* ...«

»... *japonicus maritimus* ...«

»... um die wertvollere oder seltenere Sorte handelt?«

»Spezies beziehungsweise Subspezies oder Varietät ...«

»Ach, Entschuldigung. Sagen wir einfach Spezies.«

Jetzt musste er lächeln. »Richtig. Sie ist gefährdet und muss deshalb besonders geschützt werden. Registriert haben wir sie bislang nur weiter westlich, auf Wangerooge, aber nicht auf Borkum.« Sein Blick fiel auf die Fassade ihres Hauses, wanderte zum Giebel in der Mitte mit dem altmodischen Schriftzug *Villa Cupani*, der sich im geschliffenen Glas der Eingangstür wiederholte. Sein Lächeln vertiefte sich. »Ich könnte mir aber gut vorstellen, dass die viktorianischen Duftwicken schon länger zu Ihrem Haus gehören.«

»Wieso das?«, wollte sie wissen.

In diesem Moment bewegte sich etwas auf dem angrenzenden Grundstück, der weiße Schopf ihrer Nachbarin Alwine lugte zwischen üppigen, blau blühenden Hortensien hervor.

»Moin!«, rief Marieke ihr zu.

»Moin, woar geiht? Ist ein gutes Jahr für Hortensien, nicht? Und die blauen sind dies Jahr besonders blau, finde ich.«

»Danke, ja, aber wir entdecken gerade ganz andere, seltene Blümchen.«

Alwine, Mitte siebzig, Urinsulanerin, kam näher. Ihr verstorbener Mann hatte einen Klempnereibetrieb besessen. Sie war für die Buchhaltung zuständig gewesen, obwohl sie eigentlich lieber als Lehrerin gearbeitet hätte. Doch sie hatte ihr Studium nicht beendet. Alwine war nett und hilfsbereit, aber Marieke mied sie, weil sie gerne weitschweifig von früher erzählte. Und weil sie eine von diesen vielseitig interessierten älteren Frauen war, die einen, bei jeder Antwort schamlos nachhakend, in null Komma nix ausquetschen konnten. Sie hatte nicht vor, ihr Details über ihre gescheiterte Ehe anzuvertrauen, und ging deshalb normalerweise auf Distanz. Außerdem besaß ihre Nachbarin eine recht freigeistig erzogene, kläfffreudige Promenadenmischung – halb Schnauzer, halb Windhund – namens Lucky, die ihr suspekt war.

»Also ... die Duftwicken müssten schon länger zu Ihrem Haus gehören, weil ›Villa Cupani‹ dran steht«, erklärte der Mann unbeeindruckt von der Unterbrechung.

»Das kann ich nicht ganz nachvollziehen«, sagte Marieke. »Was hat denn der Name damit zu tun?«

Ihre Vermutung war, dass irgendein Vorbesitzer, wahrscheinlich der Erbauer, Cupani geheißen hatte. *Schriftzug am Giebel ersetzen* lautete denn auch einer der To-do-Punkte, die sie regelmäßig auf ihre Karteikarten übertrug. Da ihr die Gravur im Glas der Originaleingangstür aber sehr gut gefiel, hatte sie den Punkt noch nicht in Angriff genommen, denn es war etwas unlogisch, den Namen oben zu verändern und ihn unten stehen zu lassen. Außerdem gab's Wichtigeres.

Sie überlegte. Der Name des alten Ehepaars, das ihr das Haus nur verkauft hatte, weil sie auch selbst darin wohnen wollte, war Akkermann. Sie hatten ihr den Zuschlag vor einem Investor gegeben, der vorgehabt hatte, das Haus komplett in Ferienwohnungen umzuwandeln.

»Seltene Blümchen? Ach, die Wicken!«, rief Alwine schwärmerisch dazwischen. Ihre auffälligen Ohrringe, handgefertigte kleine Wale, baumelten heftig hin und her. »Früher blühten die in tollen Farben am Zaun oder an Spalieren vorm Haus, den ganzen Sommer über ... Und wie das immer geduftet hat!«

»Moin«, grüßte nun auch der Fremde. »Cupani«, erklärte er, »hieß der sizilianische Mönch, der um 1700 herum als Erster wild wachsende Duftwicken botanisch erfasst und ihre Samen an Fachleute nach England geschickt hat. Das scheint mir kein Zufall zu sein. Diese Sorte sieht aus wie die nach dem Mönch benannte.«

»Ach«, Marieke staunte, »das klingt ja interessant.« Kulturgeschichte faszinierte sie weit mehr als Biologie.

»Natürlich, das sind Annis Wicken«, erklärte Alwine, die sich neben sie stellte, mit größter Selbstverständlichkeit. Sie trug neuerdings einen Undercut. Unter dem längeren Deckhaar war ihr weißes Haar raspelkurz geschnitten. Sehr gewagt. »Anni lebte hier, bevor die Akkermanns eingezogen sind. Sie ist über neunzig geworden. Ich hab als junge Frau oft für sie eingekauft, als sie stockelig wurde, und sie hat mir immer von damals erzählt, von vor dem Ersten Weltkrieg. Da war sie als Vorleserin bei einer Teegroßhändlerfamilie in England gewesen. Die Leute drüben lieben ja Wicken. Früher jedenfalls war das so.« Als käme jetzt erst der Clou, holte sie tief Luft, bevor sie weitersprach. »Anni hat ihren Tick für Wicken aus England mitgebracht, nach der Geschichte mit diesem Wahnsinnswettbewerb. Die ganze Nation hat damals verrücktgespielt, sagte Anni.«

»Wettbewerb? Was für ein Wettbewerb war das?«, fragte Marieke.

»Ich hab noch alte Zeitungsausschnitte«, verriet Alwine. Ihre blauen Äuglein blitzten. »Und ein kleines Buch, in London gedruckt. Bloß ... mein Englisch ist nicht so doll ...«

»Dürfte ich die Artikel und das Buch mal sehen?«, bat der Fremde. »Mein Name ist übrigens Tammen, Dr. Tibo Tammen, ich bin Dozent an der Uni Oldenburg.«

»Ja, sicher«, antwortete Alwine verschmitzt. »Wenn ihr Zeit habt, dann kommt mal eben mit. Wir setzen uns in die Gartenlaube. Heut regnet's nicht mehr. Ich mach uns einen schönen Tee, und dann gucke ich, wo ich die Sachen finde.« Lucky kläffte, als sie rüberkamen. »Das muss er machen«, erklärte Alwine zufrieden, »das ist sein Job als Wachhund. Gut gemacht, Lucky. Die sind in Ordnung.«

Er beschnupperte die Eindringlinge, akzeptierte sie offenbar als Besucher und damit war seine Begrüßung beendet.

Eine halbe Stunde später knisterte der Kandis in kleinen, mit Ostfriesenrosen bemalten Tassen, und Alwine wischte den Staub von einer Schatulle aus brüchigem Kunstleder, bevor sie sie öffnete. Lucky lag friedlich zu ihren Füßen.

»Entschuldigung. Aber die stand jahrelang hinten im Schrank.« Ein muffiger Geruch nach altem Papier stieg ihnen in die Nase. Obenauf lag ein getrocknetes Sträußchen mit Seidenschleife. »Dünenveilchen«, kommentierte Alwine. Ihnen entströmte noch ein Hauch von strohiger Süße. Vorsichtig entnahm sie der Schatulle ein Büchlein und reichte es Dr. Tammen.

»*How to Grow Sweet Peas*«, las er vor, schlug es andächtig auf und blätterte etwas darin. »Das ist ein Ratgeber, wie man Wicken zieht. Aus dem Jahr 1909.«

»*Sweet Peas?*«, wiederholte Marieke. »Süße Erbsen?«

»Ja, so heißen sie auf Englisch.«

»Nicht *Lathyrus?*« Sie wollte Dr. Tammen ein bisschen aufziehen.

»Das ist Lateinisch«, erwiderte er trocken.

Alwine förderte unterdessen die Zeitungsartikel zutage. Sie stammten aus dem Jahr 1911.

»Womit geht's los?«, murmelte sie mehr zu sich selbst, sichtete die Erscheinungsdaten und ordnete die Berichte chronologisch. »Ich mein', ich hätte noch ein paar. Aber wo?« Es handelte sich ausschließlich um vergilbte Ausschnitte aus der Tageszeitung *Daily Mail*.

Marieke lehnte sich zurück und genoss den heißen Ostfriesentee. Kurz dachte sie daran, dass sie sich gegen sieben für ein Telefonat mit Gardon verabredet hatte. Das wollte sie nicht versäumen. Gardon, ihr bester Kumpel seit der Einschulung, lebte als Orthopäde und Familienvater in Hamburg. Er war der einzige Mensch, der von ihr das wusste, was sie so für sich als ihr dunkles kleines Geheimnis bezeichnete. Die Gespräche mit ihm halfen ihr, besser damit klarzukommen. Sie schaute auf ihr Handy – bis sieben Uhr waren es noch fast zwei Stunden.

»Ich glaub, jetzt hab ich's«, verkündete Alwine. »Das Ganze dauerte von Februar bis Juli 1911, langsam erinnere ich mich wieder. Und es begann mit diesem Zeitungsaufruf.«

Willow Hill, Februar 1911

Es roch nach Rühreiern mit Schnittlauch, Toast und etwas nach angesengtem Löschpapier. Anni war gerade noch pünktlich. Das übrige Personal wartete schon darauf, am großen Frühstückstisch Platz zu nehmen. Unauffällig versuchte sie, eine Strähne, die sich aus ihrem doppelt verschlungenen Haarknoten im Nacken gelöst hatte, wieder festzustecken. Die hagere Haushälterin Mrs. Pennymore musterte sie streng, die Köchin Mrs. Tufts dagegen lächelte wie ein Glücksferkel. Anni hatte die Treppenstufen hinunter in den Aufenthaltsraum der Dienstboten wie immer recht sportlich genommen. Ihr glänzendes kastanienbraunes Haar war aber auch zu schwer zu bändigen, da geriet jede Frisur leicht in Unordnung. Rasch prüfte sie mit der Linken den Sitz der Haartolle, die sie über der Stirn und an den Schläfen hochgesteckt hatte.

Mit dem Frühstücken mussten sie allerdings warten, was ungewöhnlich war, denn der Butler Mr. Jones fehlte noch. Er stand am Bügelbrett und hatte, wie stets um diese Zeit, bereits die *Times* für Mr. Moss gebügelt. Etwas, worüber Anni jeden Morgen innerlich schmunzelte, seit sie anderthalb Jahre zuvor aus Deutschland nach England gekommen war, um als Vorleserin für die alte Mrs. Moss tätig zu sein. Wie sie inzwischen gelernt hatte, glättete Mr. Jones die

Tageszeitung nicht etwa, weil er seinem Herrn kein zerknittertes Papier zumuten mochte, sondern weil er damit die Reste von Druckerschwärze austrocknete, die sonst möglicherweise die Kleidung der Lesenden hätten verschmutzen können. An diesem Morgen bearbeitete der Butler allerdings noch eine weitere Tageszeitung, die *Daily Mail*. Und zwar mit sehr spitzen Fingern und einer Miene, die keinen Zweifel daran ließ, was er von diesem Boulevardblatt hielt.

Mr. Jones war vornehmer als sein Arbeitgeber. Der Teegroßhändler Charles Moss junior galt als sehr vermögender Mann, aber er gehörte nicht zum Adel. Sein Großvater hatte es als Emporkömmling durch den Import von Assam- und Ceylon-Tees zu Wohlstand gebracht, das hatte Anni verschiedenen Gesprächen entnommen. Dem Enkelsohn war es dann gelungen, den Teehandel zu einem Imperium auszubauen, doch fehlte ihm der Schliff einer seit Jahrhunderten regierenden nobilitierten Oberschicht. Deshalb leistete er sich wenigstens einen Butler, der in ersten Häusern der Peerage gedient hatte.

»Ach«, entfuhr es Mr. Jones. Offensichtlich fasziniert las er den Aufmacher des Massenblatts. »Tausend Pfund!«

Der Geruch nach erhitztem Papier wurde stärker. Alle blickten erwartungsvoll zu ihm hinüber, aber schon verschloss sich seine Miene wieder. Er nahm rasch das Eisen hoch und legte die Zeitung ordentlich zusammen. Anni konnte gerade noch erkennen, dass der Artikel etwas mit einer Wettbewerbsausschreibung für jedermann zu tun hatte. Während des Frühstücks schnitt Mr. Jones das Thema bedauerlicherweise nicht an, und obwohl sie vor Neugier beinahe platzte, hielt sie sich mit Fragen zurück. Es wäre ungehörig gewesen, ihn auf den Artikel anzusprechen.

Den ganzen Vormittag über hörte Anni es hier und dort tuscheln, sie schnappte allerlei Andeutungen auf. Offenbar hatte auch der künftige Schwiegersohn, Lord John Ramsgate, etwas mit dem Wettbewerb zu tun. Er war mit Mr. Moss' einziger Tochter, der attraktiven Rosabel, verlobt. Sie war ein Jahr älter als Anni. Lord Ramsgate und der Verleger Lord Northcliffe, dem sowohl die *Times* als auch die *Daily Mail* gehörten, wurden am Abend zum Essen erwartet. Aber was genau es mit dieser Ausschreibung auf sich hatte, konnte sie nicht in Erfahrung bringen.

Rosabel ließ sich drei verschiedene Abendkleider vorlegen. Die Entscheidung fiel ihr schwer. »Was meinen Sie, Duncan?«

Aber wie immer konnte die Zofe ihr natürlich keine echte Hilfe sein. Was sollte das altjüngferliche Wesen auch wissen von den Feinheiten der Koketterie? Rosabel freute sich auf John. Sie war verliebt in ihren Verlobten, wie sie noch nie in einen Mann verliebt gewesen war. Er sah fantastisch aus, und ihm stand eine blendende Karriere bevor. Außerdem betete er sie an. Schöner konnte das Leben kaum sein.

Rosabel hielt sich ein weiß-rosa gestreiftes Taftkleid mit mittelgroßem Dekolleté vor. Sie liebte die Kombination von Rosa und Weiß. Wenn man schon Rosabel hieß, verpflichtete das geradezu. Ihr Schlafzimmer und der angrenzende Salon waren fast vollständig in diesen Farben gehalten. Mit einer Rose in den goldblonden Locken würde das gestreifte Kleid ihr den Liebreiz einer anmutig errötenden Jungfrau verleihen, allerdings würde sie den ganzen Abend bissige Bemerkungen herunterschlucken müssen, weil die nicht zur romantischen Aufmachung gepasst hätten. Doch John schätzte auch bei Frauen hier und da einen pointierten Kommentar.

Unschlüssig warf sie das Kleid aufs Bett und griff nach der zweiten Möglichkeit. Dunkelgrüne Seide mit Raffungen, die schmeichelnd ihre Rundungen betonten. Sie hob das helle Grün ihrer Augenfarbe hervor. Erst neulich hatte sie diese Robe für eine Opernpremiere anfertigen lassen. Darin wirkte sie reifer.

»Vielleicht doch etwas zu theatralisch für ein Dinner?«, überlegte sie laut.

Duncan nahm ihr das Kleid ab. Blieb noch das hellblaue aus perlenbesticktem Seidensatin mit überschnittenen Ärmeln und V-Ausschnitt. Spielerisch hielt Rosabel sich das Gewand vor. Je nachdem, wie weit sie sich vorbeugte, konnte sie scheinbar beiläufig tiefere Einblicke gewähren. Und der Seitenschlitz erlaubte es, ihre schlanken Fesseln zu zeigen. Sie wusste, wie sie John – und andere Männer – konfus machen konnte. Ob sich an diesem Abend die Gelegenheit für ein paar Minuten zu zweit finden würde? Kribbelig wiegte sie sich mit dem vorgehaltenen Kleid vorm Spiegel hin und her.

»Erstaunlich, dass Ihre Augenfarbe sich zu verändern scheint, Miss Rosabel«, sagte Duncan bewundernd. »Jetzt ist sie plötzlich hellblau.«

»Suchen Sie mir bitte hierzu den passenden Schmuck und Schuhe heraus«, bat Rosabel.

Das hatte sie bereits gelernt. Eine wahre Lady, und sie würde eines nicht so fernen Tages eine echte Lady sein, war immer so höflich, dass sogar die Dienstboten untereinander ihre liebenswürdige Art rühmten. Bald würden auch endlich die alten Schreckschrauben aus dem hohen Adel, die darüber entschieden, wer dazugehörte, sie nicht länger nur mit dem Vornamen anreden und ihr zur Begrüßung statt zwei Fingern drei hinhalten.

Im Kamin knackte es behaglich, Katherine Moss spürte das weiche Leder ihrer Armlehnen unter den Fingerspitzen und auf den Knien die Wärme, die ihnen das Kaschmirplaid schenkte. Ganz entspannt, mit geschlossenen Augen, lauschte sie dem Klang von Annis Stimme. Einer Stimme, die man vom ersten Satz an ernst nahm. Angenehm klar, warm, dunkel, sicher, geradezu furchtlos und, erstaunlich für eine so junge Frau, von großer Modulationsbreite. Auch ihr Anblick war angenehm, sie wirkte sauber und adrett, ihre wachen bernsteinfarbenen Augen schauten meist freundlich. Sie hatte wirklich Glück gehabt mit diesem Fräulein aus Deutschland.

Katherine Moss liebte es, die deutschen Klassiker im Original zu hören. Seit einigen Wochen arbeiteten sie sich nun durch das Werk des Schriftstellers E. T. A. Hoffmann. Es brauchte Verstand und Sinn für Humor, um dessen Ironie zu vermitteln. Anni gelang es. Gerade trug sie die Stelle aus den *Lebensansichten des Katers Murr* vor, an der sich der selbstzufriedene dicke Kater darüber beklagte, dass ihm kein Redakteur oder Verleger zutraue, ein Buch zu schreiben, nur weil er eben ein Kater sei.

»O Vorurteil, himmelschreiendes Vorurteil, wie befängst du doch die Menschen, und vorzüglich diejenigen, die da heißen Verleger!« Ein Giggeln entwich ihrer Vorleserin.

Erstaunt öffnete Katherine die Augen. Anni lächelte schuldbewusst. Normalerweise enthielt sie sich, wie es ihre Aufgabe war, aller kommentierenden Äußerungen.

»Nun?«, forderte sie die junge Frau auf. »Was erheitert dich? Nur der eingebildete Kater oder steckt mehr dahinter?«

»Na ja ...«

»Frei heraus!«

»Ist es nicht heute noch so?« Anni ließ das Buch in den Schoß sinken. »Das Buch ist vor fast hundert Jahren erschienen. Jetzt mal abgesehen davon, dass hier ein Tier als Schriftsteller auftritt, haben nicht einmal alle Menschen bis heute die gleichen Chancen, ein Buch zu veröffentlichen.«

»Wie meinst du das?«, fragte Katherine und hoffte, dass die Kleine jetzt nicht anfing, ein naives Plädoyer für die Arbeiterklasse zu halten.

»Die meisten Bücher stammen doch aus der Feder von Männern«, stellte Anni fest. »Und wenn Frauen mal einen natürlich männlichen Verleger überzeugt haben, ihr Werk zu veröffentlichen, dann wählen sie auch noch ein männliches Pseudonym, weil es heißt, sie müssten ihre Familie schützen.«

Bemerkenswert, dachte Katherine. Aber sie sagte: »So solltest du besser nicht allzu laut reden.« Anni nickte verlegen. »Du würdest wohl gern selbst schreiben, was?« Sie zwinkerte ihr zu.

Das Mädchen hätte das Zeug dazu. Auch wenn es Anni noch an Lebenserfahrung fehlte, waren ihre Schilderungen von Ausflügen plastisch und humorvoll – sie vermochte Menschen mit einem einzigen Satz zu charakterisieren.

Katherine wünschte sich, ihre Enkelin Rosabel hätte mehr vom Bildungshunger der jungen Deutschen und würde, statt nur von einem Ball bis zur nächsten Kleideranprobe zu denken, auch einmal tiefer sinnieren. Aber immer, wenn sie vorschlug, mit ihr zusammen Schiller oder Goethe zu lauschen, fand ihre Enkelin eine Ausrede. Vielleicht war sie selbst nicht ganz unschuldig an Rosabels oberflächlicher Art. Ihre Schwiegertochter, Rosabels Mutter, war früh gestorben, ihr Sohn, den sie erst im hohen Alter bekommen hatte, hatte nicht wieder geheiratet und für seine Tochter kaum Zeit gehabt. Seine ganze Leidenschaft galt der Firma, er gründete neue Filialen, entwickelte Teemischungen, suchte noch bessere Lieferanten. Den Rest seiner Begeisterungsfähigkeit widmete er Automobilen.

Einst waren sie und ihr verstorbener Mann die Hälfte des Jahres gemeinsam durch Indien gereist, von einem Teegarten zum nächsten. Sie kannte Darjeeling, Ceylon, Assam, den Duft von trocknenden Teeblättern, die Betriebsamkeit und Schwüle auf den Teeauktionen in Kalkutta. Herrliche freie Zeiten waren das gewesen, voller Anstrengungen, exotischer Eindrücke und menschlich bereichernder Begegnungen. Allerdings hatte sie ein übles Andenken mitgebracht – unberechenbare Malariaschübe, die sie manchmal tagelang außer Gefecht setzten. Und so hatte sie es versäumt, sich mehr um die Erziehung ihrer Enkeltochter zu kümmern. Als Einzelkind fehlte ihr auch das Regulativ der Geschwister.

Anni dagegen, Älteste von sieben Kindern, hatte früh gelernt, Verantwortung zu übernehmen. Sie stammte aus einem Künstlerhaushalt. Die Eltern waren angeblich Freigeister, der Vater Maler in einem Dorf in der Lüneburger Heide nahe Hamburg. Annis Mutter, einst Pianistin, musste Klavierstunden geben, um die Familie über die Runden zu bringen. Man hatte ihr zugetragen, dass in diesem Heidedorf und drumherum Sommervillen reicher Hamburger standen. Deren geistiger Einfluss auf die Künstlerfamilie – und umgekehrt – sei nicht unbeträchtlich. Anni war ihr von einer deutschen Gouvernante als aufgeweckt, willig und formbar beschrieben worden. Eigentlich hatte sie unbedingt eine Vorleserin aus Hannover haben wollen, weil man dort bekanntlich das reinste Hochdeutsch sprach. Doch der Charakter des Menschen, der ihr täglich mehrere Stunden nahe sein würde, war letztlich wichtiger gewesen als eine akzentfreie Aussprache.

Vielleicht, überlegte sie weiter, hätte es gar nicht viel gebracht, wenn sie sich mehr um Rosabels Bildung bemüht hätte. Eine Veranlagung, kulturelles Interesse, war nun einmal da oder eben nicht. Aber dumm konnte man ihre Enkeltochter keineswegs nennen, sie war gewandt im gesellschaftlichen Umgang und noch dazu recht hübsch. Katherine durfte sich nicht beklagen.

»Ja«, gestand Anni nun ungewohnt schüchtern. »Ich würde gerne schreiben. Natürlich kein richtiges Buch. Noch nicht jedenfalls. Aber kleine Geschichten ...« Sie schlug eine Hand vor den Mund und errötete, als hätte sie ein lange gehütetes Geheimnis preisgegeben.

»Schreiben kannst du ja. Zumindest für die Schublade«, antwortete Mrs. Moss mit milder Strenge. »Das übt.«

Annis Röte vertiefte sich. Aha, gewiss lagen dort schon einige Seiten. Natürlich wusste das Kind, dass eine Veröffentlichung unmöglich war.

»Bau deine Geschichten in die Briefe ein, die du nach Hause schickst«, schlug Katherine ihr vor. Verhalten lächelnd ließ sie den Blick durch die hohen, von goldfarbenen Damastvorhängen gerahmten Fenster hinaus zur Auffahrt schweifen. Der Park mit diversen Gartenräumen ging malerisch in eine sanft geschwungene Weidelandschaft über. Entlaubte Bäume reckten ihre Äste in einen blassblauen Himmel.

»Bitte lies ...« Weiter kam sie nicht. Denn in diesem Augenblick sah sie einen Radfahrer, der sich die leichte Steigung auf dem Kiesweg direkt auf das Anwesen zukämpfte. Nein, es war überhaupt kein Mann! »Ach du meine Güte«, rief sie aus. »Ethel kommt zu Besuch! Wir müssen unsere Lektüre unterbrechen, meine Liebe. Geh nach unten, und bring du uns den Tee. Dann brauche ich nicht danach zu klingeln.«

Sie mochte Ethel, keine Frage. Aber die Gute war immer

so anstrengend. Intensiv. Alles, was sie machte, artete ins Radikale aus. Schon als junges Mädchen hatte sie so lange getrotzt, bis ihr Vater ihr erlaubt hatte, in Deutschland Musik zu studieren. Das musste man sich mal vorstellen! Musik studieren. Als Frau. Und dann noch im Ausland.

Aber es hatte sich gelohnt. Ethel Smyth hatte sich einen Namen als Komponistin gemacht. Ihre Hymne für die Frauenbewegung war kürzlich beim Marsch der Suffragetten durch London auf der Pall Mall erstmals gesungen und bejubelt worden. Während ihres letzten Besuchs hatte Ethel ihr anvertraut, dass sie die Anführerin des radikalen Zweigs der Suffragetten, Emmeline Pankhurst, ab sofort zwei Jahre lang nach Kräften unterstützen wollte. Als Vollzeitunterstützerin sozusagen. Sie plante, ihre musikalische Karriere so lange ruhen zu lassen. Zweifelsohne betrieb Ethel gerade wieder Agitation für die Frauenbewegung. Und sie konnte grässlich hartnäckig werden beim Spendensammeln. Ich muss versuchen, sie abzulenken, überlegte Katherine. Am besten frage ich sie nach der skandalösen Postimpressionisten-Ausstellung, die gerade in London gelaufen ist. Bestimmt verkündet sie dazu eine pointierte Meinung.

Katherine seufzte. Sie hätte Ethels Mutter sein können. Eine eigenartige freundschaftliche Beziehung hatte sich zwischen ihnen entwickelt.

Sie war selbstverständlich dafür, dass Frauen mehr Rechte erhielten. Aber doch bitte gemäßigt. Ein paarmal hatte sie, wie viele Damen der Oberschicht, schon mit Geldspenden geholfen. Nun wurde sie die Geister nicht wieder los. Andererseits kannte Ethel wirklich Gott und die Welt.

Es wurde nie langweilig mit ihr. Vielleicht konnten ihre exzellenten Kontakte ihnen ja nützlich sein, um ihrem Sohn zur Nobilitierung zu verhelfen.

Anni freute sich, dass sie den Tee und frisch gebackenes Shortbread bringen durfte. Denn Mrs. Smyth unterhielt sich immer mit ihr, wie sie sagte, um ihre Deutschkenntnisse wachzuhalten. Sie sprach mit sächsischem Akzent, was sich putzig anhörte. Die Besucherin hatte bereits in einem der Chesterfield-Sessel Platz genommen. Ihr Hut saß wie immer schief auf dem nachlässig frisierten Kopf, sie trug eine weiße Bluse mit Schlips zu einem Kostüm aus dickem Tweed.

»Ach, meine liebe Anni«, wurde sie denn auch lebhaft auf Deutsch begrüßt, als sie vorsichtig das Tablett abstellte. »Hab ich Ihnen schon erzählt, wie Brahms mich damals in Leipzig nannte?«

Mrs. Moss bedeutete Anni mit einem Blick, auf dem lila bezogenen Besuchersofa Platz zu nehmen, und griff nach der silbernen Teekanne. »Ich schenke selbst ein.«

Anni konzentrierte sich auf das Gesicht der Besucherin, die sogar einen Ehrendoktortitel erhalten hatte. Ein wenig glupschäugig, Anfang fünfzig, kleiner Mund mit schön geschwungener Oberlippe, energisches Kinn, stumpfe Nase, notierte sie innerlich, denn sie berichtete ihrer Familie von jeder Begegnung mit der berühmten Komponistin. Sie strahlt etwas Gradliniges aus, dachte Anni. Man merkt ihr an, dass sie ebenso bereit ist, verschmitzt zu lächeln wie sich unerschrocken jedem Streit zu stellen.

»Nein, Madam, das haben Sie noch nicht«, antwortete sie gespannt.

»Er sagte doch tatsächlich: Da kommt die Schmeißfliege!« Sie lachte dröhnend. »Ist das nicht ungeheuerlich? Eine Frechheit, oder? Ich ... eine Schmeißfliege!« Es amüsierte sie nach all den Jahren immer noch. Anni vermutete, sie erzählte die Geschichte von der Wortspielerei, die entstand, weil ihr Name auf Deutsch »Smeiß« ausgesprochen wurde, vor allem, um elegant überzuleiten zu anderen musikalischen Größen, die sie ebenfalls kennengelernt hatte. Und tatsächlich plauderten sie nun noch eine kleine Weile angeregt über Tschaikowski, Grieg, Dvořák und Clara Schumann. »In den 1870ern war Leipzig die lebendigste Musikstadt Deutschlands«, schwärmte Mrs. Smyth. »Und es macht mir immer noch viel Freude, Deutsch zu sprechen. Ich hatte übrigens stets deutsche Gouvernanten. Genau wie Queen Victoria.«

Für die inzwischen verstorbene Königin, so leitete sie zur nächsten Erinnerung über, habe sie einst in privatem Rahmen, bei einem Besuch mit ihrer Förderin Kaiserin Eugénie von Frankreich, mehrere Lieder zum Vortrag bringen dürfen.

Ein Blick von Mrs. Moss machte Anni deutlich, dass es Zeit war, sich zurückzuziehen. »Du kannst jetzt die Lektüre für morgen vorbereiten.« Anni nickte und erhob sich.

Mrs. Smyth lächelte sie aufmunternd an. »Sie sind noch jung. Ihnen werden hoffentlich mehr Türen offenstehen als meiner Generation.« Sie reichte ihr die Hand und drückte sie fest.

»Bring sie nicht auf Gedanken, Ethel!«, scherzte Mrs. Moss. »Mach sie mir nicht abspenstig.«

»Ich möchte, dass Frauen sich großen und schwierigen Aufgaben zuwenden«, erwiderte die Komponistin ernst. »Sie sollen nicht dauernd an der Küste herumlungern, aus Angst davor, in See zu stechen.«

Annis Herz klopfte schneller. »Danke, Mrs. Smyth. Ich glaube, ich mag die Frauenbewegung.«

Als sie zur Tür ging, sprach die Besucherin an Mrs. Moss gerichtet auf Englisch weiter, aber laut genug, dass sie sie verstehen konnte.

»Am 23. März wird der *March of the Women* in der Royal Albert Hall präsentiert, das wird die offizielle Uraufführung. Emmeline und ich, wir werden in einer Prozession einmarschieren. Ich möchte dich herzlich einladen, liebe Katherine, du musst dir unser Kampflied dort anhören!«

»Das klingt aufregend.«

»Bestimmt. Und natürlich ist das Ganze verbunden mit einer Spendensammlung. Wir brauchen mehr Geld für die gute Sache, denn für das Frühjahr sind jede Menge Protestaktionen in Vorbereitung.«

Leise schloss Anni die Tür. Ja, das klang aufregend – nicht dauernd an der Küste herumlungern, sondern in See stechen!

Beflügelt lief sie hoch auf ihr Zimmer. Es lag, obwohl sie als eine Art Haustochter eine gewisse Sonderstellung hatte, im Bedienstetentrakt unterm Dach zwischen dem von Rosabels Zofe Daisy Duncan und Mrs. Moss' Zofe Harriet Brown. Anni ging der Haushälterin Mrs. Pennymore gern ab und zu zur Hand, übernahm auch mal Botengänge ins Dorf, aber sie war ihr nicht direkt unterstellt wie das andere weibliche Personal. Wenn sie sicher war, dass Mrs. Moss sie nicht brauchte, konnte sie sich eine freie Stunde nehmen, ohne jemanden um Erlaubnis fragen zu müssen. Schnell zog sie ihren abgetragenen braunen Wollmantel über und lief vorbei an den Stallungen zum Kutscherhaus, das am Ende der Gärten lag. Von hier aus sah Willow Hill besonders imposant aus.

Das Landhaus in der Grafschaft Kent erhob sich auf einem sanft geschwungenen Hügel, gut eine Meile vom Dorf Higher Frithim entfernt. Ein efeubewachsenes dreistöckiges und mehrgiebeliges Gebäude aus gelbgrauem Sandstein. Die Eingangshalle mit steinernen Pfostenfenstern und Steinsäulen am Aufgang hatte sie am Anfang sehr beeindruckt. Die Tonnengewölbedecke, ein Werk der Arts-and-Crafts-Bewegung, der Quaderkamin und die Eichentreppen machten ordentlich was her. Aber man gewöhnte sich an alles.

Im alten Kutscherhäuschen lebte ihre Freundin Meg Hopkins, die wie sie zweiundzwanzig Jahre alt war, zusammen mit ihrem Großvater, dem Chauffeur von Mr. Moss. Mr. Hopkins kümmerte sich auch um alles Technische auf dem Anwesen. Ein Zaun umgrenzte ihren kleinen Cottagegarten, der, hinterm Haus durch eine hohe Lebensbaumhecke geschützt, nun Winterschlaf hielt. In der Nähe befanden sich die Garage und eine Werkstatt.

Sie klopfte an die niedrige türkisfarbene Tür.

»Herein«, tönte Mr. Hopkins' sonore Stimme.

Sie trat direkt in die gemütliche Wohnküche ein, wo er

mit einer Zeitung im Schaukelstuhl vorm offenen Feuer saß. Meg, die wie immer eine Blüte im haselnussbraunen Haar trug, bereitete Brotteig vor.

»Hallo, Anni, schön dich zu sehen! Nimm Platz. Tee?«

»Wenn gerade einer fertig ist.« Sie setzte sich an den Küchentisch.

»Hast du schon gehört? Der Wettbewerb der *Daily Mail*. Ist das nicht irre?«

»Nein«, gab sie zurück. Durch den Besuch von Ethel Smyth hatte sie das Thema ganz vergessen. »Jetzt klär mich doch endlich mal jemand auf. Seit heute Morgen hört man es raunen.«

»Die Zeitung hat eine Belohnung ausgeschrieben für den schönsten selbst gezogenen Wickenstrauß«, mischte sich Mr. Hopkins ein, während Meg ihr Tee einschenkte. Och, wie langweilig, dachte Anni. Sie hatte etwas Sensationelles erwartet. »Jeder Amateurgärtner, der nicht mehr als einen Mann als Hilfe beschäftigt, kann teilnehmen«, erklärte Megs Großvater.

Sein dunkles Haar war ebenso wie der mächtige Schnauzbart von grauen Strähnen durchzogen. Aus den Brauen ragten vorwitzig ein paar helle längere Härchen, die beim Reden zitterten, was ihm in Annis Augen das Aussehen eines Oberkaters verlieh. Bei ihrer ersten Begegnung hatte er ihr ordentlich Respekt eingeflößt, denn er hatte sich gerade über einen Motordefekt geärgert und geflucht: »Mögest du an einem freien Tag vergessen, den Wecker abzustellen! Der Mechaniker soll hundert Jahre alt werden, und zwar sofort!«

Mittlerweile war sie daran gewöhnt, denn Mr. Hopkins hatte ihr erklärt, dass, verdammt noch mal, fast alle Schotten Flüche einfach nur als Satzzeichen verwendeten. Und in Gegenwart seiner Enkeltochter versuchte er auch, sich mit derartigen Kommas, Punkten und Ausrufezeichen zurückzuhalten. Anni nippte an ihrem nach Bergamotte duftenden Tee.

»Grandpa, das Wichtigste ist doch der Preis«, fiel ihm Meg ins Wort. »Im Sommer wird der schönste Wickenstrauß mit tausend Pfund prämiert. Hörst du, ein-tau-send Pfund! Ein Vermögen!«

Anni verschluckte sich. »Oh, das ist wirklich, also ...« Sie pfiff anerkennend.

»Der zweite Preis sind einhundert Pfund«, fuhr Mr. Hopkins fort. »Dafür muss ein Arbeiter ein ganzes Jahr lang schuften. Und als dritter Preis winken immer noch fünfzig Pfund.«

»Bei der Blumenschau im Juli verteilen sie außerdem hundert silberne und neunhundert bronzene Medaillen. Echte!«

»Das ist ja zu schön, um wahr zu sein. Und jeder darf mitmachen?«

»Nee, die Reichen nicht.« Grinsend nahm Mr. Hopkins die Zeitung wieder hoch, er hob die buschigen Brauen. »Nur das normale Volk.«

»Ist das nicht großartig?«, rief Meg begeistert.

»Jeder darf nur einen Strauß einsenden, aber jedes Familienmitglied darf einen schicken«, las Mr. Hopkins die Regeln vor. »Jeder Strauß soll aus zwölf Pflanzenstängeln und nicht weniger als drei verschiedenen Wickensorten bestehen. Man muss keinen Eintritt oder Ähnliches zahlen, steht hier. Du brauchst noch nicht mal die *Daily Mail* abonniert zu haben.«

Megs zartes Gesicht hatte vor Aufregung rötliche Flecken bekommen. »Grandpa und ich, wir machen auf jeden Fall mit. Bei uns blühen doch schon seit Jahren jeden Sommer Wicken am Zaun.«

»Vor allem Spencer-Wicken«, ergänzte der alte Mann. Anni erinnerte sich. Ihr hatten die großen Blüten und ihr rankendes Grün sehr gefallen. Die perfekte Zierde für einen Cottagezaun. Sweet Peas, so viel wusste sie, begeisterten traditionell den englischen Landadel. Man verschenkte Sträußchen davon als Symbol der Freundschaft.

»Was ist mit dir?«, fragte Meg.

»Mit mir?« Verwundert sah Anni sie an. Blümchen züchten? Das war nicht das, was sie sich vorstellte – sie wollte doch richtig in See stechen. Was genau das allerdings sein mochte, konnte sie noch nicht sagen. Sie schüttelte den Kopf. »Ich glaub, das ist nichts für mich. Ich hab keinen grünen Daumen. Und einen Garten auch nicht.«

»Aber denk doch mal, was du dir leisten könntest, wenn du gewinnen würdest!« Megs grüngraue Augen blickten verträumt.

»Du könntest eine Reihe bei uns hinterm Haus anlegen«, schlug Mr. Hopkins vor, »zwischen Komposthaufen und Teppichstange, bei der alten Schaukel, vor der hohen Hecke, da wär' noch Platz.«

Anni überlegte kurz. Was hatte sie zu verlieren? »Aber

wenn ich Mrs. Moss wieder ins Stadthaus nach London begleiten muss?« Erst vergangene Woche waren sie einige Tage dort gewesen. »Dann könnte ich zum Beispiel nicht gießen.«

»Das übernehme ich für dich. Und für Grandpa, wenn er chauffieren muss«, bot Meg an. »Mensch, Anni, allein, dass wir uns jetzt ein halbes Jahr lang ausmalen können, was wir mit eintausend Pfund anstellen würden ...«

»Ich würde uns ein Häuschen kaufen«, brummte Mr. Hopkins, »als Altersruhesitz für mich und als Absicherung für Meggy. Das wär' 'ne feine Sache.«

»Aber es reicht doch sicher nicht, nur so ein paar Samen in die Erde zu stecken«, wandte Anni ein. »Ich hab wirklich keine Ahnung. Man braucht bestimmt irgendeine Ausrüstung ...«

»Grandpa kennt sich aus, und außerdem wird uns sicher Jim helfen.«

Jim Harrison, Sohn eines Gärtners, war bis zum vergangenen Sommer die rechte Hand von Mr. Hopkins gewesen. Er hatte sich mit seinem Erspartem und geliehenem Geld selbstständig gemacht mit einem Betrieb für Saaten und Gartenzubehör.

»Wie läuft's eigentlich?«, wollte Anni wissen.

»Im Moment ein bisschen mau«, wusste Meg. »Aber wir haben Februar, das ist nicht gerade Hochsaison.«

»Der Junge wird schon seinen Weg machen«, sagte Mr. Hopkins.

»Was möchtest du am liebsten tun, Anni?«, fragte Meg. »Wenn alles möglich wäre?«

»Ich würde …«, sie überlegte nur kurz, »ich würde die ganze Welt bereisen!«

»Frauen reisen nicht allein durch die Weltgeschichte«, entgegnete Meg. »Und solange du keinen Ehemann hast …«

»Aber wenn ich genügend Geld besäße, könnte ich in Begleitung einer seriösen jungen Dame reisen.« Anni lächelte. »Mit einer Freundin. Mit dir, Meg.« Und ich könnte über meine Reiseeindrücke schreiben, setzte sie in Gedanken hinzu. »Das wäre ein Traum!«

»Einverstanden«, versprach Meg augenzwinkernd, »ich würde mitkommen. Einer muss ja aufpassen, dass du deinen guten Ruf nicht ruinierst. Grandpa, was meinst du?«

Megs Großvater hielt seiner Enkeltochter und Anni je eine Hand hin. »Großartig, zur Hölle, die Wette steht, Mädels!«

Borkum, Juli 2024

»Was verdient denn heute ein Arbeiter durchschnittlich im Jahr?«, fragte Marieke. Dr. Tammen zückte sein Handy und gab eine entsprechende Suchanfrage ein.

»Je nachdem, wo man in Deutschland lebt«, fasste er kurz darauf das Ergebnis zusammen, »in welcher Branche man arbeitet und ob man ein Mann ist oder eine Frau …« An dieser Stelle unterbrach ihn ein Aufstöhnen von Marieke und Alwine – ohne Absprache, sodass sie trotz des Altersunterschieds ein schwesterliches Lächeln tauschten. »Also, es schwankt, der mittlere Wert liegt bei knapp achtunddreißigtausend Euro.«

»Wahnsinn!«, sagte Marieke ungläubig. »Und das mal zehn als erster Preis. Das würde bedeuten, heute gäbe es als ersten Preis dreihundertachtzigtausend Euro! Für so'n paar Blumen!«

»Na, da hätte ich bestimmt auch mein Glück versucht«, gestand Alwine ein, »obwohl ich Gartenarbeit nicht besonders mag.«

»Damals muss es den Zeitungshäusern deutlich besser gegangen sein als heute«, bemerkte der Biologe. Erst jetzt betrachtete Marieke sein Gesicht aufmerksamer. Dunkelbraune Augen, dichte Brauen, hohe Stirn, das rötlich blonde Haar verwuschelt, Dreitagebart.

Ihr Handy klingelte. »Hallo, Gardon! Oje, ist es schon so spät? Tut mir leid, ich hab völlig die Zeit vergessen. Bin noch im Gespräch bei meiner Nachbarin. Aber ich melde mich später wieder. Wann passt es dir?«

Gardon rief sie oft aus dem Auto an, auf seinem halbstündigen Heimweg aus seiner Praxis, die in der Hamburger City lag. Wenn er in dem Elbvorort Nienstedten angekommen war, gab's erst Abendessen. Dann wollte er sich eine Weile mit den Kindern beschäftigen und musste natürlich mit Pia, seiner Frau, bereden, was der Tag ihnen beschert hatte. Im Sommer nutzte er die Zeit zwischen Arbeit und Familie auch öfter, um mit seinem Freund Alex zu segeln. Sie waren ehrgeizige und recht erfolgreiche Hobbyschnellsegler.

»Ich versuch's noch mal gegen neun«, erwiderte er.

»Okay, bis dahin.« Mit einem entschuldigenden Lächeln beendete sie das Gespräch.

»Ja, ist spät geworden«, bestätigte Dr. Tammen. »Ich würde aber natürlich gerne erfahren, wie die Geschichte weitergegangen ist.«

Alwine schien es auch Freude zu bereiten, sich mit der Vergangenheit und den Zeitungsausschnitten zu beschäftigen. Zwischendurch hatten sie einige englische Textstellen gemeinsam übersetzt, was bei ihr Erinnerungen mobilisierte. Marieke zeigte ihr, wie sie im Internet ganz schnell Englisch-Deutsch-Übersetzungen googeln konnte, was bei Alwine Erstaunen und Freude auslöste.

»Kommt doch morgen wieder zu mir«, schlug die Nachbarin vor. »Vielleicht schon am Vormittag?«

»Nein«, antwortete Marieke schnell. »Morgen Vormittag geht's bei mir nicht.«

»Dann übermorgen Vormittag?«

Sie schüttelte heftig den Kopf. »Nein, vormittags kann ich nie.«

Alwine sah sie merkwürdig an, verkniff sich aber die Frage nach dem Warum. »Na, dann morgen wieder zur gleichen Zeit wie heute, um fünf Uhr?«

»Für mich wäre das okay«, sagte Dr. Tammen.

»Ja, für mich auch«, stimmte Marieke zu. »Wir können uns auch bei mir treffen.« Sie wollte nicht, dass Alwine als Gastgeberin die ganze Arbeit hatte.

»Och, nee, kommt ihr mal lieber zu mir«, winkte ihre Nachbarin ab. »Sonst muss ich all die Unterlagen rübertragen, und am Ende geht noch was verloren oder so. Mir bereitet das keine Umstände.«

»Dann bring ich Kuchen mit.«

»Rosinenstuten wäre schön«, sagte Alwine und sah den Biologen an. »Mögen Sie den?«

»Klar. Am liebsten den von Nabrotzky.«

»Ich finde den von Müller besser«, erwiderte Marieke.

»Tja, die einen sagen so, die anderen so«, frotzelte Alwine. »Denn bis dann.«

»Wollen wir vielleicht noch unsere Handynummern austauschen?«, fragte Dr. Tammen. »Falls einem von uns was dazwischenkommt? Ich will morgen raus, wenn's nicht wieder schüttet, um nach den Platterbsen Ausschau zu halten. Kann immer mal was ...«

»Ja, besser is'«, meinte Alwine.

Flugs richtete Marieke eine WhatsApp-Gruppe ein, die sie *Annis Wicken* nannte. »Tschüss, Alwine, vielen Dank und bis morgen.«

Die paar Meter auf dem Weg zur Villa Cupani unterhielten sie und Dr. Tammen sich weiter.

»Hätten Sie Lust, mich morgen zu begleiten?«, fragte er am Gartentor. »Sie könnten Ihr botanisches Wissen direkt in der Natur vertiefen.«

»Richtig, Sie sind ja *Lathyrus*-Experte«, antwortete Marieke mit sanftem Spott. »Die sind sicher ebenso selten wie Strandplatterbsen.«

Er lachte. »Gut, dass Sie's erkannt haben.«

»Was genau würde ich da lernen?«

»So viel, wie Sie begreifen können«, antwortete er im gleichen Tonfall. »*Lathyrus*, also Platterbsen, nennt man eine Pflanzengattung in der Unterfamilie Faboideae, zu Deutsch: Schmetterlingsblütler, innerhalb der Familie der Hülsenfrüchtler, der Fabaceae, veraltet auch Leguminosen genannt.«

»Ah, ja. Die alten Leguminosen, die haben mich schon immer rasend interessiert.«

»Die wiederum gehören übrigens zur Ordnung der Schmetterlingsblütenartigen, Fabales, und gelten als eine der artenreichsten Pflanzenfamilien überhaupt.«

»Klingt wahnsinnig aufregend. Aber ich glaub eher nicht. Ich muss ja auch noch den Rosinenstuten besorgen.«

»Einen von Nabrotzky und einen von Müller?«

»Gute Idee.« Sie lächelte. »Dann machen wir einen Vergleichstest.«

»Schade. Ich meine, dass Sie sich die Chance entgehen lassen, Ihre neue Heimat besser kennenzulernen.« Er deutete zum Abschied eine leichte Verbeugung an. »Dann also morgen um fünf bei Alwine.«

»Ich bin gespannt. Tschüss!«

Als er schon ein paar Schritte gegangen war, drehte er sich um. »Falls Sie es sich anders überlegen, ich könnte Ihnen auch herrliche Strandwinden zeigen. Schicken Sie einfach eine WhatsApp.«

Sie winkte ihm nur zu.

Eigentlich hat er es ganz charmant gesagt, dachte sie, als sie sich hinunterbeugte, um noch einmal an einer lilafarbenen Wickenblüte zu riechen, immerhin mit einer Spur Selbstironie. Fast tat es ihr leid, dass sie abgelehnt hatte. Aber bestimmt würde er am Vormittag aufbrechen wollen.

Am Abend Punkt neun Uhr rief Gardon wieder an. Sie hatte es sich gerade auf dem Sofa bequem gemacht. Mildes Abendlicht fiel ins Wohnzimmer, das durch eine Doppelschiebetür von der einstigen Frühstücksveranda abgetrennt war. Sanfte Hellblau- und Cremetöne dominierten.

»Wie geht's dir heute?«, erkundigte er sich mitfühlend. »Wie war's am Morgen?«

»Ach«, seufzte sie, und Tränen schossen ihr in die Augen. »Wie immer. Lass uns nicht drüber reden. Es ist wie es ist. Ich tick eben nicht ganz sauber.«

»Quatsch, Mieke.« Manchmal benutzte er noch ihren Spitznamen aus Kindertagen. »Das wird wieder. Du musst einfach mehr unter Leute.«

Marieke atmete tief durch. Sie wollte es nicht wieder und

wieder durchkauen. »Danke für das lustige Kaninchenvideo, das du mir geschickt hast.« Es half natürlich kein bisschen, sie aufzumuntern, aber die Geste rührte sie.

»Sind die nicht süß?«, rief er begeistert. »Am liebsten hätte ich einen großen Auslauf für mehrere Kaninchen im Garten. Hab neulich wieder versucht, meinen Anhang zu überzeugen. Die Kinder stehen voll hinter mir, Pia weigert sich standhaft. Sie meint, die ganze Arbeit würde an ihr hängenbleiben.«

»Womit sie vermutlich recht hat.« Marieke konnte Pia verstehen. »Und wie geht's euch sonst so?«

»Och, nichts als Ärger und Freude«, antwortete er ausweichend. »Viel Arbeit in der Praxis. Noch mehr bescheuerte Abrechnungsbürokratie. Aber nichts Erwähnenswertes.«

»Wolltet ihr nicht Urlaub machen?«

»Ist erst mal verschoben. Die Kids sind demnächst in einem Feriencamp. Vielleicht komme ich für ein paar Tage allein auf die Insel. Mal gucken, ob ich dir ein bisschen beim Abarbeiten deiner To-do-Liste helfen kann.«

»Keine Drohungen!« Sie musste lachen. Gardon war bekannt dafür, dass er keinen Nagel gerade in die Wand schlagen konnte. »Und Pia?«

»Plant was mit Wellness und ihren Mädels.«

»Könnten sie hier auf Borkum haben.«

»Nee, die möchten lieber was Mondänes.«

»Tja dann …« Sie berichtete ihm von der Begegnung mit dem Biologen und ihrer Teestunde bei Alwine.

»Das klingt interessant. Wenn man die Historie seines

Hauses kennt, wirkt sich das sicherlich aufs Lebensgefühl aus. Halt mich unbedingt auf dem Laufenden.«

»Du bist der einzige Erwachsene, den ich detailliert über mein abenteuerliches Leben informiere. Das weißt du doch.«

»Wehe, wenn nicht! Einen gemütlichen Abend noch, Mieke.«

»Danke, dir auch.« Sie zögerte. »Hab ich es richtig gemacht, Gardon?«, fragte sie plötzlich von Zweifeln erfasst.

Sie war nicht glücklicher seit ihrer Scheidung. Es entwickelte sich überhaupt nicht so, wie sie es sich erträumt hatte.

»Das hast du«, antwortete er mit fester Stimme. »Gib dir etwas Zeit. Die Hauptsache ist, dass du dich auch innerlich von Gisbert löst. Lass dich nicht mehr von ihm manipulieren.«

»Tu ich doch schon lange nicht mehr.«

»Naa ...« Gardon klang nicht überzeugt. »Er versucht immer noch, dich emotional auf Stand-by zu halten.«

»Quatsch. Wir haben seit Monaten keinen Kontakt mehr.«

»Ich hab ihn von Anfang an nicht gemocht.«

Sie lachte auf. »Du warst eifersüchtig damals. Ihr wart alle noch kleine Bubis ...«

»... und er der große Zampano mit Charme, Beschützerinstinkt und Kohle, der jede Frau rumkriegte.«

»Ich halte nicht viel davon, wenn man seinen Ex als Arschloch tituliert, weißt du? Damit würde ich all die Jahre entwerten. Immerhin hab ich ihn mal sehr geliebt. Und es wäre nicht gut für die Kinder.«

»Ommm ...« Gardon übertrieb sein Meditationsgebrumm, um kundzutun, dass er sich beherrschen musste, ihr nicht zu widersprechen.

»Okay«, gab sie zu, »nur so unter uns: Er kann echt ein Arschloch sein!«

»Sehr gut. Geht doch.«

»Es liegt aber doch inzwischen allein an mir. Wieso krieg ich es nicht hin?«

»Sei nicht so streng mit dir«, bat Gardon. »Und igel dich nicht ein. Geh unter Leute. Du müsstest mal wieder einen lüpfen und dich richtig amüsieren.«

Das war das Letzte, worauf sie Lust verspürte. Aber er begriff es einfach nicht. »Mal sehen«, erwiderte sie zurückhaltend. »Euch auch noch einen schönen Abend!«

Am nächsten Morgen war es wie immer seit mindestens einem Jahr. Sie wachte auf und dachte »Sch...! Aufstehen. Ein neuer Tag. Es ist alles zu viel.«

Und dann schaffte sie es nicht, unter der Bettdecke hervorzukriechen. Sie versuchte es ein Stück, sank zurück und hasste sich dafür. Ihr war übel, der Rücken schmerzte, jeden Morgen. Ans Frühstück durfte sie nicht mal denken. Danach setzten oft Bauchkrämpfe ein, und sie kam nicht von der Toilette herunter. In diesen Stunden fühlte sie sich zutiefst unglücklich, schwach, überfordert und musste weinen. Woraus speiste sich diese Quelle nicht aufhören wollender Tränen? Jeden Morgen das Gleiche. Als wäre sie nicht normal.

Es war doch auch nicht normal. Manchmal erwachte

sie sehr früh und musste sich laut schluchzend ausheulen. Gelegentlich träumte sie von ihrem Ex-Mann, schwebte wieder in dem wohlig warmen Gefühl von einst, als er noch ihr Held und Beschützer gewesen war. Rundum geliebt, beliebt, versorgt, schönste Gegenwart und Zukunftsaussichten.

Wie hatten sie alle beneidet! Mit neunzehn hatte sie sich den begehrtesten Junggesellen der Region geangelt. Gisbert »Gisi« Kröner – der ewige Playboy, Bauunternehmer, ein blonder Hüne, reich und verdammt gut aussehend – hatte ausgerechnet sie gebeten, ihn zu heiraten.

Wie romantisch er sie umworben hatte! Mit Schmuck und roten Rosen überhäuft, eine Liebeserklärung von einem Sportflugzeug in die Lüfte malen lassen, Überraschungswochenenden in Salzburg und Paris, Hochzeitsreise nach Bora-Bora. Schnell war sie mit den Zwillingen schwanger geworden. Erst großes Glück, dann Familienalltag. Nachdem die Kinder eingeschult worden waren, hatte sie in einem auf Ratgeber spezialisierten Verlag volontiert. Doch als sie anschließend als Redakteurin hatte arbeiten wollen, war es Gisbert überhaupt nicht recht gewesen. Er wollte eben eine allzeit verfüg- und vorzeigbare Gattin in einem gepflegten Haus. Um des lieben Friedens willen hatte sie sich gefügt und nur ab und zu freiberuflich Texte für Ratgeber geschrieben.

Je erwachsener sie geworden war, desto kritischer hatte sie die Welterklärungen ihres Mannes betrachtet. Seine politische Meinung gefiel ihr immer weniger.

Und dann der fünfzehnte Geburtstag ihrer Kinder. Bei

dieser Feier hatte sie zum ersten Mal bewusst registriert, dass er weiterhin für junge Mädchen schwärmte. Und mehr als das. Sie wurde älter, immer unverhohlener zeigte er seine Neigung zu »knackigen jungen Hühnern«. Sie schliefen seltener miteinander, irgendwann gar nicht mehr. Schließlich flirtete er bei Restaurantbesuchen ungeniert in ihrer Gegenwart jede Serviererin unter fünfundzwanzig an.

Und dann entdeckte sie Beweise seiner Untreue. Er leugnete nicht. »Ich steh nun mal auf junge Frauen. Ab Mitte zwanzig regen sie mich nicht mehr an. Soll ich dich etwa anlügen? Nein, ich bin nicht wie andere Ehemänner, die ihre Frauen heimlich betrügen. Ich bin ehrlich.«

Sie hatte versucht, sich damit zu arrangieren, wenigstens so lange, bis die Kinder das Abitur hatten und aus dem Haus waren. Die Scheidung war in einen zermürbenden Rosenkrieg ausgeartet. Endlich hatte ihre Anwältin eine akzeptable Abfindung für sie herausgehandelt und seine Zusage, die Ausbildung der Zwillinge zu finanzieren. Klar, dass sie erschöpft war. Aber sooo lange?

Was sollte sie denn noch tun? Sie hatte auch nach anderen Gründen gesucht, sich von verschiedenen Ärzten durchchecken lassen – auf Anzeichen vorzeitiger Menopause, Post-COVID und den Verdacht, sie sei vielleicht müdegeimpft worden durch die Corona-Spritzen –, doch alle hatten gesagt, sie sei gesund, ihr niedriger Blutdruck auf jeden Fall besser als ein zu hoher. Gegen die Verdauungsbeschwerden würden gesunde Ernährung und mehr Bewegung helfen. Gegen die Rückenschmerzen Schlickpackungen und Massagen. Sie nahm Vitamin D zusätzlich ein, versuchte, regelmäßig auf einer Yogamatte Rückenübungen zu machen. Sofern sie die Energie dazu aufbrachte. Also öfter nicht. Zuweilen dachte sie, es wäre nicht schlimm, jetzt zu sterben. Dann wär's endlich vorbei.

Sie hatte so gehofft, dass Borkum sie wieder aufrichten würde. Aber es machte ihr nicht mal Spaß, jetzt endlich die Sachen zu tragen, die Gisbert nicht an ihr gemocht hatte. Ihr kam die Frage in den Sinn, die Meg ihrer Freundin Anni gestellt hatte: Was wünschst du dir wirklich? Abgesehen von Gesundheit, Weltfrieden und dass es ihren Kindern gut ging – sie wollte in sich ruhen, mit Schönheit, Natur und anderen Menschen im Einklang leben. Es sollte nicht mehr alles so schwer sein. Sie träumte von Freiheit und Verbundenheit. Ein Widerspruch? Offenbar. Jedenfalls war sie noch weit entfernt davon. Sie fühlte sich oft beklemmt, schwankend zwischen Trauer und Wut. Es gelang ihr nicht, die rechte Aufmerksamkeit aufzubringen für das Schöne, das sie ja wohl doch auf dieser Insel umgab. Einmal hatte sie versucht, mit ihrer Mutter über alles zu sprechen. Deren knapper Rat: »Nun steigere dich da mal nicht so rein.« Seitdem verschwieg sie ihren Zustand und deutete nur Gardon als einzigem Menschen gegenüber ab und zu an, wie es ihr wirklich ging. Zwei Monate zuvor hatte sie sich von einem Heilpraktiker etliche Mittel verschreiben lassen, darunter eines, das die Serotoninaufnahme verbessern sollte. Die nahm sie auch brav ein. Aber bislang merkte sie nichts.

Sie schlief noch mal ein. Danach stand sie auf. Doch nach dem späten Frühstück überkam sie eine bleierne Müdigkeit, und sie sank aufs Sofa, verfiel in einen komaähnlichen Schlaf. Erst ab der Mittagszeit ging es ihr besser. Als hätte ihr Körper inzwischen eine Substanz produziert, die vormittags im Organismus Mangelware war. Eine Ärztin hatte mal angeboten, ihr Antidepressiva zu verschreiben. Doch als sie sich über die Nebenwirkungen informiert und erfahren hatte, dass es mindestens sechs Wochen dauerte, bis das Mittel wirkte, wenn überhaupt, hatte sie verzichtet. In sechs Wochen, so hatte sie gedacht, ist es bestimmt von allein wieder gut.

Und ab mittags fühlte sie sich ja normal. Abends konnte sie sich kaum vorstellen, dass das heulende Elend sie am nächsten Morgen wieder überwältigen würde. »Es kommt mir vor wie eine Halbtagsdepression«, hatte sie Gardon einmal gestanden. »Steht darüber was in deinen Lehrbüchern?« Er war schließlich Arzt, allerdings kein Psychologe. Doch sein Rat lautete stets gleich, dass sie sich nicht unter Druck setzen, Geduld haben und mehr unter Leute gehen sollte.

Auch an diesem Tag, es nieselte nur, lichtete sich der Grauschleier über ihrer Seele zur üblichen Zeit. Sie dachte an die Geschichte von Anni und war neugierig auf die Fortsetzung. Mittagessen ließ sie ausfallen. Sie radelte ins Dorf, kaufte ein, darunter die Rosinenstuten und Butter.

Als sie zu Hause alles eingeräumt hatte, brach die Sonne durch. Sonne! Kurz entschlossen griff sie nach ihrem Handy und schrieb in die Annis-Wicken-WhatsApp-Gruppe: *Könnte ich heute noch zu Ihrer Expedition stoßen, Dr. Tammen?*

Umgehend poppte seine Antwort auf. *Klar. Passt es in einer halben Stunde vorm Strandhotel Hohenzollern?*

Sie mailte einen erhobenen Daumen plus Smiley zurück und zog sich schnell um. Jeans, Sneakers, weißes T-Shirt, Hoodie, Regenjacke für alle Fälle, nur etwas Lippenstift, dann noch einen leichten Rucksack für Geld und Handy. Das Haar band sie zum Pferdeschwanz zusammen. Auf Augen-Make-up verzichtete sie. Beim Facetime-Anruf mit den Kindern war sie geschminkt gewesen, damit die zwei sich keine Sorgen um sie machten. Aber zum einen verwischte Mascara bei Regen oder nahe der Gischt, und zum anderen sollte der *Lathyrus*-Typ nicht auf falsche Gedanken kommen. Sie nutzte sein Angebot nur aus therapeutischen Gründen.

Mit dem Fahrrad brauchte sie eine Viertelstunde. Das Vier-Sterne-Hotel Hohenzollern thronte in der ersten Reihe oberhalb der Promenade. Dr. Tammen stand davor und erwartete sie bereits.

»Freut mich, dass Sie doch mitkommen!«, sagte er nach der Begrüßung.

»Wohin geht's?«

»Zu den Weißdünen beim Café Sturmeck«, verriet er. »Vorher zeig ich Ihnen noch was.« Sie gingen die Treppe zur Promenade hinunter, und er erzählte ihr mit Blick auf eine neue, ziemlich hässliche, aus Beton errichtete Schutzwand, dass kürzlich durch die Bauarbeiten unter anderem wilde Stranddisteln verschwunden seien. »Ein Jammer! In den Fugen der alten, aus Ziegelstein gemauerten Wände siedeln sich manchmal gefährdete seltene Pflanzenarten an. Im Beton gibt's keine Fugen mehr.«

Marieke hatte in der Zeitung vom Streit wegen der versiegelten Böschung, die zwischen den Milchbuden Sonnendeck und Strandflair lag, gelesen. »Dafür ist die Sicherheit jetzt viel höher«, wiederholte sie das Argument der Gegenseite. »Die Kaninchen graben sonst meterlange Tunnel in die Befestigung. Bei Starkregen könnte alles ins Rutschen geraten.« Dr. Tammen hob nur seine buschigen Brauen und ging weiter gen Osten. Sie spürte, dass sie ihn etwas verärgert hatte. »Aber die roten Klinkerwände finde ich auch schöner, die passen viel besser zur alten Borkumer Architektur und strahlen viel mehr Wärme aus«, sagte sie, um ihn wieder versöhnlich zu stimmen.

Er nickte wortlos.

Am Badestrand, der sich zur Linken erstreckte, war nicht viel los, jedenfalls dafür, dass sie sich schon in der Hauptsaison befanden. Die meisten Strandzelte und -körbe standen leer. Das lag nicht nur an den gestiegenen Preisen und am Wetter. Auch nicht daran, dass der Hauptstrand durch neue Sandablagerungen immer weiter vom Meer entfernt lag und stattdessen der Südstrand von Jahr zu Jahr mehr Leute anzog.

Dr. Tammen folgte ihrem Blick. »Die Woller-Leute sind noch nicht da«, grummelte er. Was besagen sollte, dass die Nordrhein-Westfalen, die traditionell die Insel im Sommer bevölkerten, noch keine Ferien hatten. Den Spitznamen verdankten sie ihrer Angewohnheit, »woll« ans Satzende zu hängen.

Die breite Promenade verengte sich. Einige Spaziergänger kamen ihnen entgegen. Der Himmel war schon wieder zugezogen. Aber das Meer unter dem stumpfen Grau flirrte wundersam silbrig, und ein weißer Dampfer glitt am Horizont durchs Bild, was eine eigenartig schöne Stimmung zauberte. Mit jedem Schritt atmete Marieke freudiger die frische Seeluft ein. Sie unterhielten sich, Marieke erzählte, dass sie Ratgeberautorin war, aber gerade eine Auszeit nahm. Der Biologe fragte nach ihrem Fachgebiet, sie antwortete, dass sie sich mit einem gut sortierten Bauchladen durchschlage.

»Ich liefere alles, von Tipps fürs Einrichten bis zu psychologischen Ratschlägen. Je nachdem, was gerade gefragt ist. In Kolumnen, Sachbüchern und als Expertin im Podcast meines Verlags.«

»Dann sind Sie ja sehr vielseitig.«

»Na ja, ich weiß immer, wo ich Fachleute finde und kann ihre Ratschläge so präsentieren, dass man sie versteht und gerne liest.«

Er nickte verständnisvoll, machte sie auf Pflanzen am Wegesrand aufmerksam, nannte ihre Namen und erklärte zu jeder einzelnen etwas Interessantes.

Nach zwanzig Minuten hatten sie das beliebte Ausflugslokal erreicht. Marieke mochte das erhöht gebaute Sturmeck, vor allem die Terrasse, obwohl das Backsteingebäude grobklotzig in den Dünen lag – oder vielleicht gerade deshalb, denn es schien allen Stürmen trotzen zu können. Und man hatte einen herrlichen weiten Blick über die Vordünen auf den Strand des Jugendbads und das Meer. Hierhin oder ins noch weiter östlich liegende Café Seeblick am Endpunkt der Promenade führte sie je nach Kondition gern ihre Gäste von auswärts, um sie zu beeindrucken. Die meisten staunten über die Breite des unberührt wirkenden hellen Sandstrands und sagten, so etwas hätten sie niemals in Deutschland erwartet.

Dr. Tammen berichtete, dass er allein gekommen sei, aber noch Bekannte treffen wolle, unter anderem, um gegen die Gasbohrungen zu protestieren, die von einem niederländischen Energiekonzern in der Nordsee im Grenzgebiet nur dreiundzwanzig Kilometer vor Borkum geplant waren, ganz nah am Nationalpark Niedersächsisches Wattenmeer.

»Über die Pflanzen und Tiere, die hier leben, weiß ich nur wenig«, gestand sie, als sie auf einem Dünenpfad um das Café herumgingen. »Es hat mich, wenn ich ehrlich bin, auch nie besonders interessiert.«

Ihre Einstellung zur Natur war ganz einfach. Sie sollte schön malerisch, einigermaßen intakt sein und nicht wehtun oder gefährlich werden. Mehr verlangte sie nicht.

Er sah sie leicht befremdet an. »Na, wenn das so ist, dann wird's höchste Zeit.«

Sie lachte. »Ja, jetzt haben Sie eine Mission.«

»Mission ... Wie heißen Sie noch genau?«

»Marieke Kröner. Aber wir können uns gern duzen«, schlug sie vor.

»Ich bin Tibo. Also, Mission Marieke.« Er grinste jungenhaft, verließ den Pfad und steuerte auf eine Erhebung zu, die er ihr als eine ältere Weißdüne vorstellte. »Später wird daraus mal eine Graudüne. Und dieses Gewächs hier ist ... Hab ich's mir doch gedacht! Leider nur ein *Lathyrus sylvestris*.«

»Waldplatterbse also«, übersetzte sie brav. »Hier ist alles voll davon.« Das Gestrüpp sah ganz hübsch aus.

»Wird ein bis zwei Meter lang«, erklärte er. »Blüht im Hochsommer, ist niedrigliegend, manchmal auch aufsteigend, kletternd.«

Die rosa Blütentrauben mit ihren purpurfarbenen Flügeln glichen Miniwicken. »Die kenn ja sogar ich«, sagte sie. »Ich wusste nur ihren Namen nicht. Die blühen auch in den Dünen am Kurpark und in den Woldedünen.«

Er schaute sie erfreut an. »Doch nicht so ein hoffnungsloser Fall.«

»Aber schade für Sie ... ich meine, für dich. Keine sensationelle Entdeckung.«

»Das Leben ist hart.«

»Worin unterscheidet sich denn der gefährdete *Lathyrus maritimus* von diesem?«

»Ist seltener, wie gesagt. Blüten und Blätter sind anders. Die Blätter haben eine rundlichere Form, ich persönlich find sie hübscher.«

»Man erkennt die Verwandtschaft zu den Gartenwicken«, fand sie. »Leider sind an meinem Zaun heute keine neuen Blüten dazugekommen.«

»Sie bräuchten mehr Sonne ... Lass uns auf dem Rückweg mal Ausschau nach der Strandwinde halten. Wenn's der gut geht, wird das meine Laune heben.«

»Ist die auch vom Aussterben bedroht?«

»Ja, in Deutschland allgemein schon, aber in den vorgelagerten Dünen von Borkum kann man sie eigentlich sogar noch zahlreich finden.« Sie gingen in großem Bogen am Flutsaum entlang zurück und begegneten dabei einem seltsamen Mann. Er hatte den Blick ständig auf den Boden gerichtet oder auf sein Handy. Tibo grüßte ihn, der andere schaute hoch und lächelte erfreut.

»Moin, Tibo!«

»Moin, Steffen!« Er wandte sich Marieke zu. »Das ist Marieke. Marieke, Steffen ist einer unserer besten Beach-Explorer. Na, heute schon was Spannendes entdeckt?« Marieke verstand nur Bahnhof. Es stellte sich heraus, dass der Insulaner, eigentlich Rezeptionist im InselLust Resort, ehrenamtlich für den Nationalpark Niedersächsisches Wattenmeer tätig und als erfolgreichster Strandfundmelder an der gesamten Nordseeküste bekannt war. Für Gäste des Resorts, das seit Kurzem offizieller Nationalparkpartner war, bot er auch geführte Erlebnistouren an. Wann immer er Küstentiere, Muscheln oder Krebspanzer entdeckte, gab er die Fundstelle samt Foto und Infos in die App BeachExplorer ein, die von der Schutzstation Wattenmeer e. V. betrieben wurde. Tibo zeigte sie ihr auf seinem Smartphone. »Die App ist kostenlos, jeder kann sie nutzen. Sieh hier, ich mach schnell mal ein Foto dieser Muschel und zack«, er hielt ihr das Handy unter die Nase.

Sie tippte sich durch die Kategorien, bis sie fast wie von selbst auf das Ergebnis stieß. »Eine Herzmuschel!«, verkündete sie stolz.

»Genau. Praktisch zu jedem Fund gibt's einen Steckbrief.«

»Im Februar hab ich ein lebendes Seepferdchen entdeckt«, berichtete Steffen stolz. »Heute bin ich auf ein Seeigelgehäuse gestoßen, und vergangene Woche konnte ich ein Blaukehlchen fotografieren.«

Die Männer tauschten sich noch eine Weile mit großer Ernsthaftigkeit aus. Über Zirrenkraken, Ampfer-Purpurspanner, eine fünfzehn Jahre alte Heringsmöwe, die schon seit zwölf Jahren nicht gemeldet worden war, über den Kleinen Würfel-Dickkopffalter und Perlmuttfalter. Marieke sagten all die Bezeichnungen nichts. Sie schaute auf die Uhr. Nun parlierten die Experten über eine Kategorie innerhalb der App, die *Sonstige seltsame Dinge* hieß.

»Man muss natürlich auch da noch genau unterscheiden«, sagte Tibo, »zum Beispiel zwischen Speiballen, Missbildungen und Rätseln.«

»Interessant.« Für Marieke blieb alles ein Rätsel. Sie sah auf die Uhr. »Wir sollten uns beeilen«, bemerkte sie dann, »wir wollen ja um fünf bei Alwine sein.«

»Na, dann tschüss!«, rief er Steffen zu, dessen Blick schon wieder den Boden scannte.

»Tschüss!«

Zügig marschierten sie weiter. In der Nähe der Segel- und Surfschule entdeckten sie tatsächlich Strandwinden. Mehrere Meter lange Stängel krochen über den trockenen Sand, wo sie wundersamerweise zarte rosafarbene Blüten mit weißen Streifen hervorbrachten. Und das keine fünfzig Meter von den Feuerplätzen entfernt, an denen abends Urlauber saßen. Tibo wies ein paar Leute darauf hin, er bat sie, aufzupassen und mehr Abstand zu halten.

Marieke fand das peinlich. Doch die Urlauber reagierten geradezu erfreut und bedankten sich für den Hinweis.

»Alles gut. Wir grillen dann ein Stück weiter davon entfernt. Kein Problem.«

Da Tibo mit dem Fahrrad zum Strandhotel Hohenzollern gekommen war und es dort abgestellt hatte, konnten sie es doch noch schaffen, pünktlich zu sein. Sie fuhren erst zu ihr. Rasch schnitt Marieke je einen halben Rosinenstuten in dicke Scheiben, ohne Tibo zu verraten, welcher von welchem Bäcker stammte. Er ging ihr ganz selbstverständlich zur Hand und strich Butter drauf. Mit zwei unterschiedlich gemusterten, vollbeladenen Tellern begaben sie sich zu Alwine, die in ihrer Laube schon eine Kanne Tee auf dem Stövchen stehen hatte. Sofort langte sie nach einer Scheibe Rosinenstuten.

»Der ist von Müller!«, identifizierte sie. Doch Marieke verriet noch nichts.

Tibo nahm gleich von jedem Teller eine Scheibe und biss abwechselnd von beiden ab. »Dieser hier«, er wies auf den, der wie nur Marieke sicher wusste, von Müller stammte, »das ist eindeutig Nabrotzky.«

Marieke lachte. »Ist ja herrlich! Ihr habt euch beide getäuscht.«

»Das kann überhaupt nicht sein«, empörte sich Alwine. »Ich bin Insulanerin und muss es wissen. Wahrscheinlich hast du sie aus Versehen vertauscht.«

»Nein«, widersprach Marieke, die das Ergebnis lustig fand. »Bestimmt nicht. Ich hab ja extra unterschiedliche Teller genommen.«

Tibo war auch der Meinung, sie müsste die Stuten verwechselt haben, was Marieke weit von sich wies. Alwine kicherte. »Ihr müsstet mal meinen selbst gebackenen Rosinenstuten probieren! Dagegen hat weder Müller noch Nabrotzky eine Chance.«

»O ja«, sagte Marieke, »bitte. Den verkosten wir dann, wenn er noch warm ist.«

»Versprochen.« Alwine nahm noch ein Stück. »Hübsches Geschirr übrigens«, lobte sie anerkennend. »Aber das von der Familie Moss muss noch schöner ausgesehen haben. Jedenfalls war es sehr kostbar. Das gute Wedgwood, davon erzählte Anni mal, den Ausdruck hab ich mir gemerkt. Wenn das Personal was davon zerbrach, gab's richtig Ärger.«

Willow Hill, Februar 1911

Katherine Moss legte größten Wert darauf, mit ihrer festlich gedeckten Tafel einen exquisiten Geschmack zu demonstrieren. Zu gut kannte sie den vernichtenden Satz: »Millionen machen noch keinen Salon.« Selbstverständlich war bei ihnen jedes Stück vom Feinsten, das Kristall, das Silberbesteck und das Wedgwood-Porzellan handbemalt und vergoldet. Von solchem Geschirr wurde europaweit in Fürstenhäusern gespeist. Seit Jahrzehnten tat sie alles, um zu zeigen, dass sich ihr Haus als Treffpunkt der Elite eignete. Einmal hatte der Name ihres Sohnes es schon auf die Vorschlagsliste der Anwärter für einen Adelstitel geschafft, noch zu Zeiten King Edwards. Doch kurz darauf starb der König.

Das ganze Prozedere hinter den Kulissen musste von Neuem beginnen. Der neue König, Georg V., regierte zwar schon, seine feierliche Inthronisation jedoch stand erst im Juni an. Vorher würde sich nichts tun. Sie mussten bis dahin gut aufpassen, dass sie nicht irgendjemanden mit Einfluss verärgerten, deshalb war sie die Liebenswürdigkeit in Person bei diesem Dinner.

Zwei Männer fehlten noch. Normalerweise lautete eine ihrer goldenen Regeln: Auf Automobilisten wird nicht gewartet. Höfliche Menschen reisten ihrer Überzeugung nach pünktlich mit der Eisenbahn an und ließen sich am Bahnhof von der Kutsche des Gastgebers abholen. Gut eine Stunde dauerte die Schienenfahrt von London regulär. Automobile, diese stinkenden, lauten Maschinen, blieben fast immer unterwegs liegen, und man wusste nie, wie lange eine Reparatur dauern würde. Der Staub der Landstraßen erzwang meist weitere Verzögerungen, weil sich die Angereisten erst gründlich reinigen mussten. Aber an diesem Abend erwarteten sie keinen Geringeren als den Pressezaren Großbritanniens, Lord Northcliffe. Er war enorm einflussreich, ein Automobilnarr wie ihr Sohn, beide besaßen sie Rolls-Royce-Fahrzeuge. Northcliffe, geboren als Alfred Harmsworth, den aber viele nur »Chief« nannten, war der Arbeitgeber und Förderer von Rosabels Verlobtem, dem jungen Lord John Ramsgate. Die beiden reisten zusammen an. Deshalb bat sie die Gästerunde, sich ein wenig zu gedulden und noch einen Aperitif zu nehmen. Besonders der Sohn von Lady Merrymaid, der immer noch picklige zwanzigjährige Archibald, nahm das Angebot dankbar an.

Die Köchin rotierte, weil sie die Speisen länger servierfertig halten musste. Rosabel, nach English Rose duftend, biss sich immer wieder unauffällig auf die Lippen, damit sie schön verführerisch schimmerten, wenn die Männer aus London eintrafen. Sie parlierte gewandt mit Archi, der zweifellos in sie verliebt war. Er erinnerte Katherine an eine Kaulquappe. Wenn man aussah wie er, konnte man ja nur dem Alkohol zusprechen. Dazu noch dieses hohe, etwas alberne Gelache! Beinahe empfand sie Mitleid mit ihm. Doch seine Mutter verwaltete bis zu seiner Volljährigkeit für ihn ein großes Vermögen. Deshalb war er ein hervorragender Heiratskandidat und brauchte ihr Mitleid nicht.

Endlich, mit vierzig Minuten Verspätung, meldete Jones die Ankunft der überfälligen Gäste.

»Es tut mir so leid!«, dröhnte Lord Northcliffe gut gelaunt, als er sie begrüßte und ihr die Hand küsste.

Lord John Ramsgate folgte ihm. »Ein kleines Problem mit der Zündung.«

»Hauptsache, Sie sind gesund und munter angekommen, mein Lieber!«, erwiderte Katherine.

Rosabels Herz trommelte sichtlich im Stakkato, als ihr Verlobter mit schnellen Schritten auf sie zukam. Er sah so gut aus! Groß und schlank, breite Schultern, das dichte braune Haar glatt zurückgekämmt. Aus seinen olivgrünen Augen strahlte die pure Lebensfreude. Man merkte ihm den feinen Stall an, auch jetzt, da er sich mit jungenhaftem Charme über die Etikette hinwegsetzte und ihre Enkelin stürmisch in seine Arme schloss. So viel Unbeherrschtheit war nicht *comme il faut*, doch die meisten, vom ausgiebigen Aperitifgenuss gnädig gestimmt, sahen mehr oder weniger darüber hinweg. Die jungen Verlobten, nun ja. Hatten sich lange nicht gesehen. Seufzer, hach, neue Liebe, man wusste schließlich, wie schnell romantische Gefühle verflogen. Sollten sie die kurze Phase auskosten.

Es folgte allgemeines Geplauder. Wie war die Fahrt? Wie das Wetter in London? Schließlich saßen sie an der Tafel, ein Dutzend festlich gekleidete Menschen, und in der Küche konnte das Startzeichen gegeben werden. Das

Küchenmädchen ließ vor Aufregung eine Schüssel fallen, die Haushälterin verpasste ihm eine Ohrfeige. Aber danach lief alles reibungslos.

Ihr Sohn Charles und Lord Northcliffe waren sich einig darin, dass der neue Rolls-Royce Silver Ghost besser war als der Napier, der offiziell als bestes Automobil der Welt galt.

»Noch dieses Jahr wird das Gegenteil bewiesen werden, mein Lieber«, sagte Lord Northcliffe, »wetten, dass?«

Der Verleger war ein Selfmademan, in seinen Adern musste Druckerschwärze fließen. Ein hellhäutiger Anglo-Ire, hochgewachsen, kräftig, mit einem großflächigen, freundlichen Gesicht. Über ihn kursierten die wahnsinnigsten Geschichten, die ihn für Männer wie für Frauen zu einem lohnenden Gesprächsthema machten. Schon mit fünfzehn hatte er erste Artikel verfasst, mit siebzehn das Dienstmädchen seiner Eltern geschwängert, wenig später seine erste Zeitung gegründet und verkündet, eines Tages werde er sich einen Adelstitel wie ein anständiger Mann mit Geld erkaufen. Angeblich stammten die mit »X« gekennzeichneten Kommentare in der *Daily Mail* von ihm. Es hieß, er lasse Regierungsmitgliedern wichtige Geheiminformationen zukommen, um selbst Politik zu machen.

Katherine Moss betrachtete Lord Northcliffe nachdenklich. Er hatte das Selbstbewusstsein besessen, den ersten Adelstitel, den man ihm angetragen hatte, den des Knight Bachelor, abzulehnen. Er hatte den Rang als zu gering erachtet, weil er nicht vererbbar war. Ein Jahr später wurde er – als jüngster Mensch jemals – im Alter von erst vierzig Jahren zum Baron erhoben. Leider waren seiner Ehe bislang keine Kinder entsprungen, denen er seinen Titel hätte vererben können.

Darauf müssen wir auch achten, dachte Katherine. Dass wir uns nicht frühzeitig mit zu wenig abspeisen lassen. Ruhig ein wenig pokern. Immerhin, für die nächste Generation sah es sowieso gut aus. Rosabel und John würden ein perfektes Ehepaar sein. Was ihm an Vermögen fehlte, würde sie in die Ehe einbringen. Dafür ging sein Titel bereits seit vierhundert Jahren auf den ältesten Sohn der Familie über.

Charles erzählte Lady Merrymaid gerade, wie er John kennengelernt hatte. »Ich war auf Geschäftsreise in Ceylon unterwegs, genauer gesagt im Teeanbaugebiet Nuwara Eliya, und befand mich nach einem Unfall verletzt in den Bergen in einer sehr misslichen Situation, als dieser junge Mann des Weges kam und mich quasi rettete.«

»Wie reizend! Mein Neffe mütterlicherseits ist auf Ceylon als Offizier tätig«, erwiderte Lady Merrymaid. »Er erholt sich gern in dieser Bergregion, weil das Klima dort angenehmer ist als anderswo auf Ceylon. Besonders während der schwülen Regenzeit.«

»Ja, es ist ein kleines Paradies. Man findet zum Glück auch komfortable Hotels für den britischen Geschmack.« Charles wandte sich seinem künftigen Schwiegersohn zu. »Na, mein Lieber, fehlen dir eigentlich Ceylon und der Indische Ozean?«

John hatte dort nach seinem Militärdienst in der britischen Kolonialverwaltung gearbeitet, und, da seine beruflichen Aufgaben ihn unterforderten, angefangen, nebenbei originelle kleine Berichte über Land und Leute zu verfassen. Die hatte er Charles gezeigt, und der wiederum hatte Lord Northcliffe darauf aufmerksam gemacht. Woraufhin der Verleger mit sicherem Blick für Talente veranlasst hatte, dass der junge Mann zunächst als freier Mitarbeiter auf Ceylon und bald schon als fest angestellter Redakteur für die *Daily Mail* in London engagiert wurde.

»Nein«, erwiderte der Angesprochene. »Es war eine schöne Zeit, die Natur und Kultur Ceylons sind beeindruckend. Aber warum sollte ich mich dahin zurückwünschen, wo doch hier so spannende Herausforderungen auf mich warten?« Er lächelte charmant.

Rosabel schlug mit einer bezaubernden Mischung aus Koketterie und Bescheidenheit die Augen nieder.

»Er meint gewiss unseren Wickenwettbewerb«, sagte Lord Northcliffe schmunzelnd. »Ist tatsächlich eine große Chance für ihn. Er koordiniert nämlich als unser neuer Chefreporter alle redaktionellen Aufgaben rund um das Ereignis.«

Anfangs war John überhaupt nicht begeistert gewesen, als man ihn dazu verdonnert hatte, ein Reporterteam zu leiten, das kontinuierlich – von der Ausrufung des Wettbewerbs im Februar an bis zur Preisverkündung Ende Juli des Jahres – über die aktuellen Entwicklungen berichten und die Begeisterung stetig weiter anfachen sollte. Etwas Betulicheres als einen Blumenwettbewerb konnte er sich kaum vorstellen. In der Regel durfte er sich die Themen, über die er schrieb, selbst aussuchen. Mit seinen siebenundzwanzig

Jahren war er es bereits gewohnt, sich die Rosinen herauszupicken.

Der Verleger schien an ihm einen Narren gefressen zu haben, trotz seiner tragischen Familiengeschichte. Oder vielleicht gerade deswegen. John konnte schließlich nichts dafür, dass der Besitz seiner Familie versteigert worden war. Sein Vater hatte sich an der Börse verspekuliert und den Freitod gewählt. So war er gezwungen, seinen Lebensunterhalt selbst zu verdienen. Die Reportertätigkeit für die *Daily Mail* machte ihm jedoch zu seiner eigenen Überraschung riesigen Spaß.

Northcliffe hatte große Pläne mit ihm, wollte ihn im Laufe der Zeit zu einem leitenden politischen Redakteur und Kommentator der angesehenen Tageszeitung *The Times* aufbauen. Während Northcliffe die *Daily Mail* einst selbst gegründet hatte, eine Goldgrube, wie er gern zugab, hatte er die altehrwürdige, aber defizitäre *Times* aus Prestigegründen käuflich erworben. Das war ihm, dem Emporkömmling vom Boulevard, nur mithilfe von Strohmännern und dank einiger Zugeständnisse an die redaktionelle Führungsriege, der Old Gang, gelungen. Er hatte ihr Meinungsfreiheit und Nichteinmischung versprochen. Mittelfristig aber wollte Northcliffe ihn, John Ramsgate, als entscheidenden Mann einer neuen Gang aufbauen. Er sah ihn am Ende sogar als aktiven Politiker.

Dass der allseits bewunderte und gefürchtete Pressezar ihn förderte und in ihm Potenzial für eine politische Karriere erkannte, schmeichelte John. Obwohl nur achtzehn Jahre zwischen ihnen lagen, war er für ihn eine Vaterfigur.

Er bewunderte Northcliffes unglaubliches Gespür für die Stimmung im Volk. Zudem war er ein Arbeitstier, überquellend vor Ideen, Themen- und Verbesserungsvorschlägen für seine Zeitungen, die er den Chefredakteuren kurz und prägnant mitzuteilen pflegte. Zwar hörte man auch immer wieder mal Unsympathisches über den Verleger, manche unterstellten ihm sogar Größenwahn, doch das schrieb er dem Neid der weniger Erfolgreichen zu. Wer Großes erreichen wollte, musste zuerst groß denken.

Rosabel blickte wieder hoch, wie zufällig streifte ihr Schuh seine Wade unter dem Tisch. Die Berührung und ihr Lächeln unterbrachen seine Gedanken. Ein Prickeln durchlief seinen Körper.

»Du bist so süß«, flüsterte er ihr verliebt ins Ohr, als der zweite Gang – Fasanenbraten mit Pilzen, Thymian und Johannisbeergelee – serviert wurde. »Ich muss dich heute noch sehen.« Jeder fand sie hinreißend, entzückend, alle Männer schwärmten von ihr. »Allein ...«

Und er war wohl am allermeisten in sie verschossen. Zudem würde sie eine stattliche Mitgift in die Ehe einbringen und später ein erhebliches Vermögen erben. Wenn er auf politischem Parkett reüssieren wollte, brauchte er eine Frau wie Rosabel an seiner Seite. Damit hoffte er auch, die Ehre seiner Familie wiederherzustellen. Darin waren sie sich ähnlich – sie spürten beide ihren Auftrag, die Verantwortung gegenüber ihrer Familie. Derzeit allerdings kostete John es noch in vollen Zügen aus, dass er als Journalist eines Massenblatts Zugang zu einer bunten Welt erhielt, die ihm sonst verschlossen geblieben wäre.

»Sie kennen die Upperclass, mein Lieber«, hatte North-cliffe ihm neulich in London, als er sich von einer hartnä-ckigen Lungenentzündung erholen musste und nicht ins Verlagsgebäude kommen konnte, bei einem Spaziergang durch den Park Hampstead Heath gesagt. »Sie haben sie im Blut und sind trotzdem nicht blasiert, sondern noch hungrig. Sie müssen allerdings auch das Volk verstehen und lenken lernen, müssen ein Gespür für die Massen ent-wickeln. Genau dieses Gespür werden Ihre journalistischen Einsätze bei der *Daily Mail* schulen. Näher dran am Men-schen geht nicht.«

Er hatte seinen Vorgesetzten zweifelnd angesehen. »Aber ehrlich, Chief ... Durch Berichte über Wickensträuße?«

»Dieser Wettbewerb bindet neue Leser«, hatte North-cliffe ihm erklärt. »Das hohe Preisgeld werden wir um ein Vielfaches wieder einnehmen, glauben Sie mir.«

Viele einfache Leute würden nun regelmäßig die Zei-tung kaufen, sie würden Wicken säen, hegen und pflegen und ein halbes Jahr lang mit anderen Menschen darüber reden.

Der Mann ist einfach genial, dachte John anerkennend, während er den Chief beobachtete. Er hatte schließlich auch die Fortsetzungsgeschichte erfunden und als Erster große Schlagzeilen setzen lassen. Er hatte eine aufsehen-erregende Arktisexpedition finanziert, einen hochdotierten Motorboot- und einen Flugwettbewerb ins Leben gerufen. Die Berichte darüber rissen die Leute seinen Zeitungsjun-gen aus den Händen.

»Aber eintausend Pfund als ersten Preis auszusetzen«,

ließ sich nun wieder Lady Merrymaid mit ihrer schrillen Stimme vernehmen, »das erscheint mir doch sehr hoch. Da hätte wohl ein Zehntel gereicht.«

»Ich versichere Ihnen, dass Sie sich um meine Liquidität keine Sorgen machen müssen«, antwortete Northcliffe gelassen.

»Stimmt es, Alfred«, fragte Johns zukünftiger Schwiegervater, »dass du kürzlich beim Verkauf deiner Zeitung *The Observer* von dem Amerikaner Waldorf Astor dreiundvierzigtausend Pfund kassiert hast?«

Der Chief lächelte nur, aber er dementierte es auch nicht.

Rosabel genierte sich, weil ihr Vater so plump über Geld redete. Das war nicht vornehm. Doch selten sprach er über Dinge, selbst über Geschenke, ohne im nächsten Satz deren Preis zu nennen. Sie fand es auch etwas peinlich, dass ihr Verlobter arbeitete. Ein echter Gentleman ging lediglich Beschäftigungen nach, niemals einer Erwerbstätigkeit. John konnte sich noch nicht mal einen eigenen Diener leisten. Der Butler ihres Vaters würde ihm während seines Aufenthalts aufwarten müssen. Aber gut, die Zeiten änderten sich. Und wenn sie und John einen tiefen Blick tauschten, wenn sie sich ihre Zukunft in den feinsten Zirkeln ausmalte, und, zugegeben, wenn sie an seine Verliebtheit dachte, wog all das diese Mängel auf.

Als hätte er ihre Gedanken erraten, sprach John jetzt von einem Reportageeinsatz im vergangenen Monat. »Ich habe ja Anfang des Jahres über den Balten-Aufstand im East End berichtet«, hob er an. »Innenminister Churchill war bekanntlich dort und hat sich unnötig in Gefahr begeben, indem er eigenmächtig ein Polizeiregiment befehligte.« Bei der Belagerung der Sidney Street hatte es mehrere Tote gegeben.

»Der Mann ist enorm publicitysüchtig«, konstatierte Lord Northcliffe verächtlich. »Viele nehmen es ihm sehr übel, dass er sich unnötig in Gefahr gebracht hat.« Er ahmte Churchills Sprachfehler nach. »Allerdings muss ich zugeben«, lispelte er, »er weiß, wie's funktioniert.«

Ihre Großmutter verzog spöttisch amüsiert den Mund.

»Churchill war, bevor er in die Politik ging, der am besten bezahlte Kriegskorrespondent der Welt«, ergänzte John. Rosabel verstand den Hinweis als Versuch, seine Arbeit zu rechtfertigen und lächelte milde. Noch etwas schien ihm nun einzufallen. »Übrigens«, sagte er, »das fand ich etwas merkwürdig ... Mir war so, als hätte ich in der Nähe des Schauplatzes, als es zur Schießerei zwischen der Polizei und diesen Kommunisten und Anarchisten aus dem Baltikum kam, eure kleine Vorleserin aus Deutschland gesehen. Sie stand bei den Schaulustigen, meine ich. Kann das sein?«

»Unsere Anni? Im East End von London?« Ihre Großmutter schüttelte den Kopf. »Das kann ich mir nicht vorstellen. Etwa allein?«

»Das war nicht zu erkennen.«

»Das East End ist doch keine Gegend für eine junge Dame. Und dann noch bei einer Schießerei? Um Himmels willen! Allerdings waren wir zu der Zeit in London. Ich werde sie morgen dazu befragen.«

Man würde ihnen bis zu Johns Abreise nach dem Frühstück am kommenden Morgen keine Gelegenheit lassen, sich allein zu sehen. Rosabel kam sich ziemlich verrucht vor, als sie ihrem Verlobten diskret einen Zettel zuschob. Er entfaltete ihn unter dem Tisch, warf einen kurzen Blick darauf. *Um Mitternacht im Gartenpavillon.* Nur das Glitzern in seinen Augen verriet Vorfreude. Selbst Archi, der ihr gegenübersaß und dem Rotwein mehr zusprach, als seiner Mutter recht sein konnte, bekam davon nichts mit, denn sein Blick hatte sich an ihrem Dekolleté festgesogen.

Ihre Großmutter erwähnte den Besuch von Ethel Smyth, und schon lästerten alle über die Blaustrümpfe, die alten Jungfern und Mannweiber der Frauenbewegung. Auch sie hielt deren Kämpfe für überflüssig. Wie rabiat und unweiblich sie auftraten! Ihr lag die Welt längst zu Füßen. Sie würde in ihrem Leben schon durchzusetzen wissen, was sie sich wünschte – mit weiblicher Raffinesse.

Einer der Gäste, ein Medizinprofessor namens Tatler, strich sich nachdenklich den Spitzbart. »Es ist hinreichend belegt, dass Frauen emotionaler und weniger vernunftbegabt sind als Männer. Ihr Gehirn ist ja auch kleiner. Frauen stehen generell näher am Rande des Wahnsinns. Das sind wissenschaftlich gesicherte Tatsachen. Und wenn ich meinen Kollegen Sir Almroth Wright zitieren darf: Die Hälfte der englischen Frauen wird in den Wechseljahren geisteskrank.«

»Das scheint mir doch etwas übertrieben«, kommentierte ihre Großmutter mokant. »Ich befürworte ein Stimmrecht für jene Frauen, die über Einkommen und Besitz verfügen. Wer Steuern zahlt, sollte auch wählen dürfen, egal, ob Mann oder Frau.«

»Aber die Streitbarkeit, mit der die Frauenrechtlerinnen auftreten, ist zweifellos ein Zeichen für Geisteskrankheit«, beharrte der Arzt.

»Streiten wollen wir uns auf keinen Fall, mein Lieber«, lenkte ihre Großmutter ein. »Keine Sorge, das allgemeine Wahlrecht heiße ich keinesfalls gut. Damit würde man schließlich dem Lumpenproletariat Möglichkeiten eröffnen, mitzubestimmen über unsereins.« Sie lachte auf. »Mit einer stimmberechtigten Arbeitermehrheit würden wir den Bock zum Gärtner machen. Das Proletariat würde uns unseren Wohlstand nehmen, das ist doch logisch. Wieso sollte ich dann wohl dafür sein? Es dürfen ja auch nicht alle Männer wählen. Nur wer was hat, darf mitbestimmen, und so ist es richtig.«

Der Abend klang versöhnlich und heiter aus.

Nachdem sich alle zum Schlafen zurückgezogen hatten, machte Rosabel sich in ihrem Zimmer bettfein. Sie schickte ihre Zofe vorzeitig fort.

»Danke, den Rest schaffe ich allein.«

Dann parfümierte sie ihr Haar und zog einen Morgenmantel über ihr Nachtkleid. Jetzt schon durchrieselte ihren Körper ein Schauer nach dem nächsten. Wie kühn mochte John werden? Und wie weit würde sie sich darauf einlassen?

»Rosabel, mach auf!«, hörte sie da ein Flüstern vor ihrer Tür. Es war nicht die Stimme ihres Verlobten, sondern die von Archi. »Rosabel, lass mich rein. Ich muss mit dir reden.«

Sie ging zur Tür und flüsterte zurück. »Archi, du bist betrunken. Geh zurück auf dein Zimmer, bevor du das ganze Haus aufweckst.«

»Rosabel, ich verehre dich. Du bist so schön! Wenn du mich nicht erhörst, sterbe ich!«

Sie sah auf die Uhr. Schon fünf Minuten vor Mitternacht. Doch Archi dachte nicht daran zu gehen. Er flehte, er jammerte, er wurde lauter. Schließlich sperrte sie die Tür auf, um ihn zu vertreiben. Er nutzte die Gelegenheit und drang in ihr Zimmer ein. Seine schwitzigen Hände griffen nach ihr.

»Lass das! Verschwinde!« Sie musste sich wehren, es kam zu einem Gerangel.

Kurz darauf stand der Butler im Raum. Er packte den jungen Mann mit einem Sicherheitsgriff, hielt ihm eine Hand vor den Mund.

»Sir, bitte zwingen Sie mich nicht, Gewalt anzuwenden.« Archis Widerstand schien zu erlahmen. Jones brachte ihn in sein Zimmer und kehrte zurück zu Rosabel. »Er tobt und droht damit, aus dem Fenster zu springen. Ich musste ihn einschließen.«

»Ach du meine Güte!«

Einige der Gäste, die bei ihnen übernachteten, waren auf den Flur getreten. »Bitte gehen Sie wieder schlafen«, verkündete der Butler. »Entschuldigen Sie den kleinen Zwischenfall. Wir haben alles unter Kontrolle.«

Rosabel kämpfte vor Enttäuschung gegen die Tränen an. John wartete sicher schon im Gartenpavillon! Was würde er denken? Sie hoffte, dass er noch dort war, wenn sie sich endlich zu ihm schleichen konnte.

»Sie brauchen keine Angst zu haben, Miss Rosabel«, versuchte der Butler sie zu trösten. »Ich hole mir jetzt einen Stuhl und werde die ganze Nacht vor ihrer Tür sitzend Wache halten.«

»Nein«, wehrte sie entsetzt ab. »Das ist nicht nötig.«

»Wenn's sein muss, leg ich mich auch auf den Flur und schlafe hier.«

»Das halte ich wirklich für übertrieben.«

»Erlauben Sie, dass ich widerspreche, Miss Rosabel. Oder möchten Sie, dass ich Ihren Herrn Vater dazu befrage?«

»Nein, nein. Wir sollten die Angelegenheit nicht aufbauschen.«

»Ganz Ihrer Meinung. Aber diese Vorsichtsmaßnahme halte ich doch für erforderlich. Die Tugend einer jungen Dame ist ihr höchstes Gut.«

Rosabel verdrehte die Augen. Ihr blieb keine andere Wahl, sie musste sich geschlagen geben. »Gute Nacht, Jones«, sagte sie resigniert.

»Schlafen Sie wohl, Miss Rosabel.«

Anni fühlte sich wie eine Verbrecherin, als Mrs. Moss sie am folgenden Vormittag zur Rede stellte. »Wie kannst du dich in so einer finsteren Gegend herumtreiben? Lord Ramsgate hat dich beim Balten-Aufstand gesehen.«

»Ja, ich war Anfang des Jahres an meinem freien Tag im East End, ich hab Millie begleitet«, gab sie zu. Die Familie Moss hatte Silvester wie jedes Jahr in London gefeiert.

»Millie? Welche Millie?«

»Sie ist Hausmädchen bei Ihren Nachbarn in London, den Fairfields, Madam.«

»Das freche Ding?«

Auf den ersten Blick wirkte Millie kess und aufschneiderisch. Sie sprach mit einem grässlichen Unterschichtenakzent. Aber hinter der Fassade, das hatte Anni schon vor einiger Zeit entdeckt, steckte ein feiner Mensch.

»Sie wollte ihrer Familie, die im East End lebt, etwas zu essen bringen. Ich hab ihr beim Tragen geholfen.«

»Meine Güte, bei dieser Schießerei gab es Tote, Anni. Was hätten deine Eltern mir für Vorwürfe gemacht, wenn dir etwas geschehen wäre?« Mrs. Moss wirkte nicht amüsiert. »Eine junge Dame hält sich fern von Elendsvierteln.«

»Aber ...«, begann Anni.

Sie hob an zu erklären, dass sie doch gar keine Dame sein oder werden wolle, sondern schlicht und ergreifend eine Frau. Sie wollte nicht den Blick von Abgründen abwenden, auf immer naiv und unwissend bleiben oder auch nur so tun, sondern das Leben in seiner ganzen Breite kennenlernen, wie es war. Ein scharfer Blick von Mrs. Moss aber machte ihr klar, dass sie besser jede Art von Widerspruch herunterschluckte. Anni presste die Lippen aufeinander.

»Bitte, unterlass in Zukunft solche Sperenzchen. Das wirft auch ein schlechtes Licht auf uns«, beendete Mrs. Moss die Vorhaltung ärgerlich. »Sollte etwas Ähnliches noch einmal vorkommen, muss ich dich nach Hause zurückschicken.«

Anni schluckte und nickte halbherzig.

Rosabel kam zu ihrer gewohnten Zeit herunter. Lord Northcliffe und John hatten bereits gefrühstückt. In der Halle sah sie ihren Verlobten und seinen fragenden Blick. Sie konnte nur bedauernd mit den Achseln zucken. Die Männer trugen bereits Reisemäntel und Lederkappen fürs Automobil.

»Willst du dir vielleicht noch rasch meinen neuen Rolls-Royce Silver Ghost ansehen?«, fragte ihr Vater den Verleger.

»Auf jeden Fall!«, erwiderte Northcliffe. Gemeinsam gingen sie in Richtung Garage.

»Ich komme gleich nach«, rief John ihnen hinterher. Rosabel eilte zu ihm, er zog sie hinter eine Säule und umarmte sie. »Wo warst du denn nur?« Sie schilderte ihm, wie Archi sich lächerlich gemacht hatte. »Ich werde ihn zum Duell fordern«, erklärte John und knurrte übertrieben.

»Unsinn.« Sie lachte leise. »Führ mich lieber bald mal wieder zum Tanzen aus. Es stehen einige vielversprechende Mottobälle in London an.«

Sie liebte es, sich zu verkleiden. Und auf einem Ball, spätestens auf dem Rückweg, ergaben sich, wenn man es wollte, schon eher Gelegenheiten für intimere Situationen.

»Versprochen, meine Schöne.«

Er küsste sie, sie wehrte sich ein wenig – gerade genug, um nicht für unbeherrscht, triebhaft und unsittlich gehalten zu werden. Aber sie genoss es, Johns Zärtlichkeiten zu empfangen und zu spüren, wie seine Leidenschaft mit jeder Sekunde wuchs.

Borkum, Juli 2024

Die inzwischen geleerte Edelstahlkanne auf dem Stövchen fing an, fauchende Geräusche von sich zu geben, weil das Teelicht darunter noch immer brannte. Wieder war die Zeit wie im Flug vergangen.

»Hach«, sagte Alwine mit einem schwärmerischen Seufzer, »Tanzen ist ja so was Schönes!« Begeistert schweifte sie ab, um von ihrer Linedance-Gruppe zu erzählen, die einmal in der Woche in einem Versammlungsraum des Seniorenhauses In't Skuul trainierte. »Leider sind gerade einige Frauen krank oder im Urlaub. Und Männer fehlen uns sowieso, meist sind es nur drei, die kommen.«

»Linedance?«, fragte Marieke nachdenklich. Gerade noch war sie im Geiste mit eleganten Paaren zu Walzerklängen durch palastartige Säle geschwebt. »Das ist das, wo alle zu Countrymusik mit den Händen in den Hosentaschen wie Cowboys einzeln in Reihen stehen, herumtrampeln und immer mal die Richtung wechseln, oder?«

Nach ihrer Meinung war das kein Tanzen, sondern nur ein ziemlich tumbes Stampfen für Talentlose. Alwine nickte, ihre hellblauen Augen leuchteten.

»Wie ging's denn nun weiter mit Anni und ihren Wicken?« Tibo wirkte ungeduldig. Außerdem begann es schon wieder zu regnen, es wurde klamm in der Laube.

»Ich hab 'ne Idee!«, rief Alwine. Inzwischen duzten sie sich alle. »Ihr kommt nächsten Mittwoch mal mit und verstärkt unsere Truppe. Und danach gibt's von mir die Fortsetzung.«

»Och nö«, lehnte Marieke ab. Dazu verspürte sie so gar keine Lust.

»Ich wollte den Mittwoch eigentlich draußen im Weideland verbringen«, antwortete Tibo ausweichend.

»Tja, dann müsst ihr eure Pläne wohl ändern, anders geht's bei mir die nächste Zeit nicht. Entweder ... oder«, verkündete Alwine. »Ein Stein allein kann nicht mahlen.«

»Das ist Erpressung«, beschwerte Marieke sich. »Deine Tanzgruppe würde garantiert keine Freude an mir haben.«

»Gäste sind ausdrücklich erwünscht«, widersprach Alwine. »Auch Urlauber dürfen immer gern mitmachen.«

»Ich hab noch nie Country Line getanzt«, sagte Tibo.

Doch Alwine ließ keine Einwände gelten. »Um sieben Uhr geht's los.«

»Zu der Zeit ruft mich immer mein Freund Gardon an«, unternahm Marieke einen letzten hilflosen Versuch, das drohende Ungemach abzuwenden.

»Soll er eben früher anrufen oder später. Gute Nachbarschaft ist besser als weit entfernte Freundschaft«, beschied Alwine ihr und packte ihre alten Zeitungsausschnitte wieder zusammen. »Im Ernst, ich kann vorher nicht. Ich hab einen Termin auf dem Festland.« Um dessen Dringlichkeit zu verstärken, betonte sie, dass sie bei ihren beiden Cousinen im Wort sei. »Ich muss ihnen helfen, den Nachlass einer Tante zu ordnen. Zweimal war ich deshalb schon drüben, das wird auch wohl noch öfter fällig sein. Tant' Wübke hat einfach alles aufgehoben, die konnte nichts wegwerfen.«

Tibo sah Marieke achselzuckend an. Er verdrehte die Augen.

Sie musste lächeln. »Na gut,« versprach Marieke. »Wenn du danach für alle Zeiten blamiert bist in deiner Gruppe, Alwine, hast du selbst Schuld. Aber ihr kommt dann anschließend nach dem Tanzen zu mir.«

Als sie später mit Gardon telefonierte, fragte er, wie es ihr denn an diesem Vormittag ergangen sei. Und da erst fiel ihr auf, dass sie am Morgen nicht hatte weinen müssen.

»Lag vielleicht an der weiten Wanderung gestern mit Tibo zum Sturmeck«, sagte sie verwundert. »Ich hab echt was gelernt. Du glaubst ja nicht, nur mal als Beispiel, wie viele Kleesorten es allein auf Borkum gibt! Der Biologe hat mich unter anderem mit der Kriechenden Hauhechel bekannt gemacht, die wächst in den Dünen entlang der Strandpromenade, sehr hübsches Gewächs. Übrigens auch ein Schmetterlingsblütler.« Sie nannte den Fachbegriff betont routiniert. »Wenn du kommst, kann ich euch einander vorstellen.«

»Tibo oder die Kriechende Hauhechel?«

»Von mir aus beide, was gerade da ist.«

Gardon lachte. »Ich glaub, die Pflanzenkunde tut dir ganz gut, mach mal weiter so. Und dieser Tibo, was ist das für'n Typ? Muss ich mir Sorgen machen?«

»Bestimmt nicht. Wann kommst du denn nun nach Borkum?«

»Weiß ich noch nicht genau. Gibt gerade ein paar Komplikationen.« Er klang gestresst.

Kriselte es vielleicht in seiner Ehe? Da redeten sie immer nur über sie und ihre Probleme, und darüber hatte sie völlig vergessen, sich Gedanken um ihn zu machen. »Entschuldige, ich bin so egoistisch. Was ist los? Erzähl!«

»Ach, jetzt nicht, Mieke.« Er atmete hörbar aus. »Später, in Ruhe.«

»Jetzt mache ich mir Sorgen.«

»Nein, nein. Alles gut. Ich brauche nur noch etwas. Kümmer du dich schön um dich selbst und deine Wicken.«

Gardon schloss das Gespräch, nicht ohne sie wieder aufzufordern, mehr unter Leute zu gehen.

Eingedenk seiner Mahnung raffte sie sich am Sonnabendmittag dazu auf, das Bahnhofsfest zu besuchen. Neue Gleise wurden eingeweiht. Eindeutig ein Grund zum Feiern. Der Bahnhofsvorplatz war schon rappelvoll, eine kleine Band spielte gefällige Jazzmusik. Im Park hinter den Schienen auf dem Bouleplatz führten junge Frauen zu Musik mit schnellen Bässen ihre Workout-Moves vor. Angeregt plaudernde Niederländer flanierten mit verlockenden Desserts-to-go an ihr vorüber. Sie brauchte eine Weile, bis sie sich am Stand zwischen den Angeboten »Ostfriesen mit Rumrosinen und Sahne« und »Sanddorn mit Pfirsich und Schokoteig« entschieden hatte. Die Männer der Volkstanzgruppe ließen ihre Partnerinnen fliegen, als wären sie die Gondeln eines Kettenkarussells. Und dann übertrumpfte das Wetter mit einer spontanen Showeinlage sämtliche Darbietungen. Regenwolken türmten sich auf, grau, dunkelgrau und richtig fett, der Wind nahm Fahrt auf, zauste heftig an den Baumkronen, und ein Schauer brach los. Böen trieben Regenschwaden über den neu gepflasterten Platz. Marieke drängte sich mit anderen Menschen unters Vordach des Bahnhofsgebäudes. Im Nu bildeten sich große Pfützen. Der Wind riss Leinen mit bunten Fähnchen los, die quer über die nahe Bismarckstraße gespannt waren, und ließ sie durch die Lüfte peitschen.

Ein Warnsignal ertönte, es ersetzte die fehlenden Schranken. Die voll besetzte Inselbahn, gezogen von der historischen Lok Aurich, brachte Neuankömmlinge vom Fähranleger. Die Ärmsten wurden gleich beim Aussteigen mit Kind und Kegel patschnass. Nach einigen Minuten, als es im Westen schon etwas aufklarte, aber immer noch in Strömen goss, tauchte eine klägliche kleine Gruppe auf, noch nicht einmal zwei Handvoll Demonstranten. Entschlossen erklommen zwei Gestalten in Regencapes eine Parkbank hinter den Gleisen. Wie auf einer Minibühne standen sie direkt vor der Menschenmenge, die noch immer unter Vordächern Schutz suchte, und hielten zwei Transparente hoch. Ihr Protest richtete sich gegen die Gasbohrungen des niederländischen Konzerns One-Dyas in der Nordsee – dreiundzwanzig Kilometer nordwestlich von Borkum an der niederländisch-deutschen Grenze. Dadurch sahen sie das direkt angrenzende Weltnaturerbe Nationalpark Wattenmeer gefährdet. Seit Monaten schon wurde mit allen juristischen Mitteln und viel hin und her um die Genehmigung dieses Erdgasprojektes gerungen. Natürlich fürchteten viele Borkumer, einschließlich des Gemeinderats, um die Lebensqualität auf der Insel und um deren Attraktivität als Urlaubsziel.

Auf einmal erkannte Marieke unter einer triefend nassen Kapuze ein Gesicht – Tibo gehörte zu den Demonstranten. Er sah sie nicht.

Sie fotografierte seine Truppe und schickte ihm die Aufnahme per WhatsApp. *Tapfer! Hoffe, du hast genügend Handtücher* ☺ Sie wartete jedoch keine Reaktion von ihm ab. Als Minuten später der Regen aufhörte, machte sie sich auf den Weg zum Hauptstrand.

Marieke liebte den weiten Blick von oberhalb der Promenade über den Musikpavillon hinaus aufs Meer, besonders die Aussicht, die sich vom Holzbohlenweg weiter westlich in Richtung Kurhaus eröffnete. Hier erkannte sie doch tatsächlich, zum Greifen nah, eine blühende Kriechende Hauhechel.

»Hallo.«

Sie war ganz stolz, dass sie die Pflanze nun benennen konnte und grüßte sie leise wie eine alte Bekannte. Weniger als zehn Minuten nach dem Wolkenbruch strahlte der Himmel über der Nordsee klar und blau, als könnte ihn kein Wölkchen trüben.

Tibo antwortete erst spät am Nachmittag. *Danke. Bin inzwischen wieder trocken.* Er fragte, ob sie ihn bei seiner auf Sonntag vorgezogenen Radtour ins Weideland begleiten wolle. Da sie nichts Besonderes vorhatte, stimmte sie zu.

Auch sonst fuhr sie gern mal auf der Ostfriesenstraße hinaus in den Inselosten. Früher hatte es am Ende dieses

Radwegs einen zauberhaften Rosenhügel gegeben, einen von Wildrosen und hohen Pappeln bewachsenen, versandeten Bunker in den Steerenk-Klipp-Dünen, der zur Batterie Duala gehört hatte. Ihre Großeltern hatten ihr einst diesen besonderen Ort gezeigt. Der Großvater hatte ihr von Versuchen des Wernher von Braun mit den ersten Raketen der Weltgeschichte, Max und Moritz genannt, an genau dieser Stelle berichtet, und ihre Großmutter hatte ihr erklärt, dass Steerenk das plattdeutsche Wort für Seeschwalben sei. Leider waren die Bäume vor einigen Jahren gefällt worden. Nun wirkte der Platz weniger geheimnisvoll. Aber er gewährte nach wie vor eine der besten Fernsichten.

Tibo erwartete sie am Treffpunkt vor dem Fischhus Byl, das kürzlich, in vierter Generation geführt, für immer geschlossen hatte. Sie trugen beide Kleidung im Zwiebellook, um für mindestens drei unterschiedliche Wetterlagen gerüstet zu sein. Graue durchhängende Wolken, wie mit wenigen Pinselstrichen auf feuchtes Papier getuscht, ließen das satte Grün der Weiden kräftiger leuchten. Marieke spürte, wie gut ihr die frische Luft tat, und die schlichte Schönheit der Landschaft wirkte auf sie beruhigend.

»Was machen die Wicken an deinem Zaun?«, erkundigte Tibo sich.

»Die Witterung scheint ihnen nicht zu behagen«, antwortete sie. »Ich wundere mich, dass sie überhaupt so weit gediehen sind. Aber mein Haus steht einigermaßen geschützt, eigentlich ist die Stelle recht sonnig. Wenn mal die Sonne scheint. Hoffentlich trauen sich noch ein paar Blüten.«

Sie mochte den Biologen, er hatte ein sympathisches Lachen. Seinen Blick auf die Natur fand sie zwar speziell, aber auch sehr unterhaltsam.

Sie fuhren nebeneinanderher auf dem Radweg, der hinter Pappeln an einem schilfbewachsenen Graben parallel zur Straße verlief. Ab und zu wurden sie überholt von Urlaubern auf E-Bikes. Von Leuten, die doppelt so breit und doppelt so alt waren wie sie und denen man deshalb niemals zugetraut hätte, dass sie siegreich aus einem Überholmanöver hervorgehen könnten. Schon wieder zog so ein Couchpotato an ihnen vorbei.

Tibo schnappte Mariekes empörten Blick auf und lachte herzhaft. »Alles nur feige Materialüberlegenheit«, versuchte er sie zu trösten.

»Genau«, gab sie zurück und trat kräftiger in die Pedale, »wir arbeiten noch mit purer, ehrlicher Muskelkraft.«

Kurz vorm Jägerheim, an der Kreuzung Ostfriesenstraße/ Barbaraweg, wurden sie von einem kleinen Areal voll mit hohen, gelb-rot geringelten Wildblumen überrascht, die herrlich altmodisch aussahen. Sie hielten an.

»Kokardenblumen«, sagte Tibo.

Eine Infotafel verriet, dass die Gruppe Naturfreunde Borkum sie ausgesät hatte, als Beitrag für den Pflanzwettbewerb »Deutschland summt«. Tibo kannte natürlich gleich wieder die passende Internetseite und zeigte sie ihr auf dem Smartphone.

Anschließend radelten sie auf dem Waldlehrpfad, am kleinen Flugplatz und am Emmich-Denkmal vorüber bis zum Café Ostland, das damit warb, das letzte Restaurant vor Juist zu sein. Dort stärkten sie sich mit dicken, herzhaften Pfannkuchen. Weiter ging es durch die Ostlandweiden zum Tüskendörsee. Dort grasten zottelige braune Urviecher statt der schwarzbunten Friesenkühe, die früher das Inselbild geprägt hatten. In Mariekes Kindheit hatte noch jede Milchbude am Strand Dickmilch und Quark von glücklichen Borkumer Kühen angeboten.

»Das sind ... äh ...« Sie überlegte.

»Galloway-Rinder«, sagte Tibo.

»Es lag mir auf der Zunge«, behauptete Marieke. Am Binnensee legten sie erneut einen Zwischenstopp ein. Dass hier Wasservögel und Bodenbrüter ihren Nachwuchs aufzogen oder Rast auf der Durchreise machten, wusste sogar Marieke. Tibo nahm sein Fernglas, schaute langsam in die Runde und zeigte schließlich auf einen Raubvogel. »Ist das nicht ein Falke?«, fragte sie. Völlig unbeleckt war sie ja nun doch nicht, was Flora und Fauna anging.

»Stimmt, ein Turmfalke! Der ist zum Glück nicht bedroht. Du erkennst ihn leicht am Rüttelflug, sieh mal!«

Der Vogel stand quasi in der Luft wie ein Hubschrauber, er flatterte mit den Flügeln, sein Kopf aber blieb ruhig. Offenbar spähte er in den Wiesengrund. Unvermittelt schoss er nun im Sturzflug auf ein Objekt seiner Begierde hinunter.

»Was frisst der?«

»Kleine Nager, vielleicht 'ne Wühlmaus.«

»Ah, Wühlmaus. Gut so. Die haben bei mir im Garten die Tulpenzwiebeln angeknabbert.«

»Im Frühjahr konnte ich hier mal beobachten, wie ein Seeadler im Flug eine Ringelgans geschlagen hat.«

»Wie? Er hat sie geschlagen?« Irritiert schaute Marieke ihn an.

»Na ja, so sagt man. Er hat sie sich gekrallt.«

»Wie grausam.«

Er schüttelte den Kopf. »*C'est la vie.*«

»Ich weiß.« Sie verzog das Gesicht. »Aber echt ... Hier leben Adler?« Die majestätischen Vögel brachte sie mit Bergen in Verbindung.

Er nickte nur, sein Blick dagegen sagte: Wie kann man denn so etwas Wichtiges nicht wissen? Und ihr kam ein ganz neuer Gedanke: Da hielt sie ihn die ganze Zeit für einen Fachidioten, eine Art High-End-Autisten mit Inselbegabung für Grünzeug – wobei, sie unterdrückte ein Grinsen, das Wort Inselbegabung auf Borkum natürlich noch eine andere Bedeutung erhielt –, doch war es möglich, dass in seinen Augen sie die Idiotin war, eine Analphabetin in Sachen Natur?

Immerhin, sie gab sich Mühe, zeigte sich interessiert, wenn er auf etwas wies, und spottete zumindest nicht äußerlich über die putzigen Bezeichnungen. Rotbraunes Quellried, Punktierte und Dreinervige Segge etwa – das waren unter Schutz stehende Raritäten. Sumpf-Glanzkraut und Schwarzes Kopfried dagegen fand man überall. Marieke erfuhr die Namen von Tieren und Pflanzen, die sie vom Ansehen her schon ewig kannte. Doch sie bemerkte, dass es etwas an ihrem Verhältnis zu ihnen veränderte, sobald sie deren Namen wusste. Ihre Wertschätzung für sie stieg, weil sie ihr nun als individuelle Lebewesen entgegentraten.

»Durstig?«, fragte Tibo.

Sie nickte. Beide hatten sie etwas zu essen und zu trinken mitgenommen. Sie machten es sich in einem offenen kleinen Holzpavillon bequem und teilten den Proviant. Er erzählte mehr von seiner Arbeit. Marieke passte auf, dass sie ihn nicht aus Versehen berührte, wohl wegen ihrer unterschwelligen Furcht vor kühler Alabasterhaut. Dabei war er inzwischen leicht gebräunt.

Sie fragte ihn nach seiner Frau. Es dauerte eine Weile, bis er antwortete, und sie ärgerte sich schon, dass sie das Thema angesprochen hatte.

»Ist gestorben«, erwiderte er schließlich und räusperte sich. »Vor vier Jahren. Krebs.«

»Oh, das tut mir leid.« Betreten schaute sie zur Seite. »Ich dachte nur ... weil du einen Ehering trägst.«

»Ich habe bislang keinen Grund gesehen, ihn abzulegen.«

»Hmm. Verstehe.«

»Und du?«

»Geschieden. Seit einem Jahr offiziell.«

»Aha.« Sie schwiegen. Nur Insektengesumm, Vogelrufe und Entengeschnatter waren zu hören. Ein Inselflieger brummte über ihre Köpfe hinweg. Marieke stieg ein würziger, krautiger Duft in die Nase. Zu ihren Füßen hatte sich ein Gewächs, das sie an Heide erinnerte, ausgebreitet wie ein Teppich. Wieder folgte Tibos Blick dem ihren. »Schwarze Krähenbeere«, erklärte er ungefragt. »Gehört eigentlich eher in die Greune Stee.« Sie nickte nur.

»Warum eigentlich kannst du vormittags nie?«, wollte er wissen. »Arbeitest du dann?«

Sie überlegte, was sie ihm antworten sollte – ich hab eine Stoffwechselkrankheit, einen zu niedrigen Blutdruck, ich schreibe vormittags immer konzentriert an einem neuen Ratgeber, meine Energie reicht einfach nicht, ich muss meine Haustiere versorgen, oder ich meditiere, um mein Karma zu verbessern? Sie atmete tief durch. Man konnte doch nicht einfach sagen »Ich leide an einer noch unerforschten Halbtagsdepression«. Oder sollte sie es doch einfach mal wagen? Ihm fiel ihr inneres Ringen vermutlich schon auf, er sah sie aufmerksam an.

»Ich ... also ... Ach, ich komm morgens einfach schwer in die Gänge«, sagte sie lächelnd möglichst leicht dahin. Das allein war schon peinlich genug in einer Welt, die Tüchtigkeit an der Uhrzeit des Aufstehens maß.

Ihre Blicke trafen sich. Sie fühlte sich durchschaut. Tibo erkannte wohl die Traurigkeit hinter ihrem Lächeln.

»Das kenn ich«, sagte er leise. »Nach dem Tod meiner Frau bin ich in ein tiefes Loch gefallen.«

Sie musste schlucken. »Und wie bist du da wieder rausgekommen?«

»Ich weiß es nicht so genau. Mit der Zeit ...« Er überlegte. »Auf jeden Fall hat die Natur mir sehr geholfen.«

»Mehr die Botanik oder Landschaften?«

»Beides. Das Meer natürlich besonders. Das Gefühl von Zeitlosigkeit, das zum Beispiel an einem weiten, einsamen Strand aufkommt, ist ein gutes Heilmittel. Für mich jedenfalls. Anderen Leuten hilft vielleicht eine Almwiese oder gregorianische Kirchenmusik.« Sie verspürte noch immer ein schlechtes Gewissen, weil sie mit der Frage nach seiner

Frau sicherlich schmerzhafte Erinnerungen in ihm geweckt hatte. Deshalb passte sie nicht ausreichend auf, als er anfing, über die Einzigartigkeit der ostfriesischen Salzwiesen zu dozieren. »Ich erinnere mich an mein erstes Mal«, berichtete er. »Es war auf der Insel Spiekeroog. Nach einem anstrengenden Fußmarsch durch die Dünen öffnete sich die hügelige Sandwüste, und vor mir lagen in einer Zone zwischen Meer und Land weite niedrige Blütenfelder in unterschiedlichen Farben. Mir schien, als würde gerade eben ein neues Stück Welt erschaffen, und ich durfte Zeuge dieses Schöpfungsakts sein.« Fasziniert lauschte sie seinen Schilderungen, und als er sie einlud, ihn auf der nächsten Wattwanderung mit Albertus Akkermann, Borkums singendem Wattführer, zu begleiten, überlegte sie nicht lange.

»Klar, bin dabei.«

»Heutzutage werden bei einer Wattwanderung anders als früher Austern zur Verköstigung angeboten«, wusste Tibo. »Und Albertus spielt auch Akkordeon.«

»Ich hab ihn schon mal gehört. Das war, glaub ich, als der Verein Borkumer Jungs in der Süderstraße den Maibaum aufgestellt hat und die Trachtengruppe drum herumgesprungen ist.« Kurz darauf dämmerte ihr, dass sie Wattwanderungen doch eigentlich hasste. Als Schülerin hatte sie sich einmal mit der Klasse durch zähen Schlick kämpfen müssen, immer voller Angst, auf eine scharfe Muschelkante oder einen glitschigen Wattwurm zu treten oder sich einen Sonnenbrand zu holen. Die Tour hatte gefühlt fünf Stunden gedauert, und anschließend war sie erkältet gewesen. Aber jetzt konnte sie schlecht einen Rückzieher machen. Auf was für bekloppte Sachen ließ sie sich da eigentlich dauernd ein?

»Schlimmer als Alwines Country-Linedance-Gruppe kann's nicht werden«, sprach sie sich laut Mut zu.

Er lachte. »Wir lassen es entspannt auf uns zukommen.«

Schon wieder begann es zu regnen.

»Das hab ich noch nicht erlebt!« Sie ächzte genervt. »Dass es wirklich taaa-ge-lang fast am Stück regnet, nieselt, schüttet oder schauert. Mir wachsen bald Schwimmhäute zwischen den Fingern.«

»Hängt alles mit dem Klimawandel zusammen.«

»Och, bitte. Mag ja sein. Aber ich kann's nicht mehr hören.«

Der Regen wurde heftiger und zwang sie, den Ausflug zu beenden. Sie zogen ihre Outdoorjacken über, schnürten die Kapuzen fest zu und radelten so schnell es ging zurück, jeder direkt zu seinem Quartier.

Völlig erschlagen nach der anstrengenden Tour machte Marieke es sich mit einer Wolldecke auf dem Sofa gemütlich. Sie ärgerte sich über ihre Zusage zur Wattwanderung. Warum nur hatte sie eingewilligt? Sie mochte überhaupt keine Austern. Was interessierten sie Wattwürmer und Co.? Die Vorstellung, barfuß auf eine Schnecke, einen Krebs, auf scharfkantige Muscheln oder große Würmer zu treten, war ihr zuwider. Wenn sie Gummistiefel anzöge, würden die wahrscheinlich dauernd im Modder stecken bleiben. Sie hörte es schon plopp-plopp machen.

Der Zufall wollte es, dass ihr kurz darauf ein Artikel der

Ostfriesen-Zeitung in die Hände fiel, in dem es um Regeln fürs Wattwandern ging. Ungeübte Personen könnten leicht ermüden oder feststecken, hieß es. Hitzestich und Dehydrierung drohten. Gelegentlich tauchten Schlicklöcher auf, in denen man ähnlich wie im Treibsand schnell bis zur Hüfte versinken könne. Wattführer würden deshalb immer ein Rettungsseil mit sich führen. Das klang nicht nach Vergnügen, sondern nach Survivaltraining. Ein Graus.

Sie schaute zum Fenster hinaus. Grau und windig, keine Spur von Julifeeling. Wenn wenigstens das Wetter angenehmer wäre! Wie kam sie bloß aus der Nummer wieder raus?

Um sich abzulenken, sah sie sich auf YouTube Videos von Line-Tänzen an. Eigentlich konnte es so schwer nicht sein. Sie war einigermaßen musikalisch, und rhythmische Sportgymnastik hatte ihr als Schülerin viel Spaß gemacht. Es würde schon nicht so schwierig werden.

Die Leiterin der Tanzgruppe begrüßte sie am Mittwochabend sehr freundlich. Alwine hatte sie wohl bereits instruiert. Außer ihnen waren noch zwei weitere Teilnehmerinnen zum ersten Mal dabei, eine Seniorentanzgruppenleiterin aus Bremen, so Anfang achtzig, und eine Kölnerin, etwa siebzig. Beide verfügten allerdings schon über einschlägige Erfahrungen. Insgesamt waren sie zehn Frauen, acht davon im Rentenalter, und drei Männer, alle mittelalt. Tibo nahm zwischen Alwine und ihr Aufstellung. Sein Gesichtsausdruck verriet eine Mischung aus Amüsiertheit und Schicksalsergebenheit, nach dem Motto: Was tut man nicht alles für die Wissenschaft?

Die Leiterin erklärte die Tanzschritte für das erste Stück, das *Freeze* hieß. Nach ein paar Trockenübungen schaltete sie ihre mit einer kleinen Lichtorgel verbundene Musikanlage ein, und die Gruppe legte los. Einige hatten die Daumen lässig in ihre Gürtelschlaufen geschoben. Tibo schlug sich wacker, für Marieke aber entwickelte sich das Ganze schnell zur Vollkatastrophe. Sie konnte sich die Schrittfolge einfach nicht merken. Dass sie dermaßen untalentiert war, hatte sie nicht erwartet. Sie änderte ihre Taktik und suchte sich eine gute Tänzerin als Vorbild, ahmte deren Bewegungen nach – natürlich stets mit Verzögerung. Und dann verdeckten ihr auch bald andere die Sicht. Sie fühlte sich wie die Hauptdarstellerin in einem Slapstickfilm aus der Stummfilmzeit.

Die Bremerin klatschte zwischendurch immer in die Hände – die anderen nicht. »In Bremen machen wir das aber so«, betonte sie in der anschließenden Pause. Die Kölnerin – »Ich hab eine Knieprothese, deshalb musste ich mit dem Tanzen aufhören ...« – hatte genau diesen Tanz mit einer ganz anderen Choreografie gelernt.

Beim nächsten Stück, *Beautiful Sunday*, wuselten alle durcheinander. »Mädels, das nennt man Linedance, Liiieni-en-tanz!«, mahnte die Chefin.

»Es wäre viel mehr Ansage erforderlich«, kritisierte die Bremerin. »Das muss klar und deutlich gezeigt werden. Also, diese Drehung machen wir beim Seniorentanz nicht. Ich hab ja auch mit meinem Innenmeniskus zu tun.«

Alwine gab Marieke flüsternd den Rat, kleinere Schritte zu machen. »Das hab ich am Anfang auch falsch gemacht.«

Die Tanzerprobten unter den Borkumerinnen lächelten sie immer wieder aufmunternd an. Aber es blieb kompliziert. Hinzu kam die Herausforderung, die Schritte an der richtigen Stelle mit einem Händeklatschen oder Fingerschnipsen zu koordinieren. Es erinnerte Marieke an ihre erste Fahrstunde. Lenken, nach vorne und in den Rückspiegel schauen, Kupplung drücken, Gang wechseln, bremsen, abbiegen, und das alles gleichzeitig.

»Jetzt der gedrehte Shuffle!«, rief die Anführerin. Eine mittelalte Frau kämpfte mit dem richtigen Tip-tap-toe, sie versuchte es mehrfach. »Ich schaff das«, redete sie sich energisch zu, »ich schaff das!« Marieke sah Tibo an, sie mussten gleichzeitig schmunzeln.

Zu *Black Coffee*, einem melancholischen Countrysong, spürte sie einige Sekunden lang, wie schön es sein konnte, wenn es mal flutschte. Eine Frau besang das Ende ihrer Liebe und den Zustand, wie man schwarzen Kaffee trank und nicht wusste, ob man die Trennung überleben würde. Dieser traurige Song war durch und durch ehrlich, authentisch, er traf sie mitten ins Herz. Absichtlich hielt sie sich in der hinteren Reihe, damit möglichst wenige ihr dilettantisches Gehopse und die Tränen in ihren Augen sahen. Tibo übertrieb es ein wenig mit sexy Schulterrollen, Hüftschwung, klapp und schnips. Er hoffte offenbar, damit über die Verknotungstendenzen seiner Beine hinwegtäuschen zu können.

»*Honky Tonk Groove*, Shuffle rechts, kreuzen und vorher kick!«, lautete die Anweisung.

Nach einer für Marieke überraschenden Drehung tanzte

plötzlich die gesamte Gruppe zielstrebig geradewegs auf sie zu. Wohin? Alles, was sie unternahm, war komplett verkehrt. Panik! Sie wich zurück in eine dunkle Ecke des Raums und ließ sich auf einen Stuhl fallen. Es war ihr Waterloo. Sie schaute nur noch zu und beobachtete, wie unterschiedlich die anderen sich bewegten. Hölzern oder geschmeidig, verführerisch oder trotzig. Einige tanzten mit großem Ernst und voller Konzentration, andere selbstvergessen und mit Hingabe.

Wie viel Sehnsucht nach Leben schwebte da durch den Raum! Ausgerechnet die größten Schwergewichte bewältigten die Herausforderungen besonders leichtfüßig. Demütig geworden durch ihr grandioses Scheitern, betrachtete Marieke die Gruppe einen Moment lang mit Rührung. Sie erkannte das Aufbegehren jedes Einzelnen – gegen das Alter, gegen körperliche Einschränkungen, gegen landläufige Schönheitsideale. Sie wollten Freude in ihren Alltag bringen, und das schien ihnen überwiegend zu gelingen.

Wo steckte eigentlich Tibo? Ach, er hatte sich in die andere Ecke zurückgezogen. Wieder tauschten sie über die Köpfe der anderen hinweg ein kleines einverständliches Lächeln.

»Eigentlich müsste ich erst noch duschen«, sagte Alwine schnaufend, als das Training beendet war. »Aber ich hab euch ja versprochen weiterzuerzählen.«

Zu dritt brachen sie auf. Dass inzwischen die Sonne durchgekommen war, hob ihre Stimmung.

Marieke hatte schon vorgekocht und den Esstisch gedeckt. So brauchte sie nur noch frische Garnelen und flüssige Sahne in ihre berühmte Ostfriesische Krabbensuppe zu geben. Während sie ein Baguette in kleine Scheiben schnitt, bat sie Tibo, den Weißwein einzuschenken. Beim Aufkochen der Suppe entfalteten sich in der Küche Aromen von Weißwein, gedünstetem Porree, Möhren und Zwiebeln. Doch als sie am Tisch saßen, stieg ihnen ein anderer, viel lieblicherer Duft in die Nase. Marieke staunte, denn sie hatte nur einen einzigen Wickenstängel abgeschnitten. Er stand in einer kleinen Glasvase auf dem Tisch. Die Farben der Blüten wechselten, wie gemalt, von einem hellen Rosa im Innern zu kräftigem Pink nach außen hin.

»Ah, Painted Lady«, erkannte Tibo sofort, »ein Klassiker der historischen Sorten, schon im 18. Jahrhundert äußerst beliebt. Ich hab mich noch mal ein bisschen kundig gemacht zu dem Thema.«

»Die hier mochte Anni besonders«, wusste Alwine, die rasch ein paar alte Zeitungsausschnitte von nebenan geholt und sich wohl auch noch etwas frisch gemacht hatte. »Genau diese Sorte gehörte nämlich zu den ersten Wicken, die sie damals selbst ausgesät hat.«

Willow Hill, London, März 1911

Anni wischte sich den Schweiß von der Stirn. Endlich hatten sie und Meg die Erde des Beetes neben der Teppichstange ausreichend gelockert, verrottetes Laub und dampfenden Mist eingearbeitet und zwei Meter hohe Rankhilfen aus Haselruten, in zwei Reihen gegeneinander gestützt, aufgestellt.

»Nun könnten wir mit der Aussaat beginnen.« Saatgut fehlte ihr allerdings noch. Hoffentlich rissen die Ausgaben dafür kein allzu großes Loch in ihren Geldbeutel. »Zu Hause in Deutschland würden wir so früh im Jahr draußen noch nichts aussäen«, sagte sie auf eine Grabgabel gestützt. »Es könnte immer noch Frost geben.«

»Aber bei uns hat's den ganzen Winter über nicht gefroren«, beruhigte sie Meg, während sie auf einem Flechtstuhl ausruhend in die schon wärmende Frühlingssonne blinzelte. Mr. Hopkins setzte einige Meter von ihnen entfernt vor seinem Häuschen Wickenpflänzchen, die er bereits seit Oktober in Töpfen vorgezogen hatte.

»Dadurch sind sie robuster«, erklärte er Anni. »Das mache ich jedes Jahr so.« Er sah ihre Enttäuschung. »Aber trotzdem hast du noch alle Chancen. Dein Standort ist auch nicht übel: viel Sonne und Halbschatten in der Mittagszeit. Das mögen Wicken.«

Bereitwillig gab er seine Erfahrungen weiter. Und er kannte sich wirklich sehr gut aus, denn in seiner Jugend waren Duftwicken die Modeblume Nummer 1 gewesen. Er erinnerte sich auch lebhaft an die Ausstellung zum zweihundertjährigen Jubiläum der Sweet Peas oder *Lathyrus odoratus* in London anno 1900. »Kurz darauf wurde die Nationale Wickengesellschaft gegründet. Ich besitze sämtliche Booklets von ihr, die Jahr für Jahr zu den neuesten Entwicklungen erscheinen.«

An der Holzpforte klopfte es. »Hallo allerseits!« Jim Harrison, im gebügelten karierten Hemd, das braune Haar frisch gescheitelt und gekämmt, betrat den Garten. »Kann ich helfen?« Er lächelte schüchtern, sein Auftreten stand im Widerspruch zu seiner kräftigen männlichen Statur. Ein Hauch von Kernseife umgab ihn.

»Tag, Jim, mein Junge! Schön, dass du da bist.«

»Herzlich willkommen!« Megs Wangen bekamen mehr Farbe, als sie den jungen Mann begrüßte.

Auch Anni freute sich, Jim zu sehen. Er hatte so eine freundliche, grundehrliche Ausstrahlung. Und er brachte ihnen fünf kleine Packungen Wickensamen mit. Es raschelte in den schlicht beschrifteten Papiertüten, als er sie auf den Gartentisch warf.

»Da, aus meinem Geschäft. Das sind meine besten.«

»Woher wusstest du, dass wir gerade jetzt so weit sind?«, fragte Meg.

»Und dass uns noch Samen gefehlt haben?«, ergänzte Anni verblüfft. »Was sollen die denn kosten?«

Mr. Hopkins und Jim wechselten einen verschwörerischen Blick. »Geschenkt«, antwortete Jim großzügig. »Ich betrachte das als Werbemaßnahme für meinen Betrieb. Aber falls du beim Wettbewerb der *Daily Mail* gewinnst, Anni, musst du immer dazusagen, dass die hervorragenden Samen von Harrisons Gartenbedarf stammen.«

»Versprochen!« Anni strahlte. Sie studierte zusammen mit Meg die Aufschriften. »Oh, Painted Lady! Wie bist du gerade darauf gekommen?«

»Du hast neulich mal gesagt, dass du die ganz alten und die Eckford-Züchtungen lieber magst als die neuen Spencer-Cultivare, weil sie intensiver duften. Deshalb hab ich für dich die Cupani, Painted Lady, Miss Willmott und Cheshire Blue ausgesucht und eine gemischte Überraschungstüte zusammengestellt.«

»Ach, Jim, das ist furchtbar nett von dir. Danke!«

»Ich ziehe ja die Sorten vor, die der Gärtner des Earl of Spencer gezüchtet hat«, ließ sich Mr. Hopkins vernehmen. Seit zehn Jahren eroberten diese Neuheiten die Herzen von Hobbygärtnern, immer mehr schmückten die Zäune der Landhausgärten. Die größeren Blüten, vor allem die mit den gewellten Rändern, galten als kapriziöser, manche fanden sie frivoler. Warum, das verstand Anni nicht so recht. Einige Experten behaupteten, sie passten besser in diese Zeit, die nicht mehr ganz so prüde war wie die Viktorianische Epoche. »Die Spencers gibt's in ungewöhnlichen Farben, und sie sind nicht so verdammt empfindlich. Was macht's da schon, dass sie etwas weniger duften?«

»Ach, sie sind doch alle schön, Grandpa.« Die sensible Meg versuchte wie immer zu vermitteln. Anni bemerkte es wohl. Ihre Freundin ertrug keine Meinungsverschiedenheiten, selbst wenn sie harmlos waren. Blumen stellte sie nie in kaltes, sondern immer in lauwarmes Wasser. Wie ein Seismograph spürte Meg aus der Ferne möglicherweise nahende Spannungen und bemühte sich um Ausgleich. »Trinkst du einen Tee mit uns, Jim?«, fragte sie.

»Das würde ich gern. Aber ich muss zurück in den Laden. Es ist Frühjahr! Da wollen alle in den Garten und brauchen Saatgut, Zubehör und fachkundige Beratung.«

»Soll man die Wickensamen nicht vorm Aussäen über Nacht einweichen?«, fragte Anni. Sie hatte mal so was gehört.

»Nicht länger als vier Stunden«, behauptete Jim.

»Die einen sagen so, die anderen so. Manche wickeln sie auch vorher in feuchte Tücher ein«, steuerte Mr. Hopkins bei. »Ich knips die Samen nur an.«

Das klang reichlich kompliziert. »Ach, weißt du was, Meg«, sagte Anni, »wir lassen der Natur ihren Lauf und stecken sie einfach so in die Erde.«

Als Jim verschwunden war, zwinkerte Mr. Hopkins Anni zu. »Du hast wohl bei jemandem einen Stein im Brett, was?«

»Wie? Ich? Bei Jim?« Sie lachte nur.

Meg drückte schon mal mit einem Stöckchen kleine Saatlöcher, alle zehn Zentimeter voneinander entfernt und drei Zentimeter tief, in die Erde.

In den nächsten Tagen schaute Anni regelmäßig nach ihrem Beet. Sie wässerte es, aber nicht zu viel. Einmal, als

Mr. Hopkins unterwegs und sie allein mit Meg war, konnte sie nicht widerstehen und nutzte die eiserne Teppichstange zum Turnen. Dieser Bereich hinter dem Häuschen war durch die hohe Hecke geschützt, von außen konnte man sie nicht sehen.

»Wo hast du das nur gelernt?«, fragte Meg, als Anni, gerade noch in den Kniekehlen hängend, Rock und Unterrock über den Schultern, ein Aufschwung gelang. Oben auf der Stange probierte sie Übungen, die sie als Kind unter Anleitung ihres Vaters erlernt hatte. Meg stockte der Atem, aber Anni lachte nur.

»Es ist nichts Besonderes!«, rief sie fröhlich. »Unsere Familie hat immer viel geturnt.« Sie stützte sich mit beiden Armen hoch, holte Schwung und sprang dann aus einem Überschlag in die kleine Sandkuhle vor der Stange. Dabei riss sie beide Arme in die Höhe wie eine Zirkusartistin, die ihren Applaus erwartete. »Tadaa! Soll ich's dir beibringen, Meg?«

»O nein, bitte nicht.« Die Freundin setzte sich auf ihre alte Kinderschaukel und biss in einen Apfel. »Das ist mir zu wild. Anni, man konnte deine Unaussprechlichen sehen! Deine Eltern scheinen ja ziemlich liberal zu sein.«

»Zum Glück.« Anni schubste sie von hinten an. »Sie sagen, sie wollen uns zu freien Geistern mit eigenem Verstand und Willen erziehen.«

»Das gilt aber hier in den feinen Kreisen als ungehörig.«

»In unseren feinen Kreisen auch.«

»Du hast noch fünf Schwestern und Brüder, nicht?«

»Ja.«

»Verrückt. Ich hätte auch gern Geschwister gehabt.«
Megs Eltern waren durch Schwindsucht jung ums Leben
gekommen.

»Ich bin froh, dass ich nicht die typische Junge-Dame-
Erziehung erhalten hab«, verteidigte sich Anni. »Wir durften viel lesen und unsere Umwelt erkunden. In der Nähe
unseres Heidedorfs haben einige reiche Hamburger ihre
Sommervillen, es ist eine richtige Kolonie. Viele von denen
sind Anhänger der Lebensreformbewegung. Und meine
Eltern, als Künstler, kommen natürlich sowieso immer mit
ihnen in Berührung, also auch wir Kinder.« Ihr Vater erteilte
einigen Damen Malunterricht, ihre Mutter spielte manchmal bei Gesellschaften Klavier. Sie dachte an die amerikanische Ehefrau eines hanseatischen Kaufmanns, die einen
Narren an ihr und ihren Geschwistern, den »Künstlerkin-
dern«, gefressen hatte, und an den kinderlosen Leiter der
Hamburger Kunsthalle, der öfter ihr bescheidenes Heim
aufsuchte, um mit ihrem Vater über Malerei zu diskutieren. »Es gab wohl mehr Einflüsse, als Dorfkinder normalerweise haben.«

»Ehrlich gesagt, ich beneide dich.«

»Och, weißt du Meg, es hat alles seine Vor- und Nach-
teile. Bei uns war und ist immer und ewig das Geld knapp.«

»Naja, besonders üppig leben Großvater und ich auch
gerade nicht.« Je höher Meg hin- und herschwang, desto
lauter quietschte das Schaukelgestell.

»Stimmt auch wieder.«

»Und wir haben eben nur uns beide. Ich weiß gar nicht,
wie der alte Mann mal ohne mich zurechtkommen soll.«

»Ist das der Grund, weshalb du noch keinen deiner Verehrer erhört hast?«

»Nein«, antwortete Meg gedehnt. Zweifelnd bewegte sie den Kopf. »Oder vielleicht doch? Ach nein ... Es war einfach noch nicht der Richtige dabei.«

»Was wünscht du dir denn am meisten, Meggy?«

»Was schon? Natürlich die große Liebe ... Romantik ...« Sie drückte die Arme durch und streckte die Beine aus, sodass sie beinahe im Liegen schaukelte.

Anni versetzte ihr einen kräftigen Stoß. »Ich nicht«, sagte sie mit fester Stimme. »Bei meinen Eltern war's wohl am Anfang mal eine rasend romantische Liebe. Aber mit sechs Kindern jeden Pfennig dreimal umdrehen zu müssen, das zermürbt und fördert Streit. So was soll mir nicht passieren. Ich schwör's.« Sie hielt drei Finger hoch.

»Was heißt das?«

»Ich werd meinen nüchternen Verstand einschalten. Auf keinen Fall lass ich mir das Hirn vernebeln von Romantik oder Leidenschaft, das kannst du mir glauben! Mein Zukünftiger muss ein ordentlicher Kerl sein, der ein ordentliches Einkommen hat.«

»So einer wie Jim?«, fragte Meg.

»Ja, warum nicht? Wenn er denn mal ein dauerhaft gesichertes Einkommen hätte, könnte man darüber nachdenken.« Sie lachte. »Aber ich hoffe natürlich, dass wir vorher den Wettbewerb gewinnen und unsere Weltreise unternehmen können!«

»Und wenn's nicht klappt?«

»Tja, dann ... Also, am allerliebsten«, gestand Anni,

»würde ich einfach fremde Leute auf der Straße ansprechen oder an Haustüren klopfen und fragen: Darf ich mal eben gucken, wie Sie so wohnen und leben? Was denken Sie? Was fühlen Sie?« Sie unterdrückte ein Lachen. Natürlich ziemte sich so was nicht. »Ganz schön neugierig, nicht?«

»Das kann man wohl sagen. Aber ich verrat dich nicht weiter.«

Eine Weile hingen beide ihren Träumen nach.

Dann schoss Anni etwas anderes in den Sinn. »Du, Meggy, morgen begleite ich doch Mrs. Moss nach London. Wir bleiben eine Woche. Kannst du bitte in der Zeit mein Wickenbeet gießen?«

»Klar«, antwortete Meg und sprang mit einem Satz von der Schaukel.

Katherine Moss sah in ihrem Londoner Salon die Briefe durch, die während ihrer Abwesenheit für sie eingetroffen waren. Die nächsten Termine wollten sorgfältig geplant sein. Sie dachte allerdings überhaupt nicht daran, in der kommenden Woche Ethel Smyths Einladung zur Uraufführung in die Royal Albert Hall zu folgen. Und das, obwohl sich ihr Townhouse ebenfalls im Stadtteil Kensington befand, und der Weg für sie nicht weit gewesen wäre. Mit Sicherheit würden sich dort wieder ein paar Hundert radikale Anhängerinnen von Emmeline Pankhurst treffen. Und sehr wahrscheinlich würde es wieder Tumulte geben. Im vergangenen Herbst waren die Auseinandersetzungen auch eskaliert. Auf Churchills Anordnung hin hatte die Polizei die protestierenden Frauen mit Knüffen, Schlag-

stöcken, Tritten und schweren Handgreiflichkeiten zurück-
gedrängt. Die Obrigkeit hatte auf diese Weise vermeiden
wollen, dass wieder militante Frauen festgenommen, eingesperrt und bei einem Hungerstreik im Gefängnis zwangsernährt werden mussten wie in den Monaten zuvor. Denn
dadurch wären nur wieder neue Märtyrerinnen hervorge-
bracht worden, etwas, das nicht im Interesse der Regierung
liegen konnte.

Ihr war das alles viel zu aufregend. Aber ihr fehlte noch
eine gute Ausrede für Ethel. Es gab zwei Dinge, die sie sich
in ihrem Alter nicht mehr leisten konnte – zu große An-
strengung und zu große Langeweile. Das fortwährende
Problem bestand darin, die richtige Balance zwischen bei-
dem zu finden. Natürlich förderte sie die Frauenstimm-
rechtsbewegung, aber Gewalt zur Durchsetzung der Ziele,
wie sie die Pankhurst-Anhängerinnen anwendeten, lehnte
sie strikt ab. Damit wurde in ihren Augen eine rote Linie
überschritten.

Nachdenklich schlitzte sie einen Brief auf. Er kam von
ihrer alten Freundin Dotty Henslow, Witwe eines Gelehr-
ten, und enthielt ebenfalls eine Einladung. Sie bat zu einem
Geburtstagsdinner ins Ritz – am Tag der Kundgebung.

»Dotty, du bist meine Rettung!«, entfuhr es Katherine.
Erleichtert schrieb sie ein paar nette Zeilen und gab ihre
Zusage.

Eine Woche später ließ sie sich von Hopkins zum Restaurant des Grand Hotels fahren, das noch recht neu und ganz
im Stil der Belle Epoche gestaltet war, aber bereits als eines
der schönsten in Europa gepriesen wurde. Dass sie ihrer

guten Freundin Dotty die Teilnahme an der Geburtstags-
feier nicht verweigern konnte, das würde Ethel sicherlich
verstehen.

Anni kämpfte mit sich. Ihre Herrin war ausgegangen. Sie
stellte sich vor das Stadthaus mit dem dorischen Portal
und beobachtete ein ungewöhnliches Treiben. An diesem
23. März bewegten sich Massen lebhaft miteinander re-
dender Frauen in kleinen und größeren Gruppen durch
die sonst so ruhige Straße. Alle strebten in Richtung Royal
Albert Hall. Manche liefen mit offenem Mantel, sie konnte
erkennen, dass sie darunter ganz in Weiß gekleidet waren.
Man sah auch Frauen in Pferdeomnibussen, in Kutschen
und Automobilen anreisen. Viele trugen Schärpen, noch
zusammengerollte Banner und Schmuckbänder in den Farben der Suffragetten – violett, grün und weiß. Sie lachten,
strahlten Selbstbewusstsein und Stärke aus.

»Pass auf, dass euer Butler dich hier nicht rumlungern
sieht!« Millie, das Hausmädchen der Fairfields, stellte sich
keck neben sie.

»Oh, hallo Millie!«, begrüßte sie die etwas dralle Zwanzigjährige, die ein niedliches Gesicht hatte und recht pro-
per aussah in ihrem Hausmädchenkleid aus bedrucktem
Kattun mit weißer Schürze. »Wie geht's dir und deiner
Familie?«

»Mir geht's bestens. Der Familie unverändert.« Sie tauschten ein paar Neuigkeiten aus, die sich seit ihrer letzten Begegnung und ihrem Ausflug ins East End ereignet hatten.
Millie erzählte, dass sie am Wickenwettbewerb teilnehmen

wolle. »Ich hab die Samen in Blumenkästen gesät, die hängen jetzt am Mansardenfenster vor meinem Zimmer. Ich bin ja so gespannt, ob da was wächst. Du hast doch von dieser *Daily-Mail*-Aktion gehört, oder? Alle machen mit!«

»Na klar. Ich auch«, gab Anni lachend zurück.

»Sogar meine Herrin, stell dir vor.« Millie schnatterte munter weiter mit ihrem Unterschichtenakzent, dem Cockney-Englisch. »Sie hat auf der Terrasse zwei Kübel mit schon vorgezogenen Pflanzen stehen.«

»Deine Mrs. Fairfield?«, fragte Anni überrascht, ohne die Suffragetten aus den Augen zu lassen. »Die hat doch genügend Geld, denke ich.«

»Das wohl ...« Millie zuckte mit den Schultern und sprach nun flüsternd weiter. »Aber sie ist ja ziemlich krank, ich meine ... drei Fehlgeburten hintereinander! Manchmal tickt sie nicht ganz richtig. Ich mag sie. Oft wirkt sie so ängstlich.« Millies Miene verriet echtes Mitgefühl. »Ihr Mann kümmert sich wirklich ganz rührend um sie. Vielleicht hilft's ihr auch, wenn sie selbst mal was betütern kann, und wenn's nur kleine Blümchen sind.«

»Hmm ...« Anni war nicht ganz bei der Sache. »Die da kämpfen übrigens auch für uns«, sagte sie unvermittelt und machte eine Kopfbewegung hinüber zu den Passantinnen.

»Für dich vielleicht«, antwortete Millie patzig. »Ich hätt' doch nie nix davon.«

»Aber die Labour Party will, dass alle Männer, unabhängig davon, ob sie Besitz haben oder nicht, und ebenso alle Frauen ohne Einschränkung wählen dürfen.«

»Ach, lass mich in Ruhe mit Politik! Die da oben machen

immer nur, was sie wollen und was für sie gut ist.« Aus dem Nachbargebäude rief jemand nach Millie. »Oh, unser Hausdrachen speit Feuer«, lästerte sie über die Haushälterin. »Ich muss los. Wir sehen uns! Tschüss!«

»Tschüss, Millie, bis bald!«

Anni konzentrierte wieder ihre ganze Aufmerksamkeit auf die vorübereilenden Frauen. Sie schienen aus allen Gesellschaftsschichten zu stammen. Und je länger sie zuschaute, desto hibbeliger wurde sie. Die aufgeregte Stimmung übertrug sich körperlich auf sie, es kribbelte in ihrem Bauch, sie wippte im Stehen. Etwas Verheißungsvolles lag in der Luft.

Eine anständige Frau geht nicht ohne angemessene Begleitung in die Öffentlichkeit? »Phh!« entfuhr es ihr.

Ihre Beine setzten sich praktisch von allein in Gang. Sie schloss sich einfach einem Grüppchen an und marschierte mit. Wenig später wurde sie mit den anderen in das imposante Konzerthaus geschoben. Sie kannte die Royal Albert Hall bislang nur von außen. Auf einmal befand sie sich in dem Rundbau, der einem römischen Amphitheater nachempfunden war, bei den Stehplätzen am Mittelgang. Ehrfürchtig wanderte ihr Blick umher. Sie bewunderte die Kuppel über einer Arena in der Mitte, die mit rotem Samt bezogenen Polstersitze, mehrere Ränge mit Logen unter Rundbögen und eine riesige Orgel an der Kopfseite oberhalb der Bühne. Fünf- bis achttausend Menschen fanden hier Platz, das hatte sie einmal in ihrem Baedeker gelesen, je nachdem, ob die Stehplätze genutzt wurden oder nicht.

Es dauerte, bis alle Besucherinnen in die Veranstaltungshalle geströmt waren. Anni nutzte die Zeit, um sich mit anderen Frauen zu unterhalten.

»Den Text für die neue Frauenhymne hat Cecily Hamilton geschrieben, und zwar erst, nachdem die Musik schon fertig war. Keine leichte Aufgabe!« Eine Dame, die sich als Eliza aus Birmingham vorstellte, wusste Näheres über die Aufführung. »Der Suffragettenchor ist fast verzweifelt bei den Proben.« Das »Es« irgendeines angeblich typisch englischen Intervalls in Ethel Smiths Komposition sei extrem schwer einzuüben gewesen.

»Die Idee für die Melodie der Hymne verdankt Ethel übrigens einem Aufenthalt in den Abruzzen«, wusste eine andere Frau. »Sie hat sich dort in den Bergen von einem Volkslied inspirieren lassen.«

»Wo sind denn die Abruzzen?«, fragte eine Dritte.

»Das weiß ich auch nicht«, antwortete die Zweite, und sie brachen in Gelächter aus.

»Ich glaub, in Italien ...«, Anni wollte nicht besserwisserisch erscheinen, doch sie konnte sich eine Antwort nicht verkneifen, »... östlich von Rom, an der Adriaküste.«

Mit ehrfürchtiger Scheu betrachtete sie die komplett in Weiß, der Farbe der Unschuld, gekleideten Teilnehmerinnen. Sie waren in ihren Augen Heldinnen. Diese Frauen hatten für die Sache Gefängnisaufenthalte auf sich genommen, viele waren – wie Eliza – in ihren Zellen in einen Hungerstreik getreten und gegen ihren Willen mit Schläuchen zwangsernährt worden. Eine Tortur, eine orale Vergewaltigung, die, wie zu hören war, selten ohne Folgen blieb. »Seitdem leide ich an Herzrhythmusstörungen«, schilderte Eliza mit Wuttränen in den Augen, was sie erlebt hatte. »Aber wir lassen uns nicht mehr unterdrücken.«

Und dann erklangen von der Orgel die ersten Töne des neuen Kampflieds. Kraftvoll gab ein Kornett die Melodie vor, und durch den Mittelgang, zum Greifen nah an ihr vorüber, schritt Ethel Smyth mit Doktorhut und Robe neben Emmeline Pankhurst. Anni war in diesem Moment sehr stolz, dass sie die Komponistin persönlich kannte. Die prächtige Prozession löste in ihr etwas Neues, Freudiges aus.

Nun schmetterte der Chor der Suffragetten. *»Shout, shout, up with your song! Cry with the wing, for the dawn is breaking!«*

Die Frauen sangen von Aufbruch, von Flügeln der Morgendämmerung, von Trotz, Schmerz, Hoffnung und Lachen. *The March of the Women* – der Marsch der Frauen – riss Anni sofort mit. Ihr Herz, erfüllt von einer Ahnung der kommenden Freiheit, schien plötzlich fliegen zu können, leicht und beschwingt. Dieses intensive Gefühl teilte sie mit Tausenden von Frauen, es durchwogte und einte das gesamte Auditorium. Atemlos ging Anni darin auf.

Einen weiteren Höhepunkt erreichte die Kundgebung, als der Komponistin ein Dirigentenstab überreicht wurde. In dessen Goldfassung, so wurde verkündet, sei das historische Datum *23. März 1911* eingraviert.

Anni bekam eine Gänsehaut. Sie atmete tief durch und wischte sich über die feuchten Augen. Ja, Frauen würden sich nicht länger gängeln lassen, sondern selbst ihr Leben dirigieren.

»March, march! Shoulder to shoulder and friend to friend.«

Die Frauen ihrer Generation waren noch nicht ganz so weit, aber sie kämpften dafür, und eines Tages würden ihre Töchter und Enkeltöchter gleichberechtigt leben können. In Freiheit, ohne Konkurrenzdenken, mit schwesterlicher Solidarität über Standesgrenzen hinweg.

»Na, ist denn das die Möglichkeit?«, hörte sie plötzlich eine Männerstimme. »Sie sind doch die Vorleserin von Mrs. Moss, oder irre ich mich?«

Vor ihr stand, mit Notizblock und Stift, Lord John Ramsgate, Rosabels Verlobter, Reporter der *Daily Mail*. In seiner Nähe werkelte ein Fotograf an einer Standkamera herum.

Annis erhabene Gefühle zerplatzten augenblicklich.

»Ja, Eure Lordschaft«, antwortete sie erschrocken. »Ich meine, nein, Sie irren sich nicht.« Ihr wurde abwechselnd heiß und kalt. Hoffentlich kam sie nicht mit auf eine Zeitungsfotografie! Und hoffentlich verriet Lord Ramsgate sie nicht wieder an Mrs. Moss. Aber was sollte ihn davon abhalten?

»Wie war noch mal Ihr Name?«

»Anni, Eure Lordschaft.«

»Soso ...«

Es bereitete ihm schon ein bisschen Vergnügen zu sehen, wie sich die Vorleserin ertappt fühlte und wand. Aber es interessierte ihn auch rein beruflich, was ein junges Ding wohl denken und empfinden mochte bei dieser theatralischen Inszenierung. Deshalb nahm er Anni am Schluss zur Seite, um sie zu befragen. Er brauchte ein paar Zitate von Besucherinnen für seinen Artikel und ermunterte die Kleine, sich frei zu äußern. Eigentlich erwartete er nicht mehr als ein paar nachgeplapperte Parolen.

Doch ehe er sich's versah, waren sie in eine ernsthafte Diskussion verwickelt. Die Deutsche argumentierte nicht dumm, das musste er zugeben. Ihm persönlich war es egal, ob Frauen wählen durften oder nicht, er hatte dazu keine zementierte Ansicht. Sicher dachte er nicht so konservativ wie viele Männer seiner Herkunft, die sogar gegen das eingeschränkte Wahlrecht von Frauen waren. Er schätzte gebildete, selbstbewusste Damen, solange sie liebenswürdig blieben.

»England nennt sich gern das Mutterland der Demokratie und des Fair Play«, verteidigte Anni ihre Ansicht, »es hält sich für zivilisierter und fortschrittlicher als den Rest der Welt. Wäre es da nicht nur konsequent, als erste Nation auch das Wahlrecht für Frauen einzuführen?«

»Unsinn«, erwiderte er nachsichtig lächelnd, »unsere Kolonien würden jeden Respekt vor uns verlieren.«

»Aber es hat ihren Respekt nicht geschmälert, dass mit Queen Victoria dreiundsechzig Jahre lang eine Frau diese Weltmacht geführt hat«, erwiderte die Vorleserin. »Und finden Sie es wirklich gerecht, dass Frauen zwar Steuern zahlen, aber nicht wählen dürfen?«

»Wäre es denn etwa gerecht, die Frauen wählen zu lassen, obwohl die Männer als Soldaten in den Krieg ziehen müssen, was Frauen bekanntlich nicht können?«

»Nicht ungerechter als die Tatsache, dass es einer Frau wie Mrs. Moss verboten ist zu wählen, während der für sie arbeitende Mr. Hopkins es sehr wohl darf, nur weil er ein Mann ist und Miete zahlt.«

»Wir haben nun mal das Zensuswahlrecht«, erinnerte er sie.

»Aber warum gilt es nur für Männer?«, entgegnete sie. »Das ist nicht logisch.«

Es amüsierte ihn, dass ausgerechnet eine Frau von Logik sprach. »Es gibt ein paar allgemeine Wahrheiten, oder?«, hielt er dagegen. »Gott hat nun mal zuerst den Mann erschaffen.«

»Was gar nichts beweist, außer, dass auch Gott dazulernt. Sein zweiter Entwurf ist eindeutig besser gelungen.«

Wider Willen musste er lachen. Ganz schön schlagfertig, die kleine Vorleserin. Aber er ließ sich nicht aus der Ruhe bringen.

»Nun, die Rollen sind klar verteilt. Nur Frauen können Kinder bekommen. Und sie sind im Allgemeinen, Anwesende natürlich ausgenommen«, Zeit für diese höfliche kleine Einlassung musste sein, »zumindest im Allgemeinen weniger klar denkend als Männer.«

»Ha!« In ihren schönen hellbraunen Augen glitzerte es vergnügt, mehr und mehr verlor sie offenbar ihre anfängliche Scheu. »Die Frage, ob die Größe des Gehirns tatsächlich etwas mit dem Denkvermögen zu tun hat, lassen wir jetzt mal außen vor. Ich möchte aber darauf hinweisen, dass das Wahlrecht für Männer nicht auf geistiger Überlegenheit beruht, sondern nur auf Besitz.« Engagiert sprach sie weiter. »Wenn nicht der Verstand ihr Recht begründet, sondern nur Eigentum, dann dürfte das Denkvermögen also keine Rolle spielen. Weshalb gilt die Regel dann nicht ebenso für Frauen?«

Ihre kluge Antwort ärgerte ihn. Er lenkte um auf einen anderen Aspekt. »Nun mal ehrlich ... Finden Sie's denn nicht auch lächerlich, wenn vornehme Ladys in maßgeschneiderter Garderobe Fenster einwerfen, weil sie ein bisschen Revolution spielen wollen?«

»Oh, ich bin entschieden gegen Gewalt.«

»Eben!« Genussvoll holte er zum Gegenschlag aus. »Frauen sind mehrheitlich für den Frieden. Sollten Pazifistinnen wählen dürfen, würde unsere Kampfmoral leiden. Unsere Kolonien würden aufbegehren, unsere Feinde sich die Hände reiben. Der Untergang des Empire stünde bevor.«

»Ach! Steckt nicht vielleicht eine ganz andere Angst Ihres Geschlechts dahinter?« Sie lächelte.

»Welche?«

»Fürchten viele Männer nicht eher, dass sie sich nicht mehr so oft betrinken können, wenn Frauen mitbestimmen dürfen?« Sie verzog den Mund. »Denn das ist als allgemeine Annahme wohl wahr: Frauen sind mehrheitlich gegen Alkoholmissbrauch. Sie würden vermutlich, wie in Amerika, eine starke Lobby gegen Schnaps und Wirtshäuser bilden.«

»Na, ich weiß nicht recht. Die Mehrheit der Frauen wünscht doch überhaupt keine Veränderung«, brachte er als letztes Argument vor. »Die allermeisten sehen ihren Platz zu Hause in der Familie. Sie wollen nicht beschmutzt werden und ihre Reinheit verlieren ...«

»... wenn Reinheit ein anderes Wort für Unwissenheit oder Naivität ist, verzichte ich gern darauf ...«

»... indem sie sich in die Öffentlichkeit und die Abgründe der Politik begeben.«

»Sie glauben also, was Mary Humphry Ward sagt?«

»Ja, zum Beispiel. Sie vertritt diese konservative Position sehr überzeugend.«

»Finden Sie wirklich?« Anni zog nachdenklich ihre Nase kraus, was ziemlich niedlich aussah. »Mrs. Ward eilt doch von einem öffentlichen Auftritt zum nächsten. Praktiziert sie damit nicht genau das Gegenteil von dem, wofür sie sich in ihren Reden ausspricht?«

»Touché«, sagte er widerstrebend und leicht verärgert. Sie hatte seine Angriffe elegant pariert.

Jetzt schlug die Kleine die Augen nieder. Offenbar ging ihr etwas Unangenehmes durch den Kopf. Verändert, mit unsicherem Blick schaute sie wieder hoch.

»Eure Lordschaft ...?«

»Ja, bitte?«

»Müssen ... werden ...«, weiter kam sie nicht, weil der Strom hinausdrängender Frauen sie mitriss. In diesem Moment sprach der Fotograf ihn an, er antwortete ihm, und als er sich wieder Anni zuwenden wollte, war sie verschwunden.

»Na, John, hast du den Weiberaufstand heil überstanden?«, triezte ihn einer seiner Kollegen während der Redaktionskonferenz.

»Alles friedlich verlaufen. Aber ihr habt trotzdem was

verpasst. Es waren tatsächlich auch hübsche Frauen dabei.«

Er lächelte vielsagend, bevor er in groben Zügen vorstellte, wie er über die Veranstaltung in der Royal Albert Hall berichten wollte. Die Fotografien lagen bereits vor. Es musste nicht eigens erwähnt werden, dass ein süffisanter Unterton die Suffragetten lächerlich machen würde. Das verstand sich von allein. Schließlich hatte die *Daily Mail* fünf Jahre zuvor überhaupt erst den Begriff Suffragette geprägt, mit eben der Absicht, die neuen militanten Blaustrümpfe zu schmähen und zu unterscheiden von den friedlichen, bürgerlich-liberalen, gemäßigteren Frauenrechtlerinnen, deren Forderungen nicht so weit gingen. Letztere waren in der National Union of Women's Suffrage Societies zusammengeschlossen, Teil einer weltweiten Bewegung, und wurden Suffragistinnen genannt. Was lediglich ganz wertfrei bedeutete, dass sie sich für das Wahlrecht, *suffrage*, einsetzten. Über sie sprach und schrieb man nicht so viel, obgleich sie zahlenmäßig deutlich überlegen waren. Dagegen benahmen sich die Suffragetten, die zur Women's Social and Political Union unter Emmeline Pankhurst gehörten, absichtlich radikal daneben. Sie drohten mit Regenschirmen, warfen Fensterscheiben ein, rauchten und ketteten sich in der Öffentlichkeit an, sie provozierten mit aufsehenerregenden Aktionen. Aber es war nun mal so – Nachrichten, über die man sich ereifern konnte, verkauften sich besser.

»Bist du jetzt etwa geläutert?«, spottete der Kollege.

»Ich bin ein neutraler Beobachter, wie es sich für einen Journalisten gehört«, erwiderte John selbstironisch.

»Im Parlament gibt's kaum noch einen Abgeordneten, dem nicht klar ist, dass wir früher oder später das Wahlrecht für Frauen bekommen müssen«, gab der Chefredakteur zu bedenken. »Also schreib nicht zu negativ.«

»Das hatte ich nicht vor.«

»Gut. Was haben wir morgen zum Thema Wickenwettbewerb?«

John referierte einiges zum aktuellen Stand. Das Echo übertraf alle Erwartungen. Sie erhielten täglich waschkörbeweise Leserbriefe, Rückmeldungen und Anfragen zu Details. Es war absehbar, dass unglaublich viele Leute teilnehmen würden. Sie rechneten mit zehntausend, vielleicht sogar fünfzehntausend Teilnehmern.

»Wir haben ein Interview mit dem Experten einer unserer größten Gärtnereien«, sagte John. »Er gibt Profitipps für die Behandlung von Keimlingen. Die Firma erwartet übrigens, dass sie in diesem Sommer zwanzig Tonnen Wickensamen verkauft.«

»Sehr gut.« Der Redaktionsleiter nickte zufrieden. »Nun weiter mit der Sportseite.«

John schaltete ab. Er dachte über den Aufbau seines Artikels nach. Am meisten beeindruckt hatte ihn nicht die Komponistin oder die zweifellos charismatische Emmeline Pankhurst, sondern die Argumentation der kleinen Deutschen. Was mochte sie am Ende ihres Gesprächs beschäftigt haben, als sie noch etwas hatte sagen wollen? Er kaute auf seinem Stift herum und summte leise eine Melodie. Erst als ein Kollege ihn anstupste, bemerkte er, dass er das Kampflied der Suffragetten angestimmt hatte. Sofort hörte er auf und versuchte, wieder der Konferenz zu folgen. Doch ständig gingen ihm andere Gedanken durch den Kopf. Er musste gleich den Volontär zum Kostümverleih schicken. Er sollte ihm eine römische Toga und einen Lorbeerkranz besorgen, denn am Abend wollte er mit Rosabel ein Fest besuchen, dessen Motto »Die alten Römer« lautete. Rosabel freute sich seit Wochen auf diesen Ball, sie machte ständig geheimnisvolle Andeutungen über ihr Kostüm.

Seufzend wandte er sich wieder seiner Arbeit zu.

Er kam zu spät. Es hatte einfach länger gedauert, bis sein Artikel durch alle Instanzen hindurch im Umbruch gelandet und in der Mettage von ihm auf Zeile passend gekürzt worden war. Im letzten Augenblick hatte er den Namen einer Interviewten rausgeschmissen.

Rosabel schmollte. Selbst die Malmaison-Rosen, die er ihr überreichte, konnten sie nicht versöhnen. Sie trug das gelockte Haar offen, von goldenen Bändern durchzogen. Er wandte allen Charme auf, um sie gnädig zu stimmen. Während der Hinfahrt sprach sie kein Wort. Erst als sie den Festsaal erreichten, zog sie ihren Mantel aus. Zum Vorschein kam eine Nymphe. Verführerisch und sehr gewagt.

»Darling, du siehst bezaubernd aus«, flüsterte er. »Aber findest du den Stoff nicht ein bisschen zu durchscheinend?«

Er hatte sich noch immer nicht daran gewöhnt, dass während seiner jahrelangen Abwesenheit die alte Prüderie des Viktorianischen Zeitalters, wohl nicht zuletzt durch den lustbetonten Lebenswandel Edwards VII., einem Hang zum Frivolen gewichen war.

»Gefällt dir mein Kostüm etwa nicht?«

Ihr Augenaufschlag ließ ihn alle Einwände vergessen. Und natürlich erfüllte es ihn auch mit Stolz, mit einer solchen Frau an seiner Seite durch den Saal zu gehen. Alle Männer beneideten ihn.

Rosabel konnte nicht verstehen, dass er zu spät kam, obwohl ihm doch bekannt war, dass sie schon lange auf dieses Fest hinfieberte. Deshalb strafte sie John zunächst mit Schweigen, unterhielt sich anfangs nur mit anderen Gästen. Man musste sich die Männer beizeiten erziehen, das hatte sie in einem Buch gelesen. John sollte begreifen, dass er sie so nicht behandeln durfte.

Besonders interessant fand sie den neuesten Klatsch über den Verleger Lord Northcliffe. Er führte schon seit Jahren eine außereheliche Beziehung mit Kathleen Wrohan, das war durchaus bekannt, aber offenbar unterhielt er parallel noch weitere Liebschaften. Man tuschelte da allerlei.

Rosabel war erst versöhnt, als sie wie dahingegossen auf einer der stilecht zum römischen Gelage inszenierten Liegen Köstlichkeiten entgegennehmen konnte und ihr zahlreiche Verehrer, gewandet als Senatoren, Philosophen oder Feldherrn der Antike, zu Füßen lagen. Unter ihnen befand sich auch Archi. Er stellte an diesem Abend Nero dar und fand es originell, mit großen Schwefelhölzern zu hantieren. Sie grollte ihm nicht mehr, denn er hatte sich äußerst reumütig bei ihr entschuldigt. Außerdem überhäufte er sie mit Blumensendungen und Liebesgedichten. Er bat darum, ihr eine Traube vor den Mund halten zu dürfen. Eigenartig, seine Hingabe weckte etwas, das sie sich kaum eingestehen mochte – Lust. Ja, der unterwürfige Nero erregte sie.

Leider flüsterte John dem jungen Mann etwas ins Ohr, das ihn die Flucht ergreifen ließ. Später am Abend, als die Fackeln an den Wänden fast heruntergebrannt und die Arme der halb nackten, goldfarben bemalten Studenten im Lendenschurz, die ihnen mit Palmwedeln Luft zufächelten, erlahmt waren, gab sie sich, natürlich in Grenzen, den zärtlichen Neckereien ihres Verlobten hin. Es war schön, es passte zur Rolle, die sie in diesem Ambiente spielten.

Anni konnte an diesem Abend nicht einschlafen. Intensive gegensätzliche Gefühle beschäftigten sie. Große Freude, die Überzeugung, den richtigen Weg in die Zukunft erkannt zu haben, aber auch Angst und Beklemmung. Hoffentlich sieht man mich nicht morgen oder übermorgen auf einer Fotografie in der *Daily Mail,* hoffentlich nennt Lord Ramsgate nicht meinen Namen in seinem Artikel, und hoffentlich, hoffentlich hält er diesmal gegenüber Mrs. Moss den Mund, flehte sie stumm. Die würde sie glatt zurückschicken in ihr langweiliges Heidedorf nach Deutschland. Bei dieser Vorstellung wurde ihr richtig übel. Alles, bloß das nicht!

Borkum, Juli 2024

Marieke wälzte sich schweißgebadet in ihrem Bett hin und her. Sie träumte, dass sie Anni war, und Mrs. Moss, die Züge von Alwine trug, herrschte sie an. Warum sie so anmaßend gewesen sei, gegen ihren Willen zu dieser gefährlichen Suffragettenveranstaltung zu gehen, ohne Begleitung wie eine Prostituierte durch London zu spazieren. Dass sie dem Hause Moss geschadet und damit die Erhebung ihres Sohnes in den Adelsstand unmöglich gemacht hätte. Sie sah sich als Anni mit gepackten Koffern durchs Wattenmeer ziehen, sie kämpfte sich bei den Kreidefelsen von Dover durch den Schlick, weil sie zu Fuß durch den Ärmelkanal auf den Kontinent zurückmusste. Ein scharfer Wind blies ihr entgegen, ihre Ohren taten weh, die Sonne brannte im Nacken, ihr Kopf schmerzte. Sie war wütend, und zugleich schämte sie sich. Wattwürmer ringelten sich um ihre altmodischen Schnürstiefeletten. Mit jedem Schritt wurde es schwerer, sie aus dem feuchten Sediment herauszuziehen. Sie hörte eine Gruppe von Wattwanderern ihr hinterherrufen, sie würde untergehen, und gleich darauf gab auch schon der Boden unter ihren Füßen in einem langsamen Strudel nach. Kalter, schwerer Meeresboden begann, sie zu umschließen, sie sackte tiefer und tiefer, nur ihr Hals ragte noch aus dem Watt. Bald würde die Flut kommen.

Wo blieb denn nur Albertus Akkermann mit seinem Rettungsseil? Oder Tibo? Was war mit Gardon? Ihr war, als hörte sie Gisberts Stimme. Blieb denn wieder nur Gisbert als ihr Retter? Rette dich gefälligst selbst, schrie sie innerlich. Marieke versuchte, aus dem Loch herauszukommen, stemmte sich gegen den Druck, schlug mit den Armen um sich und ... stieß ihre Leselampe vom Nachttisch.

Sie brauchte eine Weile, um ganz in die Realität zurückzufinden, besah ihre Hand. Das würde einen blauen Fleck geben. Was für ein beschissener Traum! Darin war ja alles vermixt. Die Ängste Annis, der Frau, die früher in diesem Haus gelebt hatte, und ihre eigenen. Die Ratgeberautorin in ihr befragte bereits eine Traumdeuterin, doch das war eigentlich nicht nötig, sie konnte sich die Erklärung auch gleich selbst geben. Nach der Scheidung hatte sie immer noch das Gefühl, den Boden unter den Füßen verloren zu haben. Vermischt mit den Schilderungen Alwines und potenziert durch zu viel Wein ergab das einen erstklassigen Albtraum.

»Ah«, stöhnte sie.

Der Schädel brummte, der Rücken schmerzte. Ihr war übel wie fast jeden Morgen. Ich schaff das alles nicht, dachte sie, es ist zu viel. Sie kroch tiefer unter die Bettdecke, von Angst überwältigt, und ließ die Tränen fließen. Ich tick nicht richtig. Aber sie war tieftraurig, es musste sein, ihr fehlte die Kraft für etwas anderes. Nachdem sie ein weiteres Stündchen erschöpft geschlafen hatte und ein wenig gestärkt erwachte, fiel ihr ein, dass am kommenden Tag doch tatsächlich die Wattwanderung stattfinden sollte.

Tibo hatte ihr am Vorabend noch stolz mitgeteilt, dass es ihm gelungen war, die letzten beiden Tickets in Tanjas Teeladen reservieren zu lassen. Regen prasselte gegen das Schlafzimmerfenster. Nein! Sie musste sich eine Ausrede einfallen lassen. Es ging einfach nicht.

Als sie endlich etwas zum Frühstück herunterbringen konnte, wie immer Haferflocken mit Obst, fiel ihr ein, dass Gardon sich schon eine Weile nicht mehr gemeldet hatte. Sie schrieb ihm einen WhatsApp-Gruß, hängte ein lustiges Kurzvideo von einem schwimmenden Hasen an und fragte, ob alles in Ordnung sei.

Am Nachmittag machte sie Besorgungen. Es war unangenehm wegen des regnerischen, windigen Wetters. Urlauber hockten schlecht gelaunt in Lokalen oder drängelten sich in den Geschäften. Die meisten kauften nichts, was wiederum die Inhaber ärgerte. Wenigstens hatte sich die Anschaffung ihres teuren Regencapes im Frühjahr inzwischen ausgezahlt. Weil sie nach einer besonderen Geburtstagskarte für eine Hamburger Freundin suchte, traf sie auf Svenja, eine gleichaltrige Bekannte, blond und patent, Single wie sie, die eine Boutique mit Schnickschnack führte. Schnell wurde sie dort fündig. Daneben entdeckte sie eine hübsche Tüte mit der Aufschrift *Borkumer Blühwiesen-Mischung*. Sie studierte die Angaben.

»Was? Vier Euro für acht Gramm Wildblütensamen?«

Svenja überhörte den Vorwurf in ihrer Stimme. »Speziell für trockene Böden«, erklärte sie mit begeisterter Miene. »Eine tolle Sache! Die vertreibt der Borkumer Rotary Club, und der Erlös kommt einem wohltätigen Zweck zugute. Unter anderem haben sie schon den Senioren im Inselaltersheim ein Fahrzeug, so 'ne Art Golf-Caddy, für Ausflüge gespendet.«

»Ach, denen aus dem Seniorenhus In't Skuul?«, fragte Marieke. »*By the way* ... Was heißt das eigentlich? In der Schule?«

Svenja, die sie von einem Yogakurs kannte, lebte schon länger auf der Insel. »Nein, das bedeutet so was wie: im Windschatten, an einer geschützten Stelle.«

»Ach, interessant. Und okay, überredet. Dann gib mir mal drei Tüten.«

»Gerne.« Svenja kassierte. »Hast du Lust, mit mir im Café nebenan schnell einen Latte Macchiato zu trinken?«

»Klar.«

»Hältst du bitte so lange die Stellung?«, bat Svenja ihre Mitarbeiterin.

Im Café tauschten sie ein paar Neuigkeiten aus. Svenja erzählte, dass sie am kommenden Donnerstag den Shantychor im Upholm Hof hören wollte. »Kennst du die Oldtimer schon?«

Marieke schüttelte den Kopf. »Nee. Ich glaub, das ist auch nicht so mein Musikgeschmack.«

»Ich find die super. Geh ruhig mal hin. Sind auch gar nicht so alt, heißen nur so.«

Bedient wurden sie von einer der zahlreichen rumänischen Saisonkräfte. Die junge Serviererin – unreine Haut, Monsterwimpern, Jeans eine Spur zu eng, künstliche Fingernägel, viel zu lang – verstand kaum mehr als die Worte auf der Getränkekarte. Aber sie war freundlich und sehr bemüht.

»Weißt du, dass von fünftausendzweihundert Borkumer Einwohnern und Einwohnerinnen mindestens achthundert rumänische Wurzeln haben?«, fragte Svenja, während sie am Begleitkeks knabberte. »Wir wären total aufgeschmissen ohne die Rumänen.« Sie stellten die größte Ausländergruppe auf der Insel.

»Natürlich.«

Marieke nickte. Das war ihr schon lange klar. Viele Borkumer könnten ohne die Unterstützung von nicht-deutschen Servicekräften ihre Läden dichtmachen. Einige Restaurants hatten trotz Hauptsaison wegen Personalmangels geschlossen, andere nur wenige Stunden geöffnet oder auf Selbstbedienung umgestellt. Man hörte hier so schnell keine ausländerfeindlichen Bemerkungen. Die monatliche Inselzeitschrift druckte sogar zur Integration regelmäßig ein paar Artikel auch in rumänischer Übersetzung ab. Es gab Sprachkurse für deutsche Arbeitgeber, damit sie besser mit ihren Mitarbeitern kommunizieren konnten. Viele der Rumänen lebten in Familienverbänden auf Borkum. Rumänische Frauen putzten die Ferienappartements, rumänische Männer brachten sie zum Einsatzort, übersetzten ihnen, was sie tun sollten, und holten sie wieder ab. Marieke fragte sich, wie sie wohl lebten, und ahnte, dass ihre Unterkünfte keinen Neid erwecken würden. Aber es gab auch immer mehr erfolgreiche Geschäftsleute unter ihnen, und manche Familie lebte schon in der zweiten Generation auf Borkum.

»Inzwischen werden mehr als die Hälfte aller Lokale von

Rumänen geführt«, wusste Svenja. »Einmal im Jahr, am 1. Dezember, veranstaltet ein Teil der rumänischen Gemeinschaft ein Fest. Das nennt sich Rumänischer Inselzauber.«

»Ach, ist das dieser Wintermarkt vorm Arthotel Bakker?«, fragte Marieke. Davon hatte sie schon gehört.

»Genau. Da gibt's traditionelle Speisen, Getränke, Livemusik und Tänze aus deren Heimat. Komm doch nächstes Mal mit, es sind ausdrücklich alle Borkumer eingeladen.«

»Okay«, Marieke lächelte. »Dann haben wir schon mal 'ne Verabredung für den 1. Dezember.«

»Cool! Ich werd dir einen Palinca spendieren, gefährliches Zeug, aber total lecker, so einen Obstler hast du noch nicht getrunken.« Svenja grinste und stand auf. »Du, ich muss zurück in die Boutique.«

»Geh ruhig. Ich lad dich ein.«

Marieke übernahm die Rechnung und gab der Serviererin ein gutes Trinkgeld.

Als sie zu Hause angekommen war, poppte eine Nachricht von Gardon auf. *Pia und ich, wir haben uns getrennt. Mehr heute Abend im Telefonat. Das Wartezimmer ist voll.*

Sie musste sich setzen. Das kam völlig überraschend. Er hatte nie auch nur den Hauch einer Andeutung gemacht, dass es zwischen ihm und Pia kriselte.

Waaas?, schrieb sie zurück, mit fünf Emoticons, die Überraschung und Entsetzen ausdrückten. *Ihr wart doch das perfekte Paar!*

Hinter einer Trennung steckte fast immer eine neue Liebe. Wer mochte sie gefunden haben, Pia oder Gardon? Falls Gardon ... Wieso hatte er ihr gegenüber nichts gesagt, während sie ihm doch stets alles Mögliche und Unmögliche anvertraute?

Grübelnd brachte sie den Müll raus. Am Gartenzaun warf sie einen Blick auf die Wicken. Zwar hatten sich neue Knospen entwickelt, aber es schien, als fehlte ihnen die Motivation aufzublühen.

»Hallo, Marieke!« Tibo ging auf dem gegenüberliegenden Bürgersteig und kam nun näher. Seine Unterkunft lag eine Straße weiter. »Schön, dass ich dich hier treffe. Ich war gerade im Ort, hab leider eine schlechte Nachricht.«

»Oh.«

»Die Wattwanderung ist wegen des Wetters abgesagt worden.«

»Ach! Das – tut – mir – aber – leid!« Sie betonte jedes Wort und strahlte ihn an.

»Bedauern sieht anders aus, meine Liebe.«

»Ooch ... Sicher ergibt sich mal 'ne andere Gelegenheit.«

»Heuchlerin. Ich glaube, du hast noch nicht die richtige Einstellung.«

»Übertreib's nicht mit deiner Mission«, warnte sie ihn.

»Ich hab gleich auf dem Nationalparkfeuerschiff zu tun«, erzählte er. »Aber nur kurz. Muss was besprechen wegen der Gasproteste. Hast du Lust mitzukommen?«

»Wenn ich nicht mit einem Lastenrad dahin muss.«

Es waren immerhin sieben Kilometer bis zum Hafen. Sie nahmen ihr Auto. Nicht wenige Besucher glaubten, der Hafen befände sich dort, wo die Fährschiffe anlegten. Es existierte aber südwestlich davon, ganz in der Nähe im Ortsteil Rheede neben dem kleineren Sportboothafen Baalmann noch ein größerer, etwas versteckter liegender Schutzhafen, der sich in letzter Zeit enorm entwickelt hatte. Marieke mochte die Arbeitsatmosphäre dort, das Ungeschminkte, das den – Burkana genannten – Inselhafen von den für Touristen aufgehübschten Sielhäfen an der ostfriesischen Festlandküste unterschied. Denn an den Stegen hier traf man neben Mitgliedern des örtlichen Segelvereins und Gastliegern viele Menschen, deren Beruf die Schifffahrt war. Besonders ins Auge fielen einige Leute in orangefarbenen Schutzanzügen, hauptsächlich Männer, aber auch Frauen, die täglich zu den zehn Windparks vor Borkum rausfuhren, allesamt im besten Alter und gut in Form, um die über fünfhundert Windkrafträder technisch zu warten. Das hatte sich wirklich verändert.

Als sie durch das neue Offshore-Quartier kurz vor dem Hafen fuhren, an großen, teils noch nicht fertig gestellten Neubauwohnblocks vorbei, begann Tibo, vom wohldurchdachten energetischen Konzept zu schwärmen, das dahintersteckte. Es war Teil eines größeren Plans. Voller Begeisterung sprach er von einem Projekt namens Islander zur Förderung der Dekarbonisierung der Energiesysteme von Inseln, das fünf Jahre lang, bis September 2025 auf Borkum laufen sollte.

»Die EU fördert es, insgesamt werden mehr als acht Millionen Euro investiert.« Marieke begann, sich bei Begriffen wie »Dekarbonisierung« oder »Emissionsfreiheit« schlagartig zu langweilen. Es klang so abstrakt. Früher im Matheunterricht hatte sie bei Stichwörtern wie »Binomische Formel« oder »Hypotenuse« auch immer abgeschaltet, weil in ihrem Hirn einfach keine Fangnetze für solche Ausdrücke aufgespannt waren. So was sauste einfach durch. Marieke brauchte anschauliche Beispiele, sinnliche Eindrücke und Gefühle, um Interesse für etwas aufbringen zu können. »Mit Hilfe einer Großwärmepumpe im Hafen werden auf Borkum einige Hundert Wohneinheiten mit Wärme versorgt«, erklärte Tibo, und sie nickte nur abwesend, während er weiter über europäische Partnerinseln, Wind- und Sonnenenergie, Wärmespeicher und Bürgerbeteiligung dozierte.

Zum Glück fanden sie einen Parkplatz in der Nähe des Feuerschiffs, es war nicht viel los im Hafen um diese Zeit. Als sie ausstiegen, peitschte ihnen der Wind Regen ins Gesicht. Sie beeilten sich, an Bord zu kommen. Marieke kannte die 1955 erbaute *Borkumriff* mit dem rot gestrichenen Rumpf noch nicht von innen. Aber sie wusste natürlich, dass dieses Schiff jahrelang als schwimmender Leuchtturm an der Gefahrenstelle Sandbank Borkumriff vor Anker gelegen und Seefahrern den Weg gewiesen hatte.

»Die Atmosphäre hier drinnen ist ja wie damals«, stellte sie wenig später überrascht fest.

Sie bewegten sich in einer Zeitkapsel. Alles war noch originalgetreu eingerichtet und ausgestattet – die Arbeitsräume, die Kojen, Regale mit Büchern und Geschirr –, als würde gleich der Kapitän mit einer Zigarette in der Hand um die Ecke biegen, dem Funker etwas zurufen und Notizen ins Tagebuch des Feuerschiffs eintragen.

»Ich lass dich mal kurz allein«, entschuldigte Tibo sich und ging in das Häuschen am Kai, in dem man Infobroschüren kaufen konnte.

Sie schaute sich weiter um. Oben an Deck nisteten unter Eisenbögen Schwalben. Das über fünfzig Meter lange Schiff, nun ein technisches Museum, war immer noch fahrbereit. Beeindruckt betastete Marieke die armdicken Glieder einer über dreihundert Meter langen Ankerkette. Sie fand es ein wenig peinlich, dass ein Auswärtiger ihr die Sehenswürdigkeiten ihres Wohnorts nahebringen musste.

Nach zehn Minuten kehrte Tibo zurück. »So, alles geklärt. Vorerst jedenfalls. Ich hab mich nur schnell mit ein paar Umweltschützern über den neuesten Stand zum Thema Gasbohrungen ausgetauscht.«

An Bord und an Deck waren Fotoausstellungen zu aktuellen Themen zu sehen – über die Lebensräume im Wattenmeer und über Offshore-Windkraft, wozu Tibo noch einiges ergänzte. Natürlich kamen sie wieder auf den Nationalpark zu sprechen, der sich von Dänemark über Deutschland bis in die Niederlande hinein erstreckte und ihm sehr am Herzen lag. »Seit fünfzehn Jahren ist er ein UNESCO-Weltnaturerbe. Aber wenn die Gasbohrungen nicht gestoppt werden, kann's sein, dass uns der Schutztitel wieder aberkannt wird. Das Welterbe-Komitee hat die Niederlande und Deutschland schon gewarnt. Wenn sie weiter Rohstoffe der Nordsee ausbeuten, passt es nicht mehr ...«

»Ja, und? Wär' das wirklich so schlimm? Die Nordsee ist schließlich Jahrtausende ohne den Titel klargekommen.«

Entrüstet sah er sie an. »Natürlich wär' das schlimm, ein Rückschritt! Die Steinriffe da unten sind unglaublich schön. Richtige Hotspots der Artenvielfalt. Der Status sichert ihnen Schutz, und die brauchen wirklich jeden Schutz, den sie kriegen können.« Sie erklommen eine steile Treppe zum Oberdeck. Es regnete gerade nicht. Der Böen wegen mussten sie immer »eine Hand fürs Schiff behalten«, wie es die goldene Bordregel verlangte. Doch als sie oben standen, blendete die Sonne geradezu, sie flutete mit gleißendem Licht alles ringsum, den Industriehafen und das Wasser. Endlich hatte Marieke das Gefühl, wieder tief durchatmen zu können. Sie füllte ihre Lunge mit Sauerstoff. So viel Frische und Klarheit wischte ihr auch das Hirn frei. »Gerade das Borkumriff ist die Kinderstube vieler bedrohter Tierarten«, führte Tibo weiter aus. »Erschütterungen durch Bohrungen können sich verheerend auswirken. Ganz zu schweigen von der Gefahr durch Unfälle. Zum Beispiel könnten Schadstoffe von der Bohrplattform austreten. Die strömen dann ganz schnell zum Naturschutzgebiet Borkum Riffgrund und an den Strand. Willst du etwa in einem Meer baden, in dem erhöhte Mengen Schwermetalle umhertreiben?«

»Hmm.« Nachdenklich hörte sie ihm zu. »Natürlich nicht.«

»Derzeit haben wir auch längst keinen Gasnotstand mehr. Es ist unglaubwürdig, wenn Deutschland heute noch neue Genehmigungen für die Ausbeutung fossiler Energien erteilt, wo im Koalitionsvertrag unserer Regierung genau das Gegenteil vereinbart ist.« Tibos Augen funkelten kampfbereit, sein Oberkörper straffte sich. »Die Einzigen, die einen Nutzen hätten, wären die Betreiber des niederländischen Energiekonzerns.«

Marieke lebte nicht hinterm Mond. Natürlich kannte sie die Argumente aus der Zeitung. Aber bislang hatte sie sich dazu nicht geäußert, das Thema war an ihr vorübergeglitten. Was konnte sie schon ausrichten? Sie hatte andere Probleme.

»Weißt du, Erdgas heizt unser Klima gleich doppelt auf, auch deshalb sollten wir's nicht mehr fördern«, ereiferte sich Tibo weiter. »Und die Oberflächentemperatur des Wattenmeeres hat sich, wie gerade erst gemessen wurde, in den vergangenen sechzig Jahren um zwei Grad Celsius im Durchschnitt erhöht. Doppelt so viel wie die der Ozeane.«

»Weil es flacher ist, oder warum?«

»Ja, genau.« Er sah ihr offenbar an, was sie dachte. »Du glaubst, das Wattenmeer ist eine langweilige graue Masse, richtig? Aber das stimmt nicht. In diesem einmaligen Ökosystem spielt sich gerade unendlich viel ab.«

»Gut. Ich lass das mal sacken.«

»Weißt du eigentlich, wie viele bewohnte Inseln es in der Europäischen Union gibt?«, fragte Tibo.

»Nee, keine Ahnung.«

»Mehr als zweitausendzweihundert«, sagte er in einem Ton, als käme gleich eine Wahnsinnspointe. »Und Borkum nimmt unter ihnen eine bedeutende Stellung ein.«

»Jojo, is' klar, nich'«, antwortete sie belustigt mit breitem ostfriesischem Akzent.

»Nein, im Ernst. Borkum will bis 2030 klimaneutral werden«, erklärte er ihr, »und spielt als Pilotinsel eine sehr wichtige Rolle bei der Dekarbonisierung. Das klingt jetzt vielleicht ein bisschen sperrig, aber aus den Erfahrungen, die sie hier machen, wollen und werden viele andere Inseln in ganz Europa lernen.«

»Ehrlich? Is' ja doll!« Ihr entfuhr ein Gähnen. Und dann knurrte auch noch ihr Magen laut und vernehmlich. Tibo musste sie für ignorant oder gefräßig halten. Oder beides. Sie lächelte. »Wieso verkehrst du überhaupt mit Leuten wie mir?«

»Keine Ahnung.« Er lächelte zurück, auf eine Art, die sie etwas unruhig machte. »Vielleicht hab ich ein Faible für Frauen mit blauen Augen und leichtem Silberblick? Oder aus Sendungsbewusstsein?«

»Was willst du denn senden? Dass alles mit allem zusammenhängt?«

»Zum Beispiel.«

»Weiß ich längst. Trotzdem, mit diesem Thema beißt du dir an mir die Zähne aus.«

»Apropos beißen ... Darf ich dich heute zum Essen einladen?«

»Elegante Überleitung.« Sie lachte. »Gern. Eine Kleinigkeit würde mir reichen. Nur ohne Ökovorträge, bitte. Ginge das?«

»Mal sehen.« Auf dem Rückweg bat er sie, bei der Litfaßsäule an der Ecke Rheedestraße anzuhalten. Er stieg aus. »Ich sag jetzt ü-ber-haupt nichts. Aber bitte sieh's dir an.«

Hier im Inselkern befand sich eine hübsche kleine Wildblumenfläche. Marieke war schon oft daran vorbeigefahren. Nun entdeckte sie eine Tafel. *Hier blüht es für Bienen, Hummeln & Co.* stand darauf, mit einem Hinweis auf das NETZWERK BLÜHENDE LANDSCHAFT. Wie eigenartig, dass so viel Engagement bislang an ihr vorbeigegangen war.

Irgendwie stellte dieser Biologe tatsächlich ihren Blick anders ein. »Das ist hübsch, vor allem das überirdische Blau dieser Blüte hier finde ich toll.« Tibo schwieg, aber er freute sich sichtlich. »Wie heißt sie?«

»Gewöhnlicher Natternkopf.«

»Im Ernst?«

»Ja.«

»Wie ungewöhnlich.« Sie verzog den Mund.

»Was stört dich?«

»Klingt irgendwie gemein, finde ich.«

Er lachte. »Nicht romantisch genug?«

»Phh! Meine romantische Phase hab ich lange hinter mir.«

Sie fuhren zu ihr, stellten das Auto im Carport ab. Zu Fuß gingen sie zum Lokal Lüttje Toornkieker gegenüber vom Alten Leuchtturm. Sie setzten sich draußen hin, unter einen großen Sonnenschirm, der auch Regen fernhielt, mit Blick auf den von üppigen Stauden bewachsenen Seemannsfriedhof. Sie bestellte eine Gemüsequiche mit Salat, er Emder Matjes.

Ihr Salat enthielt Queller, auch Meeresspargel genannt, der in dieser Saison die Speisekarten einiger Inselrestaurants eroberte. Das spirrige grüne Gewächs gedieh in den Salzwiesen.

»Das gefällt mir«, lobte Marieke, nachschmeckend wie eine Restaurantkritikerin, »interessanter Eigengeschmack, außerdem schön knackig und leicht salzig.« Bislang hatte sie Queller nur als neues Trendgemüse in der Gourmetgastronomie registriert. Allein durch Tibos Gegenwart erhielt die Strandpflanze nun eine zusätzliche Bedeutung. Köstlicher Queller dank gesunder Umwelt. Alles hängt mit allem zusammen. Er sagte nichts, doch sein Blick verriet, dass er ihre Gedanken erahnte und sich darüber freute. Offenbar lag ihm etwas auf der Zunge. »Sag's ruhig«, forderte sie ihn verschmitzt auf.

»Ich kann schweigen«, zierte er sich. »Du wolltest keine Ökovorträge.«

»Naja, die Kurzversion ...« Sie klimperte mit den Wimpern. »Bitte.«

»Also gut.« Er klang ein bisschen amüsiert. Wieso bemerkte sie erst jetzt, dass er eine umwerfende Art hatte, nur mit den Augen zu lächeln? Ein bisschen wie Richard Gere. Marieke musste sich eingestehen, dass sie gern Zeit mit Tibo verbrachte. »Wenn Queller wachsen, entsalzen sie den Boden«, erklärte er. »Deshalb wird die Pflanze in Küstenregionen auch zur Landgewinnung eingesetzt.«

»Tatsächlich?« Das war schon interessant.

»Außerdem ist das Wildgemüse sehr mineralstoffreich und gesund.«

»Soso.« Sie schaute gen Himmel.

Er reagierte zerknirscht. »Sorry, ich wollte nicht dozieren. Themenwechsel.«

Sie lächelte. »Was machst du eigentlich die ganze Zeit? Warst du bei diesem miesen Wetter schon im Meer?«

»Ich schwimme jeden Tag vorm Frühstück.« Meinte er das ernst? So durchtrainiert, wie er aussah, wäre es ihm zuzutrauen. »Dann kraule ich einmal nach Juist und wieder zurück.« Er grinste jungenhaft.

»Und ich dachte schon ...«

»Na ja, zweimal war ich bislang drin. Hinterher freut man sich immer.«

»Stimmt. Aber ich kann mich momentan auch noch nicht recht überwinden.«

»Vielleicht morgen Nachmittag, zu zweit am Südstrand?«

»Egal, wie das Wetter ist?«

»Egal.«

»Okay!« Tibo bestellte Wein, sie auch. Das erste Mal seit Langem. »Man wächst mit seinen Herausforderungen.«

»Gut. Ich hol dich gegen drei Uhr ab. Am Vormittag hab ich noch eine Besprechung.« Es stellte sich heraus, dass er seinen Aufenthalt für zahlreiche berufliche und ehrenamtliche Aktivitäten nutzte und schon viel mit Leuten kontaktet hatte, die in irgendeiner Weise für den Umweltschutz wichtig waren. »Du erinnerst dich an die Betonwand an der Promenade, oder?«

Sie nickte. »Du meinst das hässliche Ding, das uns vor einem Erdrutsch wegen der vielen Kaninchentunnel bewahrt. Da, wo vorher die unbefestigte Böschung war.«

»Genau. Die zuständigen Parteien haben sich zusammengesetzt. Wir planen noch ein Pilotprojekt, ein kleines nur, aber immerhin.« Er lächelte. »Die Betonpflastersteine sollen unterschiedlich hoch eingebaut werden, damit sich mehr Flugsand festsetzen kann.«

»Und was ist so erstrebenswert daran?«, fragte sie verständnislos.

»So kann eine Fugenbegrünung gelingen. Ich hab ihnen gesagt, welche einheimischen Wildpflanzen sich dort wohlfühlen, und was man noch bis in den Oktober hinein dort aussäen könnte.«

»Du meinst, die Befestigung wird wieder etwas ansehnlicher?«

»Das ist der Plan«, bestätigte er. »Da werden sich hoffentlich Sand-Thymian, Bodendecker und Sedumpflanzen wie bei Dachbegrünungen ansiedeln.«

»Cool!« Der Wein wurde serviert, und sie stießen miteinander an. »Wann endet eigentlich dein Urlaub?«, fragte sie.

»Am kommenden Sonnabend. Ob wir bis dahin noch Annis Geschichte zu Ende erzählt bekommen?«

Sie bezweifelte das. »Alwine schweift gerne ab. Na gut, und wir natürlich mit ihr ... Aber ich glaub, sie genießt es, dass wir so an ihren Lippen hängen.«

»Alwine?«, tönte es vom Bürgersteig. »Hör ich da meinen Namen?«

Marieke schrak zusammen. Wie peinlich! Hoffentlich hatte die Nachbarin ihre letzten Worte nicht verstanden.

»Ach, wenn man von der Sonne spricht, geht sie auf!« Tibo sprang auf, legte einen Arm um Alwine und drückte sie. »War schön gestern Abend, nicht? Hast du den Wein gut vertragen? Sensationelle Krabbensuppe übrigens, Marieke, danke noch mal.«

»Mir geht's bestens«, tönte Alwine.

»Hat der Lord denn nun Anni verraten?«, fragte Marieke. »Ich hatte heute Nacht schon einen Albtraum, weil es mich so beschäftigt.«

»Ich kann aber nicht lange«, sagte Alwine, »bin verabredet, auch hier, mit meiner Schwägerin.«

»Na, dann erzähl uns wenigstens noch ein bisschen«, forderte Tibo sie auf. »Was möchtest du trinken, was essen? Du bist eingeladen.« Alwine ließ sich nicht lange bitten.

»Danke. Ich möchte gerne dieses orangefarbene Zeug, wie heißt das noch, wo man so'n schönen Glimmer von kriegt? Aber essen muss ich nicht. Bin noch dick satt von gestern Abend.« Sie blinzelte schelmisch. »Ihr kennt doch die drei Arten von satt, die's auf Borkum gibt, oder?« Beide schüttelten den Kopf. »Satt, dick satt und stopp satt.« Tibo bestellte für sie einen Aperol Spritz. »Aber wenn meine Schwägerin eintrudelt, muss ich aufhören.«

»Hoffentlich verspätet sie sich«, kommentierte Marieke.

»Heute Vormittag hab ich mir übrigens schon mal die beiden nächsten Artikel aus der englischen Zeitung angeguckt«, begann Alwine. »Einen von Anfang April 1911 über die Volkszählung damals, und der andere ist von Mai. Darin ging's um eine Debatte im britischen Parlament über diesen Gesetzesentwurf zum eingeschränkten Wahlrecht für die Frauen. Beim Durchkämpfen und Übersetzen, Google sei Dank, kamen mir auch wieder einige Geschichten in den Sinn, die Anni mal erzählt hat.«

»Eine Volkszählung?«, griff Marieke auf.

»Ja, die Suffragetten und viele andere Frauen waren sauer, weil die Regierung sie immer wieder vertröstet und hingehalten hat wegen des Wahlrechts. Deshalb wollten sie bei dieser Volkszählung nicht wie sonst brav mitmachen.«

»Ich dachte, es geht um Anni und die viktorianischen Duftwicken«, wandte Tibo mit enttäuschter Miene ein. »Den Emanzenkram können wir doch ...« Zwei gestrenge Blicke trafen und unterbrachen ihn. Er verdrehte die Augen. »Naja, ich bin schließlich nicht mehr so lange auf der Insel …«

»Es hängt aber alles damit zusammen«, beharrte Alwine, und Marieke musste grinsen. »Ohne das eine wär's nicht zum andern gekommen. Du wirst schon sehen.«

Mariekes Handy klingelte. Oje, sie hatte ihren besten Freund vergessen! »Bitte warte noch einen Moment, Alwine.« Rasch stand sie auf und ging rüber auf den Vorplatz des Alten Leuchtturms, um ungestört zu telefonieren. Sie brannte darauf, endlich zu erfahren, wer denn nun wen weshalb nicht mehr ausreichend liebte. »Wie geht's dir, Gardon? Was ist denn los?«

Der Freund wollte aber offenbar nicht viel reden.

»Sag mal, Marieke, könnte ich nächste Woche zu dir kommen? Ich würde dir das alles lieber von Angesicht zu Angesicht erzählen.«

»Ja … ja, natürlich«, stammelte sie überrascht, zugleich erfreut. »Du weißt doch, für dich ist bei mir immer ein Gästebett frei. Wann, dachtest du …«

»Ich würde gern am Montag anreisen. Die genauen Daten schicke ich dir noch, okay?«

»Klar, geht in Ordnung. Aber … warum, Gardon?«

»Weil ich jemand anders liebe, seit Jahren schon. Das ist mir jetzt endlich klar geworden, und ich … Wie bitte?« Offenbar unterbrach ihn gerade seine Sprechstundenhilfe. »Du, ich muss wieder, Marieke. Sorry. Ich erklär's dir dann in Ruhe. Tschüss!«

Benommen schlenderte sie zurück. Er liebte jemand anders? Doch nicht etwa sie? Um Gottes willen, was machte sie dann? Sie setzte sich und nahm einen großen Schluck Wein.

»So, kann't nu losgoahn?«, fragte Alwine mit Blick auf die Uhr.

»Ja«, erwiderte Marieke. Sie schüttelte sich, wie um wach zu werden. »Schieß los.«

Willow Hill, März bis Mai 1911

Anni bangte Tag für Tag. In der Zeitung hatte sie zwar nicht gestanden, aber sie fürchtete immer noch, dass Lord Ramsgate sie bei seinem nächsten Besuch im Landhaus der Familie Moss verraten könnte, vielleicht einfach nur während einer beiläufigen Plauderei.

Ende März beehrte Ethel Smyth erneut Mrs. Moss. Wie gut, dass sie während der Prozession keinen Blick für mich hatte, dachte Anni. Wieder parlierte die Komponistin launig auf Deutsch mit ihr, bevor sie Mrs. Moss bat, am Tag der Volkszählung ihr Haus für fremde Frauen zu öffnen.

»Diesmal spielen wir nicht mit, Katherine. Einige von uns wollen sich verbarrikadieren, aber die meisten planen, am 2. April einfach nicht zu Hause sein. Würdest du bitte an dem Sonntag einige Frauen aufnehmen und hier übernachten lassen?«

»Ich habe den Slogan schon gelesen«, antwortete Mrs. Moss. »KEIN WAHLRECHT, KEINE VOLKSZÄHLUNG. Den finde ich gut gewählt. Da mache ich mit. Wir können sicher zwanzig bis dreißig Gäste aufnehmen.«

Anni wusste, dass der Hausherr Anfang April auf Reisen sein würde, was die Sache vermutlich erleichterte.

»Wunderbar, meine Liebe! Ich habe gehofft, dass du uns nicht im Stich lässt.«

Anni zog sich zurück, ging aber extra langsam zur Tür, um noch mehr vom Gespräch aufzuschnappen. Ethel Smyth schilderte, wie sie kürzlich Emmeline Pankhurst beigebracht hatte, Fensterscheiben einzuwerfen. Mit einem unterdrückten Lächeln schloss sie die Tür. Diese Frau war wirklich unglaublich – was die sich traute!

Am 2. April glich Willow Hill einem summenden Bienenkorb. Die aufmüpfigen Frauen aßen, tranken und lachten. Seine *stiff upperlip* trug der Butler Mr. Jones an diesem Tag besonders steif. Die Haushälterin äußerte Sympathien für die Aktion, die Köchin hatte alle Hände voll zu tun, die beiden Zofen waren jeweils der Meinung ihrer Damen, und die Dienstmädchen stöhnten, weil sie mehr als sonst vorbereiten und aufräumen mussten. Viele der weiblichen Übernachtungsgäste stammten aus anderen Kreisen und wussten nicht, wie man sich angemessen zu benehmen hatte.

Auch Mrs. Moss erhielt Unterlagen für die Volkszählung zugestellt. Anni brachte sie ihr mit der Post. Die Hausherrin trug lediglich die Namen ihres Sohnes sowie die von Mr. Jones und Mr. Hopkins ein, versehen mit dem Zusatz: *Keine weiteren Personen, nur jede Menge Frauen.* Anni überlegte, ob sie sich zu viele Sorgen machte wegen ihres Besuchs in der Royal Albert Hall. Andererseits bestand ihr Vergehen ja wohl hauptsächlich darin, dass sie gegen den ausdrücklichen Wunsch von Mrs. Moss gehandelt hatte. Für Damen wie sie herrschten von oben nach unten weiter die alten Regeln, auch wenn sie ihr Haus mit Bouquets in der Farbkombination Weiß-Grün-Violett schmückten.

In den folgenden Tagen wurde nach und nach bekannt, wie einfallsreich Frauen die Volkszählung geschwänzt hatten. In vielen Parks hatten stundenlange Picknicks stattgefunden, einige Protestlerinnen hatten übers Wochenende in Kirchen Schutz gesucht, andere waren die ganze Nacht hindurch auf der Eislaufbahn in Aldwych Schlittschuh gelaufen. Wieder andere hatten eigens für sie angebotene Spätvorstellungen in Theatern besucht oder sich am Trafalgar Square zusammengefunden und waren gemeinsam in Restaurants gegangen, die extra für sie länger als üblich geöffnet hatten. Anni fragte sich, wie dieser Ungehorsam wohl bestraft werden würde. Denn nur deshalb funktionierte doch alles, wie es sollte – weil bei Nichtbefolgen der Regeln Strafen drohten.

Es dämmerte schon, als sie nach einem klaren, frühlingshaften Apriltag mit Meg zusammen ihre Wicken hegte. Sie hatten gut gekeimt und reckten ihre zarten Stängel empor. Der Geruch von frischer Erde, Narzissen und verbranntem Totholz stieg ihnen in die Nase. Vögel flöteten ihr Abendlied. Behutsam knipsten sie bei allen Pflänzchen, die bereits ihre ersten zwei Blattpaare gebildet hatten, die Spitzen ab. »So entwickeln sie stärkere Seitentriebe«, hatte Mr. Hopkins ihnen erklärt, »und deshalb wachsen sie buschiger.«

Sie kannten kaum noch ein anderes Thema als Wicken. Anni hatte ihren Eltern davon geschrieben und sich nach ihren Erfahrungen erkundigt. Überall fachsimpelten Leute über die Aufzucht. Wie musste die Erde sein? Wie viel Sonne, wie viel Licht vertrugen Wicken? Wann brauchten sie Schatten oder Wasser? Welche Sorten waren die schönsten? Wie düngte man am besten? Wie bekämpfte man Schädlinge und Pilze? Wie band man die Rankpflanze am besten hoch? Zählte das Aussehen mehr als der Duft? Wie wichtig würde die Jury die Anordnung der Blüten an einem Stängel nehmen? Es war eine Wissenschaft für sich, die ständig neue Impulse durch Expertenratschläge in der *Daily Mail* erhielt.

»Jim kommt nachher noch vorbei«, kündigte Meg an. »Er bringt Großvater eine neue Gießkanne.«

Mr. Hopkins trat, inzwischen umgezogen, in seiner Chauffeuruniform aus dem Haus. »Ich muss los, Mädels, Lord Ramsgate vom Bahnhof in Higher Frithim abholen.«

Erschrocken hielt Anni inne. Als sie aus der Hocke hochschnellte, wurde ihr leicht schwindelig. Vielleicht gab's noch eine letzte Chance, dass sie ihn bitten konnte, sie nicht zu verraten.

»Ich hab mein Taschentuch vergessen«, sagte sie.

So lautete die richtige Umschreibung dafür, dass man mal für kleine Mädchen musste.

Eilig ging sie rüber zum Haupthaus, machte sich schnell frisch. Vor der Eingangshalle legte sie es dann darauf an, Lord Ramsgate bei seiner Ankunft »zufällig« zu begegnen. Und es klappte. Er sah sie, sie nickten einander kaum merklich zu, Anni machte einen Knicks, wie es sich gehörte, mit ihrer besorgten Bitte in den Augen, senkte dann den Kopf. Als sie wieder hochblickte, lag ein Ausdruck auf seinem Gesicht, der sie aufatmen ließ. Er hatte begriffen. Sie lächelte kurz, holte erleichtert Luft und senkte erneut den Blick.

»Rosabel, meine Liebste!«, hörte sie Lord Ramsgate im nächsten Moment auch schon seine Verlobte begrüßen.

Wie befreit eilte sie zurück zum Kutscherhaus. Mr. Hopkins hatte noch in der Garage zu tun, aber Jim war inzwischen eingetroffen und berichtete stolz, dass sein Geschäft florierte. Er verkaufte nicht nur mehr Sämereien, sondern auch mehr Insektenschutzmittel, Rankhilfen, Dünger, Gartenhandschuhe, Spaten und Ähnliches, als erwartet.

»Nicht zuletzt wegen des Wettbewerbs«, sagte er, als sie zu dritt in der Wohnküche Tee tranken.

»Deine Samentüten könnten hübscher aussehen«, merkte Meg an.

»Das ist nicht wichtig«, entgegnete Jim. »Sie sind ja trotzdem fast ausverkauft. Schlimmer ist, dass ich kaum mehr Nachschub auftreiben kann.«

»Meine Mutter hat mir zwei Adressen von deutschen Gärtnereien geschickt, die eigene Wickensorten gezüchtet haben«, erzählte Anni. »Soll ich dir vielleicht einen Geschäftsbrief auf Deutsch schreiben? Du könntest dann nicht nur die Nachfrage befriedigen, sondern sogar Sorten anbieten, die wahrscheinlich niemand sonst in England verkauft.«

»Mensch, Anni, das wär' großartig!« Jim klang begeistert.

Schon zwei Tage später konnte sie ihm die mit Tinte in Schönschrift verfassten Anfragen samt adressierten Briefumschlägen geben. Er unterschrieb, und sie brachte sie für ihn zur Post ins Dorf, weil sie dort ohnehin etwas für Mrs. Pennymore erledigen wollte.

In der kleinen Postfiliale musste sie neben einer liebenswürdigen älteren Dame warten. Anni hatte sie schon ab und an gesehen und wusste, dass sie zurückgezogen in einem hübschen Cottage lebte. Sie kamen ins Gespräch. Natürlich ging es um Wicken, speziell darum, welcher Boden am besten war. Auch der Postangestellte beteiligte sich an der Diskussion. Die Meinungen reichten von »unbedingt tiefgründig«, »Hauptsache kalkhaltig« bis zu »mager reicht, aber gut gelockert muss er sein«. Die Frau hieß Alice Scott. Sie mühte sich mit einem schweren Einkaufskorb ab, und Anni bot ihr an, ihn für sie nach Hause zu tragen. Daraufhin lud Mrs. Scott sie zu einer kleinen Besichtigung ihres Gartens ein. Er war ihr ganzer Stolz. Zwischen Formgehölzen, deren Finish vermutlich einer Nagelschere zu verdanken war, rankten ihre Duftwicken an einem feinmaschigen Drahtzaun empor.

Mrs. Scott meinte, entscheidend sei, dass man die Wickenbeete frei von Unkraut halte. Und Anni wiederholte eine Weisheit von Mr. Hopkins, dass man beim Wässern unbedingt darauf achten musste, die Blätter nicht nass werden zu lassen, wegen ihrer Anfälligkeit für Pilzerkrankungen.

»Ich weiß, Kindchen, ich weiß ...« Mrs. Scott lächelte nachsichtig. Sie rieb sich den Arm, offenbar schmerzte er.

»Was würden Sie denn machen, wenn Sie den Wettbewerb gewinnen würden?«, fragte Anni neugierig.

Mrs. Scott überlegte nicht lange. Als sie lächelte, verstärkten sich um ihre Augen und an den Wangen feine Fältchen, die ihre kultivierte Ausstrahlung betonten.

»Als Erstes würde ich nach Bath fahren, wissen Sie, in diesen Kurort am Fluss Avon. Sagt Ihnen das etwas?« Anni nickte. Schon die alten Römer hatten in den heißen Quellen von Bath bei Gliederschmerzen Linderung gefunden. »Und vielleicht würde ich etwas unternehmen, irgendwas mit mehr Geselligkeit. Was genau, weiß ich allerdings nicht ...« Mrs. Scott hob die Schultern. »Ich geh kaum noch unter Leute, seit mein Mann gestorben ist«, gestand sie. »Manchmal wird's mir doch recht einsam. Kommen Sie mich gerne wieder besuchen, wenn Sie in der Nähe sind.«

Anni versprach es.

Jim lud sie und Meg am Wochenende auf den Frühlingsmarkt im Dorf ein. Er holte sie mit seinem Pferdewagen ab, auf dessen Plane in roter Schrift »Harrisons Sämereien & Gartenbedarf« stand. Sie fuhren Karussell, machten beim Dosenwerfen mit, tranken nach Röstmalz schmeckendes Stout-Bier, tanzten und alberten herum. Es wurde ein schöner Abend. In der Dunkelheit brachte Jim sie mit dem Pferdewagen zurück. Anni und Meg saßen rechts und links neben ihm auf dem Bock, auch unterwegs hatten sie noch viel Spaß. Zuerst begleitete er Meg bis zur Haustür, dann Anni zu Fuß durch den Garten bis zum Personaleingang von Willow Hill.

»Ich mag dich gern leiden, Anni«, sagte Jim etwas verlegen. »Kannst du dir eigentlich vorstellen, für immer hierzubleiben, so ganz generell gefragt, oder willst du eines Tages zurück nach Deutschland?«

»Och ...«, war alles, was sie herausbrachte.

Seine warme, raue Hand griff nach ihrer, und sein Gesicht kam näher. Sie spürte seine Wärme, er war nur noch Zentimeter von ihr entfernt. Ihr Herz klopfte schneller. Jim roch nach Kernseife, nach Mann, gebügelter Baumwolle, ein bisschen auch nach Bier.

»Bleib doch. Das würde mich freuen.« Wie um es zu besiegeln, gab er ihr einen schnellen Kuss auf die Wange.

Anni lächelte. »Gute Nacht, Jim!«

Beschwingt ging sie schlafen.

Bei ihrem nächsten Zusammentreffen mit Meg verpasste sie die Gelegenheit, ihr davon zu erzählen. Nein, richtiger war, dass irgendetwas sie abhielt. Vielleicht war's wirklich nicht der Rede wert – so ein kleiner Schmatz zum Abschied nach dem Kirmesbesuch, daraus musste man keine große Sache machen.

Aber wenn Jim von nun an im Kutscherhaus vorbeischaute, empfand sie jedes Mal ein freudiges Kribbeln. Sie unterstützte ihn eifrig bei seinen beruflichen Plänen. Auch Meg machte gute Vorschläge. Sie bildeten ein fröhliches Trio, blödelten herum und spannen Pläne für die Weltreise. Da Mr. Hopkins ihnen oft von seiner alten Heimat vorschwärmte, sollte dazu auch ein Abstecher nach Schottland gehören. Die Freundinnen versprachen Jim, ihm von jeder Station eine Postkarte und typische Samen zu schicken.

Erst in dieser Zeit ging Anni auf, wie wunderschön und durchdacht die Gartenanlagen von Willow Hill waren. Das auf einem Hügel liegende Haus und der Garten korrespondierten miteinander. Und in diesen Tagen erfüllte eine wahre Frühlingssinfonie die verschiedenen Freilufträume, die als Fortsetzung des Wohnens hügelabwärts in eine weitläufige Weidelandschaft übergingen. In jedem dieser Gartenzimmer herrschte eine andere Atmosphäre. Nicht nur wegen der Blumen, sondern auch, weil darin Treppchen, Hecken und Mauern überaus fantasievoll in Szene gesetzt waren.

Anni sprang nun immer über die roten Baldrianblüten, die aus den Ritzen einer Steintreppe wuchsen, und sie freute sich an den Blumenrabatten um samtige Rasenflächen herum, die farblich und zeitlich perfekt aufeinander abgestimmt waren.

Auch ihre eigenen Wicken entwickelten sich prächtig. Deshalb bedauerte sie es beinahe, dass die Familie Moss Anfang Mai für einige Tage nach London zu fahren gedachte und sie natürlich mitkommen sollte, obwohl sie es sonst immer aufregend fand, in der Metropole zu sein. Zum Glück versorgte Meg die Pflänzchen, als wären es ihre eigenen.

Literarisch waren Mrs. Moss und sie gerade bei Theodor Fontane angelangt. Die alte Dame begeisterte sich zunehmend für dessen Gesellschaftsromane, und Anni bereitete es Freude, die Dialoge mit Berliner Dialekt vorzutragen. In diesen Tagen musste sie auch häufiger aus der Zeitung vorlesen. Wegen der Verbindung zu Lord Ramsgate ließ sich Mrs. Moss öfter die *Daily Mail* bringen, auch wenn sie das Boulevardblatt versteckte, sobald Besucher ihren Salon betraten.

Dank dieser Lektüre war Anni selbst auf dem Laufenden,

nicht nur über den Wickenwettbewerb. Sie freute sich riesig, als das Parlament in der ersten Maiwoche den Gesetzesentwurf für das eingeschränkte Wahlrecht von Frauen in zweiter Lesung mehrheitlich annahm. Die entscheidende dritte Lesung sollte im Herbst stattfinden, hieß es. Das war das lang erhoffte positive Signal vonseiten der Politik. Sofort bliesen die Suffragetten ihre bereits geplanten militanten Aktionen ab.

»Ist erst mal alles auf Eis gelegt«, kommentierte Mrs. Moss zufrieden. »Da hat Emmeline ganz umsonst geübt, wie man Scheiben einschmeißt. Hoffentlich kommen nun endlich alle wieder zur Vernunft.«

»Meinen Sie, dass die Verweigerungen bei der Volkszählung eine Rolle gespielt haben?«, traute sich Anni zu fragen.

»Ganz gewiss. Immer mehr Männer begreifen, dass Gerechtigkeit herrschen muss«, antwortete die alte Dame. »Es wird auch keine Bestrafungen geben.«

»Nein?« Anni fragte sich insgeheim, ob das nicht eigentlich auch ungerecht war.

»Es sind unüberschaubar viele Frauen gewesen, die sich geweigert haben«, erklärte ihre Herrin. »Die Polizei schafft es nicht, sie alle zu erfassen und die erforderlichen Nachweise zu erbringen. Ich weiß definitiv von höherer Stelle, dass die Regierung darauf verzichten wird, sie zu bestrafen.«

Während ihrer knapp bemessenen freien Zeit in London traf Anni sich mit Millie. Meist spazierten sie durch Parks, wo Millie am liebsten jede Blüte beschnupperte und laut überlegte, womit sie in einem Strauß am besten aussehen würde. Oder sie bummelten durch Geschäftsstraßen, streiften durchs Kaufhaus Liberty, bewunderten dort die gigantische Stoffauswahl und kauften doch nur einen Knopf. Fürs Kino oder andere Vergnügungen hatte Millie nie Geld übrig. Aber sie gab gern gewaltig an.

»Eines Tages werde ich als Schauspielerin entdeckt«, prahlte sie bei einem ihrer Streifzüge. »Neulich hat mich schon ein Theaterdirektor angesprochen. Oder ich werde Sängerin. Vielleicht heirate ich auch einfach einen alten reichen Mann.« Anni nahm ihr die Aufschneidereien nicht übel. Sie verstand, dass sie Millie nur dazu dienten, sich nicht unterkriegen zu lassen. Denn eigentlich hatte sie ein wirklich hartes Leben. Sie war erst knapp vierzehn gewesen, als die Eltern, beide trunksüchtig, ihr eines Abends überraschend eröffnet hatten, sie müsse nun fortgehen und sich selbst ernähren. »Das Beste, was mir passieren konnte!«, behauptete Millie mittlerweile. »Sonst würde ich heute auch saufen.«

Manchmal, wie an diesem Maiabend, als viele Fenster wegen der ungewohnt milden Luft weit aufgesperrt waren, trafen sie sich schnell mal kurz auf einen Schwatz im großen Innenhof vor den Hinterhäusern, in denen sich auch einige Remisen für Pferde und Kutschen befanden. Sie schäkerten mit einem der Stallburschen, einem schmächtigen, aber kessen Jungen, der frisches Heu herbeigekarrt hatte und ihnen eine Freifahrt auf seinem Handwagen anbot. Als er gegangen war, zündete Millie sich eine Selbstgedrehte an. Sie hegte gerade wieder große Hoffnungen, weil ein erfolgreicher Maler sie angesprochen und gefragt hatte, ob sie gegen Honorar für ihn Modell stehen wolle.

»Er sagt, ich hätte eine sehr hübsche Figur.«

»Sei bloß vorsichtig«, warnte Anni sie. »Man weiß doch, was die wollen ...«

»Neeein!«

Ein verzweifelter Schrei aus dem Haus der Fairfields gellte zu ihnen herüber, gefolgt von lautem Schluchzen.

»Ach, meine arme Herrin!« Millie seufzte mitfühlend. »Sie weint zurzeit wieder so viel.«

»Trauert sie immer noch um ihre verlorenen Kinder?«

»Ich glaub, sie trauert um alles. Sie merkt, dass sie den Verstand verliert.« Millie begann zu flüstern. »Ich darf ja eigentlich nichts weitersagen, was sich im Hause abspielt. Aber Mrs. Fairfield denkt ständig, dass Sachen wahr sind, die es gar nicht sein können.«

»Das ist ja schrecklich!«

»Ja, stell dir vor, gestern zum Beispiel war sie mit ihrem Einspänner unterwegs. Das behauptet sie jedenfalls. Sie dreht manchmal zum Zeitvertreib ein paar Runden durch den Park oder besucht eine Freundin. Aber gestern kam sie in Tränen aufgelöst zurück, mit einer Droschke, die sie nicht bezahlen konnte, weil sie kein Geld mitgenommen hatte.«

»Oje. Lass mich mal ziehen!« Anni nahm ihr die Zigarette ab. Nur Frauen mit schlechtem Ruf rauchten in der Öffentlichkeit. Und einige Suffragetten, aus Protest. Sie nahm einen Zug, musste aber husten. »Hier, kannst du wiederhaben. Ich komm nicht auf den Geschmack. Was ist denn da los gewesen?«

»Mrs. Fairfield behauptet, sie hätte ihren Einspänner nicht dort wiederfinden können, wo sie ihn abgestellt hatte. Zwei Stunden lang hat sie verzweifelt gesucht.« Millie nahm einen Lungenzug. »Ich war dabei, als sie ihrem Mann alles gebeichtet hat. Und er hat wirklich rührend versucht, sie zu trösten, obwohl er wusste, dass sie schon mit 'ner Droschke losgefahren war. Erst als sie richtig hysterisch wurde und immer wieder verlangte, dass er sich auf die Suche begeben sollte, da musste der arme Kerl ihr ja die Augen öffnen. Er hat sie zum Stall geführt, und da standen ihr Pferd und der Einspänner.«

»Was für ein Albtraum!«

Es musste furchtbar sein, wenn man seiner eigenen Wahrnehmung nicht mehr trauen durfte.

»Ihre Zofe hat auch schon gekündigt«, verriet Millie, »und es ist verdammt schwer, 'ne neue zu finden, sagt Mr. Fairfield.«

Das Schluchzen wurde lauter, es war zum Steinerweichen. »Ich geh mal besser rüber. Mrs. McDonald, die Köchin, weiß nicht, wie sie mit ihr umgehen soll.« Millie drückte die Zigarette vorsichtig an der Mauer aus, um sie später weiterrauchen zu können. »Mr. Fairfield ist heut beim Pferderennen.«

Anni begleitete sie bis zur Terrasse, auf der mehrere Kübel mit Wicken standen. Noch blühten sie nicht, aber erste Knospen deuteten sich an.

Plötzlich kam Mrs. Fairfield, eine bleiche Frau von vielleicht Mitte dreißig, mit einem Brief in der Hand nach draußen gewankt. Die schlanke, hell und elegant gekleidete Dame war eigentlich hübsch, doch jetzt stand ihr der Schrecken im Gesicht geschrieben. Sie sah Millie, ließ sich auf einen schmiedeeisernen Gartenstuhl sinken, legte den Brief mit zittriger Hand auf den verschnörkelten kleinen Tisch daneben.

»Millie«, sie schluckte schwer, »bitte ... du kannst doch lesen, oder?«

»Yes, Madam.« Millie knickste.

»Bitte lies mir vor, was dort steht.«

Millie blickte ratlos von ihrer Herrin zu Anni und zurück. Anni ahnte etwas. Offenbar hatte Millie wieder mal übertrieben, denn sie nahm zwar den Brief, doch entzifferte ihn nur stockend. Anni ging ein paar Schritte vor, stellte sich neben sie und überflog das Schreiben.

»Das ist eine Einladung zu einem Wohltätigkeitsbazar, Mrs. Fairfield«, sagte sie. »Soll ich alles laut vorlesen? Entschuldigen Sie bitte, ich bin Anni, die Vorleserin Ihrer Nachbarin Mrs. Moss.«

»Wohltätigkeitsbazar?« Verständnislos blickten Mrs. Fairfields tränenumflorte Augen ins Leere. »Nein, nein«, widersprach sie gequält. »Da steht doch etwas anderes. Ich hab's gerade noch selbst gelesen.«

»Was denn, Madam?«, erkundigte Millie sich mit der Nachsicht, die man einem unvernünftigen Kind entgegenbrachte.

»Ja?«, fragte auch Anni sanft, »was haben Sie gelesen?«

Mrs. Fairfield schluckte. »Da stand«, sie kämpfte mit sich, bevor sie es aussprach und dabei jedes Wort einzeln betonte, »›Du – wirst – bald – sterben‹.« Wieder kamen ihr

153

die Tränen. »Ich schwöre, ich hab's gesehen. Mit zwei Ausrufungszeichen dahinter. Werde ich denn wirklich wahnsinnig?« Schluchzend brach sie zusammen.

Millie und Anni brachten sie in ihr Schlafzimmer und legten sie aufs Bett. Millie zog ihr die Schuhe aus und schloss die Vorhänge.

»Möchten Sie vielleicht ein Sandwich, Madam?« Mrs. Fairfield schüttelt schwach den Kopf.

Anni holte ihr ein Glas Wasser. »Schlafen Sie einfach ein bisschen. Danach sieht die Welt schon wieder ganz anders aus.«

Sie und Millie gingen zurück in den Innenhof. Millie zündete sich ihre halbe Zigarette an. »Die ist wirklich nicht zu beneiden«, sagte sie, während sie Ringe in die Luft blies. »Obwohl sie so reich ist. Dann lieber gesund, kein Geld, aber eine wunderbare Zukunft ...«

Versonnen zeigte sie hoch zum Mansardendach, unter dem ihr Zimmer lag. Anni folgte ihrem Blick. Frisches helles Wickengrün, das aus zwei Pflanzkästen und einigen Blumentöpfen wuchs, umrankte das Gaubenfenster. Der eine Kasten war in die Regenrinne gestellt, der andere abenteuerlich daran festgezurrt, ebenso wie ein neuer Vogelkäfig, der Millie, wie sie stolz erklärte, als Vorratsschrank diente.

Anni stellte ihr die Frage, die sie mittlerweile allen Menschen stellte, die mit einem selbst gezogenen Wickenstrauß am Wettbewerb teilnehmen wollten.

»Welchen Traum erfüllst du dir, wenn du gewinnst?«

»Ich mach einen Blumenladen auf«, antwortete Millie wie aus der Pistole geschossen. »Ein Geschäft mit einer kleinen Wohnung dahinter. Dann bin ...« Sie biss sich auf die Zunge.

»Dann ... was?«, hakte Anni nach.

»... bin ich immer zu Hause.« Millies Blick wich ihrem aus.

»Du wolltest noch etwas anderes sagen«, stellte Anni fest. »Warum möchtest du denn immer zu Hause sein?«

Millie schien mit sich zu ringen. Schließlich griff sie nach Annis Arm. »Du wirst es aber keinem weitererzählen, versprochen? Es darf wirklich niemand erfahren, sonst bin ich meine Anstellung los.« Anni hob drei Finger zum Schwur. Millie holte tief Luft. »Weil ich dann meine Tochter zu mir holen kann.«

»Was?« Anni schlug sich eine Hand vor den Mund, weil sie so laut gefragt hatte. Sie senkte die Stimme. »Du hast schon eine Tochter?«, fragte sie ungläubig.

»Ja!« Millies Augen funkelten vor Stolz, gleich darauf wurde ihr Blick zärtlich und wässriger. »Mary. Sie ist drei und bei einer Bauernfamilie in Kent in Pflege. Gar nicht weit von Higher Frithim entfernt übrigens. Mr. Jones hat mir geholfen, die Familie zu finden, und er hat mir auch eine neue Anstellung verschafft.« Anni fiel aus sämtlichen Wolken. Der steife, überkorrekte Butler von Mr. Moss? »Er diente damals im selben Haus wie ich. Alter Adel, überaus ehrenwerte Leute«, ihre Stimme bekam einen sarkastischen Ton. »Der verdammte Sohn dieses verdammten Hauses war betrunken, er wusste, wo ich schlafe. Ich hab's verdammt noch mal nicht gewollt ... Hab mein Gesicht zur Wand gedreht und gehofft, unsichtbar zu werden ... Und dann ... er hat meinen Hintern gepackt und ... Es war ekelhaft.« Sie atmete schneller. Trotzig warf sie den Kopf in den Nacken. »Aber meine Mary ist süß, sie hat überhaupt keine Ähnlichkeit mit ihm. Sie ist ein Geschenk.«

Mitfühlend legte Anni den Arm um Millies Schultern. So war es immer. Junge Herrschaften durften sich ungestraft ihre Hörner abstoßen, wie man es nannte. Die schwanger gewordene Dienstbotin aber, ob verliebt oder vergewaltigt, landete auf der Straße. Schimpf und Schande galten nur ihr, sie musste sich sogar glücklich schätzen, wenn ihr Arbeitsbuch ohne Hinweis auf unzüchtiges Verhalten blieb. Andernfalls konnte sie es vergessen, je wieder eine ordentliche Anstellung in einem anständigen Haus zu erhalten. Es wurde Zeit, dass Frauen wählen durften. Frauen würden für Gesetze sorgen, die ihr Geschlecht besser schützten.

»Wenn es jemand verdient, diesen verdammten Preis zu gewinnen, Millie, dann du.« Anni drückte die Freundin. Millie wischte sich über die Augen und streckte ihr die Zunge raus. Sie war einfach nicht der Typ für Sentimentalitäten. Anni überlegte kurz. »Gleich nach mir, natürlich.«

Sie mussten beide lachen.

Plötzlich sahen sie, wie jemand am Hinterhaus der Fairfields vorbeihuschte. Wer mochte dort etwas zu schaffen haben? Millie reckte den Hals.

»Hier sollte jetzt eigentlich niemand sein«, sagte sie verwundert. »Der Stallbursche ist doch schon weg.«

»Vielleicht ist er noch mal zurückgekommen?«

»Nee, der ist doch viel kleiner. Der Schatten sah nach einem ausgewachsenen Mann aus.«

»Na ja, Schatten können täuschen«, sagte Anni. »Hallo?«, rief sie dann.

Keine Reaktion. Stille. Ganz offensichtlich versteckte sich jemand am Haus.

»Weißt du, was ich mich frage, Millie?«, flüsterte Anni. »Wenn Mrs. Fairfield bei der Rückkehr kein Geld für eine Droschke dabeihatte, wieso hat sie dann die Hinfahrt bezahlen können?«

Borkum, Juli 2024

Tibo kam pünktlich, um Marieke zum Baden abzuholen. »Willst du so mit?«, fragte er an der Haustür. Sie nahm ihre gepackte Badetasche vom Garderobenhaken, sah an ihrem flauschigen Bademantel hinunter.

»Wieso denn nicht? Ach, so ...« Sie registrierte seine Regenjacke. Schnell warf sie sich noch ihren Regenmantel über und machte die Druckknöpfe bis zum Hals zu. »Ich bin bereit.«

Alwines Schwägerin hatte am Vortag leider keine Verspätung gehabt. So blieb ihnen derzeit nichts übrig, als Vermutungen über Mrs. Fairfield anzustellen, die allesamt unbefriedigend blieben. Aber einen gemeinsamen Termin mit Alwine hatten sie ja noch für den Freitagnachmittag vereinbart.

»Ich finde, sie holt ganz schön weit aus«, sagte Tibo, als sie von der Randzellstraße auf den Südstrand zusteuerten.

Bei Mathilde's Melkbudje wurden sie von einer unangenehmen Knoblauchwolke begrüßt. Tapas, spanische Vorspeisen, waren dort der Renner. Marieke hätten die Klassiker wie Milchreis, Dickmelk, Erbsensuppe und Co vollkommen gereicht.

»Du meinst, sie sollte sachlicher sein?« Marieke lächelte in sich hinein. Typisch Naturwissenschaftler.

»Nein, nur schneller auf den Punkt kommen. Präzise das Wichtige mitteilen.«

»Mir gefällt's, wie sie's macht.« Sie musste lachen. »War doch auch witzig, wie ihre Schwägerin erzählt hat, dass Alwines Großvater ein begnadeter Geschichtenerzähler gewesen ist, einer, der immer gern Seemannsgarn gesponnen hat.«

»Klarer Fall von gemendelt, oder?« Tibo grinste, dann schaute er prüfend zum Horizont. »Wenigstens schüttet es heute nicht. Vorhin hab ich mir die neue Streuobstwiese angesehen, ohne nassgeregnet zu werden.«

»Ist ja doll. Und wo befindet die sich?«

»Wer von uns lebt eigentlich auf der Insel? Du oder ich?« Er schüttelte den Kopf. »Mein Freund Simon, der Nationalpark-Ranger auf Borkum, hat im Frühjahr mit jungen Leuten im Rheedepark Obstbäume gepflanzt.«

»Viel kann das aber nicht sein. Sonst wär' mir was aufgefallen.«

»Na ja, es sind genau sieben Bäume. Bäumchen. Tja, jeder fängt mal klein an.« Tibo lachte. »Sie tragen jetzt schon gelbe Bänder.«

»Wozu das?«

Wieder schenkte er ihr einen Blick, der ihr das Gefühl gab, die wirklich wichtigen Dinge nicht mitzubekommen.

»Ein gelbes Band signalisiert, dass die Früchte von jedermann geerntet werden dürfen. Sie sind für die Allgemeinheit.«

»Ach, das ist ja eine gute Idee!«

Ihre Badeschuhe flip-floppten über den Holzweg, der

zwischen kaum besetzten Strandzelten und -körben hindurchführte. Wenigstens ließ sich zwischen den Regenwolken immer mal die Sonne blicken, und ein kühler Wind verblies schnell den Knoblauchgestank. Sie hatten auflaufendes Wasser, die Temperatur lag laut Anzeigetafel der DLRG-Station bei siebzehn Grad, und das wollte was heißen, weil die Temperaturmesser dort ungern Urlauber traurig machten und deshalb dazu neigten, die Gradangabe großzügig nach oben aufzurunden. Marieke fragte sich wieder, warum sie zugesagt hatte. In letzter Zeit ließ sie sich ständig zu Unternehmungen breitschlagen, auf die sie eigentlich gar keine Lust hatte.

Tibo wirkte auch nicht sonderlich motiviert. Er fing ihren Blick auf. »Du willst doch nicht etwa kneifen?«, fragte er herausfordernd.

»Phh!«

Sie riss ihr Regencape auf, warf den Bademantel auf einen Sandhaufen, die Flip-Flops hinterher und rannte los. Statt Sonnenbikini hatte sie einen schlichten schwarzen Badeanzug angezogen, weil sie damit der Illusion erlag, erstens schlanker auszusehen und zweitens die Kälte nicht so direkt am Bauch zu spüren. Wenn das Wasser gefühlt knapp überm Gefrierpunkt lag wie jetzt, funktionierte das Eintauchen bei ihr nur mit der Schockmethode: ein paarmal in der Brandungszone bis zu den Knien hin und her laufen, dann alle Muskeln anspannen und ruck-zuck rückwärts hineinfallen lassen! Sie juchzte laut auf, als die Wellen sie umspülten – sie konnte nicht anders. Nach zwei Minuten mit kräftigen Paddelbewegungen wurde ihr wärmer, der Körper gewöhnte sich an die Temperatur. Und auf einmal war es herrlich!

Tibo kraulte neben ihr durch die Fluten, obwohl der Schwimmstil bei Wellengang schwer durchzuhalten war. Wollte er sie etwa beeindrucken?

Als es am schönsten war, setzte Regen ein. Erst wollte sie zurück, doch Tibo lachte nur und schlug Schaumkronen in ihre Richtung.

»Wir sind doch eh schon nass, was soll's?«

Marieke schlug zurück, bespritzte ihn ebenfalls und musste dabei lachen wie ein Teenager. Als sie genug davon hatte, legte sie sich auf den Rücken und ließ sich treiben. Sie öffnete den Mund, um den Regen zu schmecken. Mittlerweile fühlte es sich an, als wäre das Wasser wärmer als die Luft, was wohl am scharfen Wind lag. Sie genoss das Bild, das sich ihr bot – das dunklere Grau am Himmel, wilde Wolkenfetzen mit Lichträndern und im Kontrast dazu der helle Grau-Beige-Grün-Mischton der Nordsee. Nach einiger Zeit wurde ihr doch kalt. Sie verließ das Wasser, während Tibo noch schwamm. Im Windschatten eines Strandzelts zog sie den Badeanzug aus, rubbelte sich mit einem Handtuch trocken, das sie anschließend als Turban ums feuchte Haar schlang, zog Slip und BH an und hüllte sich dann wohlig in den nach Weichspüler duftenden Bademantel. Innen am Wall der Sandburg, wo es geschützter war, breitete sie ihren Regenmantel aus und setzte sich darauf.

Sie sah Tibo aus den Wellen auftauchen. Wow, wie ein junger Gott, dachte sie. Kein Gramm Fett zu viel, gebräunt, breite Schultern, schmale Hüften. Als er näher kam, atmete sie scharf durch die Nase ein und schaute woandershin, nur um ihn nicht anzustarren. Unter ihrer Haut setzte das Prickeln ein. Eine normale Wärmereaktion, natürlich. Aber in ihr stiegen Empfindungen auf, von denen sie seit Monaten nicht oder allerhöchstens kurz gestreift worden war. Nachdem Tibo sich in der Nachbarsandburg umgezogen hatte, setzte er sich neben sie. Nun schien wieder die Sonne.

»Verrückt, dieses Wetter«, sagte sie. »So extrem hab ich's mit dem Regen hier noch nicht erlebt.«

Er zog zwei Fläschchen Kräuterbitter aus der Jackentasche und reichte ihr eines. »Alte Familientradition. Nach dem Bade zu genießen. Wärmt von innen.«

»Ach, du bist doch nicht zu hundert Prozent tugendhaft?« Sie ließ den Verschluss knacken.

»Ich bin weder Dogmatiker noch Parteigänger. Und ich weiß selbstverständlich«, sagte er mit ernster Miene, »dass Alkohol keine Probleme löst.« Er leerte sein Fläschchen auf Ex und lächelte. »Aber das tut Milch auch nicht.«

Sie bibberte ein wenig. Ihr war, als spürte sie seinen Impuls, einen Arm um sie zu legen. Und sie hätte es – Alabasterhaut hin oder her – in diesem Moment sogar ganz gern gehabt. Dennoch ruckelte sie sicherheitshalber, so unauffällig wie möglich, etwas von ihm ab.

Genau genommen schauten sie von hier aus mehr auf den Fluss Ems, der sich im Küstengewässer verströmte, als aufs Meer. Sie saßen an einer Art Schiffsautobahn. Diese Vorstellung fand sie nicht so hübsch. Am Südstrand übte man sich als Erholungsuchender unwillkürlich im Ausblenden von Hässlichkeiten. Jeder fotografierte den Strand so, dass man nur den kleinen rot-weiß geringelten Elektrischen Leuchtturm sah, nicht aber den sehr viel höheren stählernen Radarfachwerkmast der Küstenfunkstelle. Man erkannte gegenüber der Ems, vor allem nachts, an den Lichtern die Skyline des niederländischen Eemshaven, einem Umschlagplatz für Energie und Güter, der auf Marieke wie eine vorzeitig wahr gewordene, düstere und menschenfeindliche Zukunftsvision wirkte. Nur ungern nahm sie die Fähre von dort nach Borkum, obwohl manchmal durchaus praktische Gründe dafürsprachen.

Auch am Hauptbadestrand, das ging ihr nun durch den Kopf, bemühte sie sich immer noch, so zu tun, als wären die Sandablagerungen der vergangenen Jahre, die eine Lagune hatten entstehen lassen, nur vorübergehende Erscheinungen. Als würde mit der nächsten Flut wieder der Strand ihrer Kindheit zurückkehren. Als wären auch die Windräder am Horizont gar nicht da, und ihr Blick könnte wie einst ungestört ins Unendliche schweifen – das nächste Stück Land wäre Amerika.

Eigentlich trug sie immer zwei Bilder in sich, die sich oft überblendeten. Es gab Vergangenheit und Gegenwart, die sich wie Zelluloidstreifen übereinanderschoben und ihre, Mariekes, eigene Realität schufen. Zum anderen existierten auch in der Gegenwart immer zwei Wahrnehmungen, Gegensätze, Schönes und Hässliches zugleich. Vielleicht machte das einen wichtigen Teil der Faszination aus, die Borkum auf Stammgäste ausübte. Und natürlich die Tatsache, dass es immer noch Stellen auf der Insel gab, wo nichts den Eindruck von Unendlichkeit störte. Sie kehrte aus ihren Gedanken zurück, löste den Blick vom fernen Eemshaven und schaute sich am Südstrand um. Sofort hellte sich ihre Stimmung auf.

Besonders bei Sonnenuntergang, wenn man etwas weiter nördlich zum Lokal Heimliche Liebe mit seinem Kegelstrohdach und dem Storchennest darauf schaute, rechts davor die bunt gestreiften Strandzelte und die feinsandigen Randdünen, dann konnte es keine treffendere Verbildlichung von Sommerfrische am Meer geben als genau diese. Dazu die Seeluft, der Salzgeschmack und das stetige Wellenrauschen – schon öffneten sich alle Sinne, und das übertölpelte Herz fühlte sich befreit. Schon putzig, dachte sie, ein Standort mit zwei so unterschiedlichen Blickachsen und Sichtweisen. Ausgerechnet in diesem Moment entstand über der Nordsee in Richtung der niederländischen Insel Schiermonnikoog ein Regenbogen. Sein farbiges Leuchten verstärkte sich mit jeder Sekunde.

»Wirklich verrückt«, wiederholte Tibo ihre Bemerkung.

»So ist das auf Borkum«, sinnierte sie. »Wenn das Wetter schlecht ist, ist alles doppelt so scheußlich wie auf dem Festland. Aber wenn's schön ist ...« Sie musste den Satz nicht beenden. Er nickte zustimmend.

Verträumt sang er eine Zeile. »*Wenn's regnet, dann wachsen die Regenbögen ...*«

»Woraus ist das?«, fragte sie nach einer kleinen Überraschungspause.

»Aus einem Chanson von André Heller. Meine Mutter

war sein größter Fan. In meiner Kindheit hat sie seine CDs in Dauerschleife gehört.« Er schien in seinem Gedächtnis zu kramen und sang dann leise weiter, eine ruhige, sehnsüchtige Melodie in einer Art Sprechgesang. *»Wenn's regnet, dann wachsen die Regenbögen, wenn's schneit, dann wachsen die Stern'. Bei Sonne, da wachsen die Schmetterlinge ...«* Marieke schaute aufs Wasser, die unerwartete Poesie berührte sie. Die Gänsehaut, die sie überlief, hatte nichts mit dem Wetter zu tun. *»Und immer, und immer ...«* Unvermittelt brach Tibo ab. Seine Stimme klang rauer, verlegen. »Na ja, was einem so wieder einfällt.«

Damit war der Zauber verflogen. Aber zwischen ihnen hatte sich etwas verändert.

Es ergab sich wie von selbst, dass sie beide Lust hatten, am Abend gemeinsam das Konzert des Borkumer Shantychors Oldtimer im Upholmhof zu besuchen. Nachdem sich jeder in seiner Unterkunft frisch gemacht hatte, Marieke hatte sich auch noch ein halbes Stündchen hingelegt, radelten sie vom Treffpunkt am Hotel Bloemfontein aus auf dem gewundenen Alten Deich dorthin. An einem der Ententeiche unterwegs hielten sie, um den Blick über die Pferdeweiden auf die Türme Borkums zu genießen. Marieke verriet Tibo, dass es während der Mittsommerzeit zu ihren Ritualen gehörte, auf diesem schmalen Pfad in den Sonnenaufgang zu radeln. Auch wenn sie es seit einigen Jahren nicht mehr gemacht und derzeit morgens so große Schwierigkeiten mit dem Aufstehen hatte, ging sie doch davon aus, dass sie es in Zukunft wieder tun würde.

»Am liebsten am Morgen der Johannisnacht. Dann stell

ich mir vor, dass dort Feen und Geister mit Tarnkappen umherschweben.«

»Wie gut, dass du nicht romantisch bist.«

»Es müsste dir auch gefallen, gerade dir.« Sie ließ sich nicht beirren. »Alles duftet so frisch und üppig, Holunder und Wildrosen stehen in der schönsten Blüte, und die Vögel flöten und tirilieren wie sonst das ganze Jahr über nicht.«

Bereits auf den letzten Metern des Deichs vernahmen sie ein Akkordeon und per Lautsprecher übertragenen Männergesang. Die Menge der abgestellten Fahrräder ließ auf ein Großereignis schließen. Tatsächlich war zwar das Restaurant des Upholmhofs wegen Personalmangels komplett geschlossen, doch der Biergarten rappelvoll. Auf der Bühne standen achtzehn Borkumer Männer in Seemannshemden und sangen von der Liebe zum Meer.

»Alle, die mit uns auf Kaperfahrt fahren ...«

In einer Scheune mit Selbstbedienung und an etlichen rustikalen Buden konnte man sich mit Essen und Trinken versorgen. Die Sitzbänke an den langen Biertischen, zumal die im überdachten Teil, waren sämtlich besetzt. Von einem Stehtisch aus betrachtete Marieke das dicht gedrängte Publikum. Keine Schickimickis, eher ganz normale Leute. Viele Ältere, Urlauber, auch zahlreiche Ortsansässige und Angehörige. Sie winkte Svenja zu und erkannte die Leiterin der Country-Linedance-Gruppe wieder. Ihr Ex-Mann Gisbert, der sich am wohlsten im Kreise von Unternehmern und Golfspielern fühlte, hätte naserümpfend gesagt: »Keiner dabei, den man näher kennenlernen möchte.« Aber er war ja zum Glück nicht hier.

Tibo besorgte ihnen Bier. Der Amateurchor sang richtig gut, sogar vierstimmig.

»Wir sind frei, frei wie der Wind ...«

Alle Sänger waren unverkennbar mit echtem Spaß, mit Begeisterung und schauspielerischem Einsatz dabei. Für jedes Lied trat ein anderer Sänger vor und durfte minutenlang der Star sein, manchmal spielten sich auch zwei während der Anmoderation die Bälle zu. Jetzt sprang der Leadsänger auf einen Tisch und tanzte.

Marieke vergaß, dass es für die Jahreszeit zu kühl und für ihren Geschmack zu regnerisch war. Das Publikum klatschte mit, die Sitzenden schunkelten, die Stehenden wankten, Tibo ging wieder Bier holen, und es wurde immer stimmungsvoller und großartiger.

»Das hätte ich nicht erwartet«, gestand Marieke in einer Gesangspause. »Für das, was es sein soll, ist es toll!«

»Besser geht's nicht!« Tibo prostete ihr zu.

Wieder reihte sich ein maritimer Ohrwurm an den nächsten. Und je später es wurde, desto hemmungsloser fielen die Zuhörer in den Refrain ein. Paare fingen an zu tanzen, meist Discofox.

Tibo forderte sie auf, und eh sie sich's versah, tanzten auch sie. Überraschung – seine Hände fühlten sich warm und trocken an. Er drückte sie bei schwungvollen Umdrehungen enger an sich, auch das recht angenehm.

Als das Konzert beendet war und etliche Besucher aufbrachen, fanden sie doch noch einen überdachten Sitzplatz. Sie unterhielten sich angeregt über Gott und die Welt. Marieke erzählte von ihren Zwillingen. Tibos Frage, ob sie einen neuen Freund habe, verneinte sie. »Ich bin noch nicht so weit. Einerseits. Und andererseits ... Woher nehmen?«

»Es gibt doch reichlich Datingplattformen.«

Sie lachte kurz auf. »Eine meiner Freundinnen nennt es immer Restewichteln«, erklärte sie. »Ich hab natürlich mal geguckt ... Aber nee! Ich finde, dabei zäumt man das Pferd von hinten auf. Wahrscheinlich bin ich hoffnungslos altmodisch. Aber ich mag mich nicht mit einem Wildfremden treffen und wissen, dass der schon weiß, dass ich darüber nachdenke, ob ich mit ihm ins Bett gehen oder eine Familie gründen und den Rest meines Lebens mit ihm verbringen möchte. Ich finde es einfach entspannter, jemandem zufällig zu begegnen, mal einen Kaffee mit ihm zu trinken, mal gemeinsam essen zu gehen oder ins Kino oder in eine Musikveranstaltung, einen Spaziergang zu machen, ihm eine Chance zu lassen, mir sympathischer zu werden und umgekehrt natürlich auch, und dann vielleicht, so peu à peu ... Der andere sollte im Ungewissen sein und eine Weile bleiben.«

»Ja«, stimmte er ihr zu. »Das ist allerdings sehr altmodisch. Möchtest du auch noch so ein Veilchensträußchen wie zu Annis Zeiten an den Tisch geschickt bekommen?«

»Warum nicht?«

»Weil Dünenveilchen geschützt sind?«

»Ah! In Wirklichkeit bist du der Romantiker von uns beiden, stimmt's?« Sie sah ihn spöttisch an.

»Jedenfalls bin ich auch nicht der Typ fürs Onlinedating«, gestand er ein. »Allein die Vorstellung, dass meine Studentinnen mich da entdecken könnten, finde ich ziemlich abtörnend.«

Er war also auch Single. Und er hatte, wie er ihr anvertraute, keine Kinder, weil seine Frau schon jung erkrankt war. »Ich hätte gern welche.« Kurz wurde die Stimmung schwermütig. Tibo sprach vom Tod seiner Frau und dass er glaubte, einen solchen Schicksalsschlag nicht noch einmal überstehen zu können. »Ich bin nicht scharf darauf, mich wieder zu verlieben. Einerseits.«

Sie nickte. »Ich weiß, wie das ist.«

Zu sehr später Stunde kamen sie mit einem jungen Rumänen namens Adrian ins Gespräch. Mit der Ernsthaftigkeit, die ein gewisser Alkoholpegel mit sich bringt, diskutierten sie über die Möglichkeiten der Integration. Zu ihrer Überraschung erfuhren sie, dass schon seit über einem Jahr ein Rumäne und ein Serbe in der Freiwilligen Feuerwehr der Insel mitmachten, und dass kürzlich auch zwei aus dem Ausland stammende Neubürger Mitglieder der örtlichen SPD geworden waren.

»Das A und O ist die Sprache«, meinte Tibo.

Adrian bestätigte das. Er war ein lustiger Typ und brachte Beispiele dafür, dass Deutsch die schwierigste Sprache der Welt sei. Dann gab er einen Schnaps aus.

»Allerbeste Integrationshilfe«, sagte er augenzwinkernd. »Sabbelwasser.«

»Du hast deine Lektion gelernt«, lobte ihn Tibo. »Prost!« Sie stießen miteinander an.

»Noch ein Beispiel«, sagte Adrian, »das Wort ›umfahren‹. Hat mich fast verrückt gemacht.«

»Versteh ich nicht.« Marieke kippte ihren Klaren. »Ist doch ein einfaches Verb.«

Adrian schüttelte den Kopf. »Es heißt, ich soll den Stau umfahren. Aber meint das Gegenteil bei: einen Mann umfahren.« Sie lachten. »Und diese Wörter wie Bandwürmer«, fuhr der Rumäne fort. »Doppelhaushälfte!«

»Metallblasmusikinstrumentenmachermeister«, steuerte Marieke bei. »Es gibt einen in der Stadt Norden. Hab ich neulich in der Zeitung gelesen.«

Adrian verdrehte die Augen. »Und dann: der, die, das ...«

Erwartungsvoll lüpfte Tibo seine blonden Brauen. Der Jüngere hob verzweifelt die Hände. »Heißt: das Band, die Bänder, richtig? Aber auch: der Band, die Bände bei Buch. Und wieder anders bei Musik: die Band, die Bands.« Marieke giggelte. Ihr neuer Bekannter hatte seine Beispiele vermutlich schon öfter vorgetragen, vielleicht trat er ja nebenberuflich als Alleinunterhalter auf. »Ha!«, fiel ihm ein. »Noch ein Gemeinheit in deutsche Sprache! Geht darum, wo machst du leeres Zeichen. Laut loslachen hat andere Bedeutung als lautlos lachen. Manchmal ist nur winzige andere Betonung schuld.«

»Stimmt!«, Marieke fiel etwas ein. »Wie bei: sehen oder säen.«

Gemeinsam suchten sie weitere Nücken und Tücken und kamen aus dem Lachen nicht mehr heraus.

»Der Gefangene floh oder der gefangene Floh«, brachte Tibo dar und spendierte noch eine Runde. »Kommaregeln sind übrigens auch was Feines. Komm Oma, essen. Das bedeutet was anderes als Komm, Oma essen.«

»O ja«, gab ihm Marieke recht, »Kommas können Leben retten. Oder töten.« Sie war am Ende so angeschickert, dass sie nicht mehr sicher auf dem schmalen Pfad des Alten Deichs fahren konnte. Deshalb schoben sie hintereinander ihre Räder, Tibo ging voran. Zwischen der aufgerissenen Wolkendecke funkelten Sterne. Ihr kam das Lied in den Sinn, das er am Nachmittag angestimmt hatte. »Wie war das mit den wachsenden Sternen?«, fragte sie.

Er gab keine Antwort. Sie mochte nicht nachhaken. Und dann wieder überlegte sie, was sie nur machen sollte, wenn ihr Gardon am Montag eröffnen würde, dass er ihretwegen …

O Gott, sie legte den Kopf in den Nacken und folgte Tibo eine Weile nur noch nach Gehör und Intuition. Sie war einfach zu betrunken, um richtig denken zu können. Tief atmete sie die Nachtluft ein. Hier und da raschelte es im Gebüsch, ein aufgescheuchter Vogel gluckste empört. Der Leuchtturm schickte über ihre Köpfe hinweg seine Strahlenbündel aufs Meer.

Sie kamen zuerst an dem Haus vorbei, in dem Tibo ein Appartement gemietet hatte. »Bist du da gut untergebracht?«, fragte sie. »Ist das Haus zu empfehlen?« Immer wieder fragten Bekannte sie nach Übernachtungstipps für Borkum.

»Willst du's dir mal ansehen?«, bot Tibo an. »Wir könnten noch einen Absacker trinken. Ich hab schon Fasanenbrause als Mitbringsel für meine Kollegin besorgt.« Marieke mochte die Mischung aus Sanddornsaft und Doppelkorn, vor allem mit Prosecco aufgefüllt, aber zur Not auch pur.

So leise wie möglich stolperten sie durchs Treppenhaus. Tibo wohnte im obersten Stock. Es war ganz nett, aber nichts für eine Wohnreportage. Sie zog ihr Regencape aus, nahm auf dem Sofa Platz. In der Ecke stand eine Gitarre. Die gehörte wohl nicht zum Inventar. Tibo kehrte mit Gläsern und der Fasanenbrause zurück, zündete eine Kerze an und setzte sich in einen Sessel.

»Du spielst Gitarre?«

»Och, nur so'n bisschen für mich. Ich wollte meine Fertigkeiten im Urlaub auffrischen.« Er schenkte ihnen ein und reichte ihr ein Glas. »Wir haben noch nicht Brüderschaft getrunken.«

»Das geht nicht posthum«, erwiderte sie empört. »Wir duzen uns doch längst.«

»Doch, doch, das geht«, widersprach er. »Paragraf 12, Absatz 3b.«

»Von welchem Gesetz?«

»Ich komm gerade nicht drauf.«

Sie überlegte. »Na gut, unter einer Bedingung.«

»Die da wäre?«

»Du singst noch mal das Regenbogenlied.« Er stöhnte gequält auf. »Na, gut«, sagte sie übertrieben spitz und führte das Glas zum Mund. »Dann eben nicht.«

»Okay, okay!« Er gab sich geschlagen, nahm seine Gitarre und lehnte sich im Sessel zurück, bevor er die ersten Akkorde anschlug. »Bin mir nicht sicher, ob ich den Text noch ganz draufhab.« Er räusperte sich und begann zu singen.

»*Wenn's regnet, dann wachsen die Regenbögen, wenn's schneit, dann wachsen die Stern'. Bei Sonne, da wachsen die Schmetterlinge, und immer, immer hab ich dich gern! Du, du, du bist mein einziges Wort. Du, du, du heißt alles!*

Das Lachen, das Schreien, das Fortgehen, das Bleiben, die Stunde, Minute, der Augenblick. Das Haus und die Stadt, der Wind und das Blatt, das Atmen, das Sterben und die Musik.« Marieke wagte kaum zu atmen, so schön klang es, so sehr berührte sie der Text. *»Wenn's regnet, dann wachsen die Regenbögen, wenn's schneit, dann wachsen die Stern'. Bei Sonne, da wachsen die Schmetterlinge, und immer, und immer, und immer hab ich dich gern!«*

Langsam legte er die Gitarre zur Seite und hob sein Glas. In dem Augenblick, als sie miteinander anstießen und sich in die Augen sahen, wussten sie, was gleich geschehen würde. Sie wollten es beide.

»Ich hab schon ewig nicht mehr …«, sagte sie. Ihr Herz fing an, wie verrückt zu klopfen.

»Ich noch ewiger nicht.«

Er setzte sich neben sie, streichelte ihren Arm, ihre Wange und zog sie sanft an sich. Als er sie küsste, ganz behutsam, als wollte er ein Gefühl für ihre Lippen mit seinen Lippen ertasten, dann forschender, sagte es irgendwann Pling in ihrem Innern, und alle Scheu löste sich auf. Sie knutschten immer leidenschaftlicher. Ihre ausgehungerten Körper drängten sich gegeneinander. In der Umarmung standen sie auf und taumelten zu seinem Bett, zerrten sich die Kleidung vom Leib. Seine Haut fühlte sich wunderbar an, warm und fest, leicht hitzig von der Erregung, hochsensibel. Es war, als würden Fünkchen zwischen ihrer und seiner Haut hin und her fliegen. Wie war sie nur so lange ohne Sex ausgekommen? Seine Erregung steigerte ihr Verlangen. Sie wollte ihn, jetzt sofort! Tief und heftig und ausdauernd. Und endlich funkten sie im Gleichklang.

Gegen vier Uhr erwachte Marieke. Fremde Umgebung, fremdes Bett. Körpergefühl teils wunderbar, aber teils bereits einen Kater ankündigend. Tibo lag neben ihr. Er schlief fest, schnarchte leise. Sie war überfordert. Nur weg, erst mal in Sicherheit bringen, auf vertrautes Terrain. Leise stieg sie aus dem Bett, sammelte ihre Kleidung zusammen, zog sich im Bad an, ohne Licht zu machen. Sie wollte jetzt nicht mit Tibo reden. Dann ging sie auf Zehenspitzen zur Tür und schlich durchs Treppenhaus davon.

Am Morgen dröhnte Marieke der Kopf, Magen und Darm rebellierten. Sie musste sich übergeben. So viel Alkohol hatte sie schon lange nicht mehr getrunken. Ein furchtbar schlechtes Gewissen drückte ihre Stimmung nieder, sie fühlte sich zum Heulen und verwirrt. Als hätte sie sich danebenbenommen, blamiert, ihren Mann betrogen.

Meinen Mann betrogen? Sie begann ein Zwiegespräch mit sich selbst. Ich bin geschieden! Ich könnte mit jedem Mann, der mir gefällt, ins Bett gehen, bis ans Ende meiner Tage, und würde doch nie mehr seinen Vorsprung im Fremdgehen aufholen. Ich darf schlafen, mit wem ich will.

Aber es war doch zu schnell gegangen, viel zu schnell. Eine akute postalkoholische und die gewohnte Halbtagsdepression ergaben einen katastrophalen Mix. Ihr Kopf drohte zu platzen. Dazu dieses Wetter! Es goss, es schüttete, bestimmt wurde soeben ein neuer Jahresrekord in der gemessenen Niederschlagsmenge aufgestellt. Eine Whats-App-Nachricht nach der nächsten pingte, das Geräusch zerrte an ihren Nerven. Gardon gab seine Ankunftszeit am Montag durch, die Zwillinge wollten wissen, um wie viel Uhr sie drei sich zu ihrem anstehenden Geburtstag auf Skype verabreden wollten, um virtuell miteinander anzustoßen. Ach, sie brauchte ja noch Geschenke. Am glücklichsten wären beide wohl mit Bargeld. Irgendwas Liebevolles noch extra wäre schön. Aber sie konnte jetzt nicht richtig denken.

Was wünscht ihr euch denn?, tippte sie mit letzter Kraft. Die zwei waren zum Glück erwachsen genug, keine unerfüllbaren Wünsche mehr zu äußern. In einer Regenpause hörte sie von nebenan Musik, *Black Coffee*. Ausgerechnet. Offenbar übte Alwine sogar zu Hause. Ihr Handy klingelte. Sie reagierte nicht, nahm eine Tablette und zog sich die Decke über den Kopf.

Gegen Mittag, wie immer, wurde es allmählich etwas erträglicher. Sie reckte und streckte sich, ein wohliger Schauer durchlief sie im Nachklang der Nacht. Wie sollte sie sich Tibo gegenüber verhalten? Wie würde er sich verhalten?

Ach du meine Güte, durchfuhr sie ein Gedanke: Heute Nachmittag haben wir unseren letzten Termin bei Alwine, bevor er wieder nach Hause fährt. Sie duschte, zwang sich, eine Kleinigkeit zu essen, und machte sich sorgfältiger als sonst zurecht, um von ihrem desolaten Zustand abzulenken. Als sie sich dann endlich auf den Weg zur Nachbarin machte, war sie so weit, dass sie sich auf Tibo freute. Vor

Aufregung fühlte sie sich ganz kribbelig, ja, und sie war gespannt auf den Ausdruck in seinen Augen.

Alwine hatte nur zwei Tassen Tee eingedeckt. In ihrem Wohnzimmer duftete es appetitlich nach Gebackenem. Lucky kläffte zwar wieder, aber es klang mittlerweile anders als sonst, eher wie eine Begrüßung, nicht mehr nach Warnmeldung.

»Moin, Marieke«, wurde sie auch von Alwine freundlich in Empfang genommen. Auf dem Tisch standen kleine Brötchen neben einem Töpfchen mit fester weißer Creme und einem Glas Erdbeerkonfitüre. »Ich hab mal wieder Scones gebacken, das Rezept stammt noch von Anni. Statt Clotted Cream wie die Engländer, das kriegt man ja hier nicht, nehm ich einfach Mascarpone.« Marieke liebte Scones, aber im Moment stand ihr der Sinn gerade nicht danach. Wieso war Tibo nicht da? Alwine bemerkte ihren fragenden Blick. »Ach, hat Tibo dich denn nicht erreicht? Er hat mich angerufen. Leider musste er wegen einer dringenden Angelegenheit, irgendwas wegen des Protests gegen die Gasbohrungen, zurück aufs Festland.«

Marieke ließ sich auf ihren Platz sinken. »Ach«, sagte sie mit einem Kloß im Hals und spürte, dass sie vor Enttäuschung schwache Beine bekam.

War es ihm etwa so peinlich, was in der vergangenen Nacht zwischen ihnen passiert war, dass er Reißaus genommen hatte?

»Ihr müsst ja ordentlich Spaß gehabt haben gestern bei den Shantys im Upholmhof.« Alwine lachte vergnügt, als sie sich setzte. Lucky machte es sich zu ihren Füßen unterm Tisch bequem. Marieke versuchte zu ergründen, ob sie wohl einen Verdacht hatte, doch das schien nicht der Fall zu sein. »Wirklich schade, dass er nicht dabei sein kann. Er fehlt richtig, oder?« Alwine breitete zwei alte Zeitungsartikel vor ihr aus, die sie noch nicht kannte. Marieke warf einen unkonzentrierten Blick darauf und lehnte sich zurück. Sie würde die Geschichtsstunde heute einfach über sich ergehen lassen. Der eine Artikel, so viel hatte sie entziffert, berichtete über einen aufsehenerregenden Marsch durch London, an dem am 17. Juni 1911 vierzigtausend Frauen teilgenommen hatten. Der andere handelte vom Festival of Empire im Londoner Kristallpalast, das der Krönungsfeier von König George V. und Königin Mary am 22. Juni 1911 als eine Art Weltausstellung aus den britischen Kolonien vorausgegangen war. »Tibo sagte, ihr hättet ein witziges Gespräch mit einem unserer Rumänen gehabt, über ›Deutsche Sprache, schwere Sprache‹.«

Marieke versuchte zu lächeln, während sie ein noch lauwarmes Scone aufbrach und mit Mascarpone und Konfitüre bestrich. Um nichts sagen zu müssen, kostete sie es. Es schmeckte unerwartet gut, ihr entfuhr ein anerkennendes »Hmm!«

»Damit hatte Anni auch so ihre Last«, wusste Alwine. Sie biss ebenfalls von einem bestrichenen Scone ab und nahm dazu einen Schluck Ostfriesentee. »Echt lecker, nich'? Das Beste aus zwei Welten. Oder aus drei, weil ... Mascarpone kommt ja aus Italien.«

Marieke pflichtete ihr bei. Doch sie verstand nicht, was

Alwine mit dem Satz davor gemeint hatte. »Last?«, fragte sie verwirrt, »was meinst du damit?«

»Na ja, Englisch fand sie manchmal auch figgelinsch. Obwohl Anni wirklich sprachbegabt war, aber es gibt ja manchmal so Redewendungen, die kann man eben nicht 1:1 übertragen. Das weiß ich, weil sich manches aus dem Plattdeutschen auch nicht einfach ins Hochdeutsche übersetzen lässt.«

Willow Hill, London, Juni 1911

Seit Anfang Juni herrschte das schönste Wetter. Es war trocken und sonnig, ideal für Annis Duftwicken, die ebenso wie die von Mr. Hopkins ihre ersten Blüten öffneten und ihrem Namen mit verschwenderischen Wohlgerüchen alle Ehre machten. Das musste gefeiert werden, und deshalb saßen sie nach der Gartenarbeit – sie hatten gemeinsam Brennnesselbrühe gegen Blattläuse angesetzt –, auf Mr. Hopkins' kleiner Terrasse und tranken Cider. An diesem Tag schien die ganze Welt nur Frieden und Hoffnung zu atmen. Aus den herrschaftlichen Gärten nebenan klang das Klong von Krocketschlägern und Stimmengewirr herüber, ab und an unterbrochen durch Gebell von Mr. Moss' Spaniels.

Anni verstand nicht, weshalb plötzlich alle laut über sie lachten. Sie hatte doch nur sagen wollen, dass sie beim nächsten London-Besuch zwei Fliegen mit einer Klappe schlagen wolle, nämlich den Marsch der Frauen sehen und als Begleitung von Mrs. Moss die große Ausstellung Festival of Empire im Glaspalast besichtigen.

»Es heißt nicht: zwei Fliegen mit einer Klappe«, klärte Jim sie freundlich auf. »Das ist offenbar eine deutsche Redewendung.«

Nun kam auch noch eine von Mr. Hopkins' Laufenten,

179

die vorwitzige Edna, angewatschelt, und knabberte an ihrem Kleidersaum.

»Hey, du sollst Schnecken fressen, nicht meinen Rock!« Erneut wallte Gelächter auf. Sogar Mrs. Scott, die an diesem Frühlingstag das erste Mal zu Gast war, kicherte. Anni hatte sich mit der einsamen Witwe angefreundet, ein paarmal kurz bei ihr vorbeigeschaut, die Fortschritte ihrer Wicken bewundert und sie eingeladen, auch einmal ihr Beet zu bestaunen. Da war sie nun und hatte eine Flasche Cider mitgebracht. Da Mrs. Scott ursprünglich von der Kanalinsel Jersey stammte, wo man sich besonders gut auf die Herstellung von Apfelschaumwein verstand, schmeckte er besonders köstlich. Vielleicht enthielt er auch mehr Alkohol als üblich. Jedenfalls steigerte sich gerade die Stimmung ins Alberne. »Was sagt ihr denn, wenn ihr zwei Fliegen mit einer Klappe schlagen wollt?«, fragte Anni.

»Bei uns«, erwiderte Meg, während sie sich Lachtränen aus den Augenwinkeln wischte, »bei uns heißt es: zwei Vögel mit einem Stein erschlagen.«

»Nein, wie brutal! Darauf soll mal einer kommen.« Nonchalant zuckte Anni mit den Schultern. »Ich meine, es ist eure Sprache. Ich versuche ja nur, sie vernünftig zu gebrauchen!« Und schon wieder lachten alle.

»Das reicht!«, rief Mr. Hopkins. *»Don't beat a dead horse.«*

»Schlag kein totes Pferd?«, wiederholte Anni erstaunt.

»Naja«, Jim gab sich Mühe, einen erneuten Lachanfall zu unterdrücken, »er meint wohl, du hast genug Hohn und Spott ertragen müssen. Wir sollen's jetzt mal gut sein lassen. Es gehört sich nicht und bringt auch nichts, wenn man noch weiter auf ein Pferd einschlägt, das längst tot ist.«

»Das ist ja eine charmante Runde hier«, brummelte Anni, »vergleicht mich mit 'nem toten Gaul ...«

Meg stupste sie mit dem Ellbogen an und schenkte ihr Cider nach. »*Cheers!*«

Anni kniff ein Auge zu. »Na gut. Dann Prost!«

Zwischen Megs Großvater und der Witwe Scott entspann sich ein angeregtes Hobbygärtnergespräch. Sie gab ihm den Tipp, geschnittene Wickenstängel nur drei Zentimeter tief in Wasser zu stellen, dadurch würden die Blumen länger frisch bleiben.

»Und am besten morgens schneiden, und auch erst, wenn die unterste Blüte bereits geöffnet ist.«

Er nickte. Nun klagte sie allerdings darüber, dass ihre Wicken bislang doch noch recht wenige Knospen hervorbrachten.

»Sie müssen sie öfter schneiden«, empfahl ihr Mr. Hopkins, »dann blühen sie auch üppiger.«

»Aber ich kann mir doch nicht das ganze Haus vollstellen!«

»Am besten machen Sie viele kleine Sträußchen«, er schmauchte an seiner Feierabendpfeife, die Falten um seine Augen vertieften sich, »und die verschenken Sie.«

»Einfach so?«

»Einfach so. Wird sich kein Mensch drüber aufregen oder ärgern. Im Gegenteil. Das verspreche ich Ihnen. Probieren Sie's aus.«

Anni dachte, was für ein kluger Mann er doch war. Das

würde nicht nur den Blütenflor anregen, sondern der Frau auch gegen ihre Einsamkeit helfen. Sie grinste in sich hinein. Schon wieder zwei Vögel mit einem Stein erschlagen.

»Also gut, ich versuche es«, versprach die Witwe tapfer. »Aber Sie haben Schuld, wenn's danebengeht.«

»Recht so. Was sollte denn danebengehen?«

»Ich könnte mich blamieren. Die Leute werden mich für verrückt halten. Oder für aufdringlich.«

»Nur für liebenswert, verehrte Mrs. Scott«, erwiderte er charmant. »Und das zu Recht.« Sogar Meg horchte auf.

Solche Töne kannte sie wohl nicht von ihrem Großvater. Er hatte auch seit der Ankunft von Mrs. Scott noch kein einziges Mal geflucht. Sie und ihre Freundin wechselten einen Blick. Vielleicht erwischt dieser Steinwurf sogar drei Vögel, überlegte Anni vergnügt und schickte ein breites Lächeln in die Runde.

»Wenn wir verheiratet sind, möchte ich gern, dass wir im Sommer zur Kur nach Marienbad oder Homburg reisen«, verkündete Rosabel ihrem Verlobten.

Sie lag ermattet auf einer Rattanliege im Schatten, trug noch Tenniskleidung, was ihr ausgezeichnet stand, und schlürfte geeisten Früchtetee.

»Ja, mein Liebling«, John küsste ihre Hand, »das werden wir tun, wenn wir es uns leisten können.«

Er war erst eine Stunde zuvor aus London eingetroffen und musste noch am selben Abend zurück. Es war Mitte Juni, bereits seit zwei Wochen lag ein Hoch über den britischen Inseln. Alle Gärtner wässerten eifrig die Rabatten.

»Wir können es uns gleich nach der Hochzeit leisten«, korrigierte sie ihn sanft. »Vater gibt uns doch eine entsprechende Mitgift.«

Den ganzen Nachmittag über hatte Rosabel Tennis gespielt und auf der Liege *Dies und das aus der Gesellschaft* gelesen. Sie zog es vor, über den neuesten Klatsch informiert zu sein, statt sich mit längst vergangenen Geschichten aus verstaubten Büchern zu beschäftigen. Bei den Gesellschaftsnachrichten ging es um Beziehungen, damit auch um Macht. Aktuelles Wissen darüber würde ihrer Zukunft gewiss dienlicher sein als irgendein Literaturklassiker. Sie verstand nicht, wie es ihrer Großmutter Freude bereiten konnte, sich den ganzen Tag Romane vorlesen zu lassen. Und wie öde mochte es erst sein, sie vorlesen zu müssen!

Sie räkelte sich ein wenig auf ihrer Liege. John konnte nicht anders, als verstohlen eine Hand über ihre schmale Taille und die runde Schulter gleiten zu lassen. Sie wölbte ihre Lippen, als wäre sie kussbereit, wohl wissend, dass Intimitäten unmöglich waren in der Nähe der anderen, die nur wenige Meter entfernt ihren Interessen nachgingen. Sollte er ruhig ein bisschen leiden!

Es ärgerte sie, dass John in London arbeitete, jetzt, da die Sommersaison mit all den Picknicks und Gartenfesten auf den Landsitzen begann. Insbesondere, da sie am kommenden Sonnabend bei Archibalds Mutter, Lady Merrymaid, eingeladen waren. Im Winter, wenn in der Hauptstadt die großen Bälle stattfanden, konnte man sich ja noch damit arrangieren, wenn John in die Redaktion musste. Aber nun war sie gezwungen, ab und an ohne ihn auszugehen, anstandsmäßig ein Balanceakt, weil sie schließlich verlobt war.

»Dein Vater erwartet, dass ich die Hoffnungen, die er in mich und mein Fortkommen setzt, auch erfülle«, erwiderte John geduldig. »Vor allem erwarte ich es selbst von mir. Das verstehst du doch, oder?«

»Aber ein Mann ist viel faszinierender, wenn er nicht arbeitet«, sagte sie schmollend.

»Da zitiere ich Oscar Wilde: Es ist besser, ein geregeltes Einkommen zu haben, als faszinierend zu sein.« John lächelte nachsichtig. »Selbstverständlich werde ich weiterarbeiten. Sogar mehr denn je.«

»Aber warum?« Mit großen Augen sah sie ihn an.

»Weil Charles Moberly Bell, der Geschäftsführer der Times, kürzlich unerwartet mit vierundsechzig Jahren gestorben ist. Am Schreibtisch übrigens.« Der Name sagte ihr etwas. Bell hatte unter anderem die Literaturbeilage der Times gegründet. »Die Old Gang wird nun früher abgelöst als erwartet«, prophezeite John.

Kurz glomm es freudig auf in ihren Augen. Würde John etwa bald schon richtig Karriere machen? Er schüttelte den Kopf.

»Nein, nicht, was du denkst. Aber das Personalkarussell dreht sich. Woanders werden interessante höhere Posten frei, und Northcliffe achtet gerade nun darauf, wer sich wo wie bewährt.«

Sie seufzte. »Soll ich denn allein zum Sommerfest von Lady Merrymaid gehen? Oder zu Hause versauern?« Anmutig schob sie sich ein Blätterteigküchlein in den Mund.

»Nicht allein, mein Engel, nur ohne mich. Du hast doch einen großen Freundeskreis. Und deine Familie.« Er lachte auf. »So kannst du dich trotzdem vom pickeligen Archi anhimmeln lassen.«

»Du dürftest etwas eifersüchtiger sein.«

»Auf die Witzfigur?«

»Hmmm.« Sie verzog den Mund. »Warst du in letzter Zeit eigentlich mal wieder bei Lord Northcliffe?«, fragte sie dann neugierig. Der Pressezar faszinierte sie, obwohl er arbeitete. »Ist er wieder ganz gesund? Ich habe gehört, dass er neulich mit Teddy Roosevelt im Park spazieren war.«

Der ehemalige Präsident der USA bereitete sich, so hörte man, auf eine erneute Kandidatur vor. Er war erst Anfang fünfzig.

»Ja, das stimmt wohl. Aber der Chief laboriert noch immer an den Folgen der doppelseitigen Lungenentzündung, die er sich im vergangenen Jahr zugezogen hat«, erzählte John. »Ich war letzte Woche bei ihm in seinem Haus am St. James's Place, sogar in seinem Schlafzimmer. Er liest nämlich jeden Morgen zwischen sechs und zehn Uhr im Bett all seine Zeitungen. Dabei kritzelt er Kommentare an die Ränder oder auf Zettel, oder er verkündet sie anwesenden Auserwählten.« Immerhin, John gehörte zu den Auserwählten. Das gefiel ihr. Seine Begeisterung für den Mann war nicht zu überhören. »Also, Northcliffe hat wirklich grandiose Ideen, ein Vollblutjournalist, seine Blattkritik hat immer Hand und Fuß! Und, was ich bemerkenswert finde: Er kann loben.«

»Mein Vater sagt immer, keine Kritik ist schon Lob genug.«

»Kann ich mir vorstellen.« Ein leicht sarkastischer Unterton schlich sich in Johns Erwiderung. Diese Einstellung war schließlich verbreitet. »Aber Northcliffe weiß, wie man Leute anspornt, damit sie voller Freude mehr leisten.« Er machte einen Gedankensprung. »Wusstest du, dass er zehn Automobile besitzt?«

»Natürlich. Mein Vater und er reden praktisch über nichts anderes.«

»Ach ja, und beide schwärmen besonders für den Silver Ghost von Rolls-Royce.«

»Genau. War seine Frau eigentlich da?«, wollte Rosabel wissen. »Ist sie informiert über seine Affären? Merkt man ihr etwas an?«

»Nein, sie habe ich nicht zu Gesicht bekommen. Was aber nichts heißen muss.«

»Jooohon«, sie bemühte sich, ihre Frage leichthin, ein wenig kokettierend, zu stellen, »wirst du mich je betrügen?« Insgeheim hoffte sie auf ein überzeugendes Bekenntnis seiner Ergebenheit.

»Natürlich nicht, mein Herz.«

Rasch blickte er um sich, gerade schaute niemand zu ihnen herüber. Er beugte sich vor und drückte ihr seine warmen Lippen auf den Mund. Rosabel empfand die Überraschung als nicht unangenehm, ja direkt erfreulich. Aber sie verschaffte ihr nicht das eigenartig dunkle, lustvolle Gefühl, das Archis Verhalten bei ihr ausgelöst hatte.

Sie schloss die Augen und ließ ihren Kopf tiefer ins Kissen sinken. Als höhere Tochter wusste man so wenig über das Geschlechtliche. Natürlich, grobe Vorstellungen hatte sie. Wer auf dem Land lebte, sah ja, was Tiere trieben. Aber wie setzten kultivierte Menschen diesen Akt um, ohne ihre Würde zu verlieren? Die vornehme Überlegenheit von Angehörigen der Oberschicht drückte sich darin aus, dass sie ihre Gefühle beherrschten. »Augen zu und an England denken«, lautete einer der wenigen Ratschläge, die erfahrenere Frauen weitergaben. Ein anderer besagte, »dabei« solle man den Bauch auf und ab und seitwärts bewegen, das würde dem Mann mehr Vergnügen schenken.

Als sie ein kleines Mädchen gewesen war, hatte sie einmal im Reitstall ein inzwischen verstorbener Onkel bedrängt. Es war verstörend und unappetitlich gewesen. Aber die Erinnerung verschwamm, tauchte ab und zu auf, sie wollte auch gar nicht genau hinsehen. Nur … zu viel Nähe und völlig ausgeliefert zu sein, das ahnte sie, könnte sie möglicherweise entsetzen. Sie fühlte sich hin- und hergerissen. Es gefiel ihr nicht, auf Spekulationen angewiesen zu sein. Sie fürchtete sich davor, die Kontrolle zu verlieren.

Auf dem Internat war einmal eine Mitschülerin, die ältere Brüder hatte, in den Besitz eines unanständigen Flip-Büchleins gekommen. *Was der Butler sah,* hatte es geheißen, und wenn man die Seiten ganz schnell hintereinander flipsen ließ, ergab das eine bewegte kleine Szene, die zeigte, wie eine Frau sich entkleidete und wie ein erregter Mann … An dieser Stelle hatte Rosabel empört weggeschaut. Das lag einige Jahre zurück, nun ärgerte sie sich, dass sie nicht bis zum Schluss hingesehen hatte.

Sie ahnte es mehr, als es zu wissen, dass es außerdem verschiedene Spielarten der körperlichen Liebe gab. Alles verrucht und verdorben, doch Genaueres wusste sie nicht. Ethel Smyth zum Beispiel, das war ziemlich eindeutig, liebte ihr eigenes Geschlecht mehr als Männer und machte keinen Hehl daraus. Aber was das nun genau bedeutete? Nun, dachte Rosabel, wenn wir erst einmal verheiratet sind, werden sich die Schleier lüften. Sie lächelte ihren Zukünftigen an.

»Wie war's denn sonst so im Zentrum der Macht?«, setzte sie ihr Gespräch in versöhnlicherem Ton fort.

John überlegte einen Moment. Der Chief unterhielt Kontakte bis in allerhöchste Kreise, hatte international seine, teils wohl auch bezahlten Zuträger und gab manch brisante Information, statt sie zu veröffentlichen, nur vertraulich an bestimmte Politiker weiter, um damit selbst den Lauf der Dinge zu beeinflussen. Das konnte man gut finden oder eher bedenklich. Er, John, neigte dazu, es für genial zu halten.

»Man fühlt sich in der Nähe Northcliffes eigentlich immer wie im Auge eines Orkans«, antwortete er. »Es ist ruhig, aber um einen herum rotiert alles. Da wirkt eine unglaubliche Energie.«

Auf der Zugfahrt zurück nach London ging ihm wieder sein letzter Besuch beim Chief durch den Kopf. Was er Rosabel verschwieg, war, dass der Verleger ihn aufgefordert hatte, mehr Pep in die Berichterstattung über den Wickenwettbewerb zu bringen. Er überlegte, wie es ihm gelingen könnte. Wegen des anhaltend sonnigen Wetters kehrte sich die Freude der Hobbygärtner allmählich landesweit in Besorgnis um. Viele trafen bereits Vorkehrungen, um ihre Wicken vor den Folgen einer Trockenperiode zu schützen. Sie beschatteten sie mit selbst konstruierten Dächern. Die Schwengel von Gartenpumpen in der Nachbarschaft hörten nicht auf zu quietschen. Wie sollte er dazu spannende Geschichten liefern, ohne den Leuten die Freude am Wettbewerb zu vermiesen? Es wurde immer schwieriger.

Aber auch Rosabels Ansprüche beschäftigten ihn zunehmend. Die Ballsaison hatte ihnen beiden viel Vergnügen bereitet. Trotzdem war er froh über ihr Ende. Denn bis drei Uhr nachts tanzen und am nächsten Morgen bei der Redaktionskonferenz hellwach sein, das konnte man selbst in seinem Alter nur eine begrenzte Zeit durchhalten, ohne Abstriche machen zu müssen.

Allerdings, er schmunzelte in sich hinein, sie waren schon ein Traumpaar. Überall sorgten sie für Aufsehen. Auch Rosabels Sinn für das, was man als »Disguise« bezeichnete, amüsierte ihn. In bestimmten Kreisen war es en vogue, sich extravagant zu verkleiden. Die verwöhnten, oft künstlerisch angehauchten Kinder der Upperclass berauschten sich daran, als Tramp, als alte Frau, Bäckerjunge oder als Prinz von Äthiopien aufzutreten und andere Leute, vorzugsweise Autoritäten, an der Nase herumzuführen, indem sie vorgaben, wirklich diese Person zu sein. Ihr Schlachtruf lautete: Disguise ist Kunst.

Seine Verlobte erschien ihm wie ein Rätsel. Sie verkörperte Widersprüche. Einerseits konnte sie einen Mann verrückt machen. So wie neulich bei Mondschein im Garten.

Da hatte sie gespielt mit ihren Reizen, gelockt, ihn aber kurz darauf wieder in die Schranken verwiesen. Das trieb ihn fast in den Wahnsinn. Weshalb vertraute sie ihm nicht etwas mehr? Er würde nicht bis zum Äußersten gehen. Auch er wünschte sich, eine Jungfrau zum Traualter zu führen. Aber etwas anschmiegsamer, gern auch leidenschaftlicher könnte sie ruhig jetzt schon sein. Wenn er da an seine Erfahrungen mit Frauen auf Sri Lanka dachte … Andererseits brachte er Verständnis auf für ihr Verhalten. Es war das Ergebnis ihrer Erziehung zur Tugendhaftigkeit. Wenn wir erst verheiratet sind, dachte er, werde ich ihr das Verklemmte schon mit viel Zärtlichkeit und Geduld austreiben.

Anni merkte gleich, dass Millie ihre Rückkehr nach London schon ungeduldig erwartet hatte. Sofort nach der Begrüßung an ihrem Treffpunkt im Hinterhof platzte es aus ihr heraus. »Anni, ich glaub, *er* ist es!«

»Wer ist ›er‹?«

»Ihr Mann. Mr. Fairfield.« Sie zündete sich eine Selbstgedrehte an und nahm einen tiefen Zug. »Er tut immer so besorgt, aber ich glaub, er legt's drauf an, dass seine Frau an ihrem Verstand zweifelt.«

Ungläubig schaute Anni sie an, dabei wedelte sie den Zigarettenrauch zur Seite. »Letztes Mal klang das noch ganz anders. Er kümmert sich rührend um sie, hast du gesagt …«

»Alles nur vorgetäuscht. Du erinnerst dich an den Schatten beim Pferdestall vor ein paar Wochen? Ich glaub, er war's. Ich bin noch in den Stall gegangen an dem Tag, und der Bursche hat das Pferd mit Stroh abgerieben und gesagt: ›Natürlich ist das heut im Geschirr gewesen.‹«

»Interessant.«

»Und in Mr. Fairfields Kamin, also in seinem Arbeitszimmer, den muss ich ja jeden Morgen ganz früh kehren, da hab ich einen nicht komplett verbrannten Brief gefunden. Man konnte noch das Wort ›sterben‹ entziffern, mit zwei Ausrufungszeichen dahinter, wie Mrs. Fairfield gesagt hat. Du erinnerst dich doch?«

»Mann, das wär' ja ein Ding!« Anni blieb skeptisch. Millie konnte kaum lesen, war sehr begabt im Geschichtenausdenken und verfügte über genügend Fantasie, am Ende selbst daran zu glauben. »Hast du Beweise, also, noch mehr und richtige? Warum sollte er so was tun?«

Millie setzte sich auf einen Mauervorsprung neben einen Schleifstein, der hier immer stand, damit man daran Messer und Scheren schärfen konnte.

»Neulich hat sie ihr Visitenkartentäschchen gesucht, es ist recht auffällig, aus rotem Leder. Sie sagte, sie hätte es nach ihrer Rückkehr aus der Stadt wie immer in die oberste Schublade der Kommode gelegt. Aber dort war es nicht.«

Anni hatte keine Lust mehr zu stehen. »Ja, und? Rück mal 'n Stück.« Sie setzte sich mit einer Pobacke neben Millie.

»Sie suchte und suchte, er kam dazu und sagte: ›Bist du nicht zuerst nach oben ins Gästezimmer gegangen? Sieh doch dort mal nach.‹ Aber sie war sich ganz sicher. Außerdem, sagte sie, wär' sie schon ewig nicht mehr im

Gästezimmer gewesen. Erst, nachdem sie noch mal gesucht und gesucht hatte, ging sie nach oben und entdeckte tatsächlich das Täschchen im Gästezimmer.«

»Kann doch passieren.« Anni war noch nicht überzeugt.

»Aber ich erinnere mich auch daran, dass sie die kleine Tasche an dem Tag gleich nach ihrer Rückkehr in die Kommode gelegt hat.«

»Hast du das gesagt?«

»Nein, natürlich nicht!« Millie nahm einen Zug auf Lunge. »Wenn er merkt, dass ich Verdacht geschöpft hab, schmeißt er mich glatt raus! Und du weißt, dass ich mit meinem Arbeitsbuch so leicht keine gute neue Stellung finde.« Sie presste ihre Lippen zusammen.

»Die arme Frau! Wenn das stimmt, dann muss man ihr doch helfen.«

»Ich versuch's ja, so gut ich kann. Zum Beispiel helfe ich ihr mit den Wicken. Da blüht sie selbst auch auf. Und wir unterhalten uns manchmal richtig nett. Da ist sie überhaupt nicht von oben herab, sondern irgendwie menschlich.«

»Ach, Millie«, sagte Anni, »das reicht nicht. Was macht Mrs. Fairfields Mann eigentlich beruflich?«

»Er arbeitet nicht. Mr. Fairfield ist ein Gentleman.«

»Na ja.«

»Ich weiß. Eher genau das Gegenteil.« Millie schnipste Asche ab. »Gestern hat er behauptet, sie hätte sich bei einem Treffen mit Bekannten völlig danebenbenommen. Jemand hätte sich hinterher bei ihm bitterlich über sie beschwert. Und sie fiel aus allen Wolken. Nein, sagte sie, es war ein überaus freundliches, entspanntes Gespräch. Aber er bestand auf seiner Version, und dann kriegte sie wieder einen Weinkrampf und Herzrasen und musste ins Bett.«

»Wie grässlich!«

»Er sagte noch, dauernd würde sie sich in letzter Zeit solche Dinge leisten. Und hinterher leugnen. Dauernd Sachen verlegen oder verstecken und ausfallend werden und dann so tun, als könnte sie sich nicht erinnern. Und er würde das alles nur mitmachen oder ausbügeln, weil er sie liebt, sonst würde ja auch keiner mehr zu ihr stehen. Aber sie müsste ihm nun auch mal einen Gefallen tun, weil sie so langsam sein ganzes Leben zerstört damit und so weiter und so fort.«

»Hast du gelauscht?«

»Ja, natürlich! Denkst du, so reden die, wenn ich dabei bin?«

»Gibt's sonst noch Zeugen?«

Millie schüttelte den Kopf. »Die kriegen immer weniger Besuch, fast gar nicht mehr. Er kann auch manchmal ziemlich aufbrausend sein. Ich glaub, inzwischen sind alle vergrault worden.«

»Und die anderen vom Personal?«

Vor Gästen konnte man noch einiges verheimlichen, aber die Wände in feinen Häusern hatten immer Ohren.

»Sein Butler ist halb taub. Die Köchin ist schwer von Kapee. Und alle Bewerberinnen um den frei gewordenen Posten als Zofe waren Mr. Fairfield bislang nicht gut genug.«

»Dann hat seine Frau praktisch nur dich«, konstatierte Anni.

»Jawohl«, Millies Augen leuchteten vor Stolz. »Und ich hab 'ne Idee.« Sie reichte Anni einen Zettel, auf dem in krakeliger Schrift eine Adresse stand. »Hab ich abgeschrieben. Die Anschrift von Mrs. Emden, die war immer ihre beste Freundin. Aber seit einigen Wochen kommt sie nicht mehr. Ich weiß nicht, was da vorgefallen ist. Kannst du dich nicht einschalten, Anni?« Bittend sah Millie sie an. »Weißt du, ich mag meine Herrin wirklich. Du kannst besser reden mit den feinen Leuten. Sprich du doch mal mit Mrs. Emden. Bitte.«

Zögernd nahm Anni den Zettel an sich. »Ich weiß nicht. Mrs. Moss wär' nicht erfreut, wenn sie hören würde, dass ich mich in solche Angelegenheiten einmische.« Eine Kirchturmuhr schlug zur vollen Stunde. Ihre Pause hatte schon viel zu lange gedauert, sie mussten beide zurück an die Arbeit. Mrs. Moss wartete auf das nächste Kapitel von Fontanes *Irrungen, Wirrungen*.

»Bitte, ich darf es nicht tun«, wiederholte Millie inständig. »Wenn ich meine Stellung verlier, kann ich das Pflegegeld für Mary nicht mehr bezahlen.«

»Das versteh ich«, entgegnete Anni. »Ich denk darüber nach.«

Rosabel ruhte ein wenig, bevor sie, frisch gebadet und zurechtgemacht, in einem Traum aus hellgrauem und rosa Chiffon, vor dem Spiegel noch etwas Puder auf Arme und Dekolleté stäubte. Ihrer Hochsteckfrisur verhalf sie kopfüber mit einem Puff zu einer besseren Form. John hatte die letzte Bahn, die gegen neun Uhr ging, nehmen müssen, um rechtzeitig wieder in London zu sein. Um die Zeit fing für sie das Leben erst an, zumal in den langen Juninächten. Ihre Großmutter hielt sich in London auf, wegen dieser Suffragettengeschichte, aber sie zog es vor, mit ihrer Cousine Heather, die sie eigentlich nicht ausstehen konnte, das Sommerfest von Lady Merrymaid zu besuchen. Dort trafen sich stets interessante und wichtige Persönlichkeiten.

Die Gastgeberin wirkte bei der Begrüßung einen Moment lang enttäuscht darüber, dass Rosabels Vater nicht mitgekommen war. Sie hatte wohl ein Auge auf ihn geworfen. Doch die Lady fing sich rasch und empfahl die jungen Damen der Obhut ihres Sohnes. Archi übte sich in seiner Rolle als künftiger Herr über einen imposanten Landsitz aus dem 15. Jahrhundert. Dank des wunderbaren Wetters konnten alle Programmpunkte draußen auf der mit Blumengirlanden geschmückten Terrasse und dem Rasen stattfinden. Diener in Livree offerierten auf Tabletts köstliches Fingerfood, und nach diversen unterhaltsamen Darbietungen von Musik und Sketchen spielte ein Orchester Tanzmusik. Ihre Cousine ließ sich auf ein Gesellschaftsspiel ein, bei dem lebende Bilder gestellt wurden. Rosabel ergriff die Flucht. Das war ihr zu langweilig.

Wie gewohnt zog sie die Blicke auf sich – prüfende durch die Lorgnetten weiblicher Zerberusse ebenso wie begehrliche von Männern aller Altersstufen. Sie ignorierte sie scheinbar, genoss sie aber, ganz besonders genoss sie die vibrierende Nervosität, die von Archi ausging, sobald sie in seine Nähe kam. Mit Schweißperlchen auf der Stirn bot er ihr eine Führung durch die Ahnengalerie seiner Familie an. Sie wollte nicht.

Seine Mutter kam hinzu. Er wiederholte sein Angebot – vor Lady Merrymaid konnte sie es bedauerlicherweise schlecht ablehnen. Als sie die Treppe zum ersten Stockwerk hochstiegen und niemand sie hören konnte, warnte sie ihn.

»Benimm dich, Archi!«

Der Glanz in seinen Augen bekam etwas Fiebriges, doch er antwortete nicht darauf, nickte nur heftig und wanderte dann von Gemälde zu Gemälde, um zum wahrscheinlich fünfhundertsten Mal die Kurzbiografien der Merrymaids herunterzurasseln. Sie durchschritten einige Räume, die von der Galerie abgingen.

»Wie viele Zimmer habt ihr hier eigentlich?«, fragte sie.

»Keine Ahnung«, Archi keuchte ein wenig, »sie sind nie gezählt worden.«

In einem Raum mit hoher Kassettendecke, der lediglich mit einer Chaiselongue und zwei antiken spanischen Lehnstühlen möbliert war, erklärte er ihr das für die Familie segensreiche Wirken eines Marineadmirals aus dem 16. Jahrhundert. Mit herrischer Miene und stolzer Haltung verkörperte er als Mann ziemlich genau das Gegenteil des verweichlichten Archi.

»Setz dich ruhig einen Moment«, forderte er Rosabel auf. »Seine Geschichte ist wirklich spannend und dauert etwas länger.«

Da ihre neuen, mit austernfarbener Atlasseide bezogenen Schuhe drückten, nahm sie tatsächlich Platz, zog die Schuhe aus, und legte sich, wie sie es auf den Gemälden von Napoleons erster Gattin Josephine gesehen hatte, dekorativ dahingegossen auf die Chaiselongue. Sie war froh, dass sie nicht mit rotem Samt bezogen war, weil sich das farblich mit ihrem Kleid gebissen hätte, sondern in einem dunklen Blau. Durch die efeuumrankten Fenster fiel flirrendes Abendlicht, das gelbgrünliche Flecken aufs Eichenparkett zauberte. Es roch nach altem Gemäuer und Bohnerwachs.

Archi sah sie in ihrer verführerischen Pose, und durch ihn schien ein Ruck zu gehen. Er schloss die Tür von innen ab. Rosabel hätte um Hilfe rufen können, aber das tat sie nicht. Wahrscheinlich hätte sie ohnehin niemand gehört. Sie spürte keine Angst, weil sie wusste, dass sie Archi jederzeit überlegen sein würde. Eine Mischung aus Neugier und Erwartung erfüllte sie. Endlich passierte mal was.

Archi warf sich melodramatisch vor sie. Auf Knien flehte er sie an. »Rosabel, ich liebe dich! Bitte, ich weiß, du willst einen anderen heiraten. Aber ich denke Tag und Nacht nur an dich.«

Zittrig streckte er eine Hand nach ihr aus, sie wischte sie fort wie ein lästiges Insekt.

»Archi, benimm dich gefälligst!«

»Wenn ich aber nun mal nicht anders kann?« Er rutschte näher.

»Dann werde ich dich ohrfeigen müssen.« Hoffnungsvoll reckte er den Kopf. »Zurück! Platz!« Intuitiv behandelte sie ihn wie einen Hund.

Und offenbar ebenso intuitiv hob er die Pfötchen und begann zu hecheln. In seinem Gesicht bildeten sich rötliche Flecken.

»Ja, bitte, bestraf mich, meine Göttin, meine Herrin!«

Es war absurd, es war lächerlich. Und – es erregte sie. Sie

zeigte auf den Platz am Ende der Chaiselongue. Das lustvolle Gefühl von neulich kehrte zurück, es breitete sich von ihrer Mitte im ganzen Körper aus. Sie genoss ihre Macht über diesen Mann, der ein Riesenvermögen und noch mehr Einfluss erben würde. Ihr Körper reagierte darauf, zwischen ihren Beinen regten sich Empfindungen, unbekannte, wollüstige. Sie nahm ihre Brüste anders wahr als sonst.

Ihre Blicke trafen sich. Rosabels war streng und fest, Archis voller Ergebenheit. Er wartete darauf, ihr gefällig sein zu dürfen. In diesen Sekunden musste ihm wohl auch klar werden, dass sie sich auf sein Spiel einließ, denn in seine Augen trat ein kühner Ausdruck.

»Darf ich dich berühren? Bitte, nur ein einziges Mal.«

Sie räkelte sich provozierend, reckte ihre Brüste vor und überlegte absichtlich lange. Er schmachtete.

»Du darfst mir die Füße massieren.«

Hingebungsvoll widmete sich Archi dieser Aufgabe. Er machte es gut. Trotzdem schimpfte sie ab und zu, dass er irgendwo zu viel oder zu wenig Druck ausübte, was ihn anscheinend nur noch heißer werden ließ. Und, zugegeben, sie selbst auch. Bald begann er, ihre Füße zu küssen.

»Stopp! Hab ich dir das erlaubt?« Woher wusste sie nur, wie sie mit ihm reden musste? Es war etwas Verbotenes, Verdorbenes, doch offenbar hatte es schon immer in ihr geschlummert. Nun brach es auf, und sie kostete das Gefühl aus. »Jetzt«, sagte sie schließlich gnädig, »jetzt darfst du sie küssen.«

Gedanken an Anstand, überhaupt Gedanken schmolzen

dahin, wurden abgelöst von fleischlichen, gierigen, süßen Empfindungen. Sie legte eine Hand auf ihre Scham, zwei Fingerkuppen drückten auf eine Stelle, die tiefer lag, gleichzeitig spannte sie die Beine an, presste ihre Oberschenkel zusammen. Aus weiter Ferne rollte da etwas an, etwas nie zuvor Erlebtes, Paradiesisches, das sie überrollen und mitreißen wollte, doch bevor es dazu kam, hörte sie Archi laut stöhnen. Ihre Verbindung zum Paradies brach vorzeitig ab. Auf Archis Hose breitete sich ein dunkler Fleck aus. Feuchte Haarsträhnen fielen ihm in die gerötete Stirn. Sie atmete ein paarmal tief durch. Schweigen. Dann griff sie gereizt nach ihren Schuhen.

Wieder blickten sie sich an. Diesmal erstaunt, ernüchtert. Er erhob sich. Verlegen und beschämt, nach Worten suchend.

»Wo ist das nächste Badezimmer?«, fragte sie kühl.

Mrs. Moss wohnte der großen Demonstration der Frauen am 17. Juni in London, zu der die Women's Social and Political Union aufgerufen hatte, vom Balkon ihrer Freundin Dotty Henslow aus bei. Deren Haus lag glücklicherweise direkt an der Strecke. Als Begleitung hatte sie ihre langjährige Zofe Harriet Brown gewählt. Es ging nicht anders, Brownie diente ihr schon so lange. Anni war natürlich sehr enttäuscht gewesen, dass nicht sie mitkommen durfte. Deshalb hatte sie ihr in einem Anflug von Großzügigkeit, oder gar weiblicher Solidarität, zusätzlich zum Sonntag auch diesen Sonnabend frei gegeben, damit sie vom Straßenrand aus zuschauen konnte.

Angeführt wurde der Prozessionszug von zwei Reiterinnen und einer als Jeanne d'Arc kostümierten bekannten Schauspielerin. Es folgten eintausend Frauen in weißen Kleidern, allesamt Kämpferinnen, die für die Sache ins Gefängnis gegangen waren. Sie trugen Banner mit der Aufschrift VOM GEFÄNGNIS ZUM BÜRGERRECHT.

Ergriffen schaute Anni auf die mutigen Frauen. Sie hatte von Anfang an gewusst, dass sie diesen Tag nie im Leben vergessen würde. Die große Demonstration dauerte zweieinhalb Stunden. Die Suffragetten forderten das Parlament auf, das Wahlrecht für Frauen noch im Krönungsjahr zu beschließen. Gekommen waren Mitstreiterinnen von achtundzwanzig Organisationen. Darunter viele regionale Gruppen, deren Angehörige ihre Trachten trugen – wie Waliserinnen, auch Inderinnen und Berufsgruppen wie Apothekerinnen. Der Zug begann in Westminster und endete bei der Royal Albert Hall.

Und wie schlecht Mrs. Moss sie doch kannte, auch nach fast zwei Jahren noch! Denn natürlich schaute Anni nicht nur vom Straßenrand aus zu. Spontan schloss sie sich an und folgte, wie Tausende anderer Frauen, dem Marsch. Ihre Stimme war eine von vierzigtausend, die in einem nie zuvor gehörten Chor Ethel Smyths Kampflied sangen. Na gut, als Tochter einer Sängerin verzog sie gelegentlich schmerzhaft das Gesicht, weil die Hymne in der Tat ein paar Herausforderungen enthielt, aber so viel Hoffnung wie jetzt war noch nie gewesen. Man konnte den Aufbruch sehen, hören, spüren. Niemand glaubte noch, dass die Regierung nach dieser Demonstration Frauen weiterhin das Wahlrecht verweigern würde.

Am Ende des Tages war Anni auch klar, dass sie Mrs. Fairfield helfen musste. Glücklicherweise wohnte deren Freundin, diese Mrs. Emden, im Stadtteil Kensington, nicht weit entfernt vom Townhouse der Familie Moss.

Am Sonntagvormittag machte sie sich so elegant zurecht, wie es ihrem Rang gemäß schicklich war, mit hellgrauem tailliertem Kostüm, einer hübschen, hellgrün-weiß gemusterten Bluse, weißen Handschuhen und einem Strohhut, dessen grünes Ripsband zur Bluse passte. Noch immer ließ sich kein Wölkchen am Himmel blicken, ein Mantel war überflüssig, der Sonnenschirm allerdings unentbehrlich.

Anni nahm zwei Stationen mit dem Pferdeomnibus und betätigte zur sonntäglichen Besuchszeit an der Eingangspforte der Emdens einen imposanten Türklopfer in Form eines Löwenkopfs. Der Butler öffnete, musterte sie diskret skeptisch. Schließlich war sie ihm nicht bekannt, zudem kam sie ohne Begleitung und überreichte keine Visitenkarte. Hochwertig war ihre Kleidung auch gerade nicht. Andererseits zeigte sie Manieren und sah adrett aus.

»In welcher Angelegenheit?«, fragte er distinguiert, nachdem sie darum gebeten hatte, Mrs. Emden kurz sprechen zu dürfen.

»Es ist privat«, antwortete sie, und als sie merkte, dass er zögerte, fügte sie hinzu, dass es um Mrs. Fairfield ginge. Wenig später saß sie im Salon von Mrs. Emden, einer sympathischen, energisch wirkenden Mitdreißigerin, und schilderte die Situation, in der sich Mrs. Fairfield ihren begründeten Vermutungen nach befand. Sie versuchte, die Anschuldigungen möglichst sachlich und mit Fragezeichen zu formulieren, denn ihr war klar, was ihr bevorstehen würde, sollte man sie der üblen Nachrede bezichtigen. »Ich habe gezögert zu kommen. Aber gestern, beim Marsch der Frauen, dachte ich, wir müssen uns gegenseitig helfen.«

Mrs. Emden machte einen bestürzten Eindruck, wahrte jedoch Haltung. Sie klärte sie nicht darüber auf, weshalb sie Mrs. Fairfield nicht mehr besuchte.

»Ich werde diesem ungeheuerlichen Vorwurf nachgehen«, sagte sie, und fügte noch ein Dankeschön hinzu. »Gut, dass Sie gekommen sind.« Zum Abschied schenkte sie Anni sogar einen warmen Blick. »Machen Sie sich keine Sorgen. Ich werde Sie und das Hausmädchen Millie nicht erwähnen.«

John fuhr am Sonntag mit einer gut gefederten Mietdroschke nach Sydenham raus. Auf der höchsten Erhebung Londons, Sydenham Hill, lag von überall in der Stadt aus sichtbar der Kristallpalast wie die Akropolis über Athen. Sechzig Jahre zuvor war er für die erste Weltausstellung erbaut worden. Die Rückmeldungen zum Wickenwettbewerb übertrafen seine kühnsten Erwartungen. Die für die Endausscheidung vorgesehenen Räumlichkeiten würden vermutlich nicht groß genug sein. Er musste sich dringend um eine Alternative kümmern. Eigentlich blieb da als Veranstaltungsort nur der Glaspalast. Er schaute noch einmal in seine Unterlagen – fünfhundertdreiundsechzig Meter lang, hundertvierundzwanzig Meter breit, das Mittelschiff drei-unddreißig Meter hoch, zweiundneunzigtausend Quadrat-meter groß, dreizehn Kilometer Ausstellungsfläche, wenn man die Galerien mitzählte. Drei riesige Ulmen hatten in diesem gewaltigen Gewächshaus Platz.

Natürlich war John schon öfter dort gewesen, zuletzt, um über das im Mai eröffnete Festival of Empire zu berichten. Eine sagenhafte Ausstellung, die man jede Woche einmal besuchen konnte und die einen trotzdem jedes Mal Neues entdecken ließ. Im Grunde handelte es sich um eine gigan-tische Propagandaveranstaltung für das britische Empire. Sie sollte mit der Präsentation von Produkten und Möglich-keiten zudem neue Auswanderer in die Kolonien locken.

Im großen Vergnügungspark drumherum fanden auch sonst regelmäßig Sportveranstaltungen statt, Familien be-staunten Dinosaurierskulpturen, Verliebte unternahmen Bootstouren. Nun weckten außerdem noch täuschend echte Nachbauten der Parlamentsgebäude von Australien, Süd-afrika, Neufundland, Kanada und Neuseeland das Fern-weh der Besucher. Riesige Leinwände waren mit typischen Landschaften der fernen Regionen bemalt, natürlich nur in ihrer schönsten Ausprägung. Derzeit begeisterten Festzüge mit großen Orchestern das Publikum, und man musste un-bedingt einmal die Tour mit der elektrischen Straßenbahn auf der roten Linie übers Gelände unternommen haben.

Nachdem John mit einem Verantwortlichen der Crystal Palace Company eine Begehung unternommen und alles für die Nutzung Ende Juli geklärt hatte, verspürte er Lust, sich noch einmal im offenen Straßenbahnwagen auf der

All-Red-Route die unterschiedlichen, Dominions genannten Herrschaftsgebiete des Empire anzuschauen.

Eine junge Frau neben ihm hätte ihn beinahe mit der Spitze ihres Sonnenschirms aufgespießt. Sie entschuldigte sich sogleich, und er staunte nicht schlecht, denn es handelte sich um die Vorleserin von Mrs. Moss. Anni Soundso, den Nachnamen hatte er schon wieder vergessen. Die kecke und schlagfertige Deutsche sah ihn ebenso verblüfft an wie er sie. Dann lächelten sie beide.

»Was machen Sie denn hier?«, fragte er.

»Wahrscheinlich das Gleiche wie Sie«, antwortete sie. »Um ehrlich zu sein, ich schau mir schon mal an, wohin ich unbedingt muss auf meiner Weltreise.«

»Oh«, erwiderte er höflich. Natürlich war klar, dass jemand wie sie sich niemals eine Weltreise leisten konnte. »Wann möchten Sie denn starten, Fräulein Anni? Sie erlauben doch, dass ich Sie so anspreche?«

»Selbstverständlich, Eure Lordschaft.« Sie lachte. »Los geht's, sobald mein Wickenstrauß den ersten Preis gewonnen hat.«

»Sie erwarten aber nicht, dass ich für Sie etwas manipuliere?«, scherzte er.

»Natürlich nicht. Ich möchte wie immer lieber mit Leistung überzeugen. ›Wenn du kommst, wirst du nach deinem Kleid beurteilt‹, pflegt meine Mutter zu sagen, ›und wenn du gehst, nach deinem Verstand‹.«

Er schmunzelte. »Wie steht's denn mit den Wicken bei Ihnen?«

»Gut. Wir hatten ein bisschen Echten Mehltau von

der Sonne. Aber Jim hat mir ein Schattendach aus Segeltuch gebaut, und Mr. Hopkins sagt, wenn man die braunen Stellen wegschneidet, wächst es überall schnell wieder nach.«

»Wer ist Jim?«

Sie errötete leicht. Das gefiel ihm. War sie also doch ein wenig aus der Fassung zu bringen.

»Ein Freund.«

»Ihr Freund?«

»Meiner und Megs und ...«

»Wer ist Meg?«

»Die Enkeltochter von Mr. Moss' Chauffeur Mr. Hopkins.«

»Richtig, den kenne ich. Ein hervorragender Chauffeur und Techniker. Er hat gute Flüche drauf.«

»Ja, auch sonst ist er ziemlich fabelhaft.«

Nun sorgten die Attraktionen rechts und links für Gesprächsstoff. Sie sahen, wie es im Programmheft hieß, *Vorführungen von Eingeborenen bei der Arbeit.* Mal führten echte afrikanische Stammesangehörige, mal Maori-Dorfbewohner oder Malaien vor, wie sie in ihrer Heimat Häuser bauten. Auch die Landschaften der unterschiedlichen Gebiete waren täuschend echt nachgebildet. Wenn man von einem Kontinent zum nächsten reiste, überquerte die Bahn ein Gewässer, das den jeweiligen Ozean darstellte. Anni betrachtete alles mit vor Abenteuerlust geröteten Wangen. Sie konnte sich begeistern, dass es eine Freude war, sie anzuschauen.

Langsam durchquerten sie eine südafrikanische Diamantmine und eine indische Teeplantage, sie kamen durch eine jamaikanische Zuckerplantage, eine australische Schaffarm und einen Dschungel, in dem echte wilde Tiere ausgesetzt worden waren. Als sie durch Indien und Sri Lanka fuhren, erzählte er von seinen Erlebnissen dort. Die Vorleserin hatte, trotz Bewunderung in den Augen, eine Art nachzufragen, dass er von seinen bewährten folkloristischen Anekdoten abwich und ehrlicher als sonst Auskunft gab, auch über die Langeweile, die Unbequemlichkeiten und Ungerechtigkeiten in den Kolonien. Seine Schilderungen der paradiesischen Natur und der alten Kultur auf Sri Lanka schienen sie besonders zu faszinieren. Die Erinnerungen weckten auch in ihm selbst den Wunsch, wieder mehr und weiter zu reisen.

»Nun?«, fragte er am Ende der Tour. »Wohin müssen Sie denn nun unbedingt?«

»Überallhin!«, antwortete sie überschwänglich.

Sie spazierten gemeinsam zum Ausgang. Dabei erwähnte sie, dass sie Mrs. Moss nicht nur aus Büchern, sondern auch seine Artikel vorlas.

»Und wie gefallen sie Ihnen?«

In dem Moment, in dem er fragte, ahnte er, dass es ein Fehler gewesen sein könnte.

»Ehrlich?«, vergewisserte sie sich. Ergeben nickte er. »Es ist alles interessant«, begann sie vorsichtig. »Man möchte nichts davon missen.«

»Aber?«

»Wirklich ehrlich?« Sie blinzelte ihn an. »Ach, übrigens vielen Dank noch, dass Sie mich nicht verraten haben bei

Mrs. Moss, Sie wissen schon, wegen der Suffragettenveranstaltung in der Royal Albert Hall.«

Er lächelte. »Nun mal raus mit der Sprache.«

»Also, ich finde, es könnte etwas mehr mencheln.«

»Wie meinen Sie das?«

»Ich frage alle Leute, von denen ich weiß, dass sie am Wettbewerb teilnehmen, wovon sie träumen. Also, was sie mit dem vielen Geld vorhaben, wenn sie gewinnen würden.« Sie erzählte ihm die Geschichten von der Witwe, die damit etwas gegen ihre schmerzenden Knochen und ihre Einsamkeit tun wollte, von einem Hausmädchen, das sein uneheliches Kind zu sich holen und einen Blumenladen eröffnen wollte, von der unter seelischer Grausamkeit leidenden Ehefrau, die ihren einzigen Trost im Gedeihen zarter Wicken fand. »Muss ein Journalist den Menschen nicht auch Geständnisse entlocken?«, fragte sie. »Natürlich, ohne sie irgendwie zu verraten oder der Lächerlichkeit preiszugeben …«

John hob die Brauen. Er war beeindruckt. Im weiteren Gespräch entlockte er ihr, dass sie selbst auch schrieb, aber noch unsicher war, was die Qualität anging, und er bot ihr eher beiläufig an, mal einen Blick darauf zu werfen.

»Ich danke Ihnen«, sagte er, als sie den Ausgang erreicht hatten. »Es war ein wirklich interessanter Nachmittag.«

Ihr Omnibus hielt, sie musste einsteigen. Während sie sich an der Haltestange draußen am Austritt festhielt, sah sie ihn fragend an.

»Mrs. Moss muss nicht wissen, dass ich wieder allein unterwegs war, oder?«

»Sie waren nicht allein unterwegs.«

Sie zog die Nase kraus. »Na, dann erst recht besser nicht, oder?«

»Ich denke auch. Wir behalten es für uns.«

Er winkte dezent und spazierte noch ein Stück, bevor er sich eine Droschke nahm. Diese Anni hatte ihm einiges zu denken gegeben.

Borkum, Juli 2024

Marieke holte Gardon mit dem Auto vom Fähranleger ab. Sicher hätte es ihm gefallen, schon entschleunigt mit der Bimmelbahn im Ort einzutreffen. Aber sie wusste nicht, wie viel Gepäck er mitbrachte, weil er sich auf ihre Frage, wie lange er bleiben wollte, unklar geäußert hatte. Es läge an ihrer Reaktion und überhaupt, hatte er vage erklärt.

Er kam mit dem Katamaran, der um drei Uhr die Insel erreichte. Sie erkannte ihn gleich, als er noch oben an der Reeling stand. Ein auffallend gut aussehender Mann, dem mancher bewundernde Blick galt. Gerade schien er im Gespräch mit einem anderen Mann zu sein. Gardon trug einen Trench und einen Borsalino-Hut. Auf Borkum – Borsalino! Sie schüttelte lächelnd den Kopf. Irgendwie war er doch eher der Toskanatyp.

Die Passagiere drängten sich auf der Gangway, als könnten sie es nicht erwarten, endlich den angeblich schönsten Sandhaufen der Welt zu betreten. Sie winkte, Gardon eilte mit sportlichen Schritten auf sie zu, und voller Freude fielen sie sich in die Arme.

»Wie war die Überfahrt?«

»Bestens«, antwortete er grinsend, »wie im Flugzeug.«

Sie fuhren zu ihr, sie schaute auf die kleine Reisetasche. »Sieht nicht so aus, als würdest du länger bleiben wollen«, sagte sie etwas enttäuscht. »Möchtest du Tee? Oder was zu essen?«

Er wünschte sich Kaffee mit Meerblick. »Dann schnappen wir uns die Räder. Du kannst das von Neele haben.«

Mit Blick auf sein Outfit machte sie den Vorschlag, eine Wind-und-Wetter-Jacke anzuziehen. Doch er wollte so bleiben.

»Es sieht doch gar nicht nach Regen aus.«

»Okay, stimmt eigentlich. Vielleicht hab ich schon einen Regenschaden von der vergangenen Woche.«

Sie nahmen den Weg über die Promenade und fuhren dann weiter auf dem geklinkerten, teils mit Holzbohlen belegten Weg bis zum letzten in Richtung Osten per Rad erreichbaren Punkt. Dort, im schlichten, aber grandios erhöht auf einer Randdüne gelegenen Café Seeblick, wo es selbst gemachten Blechkuchen gab und sich die Öffnungszeiten flexibel nach Wetter und Schönheit des Sonnenuntergangs richteten, ließen sie sich draußen in Liegestühlen nieder. Woanders hätte die lässige, loungeartige Möblierung vielleicht einfach nur schrottig gewirkt, aber Gardon war geflasht, das konnte sie ihm ansehen. Der Blick über sanft gewelltes Dünenvorland, einen kilometerlangen und -breiten, fast menschenlosen feinsandigen Strand bis weit übers glitzernde Meer spülte auch ihr immer wieder die Alltagssorgen von der Seele.

»Was für 'ne geile Luft!« Gardon atmete tief durch.

Eine Weile redeten sie um den heißen Brei herum. Er erkundigte sich nach den Kindern, nach Gisbert. Sie war ehrlich, gestand, dass der Groll einerseits und andererseits eine dumme Sehnsucht danach, weiter von ihrem Ex geliebt und beschützt zu werden, sie nach wie vor enorm stressten.

»Der Kopf ist weiter als das Herz oder der Bauch«, diagnostizierte er.

»Immerhin kümmert Gisbert sich gut um die Kinder. Also, finanziell. In der Beziehung verwöhnt er sie sogar sehr«, sagte sie ein bisschen vergrätzt. »Ihre Erziehung ist, nachdem sie mit ihm zu tun gehabt haben, immer auf Werkseinstellung zurückgesetzt.« Er wippte unruhig mit den Füßen. Marieke beherrschte sich, sie wollte das Thema, um das es eigentlich ging, nicht als Erste anschneiden. »Kannst du deine Praxis denn einfach so für ein paar Tage dichtmachen?«, fragte sie deshalb nur.

»Oh, ich hab doch vor ein paar Monaten eine Partnerin aufgenommen«, erinnerte er sie.

»Ach ja, sorry, war mir irgendwie entfallen«, entschuldigte sie sich. »Sie stammt aus Serbien, richtig?« Er nickte. Ob er sich in sie verliebt hat?, überlegte sie. »Wie viele Leute arbeiten eigentlich insgesamt in der Praxis?«

Er lächelte breit. »Ungefähr die Hälfte.« Sie musste lachen. »Es geht dir besser als bei unserem letzten Treffen«, konstatierte er, »du siehst jedenfalls erholter aus.«

»Das bisschen Nordseebräune täuscht wahrscheinlich«, relativierte sie. »Trotzdem danke. Ja, deine Telefonseelsorge hilft enorm. Falls es besser geworden ist, verdank ich das auch dir.«

Er winkte ab. »Wir wollen uns nicht in schönen Worten verlieren.«

»Na, dann komm endlich zur Sache.«

Jetzt war's ihr doch herausgerutscht. Dabei hatte sie wirklich fest vorgehabt abzuwarten, bis er von sich aus das Thema ansprach.

»Marieke«, er holte tief Luft und stieß sie mit einem heftigen Atemzug aus, »Marieke, ich bin schwul.«

Sie sackte zusammen. »Waaas?« Ungläubig blickte sie ihn an. Frechheit, dachte sie gekränkt. Da hatte sie für ihn Scheinwerfer in die dunkelsten Ecken ihres Herzens gelenkt, während er es fertigbrachte, ihr ein Leben lang etwas derartig Wichtiges zu verheimlichen? Das konnte doch wohl nicht wahr sein! Er wippte schneller mit den Füßen, nervös beobachtete er ihre Mimik. »Wieso hab ich denn nie einen Verdacht geschöpft?«, fragte sie perplex.

»Na ja ... Wir sind zivilisierte Menschen.« Er schluckte. »Wir behalten Trauer und Scham für uns.«

In ihrem Kopf ratterte es. »Wieso Scham?«, brachte sie vor. »Schwulsein ist doch völlig normal heutzutage. Dafür muss man sich doch nicht schämen.«

»Wie man an deiner Reaktion sieht.« Er lächelte süffisant. »Denk an Ralf Schumacher. Der hat sich auch erst mit neunundvierzig Jahren geoutet.«

»Ja, aber ... wusstest du schon immer, dass du schwul bist? Ich meine, wann ... wie ... merkt man das?«

»Geil fand ich schöne Männerkörper schon immer. Mich kann vieles antörnen ... Kriegst du nicht auch Gefühle, wenn du eine heiße Frau siehst?«

Marieke wiegte langsam den Kopf. »Nöö, eigentlich nicht so ... Na ja, vielleicht mal 'n bisschen, aber ...«, murmelte sie.

»Liebe ist mehr als Sex, da sind wir uns ja wohl einig.

Ich glaub, ich verliebe mich eher in einen Menschen, und da ist fast nebensächlich, welches Geschlecht er hat. Ich war ja auch von Herzen in Pia verliebt, und ich liebe sie auf eine gewisse Art noch immer. Aber jetzt ist mir eben klar geworden ...« Er stockte.

Sie kniff die Augen gegen die blendende Sonne etwas zusammen. Gespannt wartete sie darauf, dass endlich ein Name fiel.

»Ja?«, sagte sie aufmunternd.

»Es ist Alex.«

Sie fiel aus allen Wolken. »Dein Segelpartner? Ach!« Darauf wäre sie wirklich nie gekommen.

»Habt ihr denn schon lange ...? Ich meine, so mit allem Drum und Dran?«

Ein verliebtes Lächeln machte Gardons Gesicht noch schöner. »Mit allem Drum und Dran, wie du es nennst, noch nicht lange. Aber das ist es. Für mich ist es das, Marieke.«

»Oje.« Etwas Intelligenteres fiel ihr nicht ein. Und ... irgendwie war sie ganz froh, dass er nicht ihr eine Liebeserklärung gemacht hatte. »Und deine Familie?«

»Pia ist ziemlich fertig. Und wütend. Die Kinder sind verstört, soweit sie's überhaupt schon begreifen«, gab er zu. »Ich hab deshalb ja mit dem Outing auch ein paar Monate abgewartet. Aber das ist es. Ich will kein falsches Leben im richtigen.«

»Hast du denn früher nie geahnt, dass du schwul bist?«

»Doch, natürlich. Ich bin sogar zu einem Psychotherapeuten gegangen.«

»Und hast mir davon nie was gesagt!« Vorwurfsvoll

schaute sie ihn an. »Dass du, der taffe Orthopäde, in Therapie warst, damit hätte ich nie gerechnet.«

»Bin ich noch. Aber erst seit vier Jahren«, gab er zu, einerseits kleinlaut, andererseits mit einem gewitzten Lächeln.

»Ich fass es nicht!« Sie griff sich an den Kopf. »Und weißt du, was ich einen Moment lang gedacht hab nach deiner geheimnisvollen Ankündigung?«

Sie sahen sich an, seine Augen weiteten sich verblüfft. »Oje ... Wolltest du mich etwa heiraten?«, fragte er unverblümt.

Ihr Auflachen brachte die Leute am Nachbartisch dazu, sich umzuwenden. »Ich halte nicht mehr viel von der Banalität bürgerlicher Konventionen«, erwiderte sie übertrieben distinguiert. Beide lächelten sie kurz überrascht, dann starrte jeder vor sich hin und dachte nach. »Na ja«, Marieke überlegte laut. »Man muss tun, was man tun muss. Das sehe ich auch so. Man sollte etwas tun, weil man es will und nicht, weil man Angst hat. Das ist der Maßstab, die Prüffrage in schwierigen Lebensphasen. Wir haben oft darüber geredet.«

»Deinen Segen gibst du mir also?«, fragte er leicht spöttisch, aber doch ernst gemeint.

»Natürlich. Ich bin deine Freundin. Wenn es sich für dich richtig anfühlt ...«

»Mann, bin ich froh, dass ich das überlebt hab!« Erleichtert riss er die Arme hoch. Nun guckten noch mehr Leute irritiert. Doch das war ihnen in diesem Moment egal. Er erzählte, dass Alex ebenfalls mit der Kat-Fähre gekommen war und im Strandhotel Vierjahreszeiten auf ihn wartete.

»Ich wollte mich mit dir aussprechen«, verriet er, »aber nicht bleiben. Deshalb auch nur Handgepäck. Alex hat unsere Koffer vorausgeschickt. Und ich weiß doch auch, wie angeschlagen du im Moment noch bist.«

»Aber ...«, protestierte sie, »... du kannst doch trotzdem bei mir ...«

»Du schielst ja fast vor Erschöpfung!«, fiel er ihr ins Wort. Sie verzog den Mund. Gerade hatte er noch behauptet, sie sähe besser aus. »Da möchte ich dir nicht als Hausgast zur Last fallen. Ich wollte es nur vorher nicht ...«

Seinen neuen Lover auch zu sich einzuladen, das brachte sie nun doch nicht über sich. Damit hatte Gardon aber auch ganz offensichtlich nicht gerechnet. Wahrscheinlich wäre es den Männern ebenso unangenehm wie ihr. Wenn sie den Vormittag zwischen Bett und Bad wechselnd verbringen musste, brauchte sie keine Zeugen.

»Dann lerne ich ihn kennen?«, fragte sie.

»Wenn du magst«, antwortete er. »Wir würden uns freuen.«

Sie benötigte einen Moment Ruhe. »Sorry, ich muss mal eben kurz zur Toilette.« Sie legte ihr Handy auf den Tisch und ging ins Gebäude. Als sie zurückkehrte, sagte Gardon, gerade habe jemand sie telefonisch erreichen wollen. Sie schaute nach. Letzter Anruf von Tibo. Na, der konnte warten. Aktuell beschäftigte sie viel mehr die Sensation, dass Gardon seine Familie für einen Mann verlassen hatte. Statt sich wieder hinzusetzen, umarmte sie ihren Freund. »Ich wünsch dir Glück. Euch. Wirklich. Wahrscheinlich wird's ja noch ziemlich heftig.«

Er nickte bedrückt. »Das will ich nicht beschönigen. Aber Pia ist eine tolle, großherzige Frau. Ich hoffe, dass wir eines Tages eine richtig coole Patchworkfamilie werden. So was gibt's doch.«

Nun war es an Marieke, tief durchzuatmen. »Ich wünsch es euch«, wiederholte sie.

Am folgenden Abend luden die Männer sie zum Tapas- und Gamba-Essen ins In Undis ein. Sie fand Alex – brünett, gepflegt, sportlich – weder besonders sympathisch noch unsympathisch. Marieke registrierte, dass sie als betrogene Ehefrau intuitiv zunächst einmal auf Pias Seite war. Die Situation verursachte ihr Beklemmungen. Aber sie wollte ihren besten Freund nicht verlieren. Sein Auserwählter arbeitete als Kurator in einem Automuseum und machte regelmäßig Yoga, das bot einigen Gesprächsstoff. Und da beide sich rührend um ihre Zuneigung bemühten, wurde es trotz der unangenehmen Unterströmung doch ein Abend, den man als nett in Erinnerung behalten konnte.

Durch all diese Aufregungen kam sie nicht dazu, sich weiter Gedanken über Tibo zu machen. Neele rief an.

»Du, Mama, mein Wunsch wäre, dass wir beide, du und ich, den Geburtstag zusammen bei dir auf Borkum verbringen und dass ich noch zwei Leute mitbringen kann.«

Als Kinder hatten die Zwillinge manchmal auf der Insel ihren Geburtstag gefeiert, weil er in den Sommerurlaub fiel. Damals schien für sie die Welt noch in Ordnung gewesen zu sein, auch wenn ihr Vater sich die meiste Zeit auf dem Flughafen herumgetrieben hatte, weil er sich als

Hobbyflieger für Sportflugzeuge begeisterte. Es rührte Marieke, dass ihre Tochter dieses Gefühl wiederbeleben wollte.

»Natürlich, das wäre toll! Bringst du einen neuen Freund mit?«, fragte sie erfreut, »oder Kommilitoninnen oder ein Pärchen?«

»Nein, Mama, ich hab keinen neuen Freund«, antwortete Neele ausweichend. »Die Gäste brauchen auch je ein eigenes Zimmer.«

»Kein Problem. Wir haben genügend Zimmer und Betten.« Hoffentlich würde sie sich nicht ausgerechnet dann wieder so hundeelend fühlen. Ach was, redete sie sich schnell ein, für ein, zwei Tage kannst du deine Probleme schon überspielen oder zur Not eine Ausrede erfinden. »Was ist denn mit dem Freund, den du neulich hattest? Seid ihr noch zusammen?«

»Ach, Mama«, Neele klang genervt. »Es ist kompliziert. Wir hatten ein paar Probleme.«

»Kind, du wirst gerade erst einundzwanzig«, scherzte Marieke. »Was für Probleme kannst du haben?«

Neele ging auf den Ton ein. »Och, da kommt schon was zusammen.«

»Na gut. Erzähl mir davon in aller Ruhe, wenn du hier bist. Wir machen einen langen Strandspaziergang. Es ist so schade, dass dein Bruder nicht bei uns sein kann«, Marieke entfuhr ein sehnsüchtiger Seufzer. »Aber wir werden virtuell mit ihm anstoßen.«

»Ja, ich vermiss den Kerl auch ganz schön. Dann bis Freitag!« Der Geburtstag war am Sonnabend.

»Bis Freitag, mein Schatz. Schick 'ne Nachricht, wann ich euch an der Fähre abholen soll.«

»Mach ich, tschüss, Mama. Ich freu mich schon!«

»Ich auch. Tschühüss!«

Nach dem Telefonat fand sie endlich Zeit, sich den verpassten Anrufen und ungelesenen Nachrichten zuzuwenden. *Was ist los? Wie geht die Geschichte weiter?*, hatte Tibo per WhatsApp geschrieben.

Ich weiß es nicht, tippte sie ein. *Die Ereignisse überschlagen sich, mir brummt der Schädel.*

Nun ließ sich die Sorge, die sie einen Moment zuvor noch verdrängt hatte, nicht mehr zur Seite schieben. Wie sie es verabscheute, dieses Gefühl, das sie vor allem vormittags überwältigte und vom Rest der Welt abtrennte! Als wäre es für sie nicht mehr vorgesehen, von Herzen froh zu sein und spontan Freude zu empfinden. Sie war schon zufrieden, wenn ihr Gefühlspegel nicht unter Normalnull sank und sie sich scheinbar grundlos unglücklich fühlte. Es gab Phasen, da hätte sie jederzeit losweinen können, weil sich ständig Tränen hinter ihren Augen sammelten. Besonders doof, wenn es einen einholte, während man unterwegs war oder in einem Laden stand und freundlich lächeln musste.

Sie legte sich aufs Sofa, schlief ein Stündchen. Gestärkt erwachte sie. Anschließend fühlte sie sich in der Verfassung, endlich wieder mal ein paar Reparaturen in Angriff zu nehmen. Das Exposé für eine neue Darbietung ihrer Ratgeberthemen, das bald fällig war, schaffte sie sicher auch noch. Viel lieber würde sie mal wieder ein Sachbuch schreiben, aber dafür fehlte ihr noch die zündende Idee.

Wie gut, dass sie das Haus schon für Gardons Besuch geputzt und alle Betten frisch bezogen hatte. Das Wetter besserte sich von Tag zu Tag und damit auch der Zustand ihrer Gartenblumen. Die Vorfreude auf ein Wiedersehen mit ihrer Tochter schaffte es, ein paar Fünkchen durch die dicke Schicht ihrer Gefühlsdämmung zu schicken. Beglückt schnitt Marieke am Freitagmittag einige Duftwicken ab, vor allem die besonders ausdrucksstarken in Kastanienbraun mit lila Flügeln und dazu noch zartviolette. Sie dekorierte die Stängel, damit ihre filigranen hellgrünen Blätter und Schlingarme besser zur Geltung kamen, einzeln in kleinen Glasvasen und verteilte sie überall im Haus. Bald schwebte ein herrlicher Duft in den Räumen. Neele hatte angekündigt, dass sie mit der letzten Fähre kommen würden. Sie bereitete deshalb alles fürs Abendessen vor, sodass sie es später nur noch aufwärmen musste.

Am Nachmittag lud sie Alwine zu sich ein. Sie zeigte ihr zum ersten Mal alle Zimmer. Ihre Nachbarin inspizierte sie mit großem Interesse. Marieke hatte unter den Tapeten Wandmalereien entdeckt, die stilistisch zwischen Jugendstil und Expressionismus lagen. Die mit Schablonen gemalten Blüten und geometrischen Muster hatte sie zum Teil selbst freigelegt, zum Teil war ihr ein erfahrener Restaurator behilflich gewesen. Die steile enge Holztreppe und die Dielen im ersten Stock hatte sie von Teppichboden befreit und wieder im Originalton Ochsenblutrot streichen lassen. Alwine schwelgte in Erinnerungen.

Zur Abwechslung bereitete Marieke einen Cappuccino zu, sie setzten sich ins Wohnzimmer und unterhielten sich.

Durch die Wickengeschichte waren sie sich nähergekommen. Alwine berichtete, dass sie auf dem Festland einen medizinischen Check hatte machen lassen.

»Das konnte ich ja gut verbinden mit meinem Besuch bei den Cousinen. Gewohnt hab ich bei meiner Tochter Fenna, die ist mit einem Landwirt in der Nähe von Leer verheiratet. Aber ich bin doch enttäuscht.«

»Wieso?«, fragte Marieke verwirrt.

Waren die Untersuchungen schlecht verlaufen? Oder die Cousinen nicht nett gewesen? Manchmal übersprang Alwine einen Gedanken, und man musste sich den fehlenden Zwischenschritt selbst erschließen.

»Na, von Tant' Wübke!«, antwortete Alwine vorwurfsvoll. »Ich hab sie immer bewundert. Eine tatkräftige, interessante Frau ist sie gewesen, war zweimal verheiratet. Und hat akribisch Tag für Tag über ihr Leben Protokoll geführt. Darauf war ich echt gespannt, ist doch klar.« Sie nahm einen Schluck und behielt einen niedlichen kleinen weißen Schaumrand über der Oberlippe zurück. »Sie hat aber nur langweilige Notizen hinterlassen«, fasste Alwine enttäuscht zusammen. »Was ich dagegen interessant finde, ist, dass man auch aus schlechten Beispielen etwas lernt.«

»Wie meinst du das nun wieder?« Marieke war abgelenkt durch Alwines Katzenbart.

»Es ist nicht so, dass ich eine bestimmte Frage gestellt hätte«, versuchte Alwine zu erklären, »durch das schlechte Beispiel bin ich allerdings auf eine Antwort gestoßen, die mir was wert ist.«

»Das klingt gut.« Marieke unterdrückte ein Schmunzeln. »Bloß ... so richtig versteh ich noch immer nicht, was du meinst.«

Alwine tauchte einen Keks in ihren Cappuccino. »Können wir nächstes Mal wieder Tee trinken?«, fragte sie, bevor sie zu einer längeren Ausführung ansetzte. Marieke nickte. Sie liebte die Direktheit der Ostfriesen. »*It's all about time*«, verkündete Alwine, die neuerdings gern mal englische Redewendungen benutzte. »Ich will doch im Tagebuch keine tabellarische Auflistung wie im Terminkalender lesen. Wer wann zur Fußpflege gewesen ist oder mit Tante Brigitte Tee getrunken hat. Besuche zum Geburtstag, Beerdigungen, Steuerbescheide, Handwerkerrechnungen ... das alles erweitert nicht gerade den Horizont, oder? Ich will wissen, worüber sie und Tante Brigitte gesprochen haben. Na ja, wenn's was Belangloses war, dann natürlich nicht.«

»Was hat das jetzt mit Zeit zu tun?«, unterbrach Marieke.

»Ich würde gerne erfahren, welche Schlüsse Menschen aus ihrem Erlebten ziehen, möchte mehr gewahr werden über ihre Gedanken, über Gefühle, Zweifel, Erkenntnisse, Lebensweisheiten, und ich glaub, je älter man wird, dass es sich dann eher weniger um die Liebe dreht, sondern viel mehr um Zeit. Wir haben nur wenig Zeit. Das ist das Wichtigste! Das Leben ist so verdammt kurz und endet immer früher, als man glaubt, zumindest der gute Teil davon.«

»Mensch, Alwine«, sagte Marieke erstaunt. Ihr gefiel, was die Nachbarin gesagt hatte. »So viel Tiefsinn hätte ich gar nicht von dir erwartet!«

»Oder? Ich bin gar nicht so dumm«, gab Alwine ihr verschmitzt recht. Sie hob die Tasse, als wollte sie mit ihr an-stoßen.

»Bist du tatsächlich nicht«, erwiderte Marieke.

Sie lächelten sich auf eine Weise zu, die wortlos bestä-tigte, dass ihre Beziehung ein neues freundschaftliches Ni-veau erreicht hatte.

Plötzlich hob Alwine die Nase, als nähme sie Witterung auf, und drehte sich zur Fensterbank. »Ach, die Wicke duf-tet so schön! Ich dachte die ganze Zeit, das wär' dein Par-füm.« Sie erkannte die Sorte, die in einer schmalen Vase stand. »Das ist 'ne Cupani.«

»Ja, ich glaube, du hast recht.« Marieke hatte sich natür-lich inzwischen auch schlaugemacht. Die Fahne der zwei-farbigen Ursorte konnte lilarosa oder auch himmelblau ausfallen, die Flügel waren dunkelrot bis kastanienbraun.

»Genau diese Sorte«, wusste Alwine, »hat übrigens da-mals Annis Freundin Meg gemalt, als sie mit der Blumen-malerei anfing. Sie besaß leider keine richtigen Aquarellfar-ben, die waren viel zu teuer und den Ladys vorbehalten. Sie hat Teesud für das Rostbraun genommen und Tintenreste aus den Schreibfässern ihres Großvaters gemischt, um den Lilaton hinzubekommen.«

»Unglaublich, an was für Details du dich erinnerst.« Ma-rieke musste sich eingestehen, dass sie ihre Nachbarin völ-lig unterschätzt hatte.

»Du, da staun ich selbst«, gab Alwine mit einem Augen-zwinkern zurück. »Vielleicht steckt auch ein bisschen See-mannsgarn mit drin. Aber im Kern, also abgesehen von dem, was erfunden ist, war es ganz genau so.«

Willow Hill, Juni 1911

»Hier, ich hab dir pürierten Spinat mitgebracht.«

Anni reichte Meg ein Glas, das zur Hälfte mit einem grünlichen Brei gefüllt war.

»Äh ..., danke«, antwortete Meg verblüfft. »Wir haben schon zu Abend gegessen, und ehrlich gesagt, Spinat gehört nicht zu meinen ...«

Anni ließ sie nicht ausreden. »Du sollst das nicht essen!« Sie lachte. »Damit kann man Grün tuschen. Das hat unsere Mutter uns früher angemischt, wenn wir wie Papa Bilder malen wollten.« Sie zeigte auf eine neue Zeichnung Megs auf dem Gartentisch. »Grün fehlt dir doch immer.«

»Ach, du bist ein Schatz!« Meg gab ihr einen Kuss auf die Wange. »Das muss ich sofort ausprobieren.«

»Erst nach dem Gießen, bitte.« Anni betastete die Erde, sie fühlte sich schon wieder ganz krümelig an. Dabei durfte sie doch nicht austrocknen. Gemeinsam versorgten sie die Wicken. »Guten Abend, Old Spice Senator«, sagte Meg höflich zu einer Sorte, deren weiße Blüten von kirschroten Streifen durchzogen waren, »hier kommt Ihr Abendtrunk, Sir. Und Miss Flora Norton«, sie wandte sich mit einer leichten Verbeugung einer in zartem Himmelblau blühenden Sorte zu, »Ihr Drink hat hoffentlich die richtige Temperatur, nicht zu kalt und nicht zu warm.«

Vergnügt löschte Anni den Durst der lachsrosafarbenen Miss Willmott, bevor sie die America mit ihren dunkelroten Blüten auf weißem Grund wässerte. Sie kannten sich beide mittlerweile gut aus mit den Sorten, auch Anni hatte zusätzlich zu ihrer Vorliebe für alte Varietäten ein Faible für die von dem Schotten Henry Eckford gezüchteten Sorten entwickelt. Der Gärtner war nach einem Berufsleben in hochherrschaftlichen Diensten als Rentner nach Shropshire gezogen und hatte sich fortan ganz der Zucht von Duftwicken gewidmet. Seine Sorten zeichneten sich durch eine breitere Farbpalette und etwas größere Blüten aus, weshalb man auch von der Grandiflora-Gruppe sprach. Sechs Jahre zuvor war Eckford gestorben, mittlerweile galt das Städtchen Wem in Shropshire als das Mekka aller Sweet-Pea-Gesellschaften. Meg schwärmte ebenfalls für die Grandiflora. Sie war ganz wild darauf, sie zu malen.

Natürlich wässerten sie auch die Wicken von Mr. Hopkins. Seine Spencer-Sorten hatten sich prächtig entwickelt. Teilweise wucherten sie mehr als zwei Meter hoch, und jede besaß einen eigenen Charakter. Da war zum Beispiel Mollie Rilestone. Normalerweise trug sie Zartrosa, bei Kälte tendierte sie mehr ins Cremefarbene. In diesen sonnigen Junitagen jedoch brachte sie ein intensiveres Rosa hervor. Und daneben entfaltete die Beaujolais, natürlich in dunklem Burgunder, ihren Charme. Wunderschön auch die Nora Holeman mit cremefarbenen, zartrosa überhauchten Blüten. Anni fand manche Spencer-Sorten fast schon zu schön, zu plakativ. Einige kamen ihr vor wie überschminkte Jahrmarktskokotten mit Straußenfederboas. Das sagte sie Mr. Hopkins natürlich nicht. Aber alles an den Spencer-Sorten heischte nach Aufmerksamkeit. Sämtliche Farben außer Gelb waren zu finden, ihre Blütengröße übertraf noch die der Eckford-Züchtungen, vor allem beeindruckten viele mit ihren theatralisch gerüschten Blütenrändern.

»Wie unterschiedlich die Düfte sind«, sagte Anni, während sie versonnen schnupperte. »Einige riechen richtig sauber. Andere romantisch oder süß und lieblich. Und wieder andere geradezu unanständig berauschend. Findest du nicht auch?«

»Schon, aber mich faszinieren vielmehr die Farben, ich kann mich daran einfach nicht sattsehen. Allein wie delikat die Lilanuancen oft sind und dann die Übergänge«, antwortete Meg. »Oder schau mal, diese hier trägt konsequent uni, aber die da drüben hat drei Farben. Und hier sind immer drei Blüten dran, dort fünf bis sieben.«

Das war Anni schon etwas zu detailverliebt. »Wo steckt eigentlich dein Großvater?«

Sie sah hinüber zur Teppichstange. Seit sie Vorleserin war, kam sie überhaupt nicht mehr zum Turnen. Die Aussicht auf sportliche Betätigung lockte sie.

»Er ist noch in der Garage.« Meg setzte sich an den Gartentisch, um an ihrem Bild weiterzumalen. Vorsichtig pinselte sie etwas vom Sud aus dem Spinatpüree auf ein vorgezeichnetes Wickenblättchen. »Es funktioniert! Ist ja doll.« Sie blickte kurz hoch und musste lächeln. »Von mir aus tob dich an der Stange aus. Grandpa wird sicher noch 'ne Weile fortbleiben. Er bereitet den Rolls-Royce für eine längere Tour vor. Mr. Moss und Lord Northcliffe haben irgendeinen abenteuerlichen Plan.«

Mit Juchhe sprang Anni an die Teppichstange, gleich in den Armstütz, machte ein paar Umdrehungen mit Hüftschwung – erst vorwärts und danach rückwärts. Hach, war das schön, endlich mal wieder die Muskeln zu spüren! Seit der Begegnung mit Lord Ramsgate stand sie unter einer eigentümlichen Spannung, jetzt konnte sie sich endlich abreagieren. Sie kämpfte noch mit sich, ob sie Meg davon erzählen sollte. Wahrscheinlich besser nicht. Auch vom Lord erwartete sie wie vereinbart Stillschweigen. Schließlich ließ sie sich in den Kniekehlen von der Stange hängen und verschränkte entspannt die Arme.

»Guck mal, wie eine Fledermaus!«, rief sie Meg zu, die natürlich wieder die Augen verdrehte, weil man ihre Unaussprechlichen sehen konnte.

Anni fühlte sich hervorragend. Von ihren Wicken schwebten liebliche Aromen herüber, und die stimmten sie einfach froh. Das Leben war schön! Das Ende ihres Beetes lag so nah an der Teppichstange, dass sie kopfüber beobachten konnte, wie eine Hummel eine Wickenblüte regelrecht aufbiss. Sie machte Meg darauf aufmerksam.

»Ist ja niedlich! Guck mal, die Biene hier profitiert vom Biss der Hummel«, stellte Meg kurz darauf fest. »Durch die Blütenöffnung kommt sie nun an den Nektar.«

»Arbeitsteilung in der Natur«, bemerkte Anni.

»Ich bin überzeugt davon, dass unsere Wicken nicht nur Hummeln und Bienen anlocken, sondern auch andere geflügelte Wesen wie Elfen und Feen«, sagte Meg leise.

»Nachts, wenn wir schlafen, tummeln sie sich hier, Titania tanzt mit ihrem Hofstaat. Und Peter Pan und Tinkerbell feiern den Sommer.«

»Du bist eine unverbesserliche Romantikerin.« Anni schwang ein paarmal hin und her und stemmte sich wieder in den Armstütz hoch. »Vielleicht solltest du mal ein paar Kobolde in deine Blumenbilder einfügen.«

John Ramsgate war sich nicht mehr sicher, ob er mit Mr. Hopkins in der Garage oder in dessen Häuschen verabredet war. Da das Haus auf dem Weg zur Garage lag, steuerte er es zuerst an. Sein neuer Auftrag beschäftigte ihn. Er hatte deshalb kaum einen Blick für die Gartenpracht ringsum. Sämtliche Rosen standen, von ersten Trockenheitsschäden abgesehen, prächtig in Blüte. Geometrisch geschnittene Buchsbaumhecken bändigten ihre Fülle. Er ging an üppigem blauem Rittersporn, an gelb, weiß und lila blühenden Schwertlilien vorbei, an einer Büste der Blumengöttin Flora und kleinen sprudelnden Brunnen. Er sah sie und sah sie doch nicht, hörte auch kaum das Knirschen des Kieswegs unter seinen Schuhen, weil er in Gedanken bereits im Silver Ghost, dem Rolls-Royce seines künftigen Schwiegervaters, neben dem Chauffeur saß und auf der Great North Road, der Großen Nordstraße, gen Schottland brauste.

Lord Northcliffe war seit Jahren ein Fan und Sponsor der Firma Rolls-Royce. Noch galt der Konkurrent Napier, gemessen an den Kriterien des Royal Automobile Club, als das beste Automobil der Welt. Aber der Chief wollte, dass

Rolls-Royce mit seinem neuen Silver Ghost dieses Jahr im September bei der jährlichen Testfahrt des RAC von London nach Edinburgh einen neuen Rekord aufstellte. Deshalb hatten Northcliffe und Charles Moss etwas ausbaldowert. Sein zukünftiger Schwiegervater würde ihm, John, sein Automobil samt Chauffeur für eine Vorbereitungsfahrt zur Verfügung stellen. Rolls-Royce war in Kent ansässig, Rosabels Vater fühlte sich dem Unternehmen verbunden – man kannte sich. »Du guckst dir genau an, wo welche Schwierigkeiten auf der Strecke liegen«, hatte er ihn instruiert. »Du notierst dir die Stärken und Schwächen des Rolls-Royce ebenso wie die des Geländes, der Straßenverhältnisse et cetera.«

Dadurch trifft man zwei Vögel mit einem Stein, dachte John. Diese private Tour würde ihm erstklassigen Stoff für eine Reportage bringen, mit der er die Konkurrenz übertrumpfen konnte. Außerdem wollte Northcliffe im Anschluss daran Henry Royce über die gewonnenen Erkenntnisse informieren und ihm damit helfen, sein Fahrzeug optimal gerüstet an den Start zu bringen. John freute sich, dass er sich endlich mal wieder mit einem echten Männerthema befassen konnte, statt sich ununterbrochen Gedanken darüber machen zu müssen, wie journalistisch Funken aus dem Wickenwettbewerb zu schlagen waren. Die Anregung Annis, es in den Berichten mehr menscheln zu lassen, erwies sich gerade als goldrichtig. Eigens für solche People Stories hatte er einen weiteren Kollegen in sein Team geholt. Mittlerweile war er auch durch zwei süße, von Anni verfasste Geschichten, die sie ihm ganz schüchtern zu lesen gegeben hatte, von ihrem Schreibtalent überzeugt. Schade, dass sie eine Frau war.

Seine Gedanken wanderten zurück zu Northcliffe. Er überlegte, ob der Lord wohl auch aus einem schlechten Gewissen gegenüber Rolls-Royce heraus handelte. Einen der beiden Firmengründer, Charles Rolls, hatte er bereits finanziell und durch Zeitungsberichte unterstützt, als jener auf einem ganz anderen Gebiet Rekorde aufstellen wollte. Vor ziemlich genau einem Jahr war Rolls als erster mit seinem Flugzeug nonstop über den Ärmelkanal hin- und zurückgeflogen. Northcliffe hatte ihn zu weiteren Pioniertaten angespornt. Und im Sommer des vergangenen Jahres war der erst zweiunddreißigjährige Rolls bei einem Flugunfall ums Leben gekommen.

John hatte das Kutscherhäuschen erreicht. Er musste letzte Fragen zur Schottlandtour mit dem Chauffeur Hopkins besprechen. Als er die Gartenpforte öffnen wollte, hörte er zwei fröhliche Frauenstimmen. Anni und vermutlich die Chauffeursenkelin Meg unterhielten sich hinter dem Haus. Er ging ein Stück weiter, lugte durch die Hecke und staunte nicht schlecht. Diese junge Deutsche war einfach unglaublich! Wie sie da an der Teppichstange herumturnte, in höchstem Maße unziemlich, aber auch ... gekonnt.

Regungslos beobachtete er sie eine Weile. Schließlich konnte er die jungen Damen nicht durch sein unerwartetes Eintreten in Verlegenheit bringen. Nun gut, er schaute auch ganz gern zu. Bewundernswert, wie leicht und sportlich, grazil und ungehemmt sich Anni bewegte. Eigentlich doch nicht so schade, dass sie eine Frau war. Sie hatte eine gute Figur – schöne Rundungen, schmale Taille. Sie strahlte über das ganze erhitzte Gesicht. Annis verwuschelte Frisur löste Gefühle in ihm aus, zärtliche wie begehrliche, die er lieber nicht weiter ergründen wollte, sondern sofort wieder zur Seite schob. Wenn nur dieser verwirrende Duft nicht wäre! Mit jedem Atemzug war man ihm hier ausgesetzt – betörend, sinnlich, eine einzige Aufforderung, lebenslustig seinen Impulsen zu folgen. Das passte ihm jetzt überhaupt nicht.

Gerade schlug Anni ihrer Freundin vor, Kobolde zu malen.

»Ach, wenn ich doch nur richtige Aquarellfarben hätte«, Meg seufzte. »Und echtes Aquarellpapier statt dieser billigen Schreibbögen, darauf würde es gleich ganz anders wirken.« John dachte daran, wie routiniert Rosabel an ihren Aquarellen pinselte. Dank einer gewissen Schulung machten sie etwas her, aber wirklich originell waren sie nicht, und die Motive ähnelten sich.

»Ich will mal probieren, ob ich die Spreizkippe noch kann«, rief Anni.

»Pass bloß auf!«, mahnte Meg, widmete sich aber gleich wieder ihrem Bild.

Anni gelang die Turnübung mit mehreren Umdrehungen. Sie freute sich vernehmlich, änderte die Position und setzte dann aus dem Armstütz zu einem Rückschwung an, wonach sie sicher im Stand landete.

»So, jetzt brauch ich was zu trinken.«

Sicher ist es besser, überlegte John, den beiden noch

etwas Zeit zu lassen, bevor ich mich bemerkbar mache. Wieder dachte er an Rosabel. Sie verhielt sich seltsam anders neuerdings, er konnte es nicht recht fassen, was sich verändert hatte, aber die Distanz zwischen ihnen schien ihm größer geworden zu sein.

Am Nachmittag hatte sie sich bei ihm darüber beschwert, dass weder der Butler ihres Vaters, Mr. Jones, noch sein Chauffeur Mr. Hopkins eine briefliche Anfrage der US-amerikanischen Journalistin Harriet Churchill erhalten hatte. »Weißt du, alles, was Rang und Namen hat in der britischen Upperclass beziehungsweise deren leitendes Personal, ist von dieser schrecklichen Frau angeschrieben worden.«

Natürlich hatte John davon gehört. In der Redaktionskonferenz war es Thema gewesen. Die amerikanische Kollegin, die vermutlich einen Tarnnamen benutzte, vielleicht sogar erfunden war, zahlte britischen Butlern viel Geld für skandalöse Indiskretionen. Wer Privates und Peinliches über die Hochwohlgeborenen ausplauderte, war anschließend zwar seine Anstellung los, besaß aber genügend Geld, um nicht mehr arbeiten zu müssen. Die sogenannten Harriet-Letters galten derzeit in den Vereinigten Staaten als großer Publikumserfolg. Die neureichen Amerikaner und Amerikanerinnen machten sich zu gern über die angeblich ach so dekadente Peerage des britischen Königsreichs lustig. »Aber Rosabel, Darling, sei doch froh und dankbar, dass euer Haus nicht in Verruf geraten ist«, hatte er versucht, sie zu trösten.

»Nein«, hatte sie trotzig erwidert. »Ich bin beleidigt.

Denn dass sie uns nicht anschreiben, bedeutet, dass sie uns nicht wichtig genug nehmen.«

Er fand sie ja niedlich, wenn sie schmollte. Natürlich hatte er sie schließlich besänftigen können, selbstverständlich. Aber wenn er ehrlich war, dann musste er doch zugeben, dass es nicht immer leicht war mit seiner zukünftigen Frau. Rosabel hatte Launen. Diese Anni dagegen, die hatte Ansichten, fundierte Meinungen. Trotzdem machte die Vorleserin ihn auf eine beunruhigende Art konfus. Das durfte nicht sein, und das sollte man auch keineswegs fördern.

Er schaute auf seine Taschenuhr. Tatsächlich schon kurz vor acht, um acht Uhr war er mit dem Chauffeur verabredet. Dass Mr. Hopkins sich nicht hier befand, war offensichtlich. John entschied sich, doch nicht mehr in den Hopkins-Garten, sondern gleich weiter zur Garage zu gehen. Im Geiste notierte er, dass er Meg anonym einen Aquarellmalkasten samt bestem Papier zukommen lassen wollte – mit einem Kärtchen, auf dem stehen würde: *Von einem Kunstfreund, der unerkannt bleiben möchte.* Er schmunzelte in sich hinein bei der Vorstellung, wie sie sich darüber freuen würde.

Mr. Hopkins erwartete ihn bereits in der Garage. Sie klärten Fragen zur Route, zum Proviant, und wie kleinere technische Probleme unterwegs zu beheben sein würden. Der Chauffeur sah ihrem Abenteuer ebenso gespannt entgegen wie er. Mit Handschuhen und einem Ledertuch polierte er die neue Kühlerfigur von Rolls-Royce, eine Frauengestalt mit einem im Wind wehenden Tuch, genannt Spirit of Ecstasy. Geist der Ekstase. Hier, dachte John amüsiert, und nur hier, leistet sich die Upperclass gern und in aller Öffentlichkeit einen Kontrollverlust.

»Dann starten wir also nächste Woche Dienstag um sechs Uhr morgens in London.« John konnte es kaum noch erwarten.

»Jawohl, Sir«, erwiderte Mr. Hopkins mit blitzenden Augen. Zackig schlug er die Haken zusammen, bereit zur Attacke. »Um sechs Uhr morgens vor dem Royal Automobile Club in der Pall Mall.«

Borkum, Juli 2024

Es fiel Marieke nicht leicht, zu Hause auf ihre Tochter zu warten. »Wir haben umdisponiert und kommen per Inselflieger von Emden aus«, hatte Neele per WhatsApp mitgeteilt. »Nehmen dann ein Taxi zu dir. Brauchst uns nicht am Flugplatz abzuholen.«

Endlich klingelte es an der Tür. Sie öffnete, und eine strahlende Neele fiel ihr um den Hals.

»Willkommen, mein Schatz!« Marieke küsste und drückte ihre Tochter, die immer mehr Ähnlichkeit mit ihr bekam. Sie trug das lange dunkelblonde Haar offen, hatte die Augenbrauen für ihren Geschmack etwas zu kräftig betont und duftete nach dem Vanilleparfüm, das sie ihr zu Weihnachten geschenkt hatte. »Es ist so schön, dich zu sehen.«

»Ach, Mama, und ich freu mich erst«, jubelte Neele, die tatsächlich etwas zugenommen hatte. Sie war zwar blass, wohl noch angestrengt von den letzten Klausuren, wirkte aber fröhlich. Immer wieder erstaunlich, schoss es Marieke durch den Kopf, was man als Mutter in zwei Sekunden an seinem Kind ablesen kann. »Pass auf, und krieg bitte keinen Herzanfall, Mama. Hier ist deine Überraschung: Tädäää!«

Um die Ecke lugte ein geliebtes Gesicht – ihr Sohn Jonas!

Er sprang in den Flur, hob sie hoch und drehte sich mit ihr im Kreis. »Hey Mom, da staunst du, was?«

»Ich denk, du bist in Australien! Wie kommst du … was machst du denn …?«

»Wir wollten unseren Geburtstag endlich mal wieder zusammen auf Borkum feiern, wie früher, das ist unser Geburtstagswunsch«, erklärte Neele. »Und Paps hat Joni den Flug nach Deutschland spendiert.«

»Ich fass es nicht!«

Einen Moment lang glaubte Marieke ohnmächtig zu werden. So gefreut hatte sie sich schon lange nicht mehr, selbst wenn sogar in diesem Augenblick noch eine Dämmung ihr Herz ummantelte. Den kleinen eifersüchtigen Pikser, dass ausgerechnet ihr Ex dieses Glück ermöglicht hatte, spürte sie trotzdem.

»Ja, wie früher«, wiederholte Jonas. »Mit Strandkorb und Sonnenbrand und Fischplatte in der Heimlichen Liebe«, fügte er grinsend wie ein kleiner Junge hinzu. »Und mit alle Mann.«

»Wie meinst du das?«, fragte sie leicht alarmiert. Dass sie mit einem Sportflugzeug angereist waren, hätte sie schon misstrauisch machen sollen.

»Na ja … wie früher eben«, druckste Neele. »Als Familie … ähm … also, Papa ist auch da.«

»Endlich fällt mein Stichwort.« Eine sonore Stimme ließ sie zusammenfahren. Plötzlich stand Gisbert im Türrahmen. Er löste in ihrem Innern blankes Chaos aus. Ein Gefühl von Heimat, zutiefst Zuhausesein, kämpfte gegen den Impuls wegzurennen. Lauf und bring dich in Sicherheit, warnte sie eine innere Stimme. Wie paralysiert starrte sie ihren Ex-Mann an. »Du weißt ja, Geduld gehört nicht zu meinen Stärken.« Er lächelte gewinnend.

Groß, jovial, braun gebrannt, mehr Bauch als früher, ein ergrauter Hüne, nur leichte Geheimratsecken, immer noch eine Erscheinung, ein Macher, ein Alphamann.

»Nein.« Entschieden sprach sie das Wort aus. Es hing schwer in der Luft. »Nein.«

»Mama ...«, bettelte Neele. »Nur einen Tag. Können wir nicht einfach für einen Tag wieder eine Familie sein?«

»Wenn ich in Australien Heimweh hab, dann stell ich mir immer vor, wie wir zu viert eisschleckend über die Promenade von Borkum schlendern«, warb auch Jonas. »Mama, Papa hat mir den Flug spendiert. Ohne ihn wäre ich nicht hier.«

»Ohne Paps wären wir beide nicht da«, betonte Neele.

»Ich komme in friedlicher Absicht«, sagte Gisbert. Marieke schluckte. Ihre Augen füllten sich mit Tränen. Alle warteten auf ihr Okay. Die Sekunden dehnten sich. »Sei gnädig«, schob Gisbert leise hinterher. In seinen Augen lag eine schüchterne Bitte. Sehr ungewöhnlich für ihn. »Nur, um den Tag zu feiern, an dem unsere Kinder geboren wurden. Das immerhin haben wir doch gut hingekriegt.« Demonstrativ legte er einen Arm um jeden Zwilling.

Sie holte tief Luft. »Also gut.« Heftig stieß sie den Atem aus. »Aber wirklich nur morgen den Geburtstag.«

»Yes!« Jonas hob die offene Handfläche.

»Jippy!« Neele klatschte ihn ab. »Danke, Mama!«

Überschwänglich gab sie erst ihr einen Kuss auf die

Wange, dann ihrem Vater. Abwechselnd verkündeten die Kinder, wie sie sich den Verlauf des nächsten Tages vorstellten.

An diesem Abend aßen sie gemeinsam in der Villa Cupani, schließlich war das Essen schon vorbereitet. Anschließend unternahmen sie einen Spaziergang durch den Ort, die Bismarckstraße hoch, schauten aufs Meer und tranken noch einen Absacker im Teehaus. Alle gaben sich Mühe, Harmonie aufkommen zu lassen. Natürlich musste vor allem Jonas von seinen Erlebnissen in Australien berichten. Er würde drei Wochen in Deutschland bleiben, erklärte er, hatte aber vor, die meiste Zeit bei seinem Vater in Oldenburg zu wohnen, um dort alte Freunde zu treffen.

Mariekes Handy klingelte. Es war Tibo. Was für ein ungünstiger Zeitpunkt! Sie erhob sich und ging nach draußen, um kurz ungestört mit ihm reden zu können.

»Entschuldige, meine Kinder und mein Ex-Mann sind überraschend zu Besuch gekommen.«

»Ach so. Hm.« Tibo klang irritiert. »War er nicht schon am Montag da?«

»Wer? Gisbert?«

»Dein Mann. Heißt er nicht Gisbert?«

»Nein. Ja. Ich meine, mein Mann Gisbert war Montag noch nicht hier.«

»Da hat sich aber unter deiner Nummer ein Kerl mit einer wahnsinnig kultivierten Stimme ganz spaßig als ›Hier der Privatsekretär von Marieke Kröner‹ gemeldet.«

»Am Montag? Ach, das muss mein Freund Gardon gewesen sein.«

»So. Na, wenigstens vereinsamst du nicht.« Tibo räusperte sich. »Tut mir leid, wenn ich zum falschen Zeitpunkt anrufe. Ich weiß ja, dass du vormittags nicht so gut drauf bist, deshalb dachte ich ...«

»Das ist sehr rücksichtsvoll, nur jetzt passt es gerade nicht.«

»Mich interessiert natürlich, wie's weitergeht.«

Sie beschloss, den Satz nur auf die Geschichte von Annis Duftwicken zu beziehen. Irgendwie lief ihr Telefonat nicht rund. Winzige Nuancen gaben dem Gespräch einen falschen Drall.

»Kann ich dir bei Gelegenheit mal ...«

»Du hast ja meine Nummer. Okay, ich will dann auch nicht länger stören.«

Was sollte sie sagen? Du störst nicht? »Gut ... ähm ... also, dann bis dann.«

»Tschüss, Marieke.«

»Tschüss.«

Sie ärgerte sich über sich selbst. Aber wie hätte sie anders reagieren sollen? Scheiterte vielleicht an solchen Winzigkeiten etwas, das groß und schön werden könnte? Sie ächzte. Es war einfach alles zu viel im Moment.

Gisbert übernachtete im Gästezimmer. Sie konnte nicht gut schlafen. Sein Schnarchen drang über den Flur und weckte unangenehme Erinnerungen.

Am Morgen musste sie alle Energie aufbringen, um das Geburtstagsfrühstück zuzubereiten und die Plätze der Kinder mit Blumen aus dem Garten zu schmücken.

Neele war hingerissen von den Duftwicken. »Die hab ich gesät? Nice!«

Marieke schob Kopfschmerzen vor, weil sie sich nach dem Frühstück derart schlapp fühlte, dass sie unbedingt eine Stunde liegen musste. Ich schaff das nicht, dachte sie. Und weinte, bevor sie einschlief. Während dieser Zeit besorgten Jonas und Gisbert sich Leihräder und mieteten einen Strandkorb.

Ausgeschlafen fühlte sie sich gleich gestärkt. Sie beschloss, nichts zu komplizieren.

Was dann folgte, wurde zu ihrer großen Überraschung ein wundervoller Sommertag. Leicht und heiter, albern und herzlich. Sie spielten heile Familie. Die Sonne schien vorbildlich, das Thermometer stieg bis auf neunundzwanzig Grad. Sie und Gisbert ließen sich ein auf alle Wünsche ihrer Kinder.

»Ist doch schön, die Brut mal wieder um sich zu haben, oder?«, sagte Gisbert zufrieden.

Wie ist das nur möglich?, fragte sich Marieke. Egal, sie wollte nicht grübeln und genoss das Programm der Zwillinge, das sie folgsam Punkt für Punkt abhakten – sonnen im Strandkorb am Südstrand, im Meer baden, Erbsensuppe mit Würstchen und Milchreis von der Strandbude, nachschauen, ob das Walskelett im Heimatmuseum noch immer so riesig erschien wie früher und natürlich bummeln mit einem Waffeleis von der Kleinen Borkumer Eiskonditorei. Aber nicht mit so einer raffinierten Sorte wie Zitrone-Limette mit Basilikum und Datteln, die den Betreibern mal den dritten Platz bei den Deutschen Meisterschaften eines

Gelato Festivals eingebracht hatte, sondern ganz altmodisch mit Vanille, Schoko und Erdbeer.

»Es riecht noch wie früher!« Neele freute sich. »Nach Pferdeäpfeln, Sonnenmilch und Waffeln.«

Sie schlenderten durch die Fußgängerstraßen mit Boutiquen und Cafés, guckten in der Bismarckstraße Leute, die draußen vor den Lokalen auf überdachten kleinen Terrassen saßen und ebenfalls Leute guckten. Sie saßen draußen an der Promenade schön geschützt in der Sonne am Musikpavillon vor Ria's Bar und beschlossen den Familientag mit der traditionellen Fischplatte in der Heimlichen Liebe. Anschließend wollten die Kinder noch zum Feiern in den Ort zurück.

»Ich bin platt«, sagte Marieke. »Tanzen müsst ihr ohne mich.«

Gisbert schlug ihr vor, noch einen Wein im Strandkorb zu trinken. »Ich hab einen guten Tropfen mitgebracht. Lass uns die Sommernacht genießen.«

»Ach, ich weiß nicht ...« Sie zögerte.

»Na komm, das rundet den Tag perfekt ab.«

Wenige harmlose Wolken halfen dem Himmel, den Sonnenuntergang mit betörenden Farbspielen zu spiegeln, und der Sternenhimmel machte sich schon bereit, Verliebte zu beeindrucken. Das ist doch nichts für mich, dachte sie als Erstes. Andererseits – musste man denn verliebt sein, um die Schönheiten der Insel in sich aufzunehmen? Natürlich nicht.

»Also gut. Überredet.«

Sie liefen zur Villa, packten Wein und Gläser samt Servietten und Knabberzeug in eine Badetasche und spazierten zum Strand. Gisbert legte nach wenigen Schritten einen Arm um sie, wie früher, als sie noch im Gleichklang durchs Leben gegangen waren. Obwohl es ihr auch ein Gefühl von Geborgenheit vermittelte, versuchte sie, ihn abzuschütteln. Doch Gisberts Griff wurde fester.

»Nur für heute, Marieke. Einfach so, zur Erinnerung an die guten alten Zeiten.« Ihre innere Stimme wisperte wieder: Lauf weg, rette dich. Aber sie fühlte sich zu schwach. Warum sollte sie denn nicht, nur mal für einen Abend, wieder die Sicherheit genießen? Sie unterhielten sich lange und froh über ihre Kinder. Diese beiden wunderbaren Menschen würden sie für den Rest ihres Lebens miteinander verbinden. Nachdem sie die erste Flasche im Strandkorb geleert hatten, rückte Gisbert damit heraus, dass die Zwillinge und er gern die folgende Woche noch bleiben wollten. »Natürlich nur, wenn's dir recht ist. Jonas fliegt mit mir zurück nach Hamburg.«

»Wenn ich Nein sage, reist auch Jonas früher ab?«

»So ist es«, bestätigte Gisbert mit Unschuldsmiene.

»Das ist Erpressung.«

»Ich könnte mir ein Hotelzimmer nehmen.«

»Jetzt? In der Hauptsaison?« Sie sah ihn von der Seite an.

»Erpressung würde ich es nicht nennen.« Er lächelte breit. »Aber ... schöner wär's natürlich mit den Kindern und dir in deiner Villa.« Das Wort Villa sprach er leicht spöttisch aus. »Warum hast du dir eigentlich so 'ne Bruchbude von meinem Geld gekauft? Ich könnte dir mal zwei Handwerker aus der Firma rüberschicken. Die Renovierung wird dich ohnehin noch 'ne Stange Geld kosten. Und reichlich Nerven. Die Inselhandwerker spuren doch sicher nicht wie gewünscht. Dazu noch das Bauverbot während der Saison.«

»Du A...! Misch dich gefälligst nicht mehr in mein Leben ein. Im Übrigen ist das Geld meines, hart genug erlitten und verdient in den Jahren an deiner Seite!«

»Alte Kratzbürste.« Er lachte. »Du fehlst mir.«

Sie schüttelte spöttisch den Kopf. »Charmeur!« Schon leicht angetüddelt lächelte sie desillusioniert. Es war wie Pingpongspielen. Jeder parierte die Aufschläge des anderen scharf und routiniert. Er grinste zurück. Meine Güte, wie man sich doch kannte. In- und auswendig. »Und was sagt Kiki dazu, wenn du eine Woche mit deiner Ex verbringst?«, fragte sie spitz. Die junge PR-Assistentin war seit einigen Monaten an seiner Seite.

»Ach, Kiki! Das ist doch nichts Ernstes. Außerdem wird sie auch bald dreißig.«

»Du bist wirklich ein A...«, wiederholte sie.

»Ich bin wie ich bin. Ehrlich.«

»Was bin ich froh, dass wir geschieden sind!«

»Unsere Kinder sind es nicht.«

»Unsere Kinder sind erwachsen.«

»Wie wir heute gesehen haben, sind sie immer noch Kinder, die sich nichts mehr wünschen, als dass ihre Eltern sich gut verstehen.«

Kopfschüttelnd, irgendwie hilflos, sah sie ihn an. »Ich muss einfach noch an der richtigen Distanz zu dir arbeiten.«

»Das versteh ich. Glaub mir, das möchte ich auch. Ich meine, dass wir ... Und ehrlich, ich wünsch dir nur das Beste.«

»Dich zum Beispiel?« Spöttisch griff sie die Vorlage auf.

»Zum Beispiel!« Er prostete ihr zu. »Sei nicht so misstrauisch«, bat er in verändertem Ton. »Wer weiß, ob sich noch einmal eine Chance für uns als Familie ergibt.« Er zog aus seiner Brieftasche ein abgegrabbeltes Foto und reichte es ihr wortlos. Es zeigte den zehnten Geburtstag der Kinder – sie alle vier strahlend oben auf dem Neuen Leuchtturm von Borkum. Marieke betrachtete es schweigend. Ja, sie waren glücklich gewesen. Viele Jahre lang. »Wir könnten jetzt eine Woche gemeinsam mit Neele und Jonas haben«, fuhr Gisbert fort. »Ruckzuck sind sie wieder ausgeflogen, in festen Händen, verheiratet ... Die Zeit rast.«

War sie vielleicht wirklich zu misstrauisch? Sie legte den Kopf zurück an die Korbwand, spürte Gisberts Wärme neben sich, hörte die Wellen rauschen, atmete die frische Seeluft ein. Vielleicht fühlte sie sich in letzter Zeit so schlecht, weil sie sich überhaupt nichts mehr traute. Wer nicht richtig lebte, konnte sich ja auch nicht richtig lebendig fühlen. Andererseits ...

Die Gedanken begannen, sich zu verwirbeln. Gisbert schenkte Wein nach, und in ihr klang nach, was Alwine am Nachmittag bei der Fortsetzung von Annis Geschichte über das Schicksal der Ellen Fairfield erzählt hatte. Solche Storys machten natürlich misstrauisch.

Willow Hill, Juni 1911

Kaum war Anni wieder in London, kam Millie rüber und teilte ihr mit, dass Mrs. Fairfield sie zu sprechen wünsche. »Es geht um die Sache, du weißt schon.« Sie konnten nicht offen reden, weil anderes Personal in der Nähe war.

Anni fürchtete, die Dame von nebenan könnte erzürnt sein, weil sie mit ihrem Verdacht zu Mrs. Emden gegangen war. Doch Mrs. Ellen Fairfield, die sie blass und zerbrechlich in einem engen blaugrauen Seidenkleid auf dem Sofa in ihrem Salon sitzend empfing, lächelte freundlich, bat sie, Platz zu nehmen, und bot ihr Tee an. Millie blieb mit einem Staubwedel bewaffnet in der Eingangshalle in der Nähe der Salontür. »Nur für den Fall, dass Mr. Fairfield unerwartet auftaucht«, hatte sie augenzwinkernd erklärt. »Dann werde ich euch warnen.«

»Ich muss Ihnen danken, Miss Anni. Ihnen und der lieben Millie.« Mrs. Fairfield vertraute ihr an, dass ihre Freundin Mrs. Emden sie aufgesucht und sie sich ausgesprochen hatten. »Ich selbst habe vor Monaten den Kontakt zu ihr abgebrochen, weil mein Mann behauptete, sie hätte versucht, ihn zu verführen. Erst wollte ich es auch gar nicht glauben. Aber er wiederholte seine Anschuldigung.« Inzwischen sei ihr klar, dass er damit den Plan verfolge, sie von ihren Vertrauten abzukoppeln. Mit anderen Lügengeschichten war es ihm bereits gelungen, sie dazu zu bringen, dass sie den Kontakt zu ihren wenigen Verwandten mied. »Er will die volle Kontrolle über mich. Deshalb lässt er es nicht zu, dass Menschen, die es gut mit mir meinen, in meiner Nähe sind. Sie könnten mich schließlich unterstützen oder ihn am Ende gar entlarven.« Einen Moment lang rang sie um ihre Fassung, betupfte mit einem Spitzentaschentuch die Augen. »Noch weiß er nicht, dass ich seinen perfiden Plan durchschaut habe.«

»Aber ... aber wie können Sie noch an seiner Seite leben, wenn Sie es wissen?«, fragte Anni entsetzt.

»Es muss sein, denn es geht um meine Zukunft. Mrs. Emden hat mir geholfen, ebenfalls einen Plan zu machen.« Mrs. Fairfield straffte sich. In tadelloser Haltung nahm sie ein paar Schlucke Tee. »Zuvor möchte ich Sie bitten, Stillschweigen zu bewahren über alles, was wir hier besprechen.«

»Natürlich, selbstverständlich«, versicherte Anni.

»Es ist nämlich so, dass unser Vermögen mir gehört. Es ist offensichtlich, dass er mich entmündigen lassen will. Eben, indem er mich so weit treibt, dass ich in ein Sanatorium für Geisteskranke eingewiesen werden muss. Dann hätte er vollen Zugriff auf das Geld und das Haus.«

»Wie schrecklich!«

»Er ahnt nicht, dass ich ihn durchschaut habe. Und das ist meine Chance.« Die arme Frau begann zu zittern. »Ich werde Beweise für seine betrügerische Absicht sammeln.«

»Hoffentlich bringen Sie sich damit nicht in Gefahr«, sagte Anni besorgt.

»Ich?« Mrs. Fairfield lachte übertrieben, als wäre sie irre.
»Ich werde doch verrückt, oder? Selbst falls mir die Nerven
durchgehen, wird er nur denken, dass er mich bald so weit
hat.« Nun beugte sie sich vor, sprach mit klarem Blick und
beherrschter Stimme weiter. »Es ist sehr wichtig, dass Sie
niemandem ein Sterbenswort verraten. Vielleicht benötige
ich Ihre Aussage für meinen Scheidungsprozess. Wären Sie
bereit, vor Gericht auszusagen?«

Anni spürte, wie sich ihr Hals zuzog. Sicher würde es
Mrs. Moss nicht gefallen, wenn sie sich in einen Skandal
verwickeln ließe. Andererseits durfte sie Mrs. Fairfield
nicht ihrem Schicksal beziehungsweise diesem durchtrie-
benen Ehemann überlassen.

»Ja, das würde ich«, antwortete sie deshalb aller Beklommenheit zum Trotz.

»Ich danke Ihnen!« Mrs. Fairfield atmete erleichtert
auf, dann wechselte sie in den üblichen Konversationston.
»Haben Sie Millies Blütenpracht an der Dachgaube gesehen? Sie hat wahrlich ein Händchen für Blumen. Meine
Sweet Peas entwickeln sich mit ihrer Hilfe ebenfalls prächtig.«

Anni fragte sich, ob sie wohl auch Millie bitten würde,
für sie auszusagen. Sie hatte schließlich sogar mehr gesehen als sie. Aber sie wollte nicht durch eine unbedachte
Frage die Anstellung ihrer Freundin gefährden.

»Ja, dann werde ich mal wieder gehen.« Sie erhob sich.

Beim Abschied lächelte Mrs. Fairfield verschwörerisch.
»Millie ist mir übrigens nicht nur bei der Pflege meiner
Wicken eine große Stütze. Sie sammelt mit mir Beweise.

Ich habe ihr erlaubt, das Haus zu verlassen, wann immer sie es für nötig hält.«

In der Halle wartete Millie bereits, um sie durch den Dienstboteneingang nach draußen zu begleiten. Sie flüsterte ihr zu, dass sie nun öfter heimlich dem Hausherrn folgte, wenn er fortging.

»Ich arbeite quasi als Detektivin, das ist ja so aufregend!« Sie schob sie vor sich her. »Mrs. Fairfield und ich, wir haben keine Geheimnisse mehr voreinander. Ich hab ihr auch von meiner Tochter erzählt.«

»Wie hat sie reagiert?«

»Verständnisvoll.«

»Eine bewundernswerte Frau.«

»Ja. Sie hat mir übrigens Geld für Droschken gegeben. Gestern zum Beispiel hat Mr. Fairfield gesagt, er will zum Windhundrennen, aber das stimmte gar nicht. Ich bin ihm nach, da ...« Sie brach den Satz ab.

Die Köchin der Fairfields kehrte schwer beladen mit zwei Körben vom Markt zurück. »Hilf mir mal, Millie!«, rief sie.

»Ja, gleich, Mrs. McDonald!« Millie wandte sich wieder ihr zu. »Und stell dir vor, Anni, sie möchte meine Kleine kennenlernen.«

»Millie!«, donnerte die Köchin ärgerlich.

»Ja, ich fliege, Mrs. McDonald!« Millie senkte erneut die Stimme. »Wir wollen uns demnächst an meinem freien Tag, wenn ich mit Mary einen Ausflug nach London unternehme, zufällig irgendwo auf einem Jahrmarkt treffen. Sie liebt doch Kinder so.«

»Na, dann lasst euch mal nicht erwischen«, antwortete

Anni überrascht. »Viel Spaß! Und sei bitte vorsichtig, wenn du wieder Sherlock Holmes spielst.«

Rosabel sah in ihrem Londoner Boudoir den Stapel Einladungen durch, der sich angesammelt hatte. Eine Nachbarin, Mrs. Wrigley, bat zum Supper mit anschließender Séance. Spiritismus war gerade der letzte Schrei. Die Wrigley-Töchter hatten ihr vorab schon mündlich angekündigt, dass ein Hellseher im Stuhlkreis bei Verdunkelung in Trance Kontakt zu den Geistern Verstorbener aufnehmen wollte. Das könnte vielleicht ganz amüsant werden. Dann waren da noch neben den üblichen Teenachmittagen und einer Modenschau ein Wohltätigkeitspicknick, eine Vernissage und ein Sommerkonzert. Aber wieder keine Invitation von allerhöchster Stelle.

Sie seufzte. Was gäbe sie darum, wenn sie wie Archis Mutter einmal über eine Erkältung ganz nebenbei sagen könnte: Ach herrje, die muss ich mir neulich beim Gartenfest in Buckingham Palace zugezogen haben. Na ja, das würde schon noch kommen, wenn sie erst verheiratet war.

Sie dachte oft an das Erlebnis mit Archi. Vor allem nachts kurz vorm Einschlafen malte sie sich die Situation wieder aus, und jedes Mal reagierte ihr Körper darauf mit lustvollen Empfindungen, die sie zu vorher unbekannten Höhen führten. Sie war versucht gewesen, ein schlechtes Gewissen zu haben, sich sündig und verdorben zu fühlen – aber so richtig funktionierte es nicht. Zu gewiss war sie sich, dass es ihr entsprach. Dieser inneren Stärke wegen, die sie dabei empfunden hatte. Eigenartig, sicher, aus dem Rahmen fallend. Sie würde ihre Neigung für sich behalten. Das alles musste ihre Zukunftspläne nicht verändern.

Ein paar dezente Versuche in Richtung John hatten ihr gezeigt, dass auf dieser Ebene zwischen ihnen überhaupt nichts korrespondierte. Vielleicht war das auch besser, wenn man eine gute, von Leidenschaft ungetrübte Ehe führen wollte. Doch neugierig geworden durch ihre Entdeckung, ließ sie seitdem bei Gesellschaften oder auch einfach beim Einkaufsbummel in der Stadt ihren Blick ganz anders schweifen. Vermutlich erkannte man einander. Sie hatte Zeit. Es würde sich irgendwie weiterentwickeln, das spürte sie ganz einfach. Vorerst lag ihr Hauptaugenmerk ohnehin auf den Vorbereitungen für ihre Hochzeit.

Weil Miss Rosabels Zofe Daisy sich den Magen verdorben hatte, musste Anni sie bei ihren Einkäufen in der City of London begleiten. Eigentlich war es ihr freier Nachmittag. Sie hatte mit Millie in den Kensington Gardens, die an den Hyde Park grenzten, wieder ein öffentliches Konzert mit Musik von Edward Elgar hören wollen – wenn die Kapelle der königlichen Lifeguards *Rule Britannia* oder *Land of Hope and Glory* spielten, bekam sie vor lauter Erhabenheit eine Gänsehaut. Stattdessen trug sie nun Miss Rosabel eine Hutschachtel hinterher und eine Tüte voller Süßigkeiten – Schokoladenmandeln, Löffelbiskuits und Malzbonbons –, ohne davon naschen zu dürfen. Gassenjungen pfiffen frech, als sie in der Curzon Street aus der Droschke stiegen, um ein kleines Antiquitätengeschäft aufzusuchen. Miss Rosabel erklärte dem Eigentümer, der sehr bemüht war, was ihr für ihr künftiges Heim an originellen Kleinmöbeln vorschwebte, und hinterließ ihre Karte.

Die Droschke brachte sie anschließend weiter zu Garrard. Der Hofjuwelier war nicht nur zuständig für die Pflege der Kronjuwelen im Tower, er hatte auch kürzlich die viel bewunderte Krönungskrone für Queen Mary gefertigt. Miss Rosabel ließ sich Eheringe zeigen und Garnituren, also zueinander passende Colliers, Armbänder und Ohrgeschmeide, die sich gut als Hochzeitsgeschenk eigneten.

»Nur vorab«, gab sie mit einem charmanten Augenzwinkern zu verstehen, »damit ich schon ein wenig informiert bin, wenn ich demnächst mit meinem Verlobten zu Ihnen komme. Er ist so beschäftigt, dass er es zu schätzen weiß, wenn ich eine kleine Vorauswahl treffe.«

Anni fragte sich, ob Garrard nicht die Möglichkeiten eines Zeitungsjournalisten aus verarmtem Hochadel überschritt. Aber sie wusste natürlich nicht, wie es um andere Ressourcen des jungen Paars bestellt war. Das nächste Geschäft, das sie beehrten, war eine französische Boutique für Wäsche. Die künftige Braut suchte sich Dessous aus und einen Traum von einem Nachthemd aus weißem Voile mit rosa Stickereien, das nach ihren Maßen vervollkommnet werden sollte. Dazu passende Pantöffelchen und einen mit wippenden Straußenfedern gesäumten Morgenmantel. Die Vorstellung, dass ihre junge Herrin so ausstaffiert Lord John betören würde, verursachte Anni leichte Übelkeit.

Bei Floris probierte Miss Rosabel diverse Düfte aus. Das Edwardian Bouquet mit Noten von Hyazinthe, Bergamotte und Mandarine fand ihre gesteigerte Aufmerksamkeit. Am Ende wollte sie aber doch lieber wieder ein Parfüm und Körperpuder mit ätherischem Rosenöl.

»Das liebt mein Verlobter an mir«, sagte sie.

Es versetzte Anni einen Stich, sie so reden zu hören. Sie verstand selbst nicht, weshalb, denn sie bewunderte Miss Rosabel eigentlich – sie war schön, selbstsicher und gewandt. Andererseits ... Die Tochter von Mr. Moss hatte auch eine Seite, die ihr nicht gefiel, nämlich die typische Arroganz der Upperclass. Aber das war lediglich Erziehungssache, Miss Rosabel konnte nichts dafür, dass sie manchmal hochnäsig wirkte, es gehörte in höhergestellten Familien zum guten Ton. Ob sie wohl ohne die Standesunterschiede Freundinnen geworden wären? Wohl eher nicht. Obwohl fast gleichaltrig, wären sie einander ohne Standesunterschied vermutlich gleichgültig. Jedenfalls konnte Anni nur wenige gemeinsame Interessen feststellen. Abgesehen von Lord John Ramsgate.

Jedes Mal, wenn Miss Rosabel ihn erwähnte, schnürte sich Annis Magen etwas mehr zu. Es gefiel ihr ganz und gar nicht, wie sie schon allein verbal über den Mann verfügte. Sie fand, als seine Verlobte müsste sie liebevoller und warmherziger über ihn sprechen, mit mehr Hochachtung vor seinen wahren Qualitäten, seinem Geist, seinem Witz, seinem Schreibstil, vielleicht auch seinem guten Aussehen. Anders sprechen und denken. Denn das eine war schließlich die Folge des anderen.

Blöde Ziege, dachte Anni, als Miss Rosabel im Erfrischungsraum des Kaufhauses Liberty einen Tee mit ihrer

Cousine Heather nahm und sie gnädigerweise als Mäuschen bei ihnen am Tisch sitzen durfte, um einen Buttertoast zu essen. Die beiden lästerten ununterbrochen. Währenddessen beobachteten sie aufmerksam die anderen Gäste. Der Tearoom bei Liberty's – eines der wenigen öffentlichen Lokale, die unverheiratete Frauen aufsuchen durften – erlaubte interessante Studien zu neuesten Moden und zur Konkurrenzbeobachtung.

»Ach, sieh mal an, Miss Stone«, flüsterte Miss Rosabel und wies mit einer kaum merklichen Kopfbewegung auf eine junge Dame in einem feinen schwarzen Kostüm. »Das hat sie doch schon letztes Jahr in Ascot angehabt.«

Letztes Jahr in Ascot waren alle Besucher des Pferderennens aus Trauer um König Edward VII. in Schwarz gekleidet erschienen.

»Die Stones und wir hatten übrigens dieselbe Gouvernante«, erwähnte Miss Rosabels Cousine. »Auch eine Deutsche. Meist schlecht gelaunt und von Magenschmerzen geplagt. Sie trank schon vormittags Portwein aus Eierbechern.« Miss Heather kicherte.

Anni bemühte sich, eine neutrale Miene beizubehalten.

»Es ist ein unlösbares Problem«, meinte Miss Rosabel, als sie die Harriet-Letters durchhechelten und wer alles durch sie bereits blamiert worden war. »Man weiß nie, wann ein Dienstbote niederträchtig wird. Egal, wie lange er schon im Hause arbeitet«, sie nippte an ihrem Tee, »man muss immer auf das Schlimmste vorbereitet sein.«

»Wohl wahr ... Was ist schlimmer als ein dummes Dienstmädchen?«, fragte Miss Heather mit einem Gesicht, als wäre das, was sie als Antwort gleich darauf folgen ließ, besonders geistreich. »Ein schlaues!«

Wieder giggelten die beiden, und Anni wusste vor Verlegenheit nicht, wohin sie schauen sollte.

»Was ist eigentlich aus deinem letzten Verehrer geworden?«, erkundigte sich Miss Rosabel bei ihrer Cousine.

»Vorbei, bevor es richtig angefangen hat«, erklärte Miss Heather mit gespitztem Mund. »Er konnte nicht richtig tranchieren! Ich bitte dich, Rosabel, ein Gentleman sollte doch wohl die Kunst des Tranchierens ebenso beherrschen wie das Reiten und Fechten.«

Miss Rosabel pflichtete ihr bei. Stolz lächelnd verwies sie auf den Schliff, den ihr Zukünftiger von Geburt an erhalten hatte. »John ist perfekt in all diesen Dingen.«

Und Anni dachte: Du bist wirklich eine blöde Ziege, du hast ihn überhaupt nicht verdient.

Borkum, Juli 2024

»Ich bin momentan nicht so gut in Form«, hob Marieke beim späten Frühstück am Sonntag bedauernd an.

Es war ein letztes Aufbäumen, um die Verlängerung des Theaterstücks *Wir spielen heile Familie* doch noch abzuwehren, ein schwacher Versuch, dem warnenden Stimmchen in ihrem Innern Gehör zu schenken.

Sie blickte in strahlende Gesichter. Gisbert hatte den Kindern gerade erzählt, im Prinzip sei sie einverstanden.

War sie das? Hatte sie am vergangenen Abend im Strandkorb zugestimmt, dass alle noch eine Woche bleiben konnten? Am Ende hatte sie fast eine Flasche Wein geleert. Zwar weniger als Gisbert, doch im Gegensatz zu ihm erinnerte sie sich nicht mehr recht. Sie vertrug einfach keinen Alkohol mehr.

»Macht doch nichts, Mom!«, versicherte Jonas. »Du ruhst dich einfach aus.«

»Das Frühstück bereite ich zu«, bot Gisbert breit grinsend an. »Die Betten bleiben ungemacht, sind schließlich Ferien, und zum Essen gehen wir aus.«

»Ich kann inzwischen erstklassig Meat Pie backen, Fleischpasteten und Ham and Eggs«, verkündete Jonas stolz. »Damit kommen wir locker über die Runden. Außerdem gibt's ja noch die Strandbuden.« Er machte große Kinderaugen. »Oder willst du mich etwa nicht länger hierhaben?«

»Doch, natürlich!«, erwiderte sie. Ihr Schädel brummte, die Vormittagsschwäche fiel heftiger als gewohnt aus.

»Und heute Abend kochen wir beide was für euch«, schlug Neele begeistert vor. »Ich bin nämlich mittlerweile Meisterin in Pasta mit italienischer Pilzsauce.«

Marieke atmete tief durch und lächelte. Sie konnte doch ihre Kinder nicht zurückweisen! »Na, dann ...«

Den Tag verbrachten sie in ihrer Strandburg. Der Dauerregen war endlich vorüber. Jonas und Gisbert unternahmen einen gemeinsamen Spaziergang an der Wasserkante entlang. Neele las etwas für ihr nächstes Referat, unterstrich Sätze mit einem Leuchtmarker. Marieke konnte auf einem Badehandtuch im weichen Sand liegen und dösen. Sie trug einen breitkrempigen Sonnenhut, um sich zu schützen. Am Nachmittag schaffte sie es endlich, schwimmen zu gehen. Ihr Körper fand es wunderbar erholsam.

Neele erzählte von Münster, von ihren Proseminaren und einem Dozenten, den sie toll fand, der aber noch nicht richtig auf sie aufmerksam geworden war. Marieke gab ihr ein paar Tipps.

»Himmel ihn nicht zu sehr an. Stell besser kluge Fragen zu seinem Promotionsthema.« Sie cremte ihr den Rücken ein. »Du musst dich mehr schützen, Kind! Unterschätz die Sonne nicht.«

»Zu Hause fehlt die Seele, seit du weg bist«, brach es unvermittelt aus ihrer Tochter heraus.

»Aber du bist doch kaum da«, antwortete Marieke betroffen. »Du lebst jetzt in Münster.«

»Das ist ja auch nicht von mir«, antwortete Neele leise mit einem steinerweichenden Blick über die Schulter. »Papa sagt das.«

Marieke spürte, wie es ihr die Kehle zuschnürte. Ihre Kinder sollten sich keine falschen Hoffnungen machen. Sie schloss die Lider.

»Das hätte er sich früher überlegen sollen«, murmelte sie.

Sie atmete kräftig durch, legte sich wieder auf ihr Handtuch und stellte sich schlafend. Tatsächlich sackte sie bald für eine Weile weg. Als sie aufwachte, hielt sie die Augen weiter geschlossen. Die typischen Badestrandgeräusche klangen fröhlich und beruhigend, besser als jeder Meditationspodcast. Sie zeigte keine Regung, als Gisbert und Jonas zurückkehrten. Die beiden sprachen darüber, wie Jonas sich am besten auf seine Aufgaben als Nachfolger des Bauunternehmens vorbereiten konnte. Vater und Sohn in trautem Gespräch. Schon schön, dachte sie mit einem ziehenden Gefühl in der Brustgegend, geradezu idyllisch, diese Situation. Ihre Seele genoss die Anwesenheit der Kinder, fühlte sich aber durch die Gegenwart Gisberts ständig unterschwellig gestresst.

Dieser Widerstreit der Gefühle machte sie beinahe wahnsinnig. Da half nur eins – noch einmal in die Nordsee springen. Gisbert und die Kinder folgten ihr. Sie bespritzten sich gegenseitig, lachten, alberten. Ihr ging der Titel eines Buches durch den Kopf: *Wann wird es endlich wieder so, wie es nie war?*

Zurück in der Villa wollten alle gleichzeitig duschen. Sie ließ sich trotzdem Zeit.

Mit großem Appetit stürzte sich die Familie am Abend auf das Pasta-Gericht, das Neele zubereitet hatte. Alle lobten sie für ihre Kochkünste. Zu Tagliatelle mit Pilzen in Sahne und Marsala gab es einen leichten Rotwein, an dem Marieke sicherheitshalber nur nippte.

»Ist noch Thymian da?«, fragte Gisbert, der es gern etwas gewürzter mochte.

»Da oben im Regal müsste was stehen«, antwortete Marieke.

»Nee, Thymian ist ausgegangen«, wusste Neele.

»Was?« Jonas war in Blödelstimmung. »Thymian ist ausgegangen? Wohin denn?«

»Vielleicht zum Tanzen in den Inselkeller?«, mutmaßte Neele vergnügt.

Gisbert ließ nachschmeckend die Zungenspitze schnalzen. »Scheint nicht mehr der Jüngste zu sein. Ich würde diesen Thymian eher in der Kajüte vermuten, die ist für ältere Semester.«

Alle lachten.

»Guck doch mal, ob Cayennepfeffer da ist«, schlug Marieke vor. »Der ist echt hot.«

»Ist Cayenne weiblich oder männlich?«, fragte Jonas.

Er und seine Schwester prusteten gleichzeitig los.

Gisbert sah gespielt überrascht hoch. »Du meinst, die beiden haben was miteinander? Thymian und Cayenne? Skandalös!«

»Nee, das glaub ich nicht.« Neele konnte kaum noch an

sich halten.«Jeder weiß doch, dass Thymian und Oregano schon ewig ein Paar sind. Die harmonieren besonders gut, das steht in jedem Kochbuch.«

»Ha! Thymian geht fremd!«

»Kommt in den besten Familien vor«, bemerkte Gisbert.

»Meine Güte, vielleicht ist er nur mal kurz auf 'ner Strandparty«, wandte Neele ein. »Alles ganz harmlos. Aber möglich, dass er 'n paar scharfe Kumpels mitbringt.«

Marieke riss die Augen weit auf. »Du meinst, morgen früh lungern da in meinem Regal auch Curry, Ingwer und Chili rum?«

Vor Giggeln konnten sie kaum weiteressen. In dieser Art verlief der Rest des Familienabends, sie gingen alle frohgemut schlafen.

Am folgenden Morgen fühlte sich Marieke besser als sonst. Wieder verbrachten sie den Tag am Strand. Die Temperaturen pendelten sich bei zweiundzwanzig Grad ein.

»Siehst ja noch ganz ansehnlich aus«, kommentierte Gisbert anerkennend ihre Figur im Bikini. »Für dein Alter.«

»Den zweiten Teil des Satzes hättest du auch weglassen können«, gab sie zurück.

Die Abläufe wiederholten sich. Sie gewöhnten sich schnell daran. Marieke nutzte die Gelegenheit, bei Spaziergängen länger und ungestört mal wieder allein mit jedem ihrer Kinder zu sprechen.

Vormittags, wenn am Südstrand über Lautsprecher die Lockmusik zur Kindergymnastik erklang, konnten sie bereits alle mitsingen. *Theo, Theo ist fit – wie ein Turnschuh und alle machen mit.*

Ebenso kannten sie bald einige Zeilen der musikalisch recht schlichten Abschiedshymne zum allabendlichen Dienstschluss der DLRG-Lebensretter auswendig, ein bewährter Prüfstein für den Erholungsgrad von Urlaubern.

Und beim Klang von Meeresrauschen vergess ich Raum und Zeit, und ich spür einen Hauch von Unendlichkeit.

Wer es schaffte, die Melodie ohne Augenrollen über sich ergehen zu lassen, war schon halb erholt. Als völlig erholt galten Menschen, die zur Musik tanzten und alle Strophen mitsangen, nicht nur den Refrain.

Die Insel meiner Träume ist Borkum ganz allein. Eine Nordseeinsel, ja auch dort gibt's Sonnenschein.

Einmal, als beide Kinder badeten, wurde Gisbert ernster. »Marieke, ich seh doch, dass es dir nicht gut geht.« Er liebkoste sie mit einem ehrlich besorgten Blick. »Du müsstest mal wieder richtig verwöhnt werden. Du solltest das Leben mehr genießen. Komm zurück nach Haus, zu mir. Du musst nicht jetzt gleich antworten. Überleg es dir in Ruhe.«

»Ach, Gisbert«, sagte sie nur und legte den Sonnenhut auf ihr Gesicht.

Wenig später kamen Neele und Jonas zurück. Sie schüttelten sich übermütig wie Hunde, um sie nass zu spritzen. Auf der sonnenwarmen Haut fühlten sich die Spritzer eiskalt an, Marieke kreischte empört, die Zwillinge lachten, als wären sie kleine Kinder.

Sie wollten unbedingt noch einmal auf den Neuen Leuchtturm wie damals. Als Gisbert unten am Eingang erfuhr, dass er dreihundertacht Stufen hochsteigen sollte, reizte ihn der in Aussicht gestellte achtunddreißig Kilometer weite Fernblick von der Plattform oben nicht mehr.

»Komm Marieke, wir setzen uns beim Italiener gegenüber auf die Terrasse und bestellen schon mal.« Ohne vorher zu fragen, orderte er im Il Faro für sie ihre Lieblingsvariante. »Einmal Pizza Hawaii, dazu einen gemischten Salat ...«

»... und einmal Pizza mit Meeresfrüchten für den Herrn«, vervollständigte sie, »mit extra viel Sardellen und Oliven, bitte.« Sie tauschten einen amüsierten Blick. Altes Ehepaar.

»Hast du eigentlich 'nen Neuen?«, fragte er.

»Nee.«

»Na ja, was sollte nach mir auch noch kommen?«, sagte er zufrieden und strich sich den »Gruß aus der Küche« aufs Brot.

Sie prustete los. Wie konnte man nur dermaßen von sich überzeugt sein? »Jedenfalls nicht so richtig«, ergänzte sie mit Freude an der Provokation.

»Ach, erzähl!«

»Das geht dich nichts an. Ich frag dich ja auch nicht.«

»Frag ruhig.«

»Interessiert mich nicht.« Sie grinsten sich an. Der Schlagabtausch konnte Spaß machen, tänzelte allerdings zuweilen auf einer gefährlichen Grenzlinie. »Lass uns jetzt mal für die Kinder ordern«, schlug sie vor.

Wann immer Gisbert in diesen Tagen die Familie ausführte, wie am folgenden Abend ins Restaurant Palée des Hotels

Hohenzollern – an einen perfekten Tisch, um den Sonnenuntergang zu beobachten, den er selbstverständlich vorbestellt hatte, weil man so was nicht dem Zufall überließ –, war er der Alleinunterhalter. Seine Witze begannen sämtlich mit »Pass auf ...« Die Kinder kamen nicht recht zu Wort. Ununterbrochen erklärte er ihnen das Leben.

»Die Insulaner müssen jetzt in wenigen Wochen ihren Jahresumsatz machen.«

Du meine Güte, dachte Marieke, glaubt er etwa, ich wüsste das nicht? Aber sie sagte nichts.

So wie sie auch nichts dazu sagte, dass er sich seit dem dritten Tag in der Villa Cupani auf ihren Lieblingsplatz setzte und sich von ihr bedienen ließ. Weil er quasi in einem Bewegungsablauf mit dem Hinsetzen das Smartphone zückte und darauf herumzutackern begann. Schließlich musste er die Überwachungskameras zu Hause checken, lautstark mit seinen Bauleitern telefonieren, sich durch Sportfliegerportale klicken, auf Instagram Katastrophenvideos oder tanzende Teenager angucken, ohne den Ton leiser zu stellen, was zur Folge hatte, dass Marieke sich auf nichts anderes konzentrieren konnte. Im Nu hatte er auch die Oberherrschaft über die TV-Fernbedienung übernommen, und sie schaute plötzlich Sender, die sie freiwillig nie eingeschaltet hätte. Die Zwillinge trieben sich zunehmend ohne Eltern auf der Insel herum. Während Marieke immer mehr Zeit allein mit Gisbert verbrachte, kam ihr der Gedanke, dass vielleicht genau das die Absicht der Kinder sein könnte.

»Komm«, sagte sie zu Gisbert, als sie mal wieder allein

waren, »wir machen eine Radtour. Ich zeig dir, was sich auf der Insel getan hat.«

Sie radelten auf dem neuen Holzbohlenweg durch die Wiesen hinter der Greunen Stee am südlichen Ausläufer des Südstrands entlang durch eine weite einsame Landschaft inmitten wogender Gräser. Die Stimmung hier war ergreifend und befreiend. Auch Gisbert empfand es so. Das freute sie. Manchmal fühlte es sich wieder an wie früher. Zwei Menschen, ein Blick, eine Empfindung, ein Atmen. Ja, das hatte ihr gefehlt.

Sie konnten sich allerdings nicht nebeneinander fahrend unterhalten. Da Gisbert ein E-Bike gemietet hatte, war er ihr immer voraus, hielt jedoch alle paar Hundert Meter, um ihr die Möglichkeit zum Aufholen zu geben. Tatsächlich strengte ihn das Ganze trotz Motorunterstützung auch so an, dass seine Lunge pfiff, was er durch vergnügtes Vor-sich-hin-Flöten zu übertönen versuchte. Dennoch gelang es Marieke, ihn hier und da auf botanische Besonderheiten wie den Blühstreifen oder die Streuobstwiese hinzuweisen.

»Es könnte mich nicht weniger interessieren«, antwortete er, als sie ihm die Kriechende Hauhechel vorstellte, und schaute stattdessen fasziniert zum Himmel hoch, um ein Sportflugzeug zu identifizieren. Während ihrer Café- und Restaurantbesuche erkundigte er sich gern bei der Bedienung, sofern sie unter fünfundzwanzig und hübsch war, nach Namen oder Herkunft, bewertete gut gelaunt als Mann von Welt den Kuchen, den Service, den Espresso oder Grappa und schäkerte mit den Mädchen, bis sie lachend, wahlweise auch verlegen, das großzügige Trinkgeld weggesteckt hatten. Je später der Abend, desto anzüglicher die Scherze. »Ist sie nicht süß, die Kleine?«, fragte er auch an diesem Nachmittag, als sie draußen vorm Inselcafé Pfannkuchen aßen, und Marieke setzte ein entschärfendes, mütterliches Lächeln auf. Als die Serviererin ging, schaute er sehnsüchtig der knackigen Figur hinterher. »So nah und doch so fern«, sagte er selbstironisch seufzend.

Es sollte witzig sein. Sie fand es eher nicht so lustig. Wir sind nicht mehr verheiratet, sagte sie sich jedes Mal, er kann tun und lassen, was er will, mir ist es egal. Und wenn er sich blamieren will – soll er doch. Es. Ist. Mir. Egal. Sie wollte die Woche harmonisch herumkriegen, immer wieder gab es ja auch wirklich schöne Momente.

»Warum hast du dir nicht ein Haus auf Norderney gekauft?«, fragte er sie gegen Ende der Woche, als sie mit Cheesecake New York Style aus dem Café Sleeboom in die Villa zurückkehrten und Marieke den Gartentisch nahe den Duftwicken am Zaun deckte. Die Kinder waren noch beim Kitesurfen, würden aber in einer halben Stunde dazustoßen. »Auf Norderney haben sie wenigstens einen Golfplatz.« Er rückte seinen Stuhl etwas weiter weg von den Wicken. »Boah, das riecht ja aufdringlich! Ich bin doch allergisch.«

»Borkum gefällt mir besser«, antwortete sie. »Mit Borkum verbinde ich einfach mehr schöne Erinnerungen.«

»An unsere Familienurlaube.«

»Auch, vielleicht, aber vor allem an meine Kindheit, an die Ferien bei Oma und Opa«, korrigierte sie. »Außerdem ist Borkum nicht so teuer und versnobt, und wie du weißt, spiele ich nicht Golf.« Auf Norderney würde sie die ganze Oldenburger Schickeria wiedertreffen, zu der sie nicht mehr gehörte. »Außerdem war ich sofort verliebt in dieses Haus.«

»Oha.«

»Was soll das denn heißen?«

»Man müsste hier mal ordentlich mit einem Hochdruckreiniger ran. Am besten auch drinnen.«

»Quatsch. Das nennt man Shabby Chic. Aber dafür hast du ja nie einen Sinn gehabt.«

»Du machst dir ganz schön was vor.« Er sah sie prüfend an. »Ich darf das doch sagen, oder? Du weißt, ich meine es nur gut mit dir.«

Sie schickte einen Blick gen Himmel. »Bitte nicht.« Sie wollte es nicht hören. Gisbert schaffte es, ihr die Freude an einem neuen Kleid mit einer kurzen Bemerkung zu verderben – »Sieht aus wie aus dem Schrank meiner Oma Else!« –, da traute sie ihm auch zu, ihr die Freude am Haus in null Komma nix zu vermiesen. »Es ist wie es ist. Mach mir bitte die Villa Cupani nicht madig.«

»Es ist doch nicht nur dieses Haus, Marieke«, begann er vorsichtig, wie man einem bockigen Kind etwas klarzumachen versuchte, »sondern die ganze Insel. Das ist alles so piffig. Guck dir Borkum an, das geht hier den Bach runter. Kein Personal, du triffst simples Volk, das auf Krankenkassenkosten kurt, schlichte Gemüter, auch die Ansässigen, alle so bräsig … Wo bleibt die Eleganz?«

»Das siehst du völlig falsch«, entgegnete sie aggressiv.

»Hier leben jede Menge Individualisten und Originale. Außerdem ist Borkum eine Pilotinsel.«

Er sah sie fragend an. »Was soll das heißen? Davon weiß ich nichts, und ich bin schließlich Hobbypilot.«

»Nicht Piloteninsel«, sie lachte kurz auf, »sondern Pilotinsel im Sinne von: leuchtendes Beispiel für andere Inseln.«

»Für was? Langeweile und hohe Preise?«

Sie versuchte, seine Provokation zu ignorieren. »In Sachen Nachhaltigkeit«, erwiderte sie ruhig. Plötzlich war ihr all das präsent, was Tibo neulich über das Islander-Forschungsprogramm erzählt hatte. »Sie haben hier ein zukunftweisendes Projekt laufen. Man versucht, möglichst umweltfreundlich verschiedene Arten von Energien zu gewinnen, zu speichern und klug zu kombinieren.« Gisbert sah sie an, als hätte sie ihm eröffnet, dass sie nächste Woche zum Mars fliegen wollte. »Ja, das ist 'ne große Sache«, erklärte sie eifrig. »Da machen elf Organisationen und sieben Länder mit. Auf einigen europäischen Inseln, ich glaub, in Schottland, Griechenland und Kroatien, da warten sie schon sehnsüchtig auf die Ergebnisse, um nachzumachen, was sie hier erproben.«

»Ich glaub, es hackt!« Gisbert schüttelte missbilligend den Kopf. »Das ist doch nur Wortgeklingel. Aufgeblasenes Zeug.«

»Ach, das kannst du beurteilen?«

»Alles Wunschdenken! Was du dir so über deine Insel zurechtfantasierst.« Er verdrehte die Augen.

»Das sind Fakten.«

»Marieke, sieh dich doch nur um! Allein diese langweilige bis hässliche Architektur, so was findest du auch in Wanne-Eickel ...«

»Du bist also Experte für Eleganz«, fiel sie ihm ins Wort und blickte demonstrativ auf seinen dicker gewordenen Bauch. »Ausgerechnet. Ich bau mir gerade ein neues Leben auf, nach meinem Geschmack und an einem Ort meiner Wahl. Ohne dich. Du musst mir auch nicht länger die Welt erklären!«

»Mensch, Marieke, das hier ist doch keine Umgebung für eine Frau wie dich! Diese lächerlichen Blühstreifen, die paar Quadratmeter für die Bienchen oder so'n gelbes Getüddel um ein Baumstämmchen ... Glaubst du wirklich, damit lässt sich der Klimawandel aufhalten?« Er lachte dröhnend. »Im Übrigen hat's schon immer Wetter gegeben.«

Sie verspürte eine solche Wut auf ihn, dass sie sich am liebsten mit ausgefahrenen Krallen auf ihn gestürzt hätte.

»Moin, Marieke«, hörte sie da Alwines Stimme hinter dem Hortensienbusch. Ihre Nachbarin kam näher. »Stör ich?« Mit Unschuldsmiene schaute sie sich um. Sie hielt ihr ein Holzbrett mit einem ganzen Rosinenstuten entgegen. »Da, selbst gebacken. Is' noch warm. Ich war gerade so gut dabei, da hab ich gleich zwei gemacht. Nach Tant' Thedas Rezept.«

Marieke atmete ganz tief durch.

»Sieh an, ein Original«, spottete Gisbert.

Wie konnte er nur so unhöflich sein?

»Möchtest du vielleicht mit uns einen Tee ...?« Marieke wusste nicht recht, wie sie reagieren sollte. Alwine musste doch mitbekommen haben, dass sie stritten.

»Nee, danke. Ich will wirklich nicht stören«, antwortete die Nachbarin scheinheilig, während sie neugierig Gisbert musterte. »Aber das Brett würd ich gern wiederhaben.«

»Klar. Ich bring es nachher zurück«, versprach Marieke und nahm es samt Rosinenstuten entgegen. »Wer ist Tant' Theda?«

»Eine Nachbarin. Lebt leider nicht mehr. Sie hatte früher hier in der Nähe eine Frühstückspension, Bi Theda.« Alwine lächelte. »Ich hab übrigens noch einen interessanten Artikel über die Testfahrt mit dem Rolls-Royce nach Schottland ausgegraben.«

Ich wäre ihm an die Gurgel gesprungen, dachte Marieke über sich selbst erstaunt, wenn Alwine nicht aufgetaucht wäre. Das war wie eine Vollbremsung vorm Abgrund. So gerade eben noch. Nun verpuffte die angestaute Wutenergie. Ihr Puls beruhigte sich.

Kurz nachdem die Nachbarin gegangen war, trudelten die Kinder ein. Aufgekratzt und mit Jieper auf was Süßes. Neele und Jonas taten, als merkten sie nichts von der atmosphärischen Störung.

Der Cheesecake schmeckte schon hervorragend, der Rosinenstuten aber, den Marieke in Scheiben aufgeschnitten und mit Butter bestrichen hatte, war ein kulinarisches Erlebnis. Während die Kinder vom Kitesurfen berichteten, aßen sie und Gisbert wortlos je drei Scheiben davon.

Am Abend brachte sie das Brett schnell zu Alwine rüber. Sie hatte nicht vor zu bleiben, wollte sich nur bedanken.

»Der Rosinenstuten schmeckt wirklich sensationell gut. Die Familie ist begeistert.«

Der Zeitungsartikel vom September 1911 lag bereits auf dem Wohnzimmertisch.

»Das freut mich. Verschnauf doch eben einen Moment«, sagte ihre Nachbarin, die, wie Marieke erst jetzt auffiel, ein bisschen blass um die Nase aussah. »Setz dich, trink mit mir ein Glas Fasanenbrause.«

»Du, meine Familie reist morgen wieder ab.«

Alwine überhörte den Hinweis. »Ich muss nämlich nächste Woche zu einem Eingriff nach Leer ins Krankenhaus. Vorher will ich dir noch die Geschichte weitererzählen.«

»Zu einem Eingriff?«, fragte Marieke erschrocken. »Was Schlimmes?«

»Wissen sie noch nicht genau. Muss erst mal eine Gewebeprobe gemacht werden. Is' so'n Tumor. Nach der Untersuchung entscheiden sie, wie's weitergeht.«

»Ach du meine Güte.« Marieke ließ sich in einen Sessel fallen.

»Nu reg di man nich' up«, entgegnete Alwine anscheinend gelassen, während sie Fasanenbrause einschenkte. »Erst mal abwarten. Aufregen kann man sich später immer noch.«

London und Schottland, Juli 1911

Nervös ruckelte John Ramsgate seine Schutzbrille und die Fahrerhaube zurecht. Er saß in Lederjacke neben Hopkins, der Chauffeursuniform trug, auf dem Rücksitz lagen ihre Staubmäntel. Sein Koffer war längst auf dem Trittbrett des Rolls-Royce festgezurrt, der Halt des Reservereifens außen an der Fahrerseite mehrfach überprüft, ebenso Tank, Reservekanister und Ölstand. Ausgerechnet jetzt zuckelte ein von schwerfälligen Gäulen gezogener Milchwagen durch die Pall Mall im Herzen Londons. Ungeduld erfasste die kleine Ansammlung um Lord Northcliffe und Rosabels Vater, die am frühen Morgen auf dem Gehweg vor dem Royal Automobile Club wartete. Als dann um Viertel nach sechs endlich die Startflagge fiel, fühlte John sich wie ein Schüler zu Beginn der großen Ferien. Er drückte auf die Stoppuhr, während Hopkins den Motor kommen ließ.

Gerade der Start verlangte besonderes Feingefühl, ein Gespür für den Druckpunkt, ab dem die Kupplung griff. Der Motor spuckte, sprotzte und blubberte beängstigend. Hopkins' Blick beruhigte ihn, offenbar machte die Maschine diese Geräusche nur, weil sie noch kalt war. Doch dann hakte es eine Schrecksekunde lang, sie kamen nicht richtig in Fahrt. Offenbar hatte der Chauffeur in der Aufregung vergessen, den großen Außenhebel für die Handbremse vollständig zu lösen. Das holte er nach. Nun drückte ihnen die Beschleunigung von achtundvierzig Pferdestärken ins Kreuz.

Unter Applaus brauste der Rolls-Royce Silver Ghost los. Das Abenteuer begann! Der Motor schnarrte zuverlässig im höchsten, dem dritten Gang, der klare Julimorgen war wie gemacht für eine Langstreckentour mit offenem Verdeck.

Hopkins bediente das Lenkrad würdig und mit viel Muskelkraft wie der Steuermann eines Dampfers. Die niedrige Frontscheibe hielt kaum den Fahrtwind ab. Aber das war herrlich bei diesem strahlenden Sonnenschein.

Ein Grund für den frühen Start bestand darin, dass sie hofften, weniger durch den berüchtigten Londoner Verkehr aufgehalten zu werden. Unter diesen Bedingungen würde auch im September die offizielle Testfahrt des Chefwerksfahrers von Rolls-Royce mit einem gestrengen Prüfer des RAC auf dem Beifahrersitz ablaufen. Es ging darum, nach dessen Wettbewerbsregeln die Belastbarkeit und Zuverlässigkeit des Fahrzeugs zu dokumentieren. Dazu wurde die Durchschnittsgeschwindigkeit bis zum Ziel Edinburgh ermittelt, außerdem auf der Rennstrecke von Brooklands die Höchstgeschwindigkeit gemessen. Die gesamte Tour nach Schottland und zurück sollte durchgehend im höchsten Gang, also Top Gear, zurückgelegt werden. Für ihre inoffizielle Vorabprobefahrt waren zwei Tage bis zum Erreichen des Ziels eingeplant. Wenn es gelang, den bisher Besten, Napier, zu übertreffen, würde die junge aufstrebende Firma Rolls-Royce – erst fünf Jahre zuvor gegründet – als die beste Automobilmarke der Welt gelten. Was das kommerziell bedeutete, ließ sich gar nicht hoch genug einschätzen. Natürlich konnte da jedes Quäntchen Insiderwissen, Erfahrung oder Kenntnis der Strecke hilfreich sein, eventuell sogar den Ausschlag geben.

Auf den Bürgersteigen blieben Leute stehen und winkten ihnen hinterher. Schon bald knatterten sie die Great North Road entlang. Seit dem Mittelalter diente die Große Nordstraße als beliebtester Weg für Postkutschen zwischen Schottland und London. Je ländlicher die Umgebung, desto mehr wurden sie bestaunt.

Sie konnten die offizielle Rallye nicht wirklich 1:1 vorwegnehmen. Der Cheftestfahrer von Rolls-Royce war ein versierter Sportsmann, ein cooler Hund, und das Fahrzeug für den 6. September würde gewiss getunt sein. Aber sie näherten sich dem so gut wie möglich an, immer bedenkend, dass sein zukünftiger Schwiegervater seinen Silver Ghost heil zurückhaben wollte. Bei Pausen und für die Übernachtung wurde selbstverständlich mit der Maschine auch die Stoppuhr ausgeschaltet.

Sie fuhren immer mit einem Ohr am Motor. Jede Panne würde Zeit kosten. Mehrfach schien es brenzlig zu werden, immer wieder dachte John: Oje, was war das jetzt? Da schleift was, da singt was. Einmal klang es wie Metall auf Metall – kein gutes Zeichen. Dann wechselte der Motor plötzlich in eine andere Tonlage. Doch bislang hatten sich alle Sorgen schnell wieder aufgelöst.

Häufig war Hopkins gezwungen, die trötende Hupe zu betätigen, woraufhin Menschen und Fuhrwerke einen Satz zur Seite machten. Bedauerlicherweise mussten sie die

Geschwindigkeitsbegrenzung in geschlossenen Ortschaften einhalten. Was John, wie er Hopkins gegen den Lärm ins Ohr brüllte, an eine Begebenheit in Paddock Wood in Kent erinnerte. Er war ungefähr zwölf gewesen, und die Geschichte hatte ihn nachhaltig beeindruckt, denn es hieß, damals sei das erste Mal ein Engländer wegen zu schnellen Fahrens bestraft worden. Dieser Mann hatte Paddock Wood doch tatsächlich statt mit dem erlaubten Tempo von maximal zwei Meilen pro Stunde viermal so schnell durchfahren! Ein Polizist war ihm auf dem Fahrrad gefolgt, hatte ihn gestellt und zu einer Strafe von einem Schilling verdonnert.

Beide lachten dröhnend. »Uns könnte bestimmt kein Polizist einholen«, rief Hopkins mit einem Augenzwinkern. Doch an die Vorschriften mussten sie sich halten, weil es auch der RAC tun würde.

Ihre erste Teepause machten sie vormittags im ländlichen Leicestershire, etwa achtzig Meilen nach dem Start, in einer alten Postkutschenstation namens Bell Inn, wo sie auch köstlichen hausgemachten Stiltonkäse genossen. Dabei unterhielten sie sich ein wenig, das ging ohne Fahrtgeräusche deutlich entspannter. John mochte den Chauffeur. Er hatte Respekt vor seinem Alter, seiner Haltung und seinem Können. Hopkins kannte sich aus mit dem Sechszylinder-Reihen-Ottomotor wie nur wenige.

Weiter auf der Route mussten sie durch verschiedene Städtchen wie Stamford. Kurz hinter Retford, nach gut hundertfünfzig Meilen, aßen sie in einem Landgasthof zu Mittag und folgten weiter den Schildern in Richtung Leeds.

Einmal, auf gerader freier Strecke, erreichten sie die atemberaubende Spitzengeschwindigkeit von siebzig Meilen pro Stunde! Die Seitenklappen seiner Schutzhaube knatterten John um die Ohren, der Fahrtwind presste sich in seine Nasenlöcher. Die Männer warfen sich strahlende Blicke zu. Sie waren Abenteurer! Eroberer! In diesen Sekunden spielte keine Rolle, ob einer hochwohlgeboren war oder nicht.

Der Rausch der Geschwindigkeit währte nur kurz, die Straßenverhältnisse zwangen sie zur Mäßigung.

Probleme bereitete zuweilen die Fußbremse. John notierte es im Fahrtenbuch. Am ersten Tag blieb der Silver Ghost zweimal liegen. Jedes Mal bekam Hopkins ihn schnell wieder flott. Vermutlich war es nur Überhitzung gewesen. Sie gerieten ohne Verdeck in der Julisonne ordentlich ins Schwitzen. Mit Bedauern musste John zwischendurch an die vielen Hobbygärtner denken, die ernsthaft um ihre Wicken bangten oder bereits alle Hoffnung aufgegeben hatten.

Der Chauffeur bot ihm während der Fahrt Shortbread aus einer Blechdose an. Das Mürbeteiggebäck war leicht gebräunt und schmeckte karamellig. »So mag ich es am liebsten«, schwärmte Hopkins, »meine Enkelin Meg lässt es extra meinetwegen immer etwas zu lange im Backofen.«

Bei ihrer nächsten kleinen Rast ermutigte John Hopkins, mehr von seinem Leben, seiner Enkelin und seinem Gärtchen zu erzählen. So erfuhr er, dass der Fahrer ursprünglich aus Südschottland stammte, aus dem Städtchen Kelso, und seit seiner Jugend nicht mehr dort gewesen war. Er hörte mehr über die Freundschaft von Meg und Anni, von ihren gemeinsamen Wickenträumen und von Jim, der für Hopkins fast wie ein Sohn war. »Er kommt gern ins Kutscherhaus, allerdings nicht mehr so oft wie früher. Was ich ebenso bedaure wie Meg und Anni.«

»Warum lässt er sich nicht mehr so oft blicken?«

»Weil Jims erst kürzlich gegründeter Betrieb für Gärtnereibedarf und Sämereien entgegen aller Erwartung gut floriert. Das lässt ihm kaum noch Zeit für Privates.«

»Dabei sollte ein junger Kerl doch auch das Leben genießen«, bemerkte John. Dass der *Daily-Mail*-Wettbewerb zum Geschäftserfolg dieses ihm fremden, offenbar ordentlichen jungen Mannes beitrug, freute ihn allerdings.

»Er muss die Gunst der Stunde nutzen«, erwiderte der Chauffeur. »Ich finde es gut, dass er jetzt mit aller Kraft die Grundlage schaffen will für ein unabhängiges Leben und eine eigene Familie. Dazu habe ich ihn immer ermutigt.«

»Dann würde es Ihnen sicher gefallen, wenn sich zwischen ihm und Ihrer Enkelin etwas anbahnen würde, oder?«

»Sicher.« Hopkins wiegte nachdenklich den Kopf. »Nichts Genaues weiß man nicht. Aber ... ich glaub eher, dass er ein Auge auf Anni geworfen hat.«

Diese Information berührte John unangenehm. »Auf Anni?«, wiederholte er unwirsch. »Was soll er denn mit dieser gebildeten Deutschen? Und ist sie nicht auch schrecklich frei in ihrer Art?«

»Ich mag sie sehr.« Hopkins lächelte. »Mein Eindruck ist, dass sie nicht abgeneigt wäre ... Aber das sind nur Spekulationen, da halte ich mich lieber raus.«

John schnaubte leise. Irgendwie gefiel ihm die Vorstellung überhaupt nicht. Hoffentlich machte Anni nicht den Fehler ihres Lebens. So ein ehrgeiziger Naturbursche, ein Gärtnerjunge, das wäre doch nicht der richtige Mann für sie. Abrupt wandte er sich wieder seinem Fahrtenbuch zu.

»Die erste Hälfte unserer Strecke soll schwieriger sein als die zweite«, sagte er, nur um das Thema zu wechseln. »Morgen werden wir noch schneller sein können als heute.« Das hatte er vorab recherchiert. Sie setzten ihre Fahrt fort. John las die Landkarte und gab Anweisungen. Ein Brummer flog ihm direkt in den Mund. Angewidert spuckte er zur Seite aus. Darin bestand eines der Risiken bei solchen Geschwindigkeiten – während eine Brille die Augen schützen konnte, bestand beim Reden immer die Gefahr, ein Insekt zu schlucken. Wenn es im Todeskampf stach, wurde es auch für den Menschen unangenehm. Bis zu ihrer Ankunft in einem Hotel im Kurort Harrogate, einem mittelalterlich geprägten Städtchen, sagte er nichts mehr. Hopkins stellte den Motor aus. John notierte, dass sie mit insgesamt zweihundertneun Meilen schon mehr als die Hälfte geschafft hatten. Ermüdet von der anstrengenden Fahrt nahmen sie ihre Lederhauben ab – sie hatten beide einen kreisrunden Sonnenbrand im Gesicht. Gemeinsam aßen sie zu Abend. Anschließend wünschte John Hopkins eine gute Nacht. »Wenn wir morgen um sieben Uhr losfahren und eine Stunde für Lunch, Tanken et cetera einplanen, können wir um spätestens drei Uhr in Edinburgh sein.«

John schlief nicht sonderlich gut, die holprigen Straßen wirkten nach. Aber trotz des Muskelkaters und schmerzender Knochen freute er sich auf die Fortsetzung der Tour.

Sie starteten pünktlich. Als er unterwegs auf seine Landkarten schaute und bemerkte, dass Kelso ganz in der Nähe der Great North Road lag, wies er den Chauffeur darauf hin, und Hopkins' Blick bekam für Sekunden etwas Sehnsüchtiges.

Da sie sich Lunchpakete hatten mitgeben lassen, brauchten sie unterwegs nirgendwo einzukehren und erreichten Edinburgh kurz nach zwei. Gleich werteten sie akkurat alle Daten aus. Sie entsprachen in etwa denen von Napier! John schickte Telegramme an den Chief und an seinen künftigen Schwiegervater. Dann gab er Hopkins frei, machte sich frisch und erkundete Edinburgh, das er schon lange nicht mehr besucht hatte. Er kaufte als Geschenk für Rosabel ein traditionelles schottisches Trinkgefäß, eine flache, von Silber eingefasste Hornschale mit zwei Henkeln, Quaich genannt. Als Gag war sie mit einem gläsernen Boden versehen, der ihr erlauben würde, auch beim Trinken ihr Gegenüber anzuschauen.

Abends traf er sich mit seinem alten Internatsfreund George, einem Earl. Sie speisten in dessen Club, hatten Spaß, trainierten beim Nosing, mit der Nase die Aromen verschiedener Whiskeysorten zu unterscheiden, und tranken ein paar Gläser zu viel. George wollte ihn noch in ein Bordell einladen, doch John lehnte ab mit dem Hinweis, dass er verlobt sei. George, der verheiratet war und es wie viele Männer seiner Klasse vorzog, Ehe und Sex getrennt zu halten, akzeptierte die Begründung beinahe neidisch.

»Und wie kommst du mit so viel Enthaltsamkeit klar?«

»Ich dusche oft kalt.«

Am folgenden Morgen starteten sie wieder früh, obwohl sie sich mit der Rückfahrt mehr Zeit lassen durften. Noch wollte kein Regenwölkchen aufziehen, die Leute sprachen schon von einer Dürrekatastrophe. Man erkannte an den Feldern, dass viele Ernten zu vertrocknen drohten. Zum Reisen eignete sich ein strahlend blauer Himmel allerdings deutlich besser als Regenwetter, das ihnen schlechte Sicht und matschige Wege beschert hätte. John verscheuchte alle mulmigen Gefühle, stattdessen genoss er die Fahrt. Auf einer alten Brücke bei Dunglass jedoch fingen die Ventile an zu schnattern. Hopkins hielt an, richtete sie, und alles war wieder in Ordnung. John schätzte sich glücklich, dass er die Tour mit diesem fähigen Fahrer unternehmen durfte. Er wollte ihm dafür etwas Gutes tun.

»Wir könnten einen kleinen Abstecher nach Kelso machen«, schlug er vor, als sie durch Berwick-upon-Tweed kamen. »Es sind nur vierundzwanzig Meilen bis dahin, die Straßen scheinen laut Karte einigermaßen gut ausgebaut zu sein. Was denken Sie, Hopkins?«

Selbstverständlich hatte der Chauffeur Lust, durch sein altes Heimatstädtchen zu fahren. Noch dazu im Rolls-Royce – auch wenn ihn vermutlich keine Menschenseele mehr erkennen würde. »Wenn Sie meinen, Eure Lordschaft, dass wir es riskieren können.«

»Natürlich«, entgegnete John. »Warum sollte es nicht möglich sein? Mit matschigen Straßen ist nicht zu rechnen. Kelso liegt doch nicht viel mehr als eine Stunde entfernt.«

Sie verließen die Große Nordstraße und kurvten durch eine Landschaft, angesichts der dem Mann neben ihm sichtlich das Herz aufging – sanft gewellt, Wiesen, Äcker, Schafweiden, Getreidefelder, in der Ferne grüne Alleen. Durch dieses Bild schlängelte sich ein breiter, wegen der Trockenheit nur wenig Wasser führender, von Böschungen begrünter Fluss mit zahlreichen Sandbänken – der Tweed. In Hochstimmung brausten sie dahin. Bis sich das Fahrzeug plötzlich an einer Seite hob und ein hässliches, rumsendes Geräusch von sich gab. Es klang, als würde etwas brechen. Nach wenigen Metern blieb der Rolls stehen.

»Heilige Scheiße!«, fluchte Hopkins und schob ein »Tut mir leid, Eure Lordschaft« hinterher. Er stieg aus, klappte die Motorhaube hoch und verschwand mit dem Kopf dahinter. »Satan, die Ratten!« John vertrat sich die Beine. Die Flüche und Kommentare des Chauffeurs hatten durchaus Unterhaltungswert. Ein Bauernjunge mit einer Ziege im Schlepptau kam vorbei, erkundigte sich mit schadenfrohem Grinsen, ob das Automobil kaputt sei, und erteilte frech nutzlose Ratschläge. »Zisch ab und kau auf einem Pinsel!«, schimpfte Hopkins und verscheuchte ihn. Er legte sich unter den Rolls-Royce, klopfte hier, prüfte dort. »Etwas im Getriebe ist defekt«, diagnostizierte er schließlich. »Da muss was geschweißt werden oder ein Ersatzteil her. Das kann ich nicht selbst reparieren.«

John schaute auf die Landkarte. »Wir dürften jetzt in der Nähe eines Dorfs namens Sprouston sein, von da aus sind's nur noch drei Meilen bis Kelso. Aber auf den kleinen Abstecher dorthin müssen wir wohl leider verzichten.«

Nicht einmal drei Stunden später befanden sie sich beim Pastor von Sprouston im Garten, und John fühlte sich wie betäubt. Ein Bauer hatte ihn auf dem Ackerwagen mit ins Dorf genommen, während Hopkins beim Rolls-Royce geblieben war. Im Tante-Emma-Laden mit angeschlossener Post- und Telegrafenstelle hatte ihm die aufgeregte Besitzerin erklärt, wo der Dorfschmied zu finden sei. Der hatte mit zwei stämmigen Pferden das Fahrzeug an um die Achse geschlungenen Tauen bis in seine Werkstatt geschleppt, wo er nun versuchte, den Bruch zu schweißen. Die Reparatur würde auf jeden Fall bis zum nächsten Tag dauern. In der Schmiede war bereits eine mündliche Einladung des Reverends eingegangen, der gerade Konfirmandenunterricht gab und sie sonst persönlich abgeholt hätte. Sie wurden gebeten, das Ende der Arbeiten bei ihm abzuwarten.

Überaus freundlich waren sie dann willkommen geheißen worden von Reverend Fraser, einem großen, Strohhut tragenden Mittdreißiger in dunkler Kleidung mit weißem Rundkragen, und seiner hübschen Frau Nettie, die erst kürzlich zum zweiten Mal Mutter einer Tochter geworden war und vor lauter Glück rosig strahlte. »Unser Haus ist bescheiden«, hatte er mit weichem Highlands-Akzent gesagt, »aber wir würden uns freuen, wenn wir Sie heute Nacht hier beherbergen dürften.«

Nun saß er also im Pfarrgarten, der versteckt hinter einer großen rosafarben gestrichenen Steinmauer lag, direkt gegenüber dem Tante-Emma-Laden. Eine wahre Idylle umgab sie hier. In einem Kinderwagen im Schatten schlummerte das Baby, die vielleicht fünf Jahre alte Schwester versuchte mit einem Schmetterlingsnetz, Tagpfauenaugen zu erhaschen. Überall summte und brummte es. Betäubt fühlte sich John von dem Duft, der die Sommerluft erfüllte. Denn vor und hinter ihm blühten in zwei langen, hohen Reihen Wicken in allen erdenklichen Farben, die ihre Wohlgerüche verströmten – und ihn unausweichlich an Anni erinnerten. Ihre abendliche Turnerei an der Teppichstange hatte sich für ihn so sehr mit diesem Duft verbunden, dass er an sie und ihre Unaussprechlichen, an ihre frische Art, ihre schönen klugen Augen, die festen kleinen Brüste, die schlanke Taille und ihre Schlagfertigkeit denken musste. Er fragte sich, ob wohl ihr Haar, wenn es gelöst war, ähnlich duftete.

Was fantasierte er denn da bloß? Er war verlobt, im Herbst würde er die umschwärmte Rosabel, eine der attraktivsten Frauen der Gesellschaft, heiraten. Warum nur schaukelte ständig diese freche, mittellose Deutsche ungebeten in sein Kopfkino hinein? Ärgerlich schüttelte er sich und versuchte, dem Gespräch zwischen dem Reverend, seiner Frau und Hopkins zu folgen. Auch die Frasers wollten am Wettbewerb der *Daily Mail* teilnehmen. Sie standen vor einem der Beete und fachsimpelten.

Zum Glück hatte John Hopkins bereits vor dem Start um Diskretion gebeten. Sie wollten unterwegs mit keinem Wort den wahren Grund für ihre Tour oder seine Verbindung zur Zeitung erwähnen. Sie waren einfach nur Lord John Ramsgate und der Chauffeur Mr. Hopkins auf Reisen.

»Seit Juni brauchen wir eine Leiter«, erklärte Mr. Fraser, und rückte seinen Strohhut in den Nacken, damit er besser hochblicken konnte, »um die oberen Ranken zu beschneiden und zu binden. Ich mag diese Arbeit, weil ich dabei gut nachdenken kann. Zum Beispiel über die nächste Predigt.«

»Was tun Sie denn gegen die verdammte ... Oh, Entschuldigung, Reverend! Was tun Sie, außer zu beten, gegen die Trockenheit?«, wollte Hopkins wissen.

»Es ist töricht, sich von Gott erbitten zu wollen, was jeder sich auch selbst verschaffen kann«, konterte der Geistliche.

Hopkins brummte zustimmend. »In meinem Garten habe ich Sackleinen als Schattenspender aufgespannt.«

»Unsere Handpumpe am Ende des Blumengartens steht nicht mehr still«, antwortete Mrs. Fraser sorgenvoll. »Aber es stimmt, langsam reicht's nicht mehr, nur die Wurzeln zu wässern. Die Blätter und Blüten bräuchten dringend einen zusätzlichen Sonnenschutz und mehr Feuchtigkeit.«

»Wir haben hier einen jungen Gärtner, er heißt Alec«, erklärte Mr. Fraser. »Er hat mich übrigens erst auf die Idee gebracht, am Wettbewerb teilzunehmen, denn normalerweise lese ich die *Daily Mail* gar nicht. Alec und ich haben neulich alle Seitentriebe abgeknipst. Sehen Sie hier, jede Pflanze darf nur ein bis drei Stängel haben. Deshalb haben sie bis heute überlebt.«

»Und wie zum Teufel ... Oh, Entschuldigung, wie haben Sie es geschafft, dass Ihre Pflanzen überhaupt so groß und kräftig geworden sind?«

»Ich könnte Ihnen nun tatsächlich erzählen, dass ich immer viel gebetet habe.« Der Gottesmann lachte. »Aber die Wahrheit ist, dass der Fluss Tweed früher das Land bis hierher überschwemmte, wenn er über die Ufer trat. Die Erde bis zu etwa einem halben Meter Tiefe ist deshalb besonders fruchtbar. Zusätzlich düngen wir. Viel, aber auch nicht zu viel. Mit Mist zum Beispiel.«

»Ja«, seine Frau rollte mit den Augen, »wir tragen jeden Fladen unserer einzigen Kuh zum Beet.«

»Vor einigen Tagen haben Alec und ich die Pflanzen systematisch entlaubt«, führte der Reverend weiter aus. »Und jede blasse Pflanze wird in Kürze noch einen Kraftstoff erhalten, den wir aus Nitrat und Soda mischen.«

Die drei setzten sich zu John in knarrende Korbstühle an den Gartentisch. Nettie Fraser schenkte allen Tee ein, sie reichte auf einer Etagere angerichtete Kresse- und Gurkensandwiches und etwas Gebäck.

John nahm dankend an. »Was würden Sie denn mit dem Preisgeld machen, wenn Sie gewinnen würden?«

Die Eheleute lachten auf. »Natürlich ist uns bewusst, dass die Chancen äußerst gering sind«, hob der Reverend an. »Ich habe im vergangenen Jahr zum allerersten Mal Wicken gesät. Es gibt versierte Prämienjäger, die schon seit Jahrzehnten erfolgreich jede Blumenschau bestücken ...«

»Na ja, aber trotzdem«, gab seine Frau zu, »man malt es sich doch gerne aus. Und vielleicht erringen wir ja wenigstens eine der neunhundert Bronzemedaillen.«

Ihr Mann nickte. »Falls wir aber das Preisgeld bekämen, also dann ...« Er holte tief Luft und erhob sich. »Kommen Sie mit!« Mit großen Schritten ging er hinüber zur kleinen weißen Dorfkirche. John und der Chauffeur folgten ihm ins Innere. Der Grundriss war rechteckig, es gab kaum Schmuck. »Wissen Sie, unsere Kirche ist wirklich schlicht, sie wurde 1781 auf älteren Grundfesten errichtet«, sagte der Reverend. »Ich träume schon seit Langem davon, eine Kanzel einbauen zu lassen. Nichts Großartiges, nur einen kleinen halbrunden Predigtstuhl mit ein paar Stufen, die hinaufführen. Nicht, um mich zu erhöhen, sondern damit mich die Gemeinde während des Gottesdienstes besser versteht.«

»Wir haben schon eine Spendenaktion laufen«, ergänzte seine Frau, die ihnen mit dem aufgewachten Baby auf dem Arm gefolgt war. »Aber das, was bislang zusammengekommen ist, reicht bei Weitem nicht.«

»Was für ein süßes Kind!« Hopkins kitzelte den Säugling unterm Kinn, die Mutter lächelte stolz.

»Ein weiteres Kirchenfenster wäre schön«, fuhr Mr. Fraser fort.

»Und ein Eichentischchen«, fügte seine Frau hinzu. »Darauf könnte man immer eine Vase mit frischen Blumen stellen. Wicken zum Beispiel.«

»Davon haben wir ja genug.« Der Reverend lächelte. »Es würde gleich den ganzen Kirchenraum heller und freundlicher machen.«

»Ein bisschen was für die Renovierung unseres Hauses wäre natürlich auch nicht übel«, merkte Mrs. Fraser noch an.

»Wie wollen Sie denn eigentlich den Wickenstrauß unbeschadet die fast vierhundert Meilen von hier bis nach London befördern?«, fragte John interessiert, als sie wieder draußen waren und sich auf den Gartenstühlen niederließen. Das Baby schmatzte niedlich. Mrs. Fraser bat ihre Gäste, noch ein Sandwich zu nehmen.

Der Reverend lächelte listig. »Alec und ich haben schon unterschiedliche Versandarten ausprobiert«, erzählte er freimütig. »Wir haben verschiedene Sorten gepflückt und sie in Kisten gelegt, die mal mit Sägespänen, mal mit Moos gefüllt waren. Zum Einwickeln haben wir Baumwolle und fettdichtes Papier ausprobiert, auch Zeitungspapier, und haben es jeweils eine Nacht und einen halben Tag darin gelassen. So lange, wie der Transport per Eisenbahn von Kelso, das ist die nächste Bahnstation, nach London dauern würde.«

»Das klingt ja direkt nach einer wissenschaftlichen Versuchsreihe«, sagte John.

Der Reverend nickte. »Und wir haben herausgefunden, was die beste Methode ist.«

»Die Sie mir nicht aus Nächstenliebe verraten mögen?«, bat Hopkins verschmitzt.

»Nach dem Wettbewerb natürlich sehr gern«, erwiderte Mr. Fraser liebenswürdig. »Aber wenn ich Sie recht verstanden haben, braucht Ihr Strauß nur eine Stunde bis zum Ziel. Da sind Sie doch ohnehin im Vorteil.«

Alle lachten gutmütig.

Tatsächlich verbrachten sie die Nacht im Pfarrhaus. John hatte sich schon lange nicht mehr in derart einfachen, nahezu primitiven Wohnräumen aufgehalten. Auch wenn das Vorhandene liebevoll gepflegt war, es fehlte an Vorhängen, Teppichen und Einrichtungsgegenständen. Nettie Fraser, der man anmerkte, dass sie in besseren Verhältnissen aufgewachsen war, entschuldigte sich errötend.

»Wissen Sie, ein Reverend verdient nicht viel. Es sind

nur zweiunddreißig Pfund, die mein Mann für ein ganzes Jahr Arbeit erhält.« Sie seufzte. »Man braucht viel Idealismus für diesen Beruf. Aber wir beide lieben, was wir tun.«

»Wir haben uns mit einer großzügigen Spende bei den Frasers für ihre Gastfreundschaft bedankt«, schloss John zwei Tage später in einer kleinen Redaktionskonferenz, an der neben ihm nur die Chefredaktion, die wichtigsten Ressortleiter und der Verleger persönlich teilnahmen, seinen Bericht.

Dass Sprouston etwas abseits der direkten Verbindung London – Edinburgh lag, hatte er nicht eigens erwähnt.

»Gut«, kommentierte der Chefredakteur. »Dann warten wir mit der Veröffentlichung bis zum September. Sie lassen Ihre Silver-Ghost-Erfahrungen solange im Block und verwerten die Recherchen erst im Artikel über das offizielle Ergebnis.«

»Ich habe nun keinen Zweifel mehr, dass Rolls-Royce Napier überholen wird«, sagte Lord Northcliffe zufrieden. Er würde selbstverständlich die Informationen an Mr. Royce weiterleiten.

»Seid ihr wirklich die ganze Zeit im höchsten Gang gefahren?«, fragte der stellvertretende Chefredakteur ungläubig.

John nickte. Er war der Held des Tages. »Das wird noch besser werden mit dem Werksfahrzeug. Für die Durchschnitts- und Höchstgeschwindigkeit ist noch Luft nach oben. Wir sind ja leider nicht auf der gesicherten, glatten

Rennstrecke von Brooklands gefahren.« Die befand sich südöstlich von London in Surrey.

»Ich kenne den Cheftestfahrer von Rolls-Royce, Ernest W. Hives, gut«, warf der Chefredakteur ein. »Der Mann hat Nerven wie Drahtseile. Der holt alles raus. Und er ist versessen darauf, Fehler zu erkennen, um sie zu verbessern. Hives wird's noch mal ganz weit bringen.«

»Das wiederum bringt mich auf etwas anderes«, sagte Northcliffe, »unseren Wickenwettbewerb.« John referierte den aktuellen Stand. Dass die Endausscheidung im Kristallpalast stattfinden würde, sie mit mindestens fünfzehntausend Einsendungen rechneten, die endgültige Zahl aber erst fünf Tage vorher, nach Ablauf der Anmeldefrist, wissen würden. Der Verleger hatte die Countess of Bective, die Tochter des 4th Marquess of Downshire, als Schirmherrin und Verkünderin des Endergebnisses gewinnen können. Northcliffe nahm einen Schluck seines Gesundheitstees. »Es wäre überaus wünschenswert«, sagte er eindringlich, »dass die drei Hauptgewinner Menschen sind, denen unsere Leserschaft diesen Sieg dann auch gönnt, also unbedingt sympathische, rechtschaffende Leute aus einfachen Verhältnissen.« John verstand sofort, was er meinte. Deshalb steuerte er weitere Details zur Charakterisierung der Frasers aus Sprouston bei, die ihm noch so bildhaft vor Augen standen. »Ja, genau«, antwortete Northcliffe mit einem feinen Lächeln, »so was in der Art.« Er wechselte einen bedeutungsvollen Blick mit dem Chefredakteur. »Ich hab nicht viel Zeit, bin gleich mit Sir Edward Grey verabredet«, fuhr er fort. »Aber ich möchte noch auf einen Punkt hinweisen, der außerordentlich wichtig ist.« Er erinnerte John daran, dass er und sein Team in ihren Artikeln besonders auf die fairen Bedingungen des Wettbewerbs hinweisen sollten. »Sie können gar nicht oft genug betonen, dass jeder Strauß ohne Kenntnis des Absenders beurteilt wird. Wir sind das Blatt fürs Volk. Gerechte Chancen für jedermann, dafür treten wir ein. Deshalb wenden wir dieses umständliche System mit den Nummern an. Es garantiert Anonymität, solange die Jury die Wicken bewertet und miteinander vergleicht.«

John nickte. »Klar, machen wir.«

Dieser Punkt lag auch ihm am Herzen. Je mehr er erfuhr, welche Träume sich mit dem Wettbewerb verknüpften und welche Kraft einige Menschen allein aus ihrer Hoffnung zogen, desto ernster nahm er den Auftrag, den er anfangs belächelt hatte.

»Natürlich begleite ich dich«, verkündete Anni entschieden, nachdem Millie ihr verraten hatte, dass sie Mr. Fairfield wieder heimlich folgen wollte. »Das ist doch viel sicherer.«

»Zweimal hab ich schon gesehen, dass er in einem vornehmen mehrstöckigen Wohngebäude in der Nähe vom St. James's Hotel verschwunden ist«, sagte Millie eifrig. Sie zog eine hellblaue Sommerjacke über und setzte ihren Strohhut mit einem ebenfalls hellblauen Ripsband auf. »Seiner Frau hat er jedes Mal vorgemacht, dass er zum Pferderennen geht.«

Sie nahmen an diesem späten Nachmittag wie er eine Droschke, die sie allerdings im dichten Verkehr am Piccadilly Circus aus den Augen verloren.

»So'n Mist!«, rutschte es Anni auf Deutsch heraus.

Millie nannte dem Kutscher daraufhin die Adresse, wo sie Mr. Fairfield schon zweimal gesehen hatte. Und tatsächlich kamen sie ihm dort wieder auf die Spur. Er stieg gerade aus, überquerte die Straße. Sie beeilten sich zu zahlen. Fairfield lüpfte den Zylinder, grüßte einige Passanten, die seinen Gruß erwiderten, als wäre er ihnen vertraut. Gleich darauf verschwand er in einem mehrstöckigen Gebäude.

»Siehste!«, sagte Millie. »Wieder hier statt beim Pferderennen.«

»Vielleicht besucht er nur seinen Club, um in Ruhe Zeitung zu lesen«, überlegte Anni.

Das war in dieser Gegend üblich. Der St. James's Club, in dem unter anderem Churchill Mitglied war, lag nicht weit entfernt.

Millie schüttelte heftig den Kopf. »Nee! Ich hab schon auf die Klingelschilder geguckt. Da steht nichts mit Club.«

»Bleib du unauffällig hier stehen«, sagte Anni und ging über die Straße. Sie wusste ja, wie es um Millies Lesekünste bestellt war. Diskret studierte sie die Klingelschilder. Nichts Ungewöhnliches, offenbar nur Namen der Bewohner, Privatleute, keine Geschäftsadressen – Mr. Miller, Mrs. Warwick, Familie Smith ... Sie schlenderte ein Stück weiter, um sich nicht verdächtig zu machen. Da fiel ihr die Straßenhändlerin auf, die vis-a-vis auf einem Holzkarren frisches Obst und kandierte Früchte feilbot. Hatte Mr. Fairfield sie nicht auch gegrüßt? Sie ging rüber, kaufte eine Tüte Erdbeeren und kostete gleich eine davon. »Hmm. Richtig lecker, schön süß und knackig. Sind Sie jeden Tag hier?«

»Ich zieh meinen Karren durch alle Straßen im Viertel, Miss, aber hier bleibe ich jeden Nachmittag am längsten.«

»Gut zu wissen. Ja, hier wohnen wohl viele Leute, die gute Qualität schätzen.« Die alte Frau stimmte etwas gelangweilt zu. »Dann kennen Sie sicher auch den netten Herrn, der da gerade im Haus verschwunden ist, nicht wahr?«

»Mr. Smith?« Die Händlerin zuckte mit den Schultern. »Kennen ist zu viel gesagt. Er kauft gern kandierte Früchte für seinen kleinen Jungen.«

»Ich meinte den Herrn mit dem Zylinder, der zuletzt ins Haus gegangen ist«, erwiderte Anni verwirrt.

»Ja, eben der. Sag ich doch, Mr. Smith«, wiederholte die Alte.

»Der Kleine von ihm ist wirklich niedlich«, schob Anni geistesgegenwärtig nach. »Dem könnte ich auch nichts abschlagen.«

»Wenn Sie mich fragen, ganz schön verwöhnt. Ach, da isser ja schon wieder.« Die Händlerin machte eine Kopfbewegung in Richtung Tür.

Mr. Fairfield trat mit einer hübschen jungen Frau aus dem Haus, an ihrer Hand zappelte ein vielleicht dreijähriger Junge. Alle waren adrett herausgeputzt, offensichtlich bereit für einen Spaziergang.

»Ja«, sagte Anni gedehnt, bemüht, ihre Überraschung zu verbergen, »Mr. Smith ...«

»Mit Frau und Sohnemann.«

Die Alte schickte ein Kopfnicken in Richtung Mr. Fairfield, während Anni ihm rasch den Rücken zudrehte. Sie sah, dass Millie die kleine Familie mit offenem Mund anstarrte, bevor auch sie sich abwandte und im Dunkel eines Hauseingangs verschwand.

»Mann! Das ist ja 'n Ding«, stieß Millie hervor, als Anni wieder zu ihr ging. »Der Mistkerl hat noch eine Frau! Und sogar ein Kind!« Ihre Augen funkelten zornig. »Wenn Mrs. Fairfield das erfährt, heult sie sich die Augen aus.«

Anni legte tröstend einen Arm um sie. »Vielleicht reagiert sie auch ganz anders. Sieh's doch mal so: Nun hat sie noch einen gewichtigen Grund mehr, wütend auf ihn zu sein und sich von ihm zu trennen.«

»Stimmt!« Millie dämmerte offenbar, was die Entdeckung für ihre geliebte Herrin bedeutete. »Und wenn sie ihm Bigamie nachweisen kann, ist er dran. Dann bleibt auch nach 'ner Scheidung die ganze Kohle bei ihr.«

»Wir sollten vielleicht noch mit ein paar anderen Anwohnern sprechen«, schlug Anni vor. »Nicht dass wir irgendeinem dummen Zufall auf den Leim gehen und was falsch verstehen. Einfach zur Bestätigung.« So verbrachten sie noch eine Weile damit, in Geschäften, bei einem Portier und einem Postboten Erkundigungen über Mr. Smith und seine Familie einzuholen. Sie hörten nur Löbliches. Es schien sich um einen kultivierten Gentleman zu handeln, der mit seiner reizenden Gattin und ihrem Söhnchen Oscar ein unauffälliges Leben führte. Gerade als sie daran dachten, sich wieder auf den Rückweg zu begeben, kehrte »Familie Smith« zurück. Das Paar verabschiedete sich vor der Tür mit sichtbarer Zuneigung voneinander, der Knabe wurde noch einmal väterlich getätschelt, dann machte sich

Mr. Fairfield, ganz der großstädtische Flaneur, zu Fuß auf den Weg. Ohne, dass sie sich absprechen mussten, spazierten die beiden Freundinnen ihm hinterher. »Ich wittere es förmlich«, behauptete Anni und fühlte sich richtig abenteuerlustig, »da lauert noch ein Geheimnis, das wir lüften werden.«

»Er hat mich vorhin angeguckt«, Millie zog den Hut tiefer ins Gesicht. »Kurz nur, aber irgendwie hat er, glaub ich, gestutzt.«

»Meinst du, er hat dich erkannt?«

»Keine Ahnung. Nee, eigentlich nicht. Hoff' ich jedenfalls ...«

Mr. Fairfield lief über den Piccadilly Circus in Richtung Soho. Im Vergnügungsviertel reihten sich Pubs, Theater, Music Halls, prächtige neue Varietépaläste und Bordelle aneinander. Nicht dass Anni viel über Bordelle gewusst hätte, doch dass die grell geschminkten und freizügig gekleideten Frauen in diesem Viertel etwas Verruchtes, Verbotenes verkörperten, konnte auch ihr nicht entgehen. Millie hatte mehr Ahnung von diesem Milieu.

Immer öfter wurden sie dumm angepöbelt, einmal nahm Anni ihren Sonnenschirm zu Hilfe, um sich einen aufdringlichen Kerl vom Leib zu halten. Energisch gingen sie weiter, bis Mr. Fairfield in einen unscheinbaren Pub einkehrte.

»Und nun?«, fragte Millie ratlos. »Wir können da nicht rein, er würde mich doch gleich erkennen. Und überhaupt ...«

Auch Anni war schlagartig ernüchtert. Millie hatte recht. Was sollten sie tun? Je später, desto gefährlicher würde es für sie in dieser Gegend ohne männliche Begleitung werden.

»Ich muss mal.« Millie schaute sich suchend um.

»Da neben dem Pub scheint eins von diesen neumodischen Toilettenhäuschen zu sein.« Anni begleitete sie. Auf dem Weg dorthin mussten sie an den Fenstern des Pubs vorbeigehen. Hinter dem letzten, in einem vom Schank- und Gastraum abgetrennten Zimmer, saßen rauchende Männer um einen großen runden Tisch und spielten Karten. In der Mitte lag ein Haufen Scheine. Und einer der Zocker war Mr. Fairfield. Schnell duckte sich Anni weg. »Poker, wetten?«, raunte sie.

»Verbotenes Glücksspiel!«

Millie aber blieb wieder mit offenem Mund stehen und starrte ihren Arbeitgeber an. »O Gott!«, stieß sie hervor. »Er kommt! Schnell weg!«

Anni zog sie ins WC-Häuschen auf die Damentoilette, in eine von drei Kabinen, die sich mit einem Riegel von innen schließen ließ. In der Rückwand über der Schüssel befand sich ein kleines Fenster. Außer ihnen war niemand im Häuschen. Es stank fürchterlich nach Fäkalien.

»Was für eine Sch…situation«, jammerte Millie leise mit dünner Stimme. »Er hat mich erkannt. Ogottogott …«

Anni schoss alles Blut eiskalt in den Bauch, ihre Hände zitterten. »Sei still!« flüsterte sie.

Sie hörten, wie die Tür zum Vorraum aufgerissen wurde und Mr. Fairfield brüllte: »Komm raus, du Kanaille! Ich weiß, dass du da drin bist. Was spionierst du mir hinterher?« Millies Augen weiteten sich. Jetzt sind wir geliefert, sagte ihr Blick. Anni wagte kaum zu atmen. Was mochte ein Mann, der eiskalt genug war, um ein Doppelleben zu führen und eine seiner Ehefrauen absichtlich in den Wahnsinn zu treiben, erst mit ihnen anstellen? Zimperlich würde er ganz gewiss nicht sein. »Ich mach dich fertig, du dummes Stück!«

Millie bebte, entsetzt hielt sie sich eine Hand vor den Mund. Anni brach der Schweiß aus.

Borkum, Juli 2024

»Marieke!«, hörten sie Gisbert aus dem Garten nebenan herüberrufen. Kurz und ärgerlich. Marieke fuhr zusammen.

Auch Alwine erschrak. »Ach herrje, schon wieder festgequatscht«, sagte sie seufzend. »Un' ik bün schuld. Wird ja wohl keinen Ärger geben, was?«

»Wir sind geschieden«, erwiderte Marieke. In ihrer Magengegend begann erneut der noch unverdaute Groll zu rumoren, den sie wegen seines unerträglichen Verhaltens gegen ihren Ex-Mann hegte. Sie stand abrupt auf. »Aber ich sollte dann wohl trotzdem mal ... Danke für die Geschichte, Alwine. Hoffentlich bald mehr.« Sie sah ihre Nachbarin besorgt an. »Kann ich was für dich tun? Wann genau musst du rüber aufs Festland?«

»Montag. Du könntest tatsächlich was für mich tun. Mein Sohn nimmt den Hund so lange. Aber er muss ja arbeiten. Kannst du vielleicht ab und zu mal einen Spaziergang mit ihm machen? Mit dem Hund, mein' ich.«

»Ja, gern«, versprach Marieke kurz entschlossen. Alwines Sohn Eike hatte den elterlichen Betrieb übernommen.

»Du weißt ja, wo die Klempnerei ist, oder?«

»Na klar. Ich drück dir sämtliche Daumen, dass alles gut verläuft!« Sie umarmten sich.

»Schade, dass Tibo nicht mehr dabei ist«, sagte Alwine noch, als Marieke schon nach draußen lief.

»Wir haben im Cambusa einen Tisch reserviert und sind schon seit einer Viertelstunde überfällig«, empfing sie Gisbert vorwurfsvoll. Wenn er Hunger hatte, wurde er ungenießbar. »Ich hab die Kinder schon mal vorgeschickt, damit der Tisch nicht an jemand anderen vergeben wird.«

»Tut mir leid«, rang Marieke sich schnell eine Entschuldigung ab. Ans Essengehen hatte sie nicht mehr gedacht. »Alwine muss nächste Woche ins Krankenhaus. Sie hat einen Tumor. Ich glaub, es war wichtig, dass ich ein bisschen bei ihr geblieben bin.«

Gisbert verdrehte die Augen. »Häng dich da bloß nicht zu sehr rein. Die alte Scharteke zieht dich nur runter.«

»Sprich nicht so abfällig von ihr.«

Gisbert suchte den Schlüssel für sein E-Bike. »Ich rede, wie ich will. Kuffnucke, Kanake, Ölauge, Kopftuchmädchen!«

Lauter Wörter, deren Gebrauch er ihr zuliebe stark eingeschränkt hatte, weil er wusste, dass sie es nicht mochte, wenn er mit rassistischen Ausdrücken um sich warf.

Sie schüttelte den Kopf und strafte ihn mit einem Blick, als wäre er ein Zweijähriger, der trotzig Bäh-Wörter aussprach. Darüber mit ihm zu diskutieren, hatte keinen Sinn. Die Phase mit den Vorwürfen, Anklagen, Wutausbrüchen und Eifersuchtsszenen hatten sie hinter sich.

Gisbert fand seinen Schlüsselanhänger und ließ ihn wie einen kleinen Colt um den Finger wirbeln. »Ich glaub, Neele hat recht«, sagte er gereizt, »du hast 'ne Depression.«

»Quatsch. Und wenn, dann nur vormittags. Hat Neele das wirklich gesagt?«

Diese Bemerkung traf sie. Sie hatte sich doch so bemüht, die Kinder nicht spüren zu lassen, wie beschissen es ihr manchmal ging. Er lüpfte nur die Augenbrauen und öffnete die Haustür.

»Nun komm, mein Magen knurrt.«

»Hetz mich nicht.«

Ihr Handy piepte. Jonas schickte ein Foto der Speisekarte und fragte, was er für sie bestellen sollte. Sie suchte sich Garnelen am Spieß aus, Gisbert wollte Miesmuscheln vorweg und eine Meeresfrüchtepfanne. Mit zusammengekniffenen Lippen schob sie ihr Rad auf den Bürgersteig.

»Du musst mal langsam aufhören, immer die Beleidigte zu spielen, Marieke.« Gisbert konnte von einem Moment zum anderen den Ton ändern. »Nur so haben wir eine Chance.«

Nun klang er wie ein einfühlsamer, vernünftiger Mann. Dagegen konnte sie sich schwerer wehren, als wenn er nur herumnölte: Das Personal ist nicht aufmerksam genug. Die Sängerin hat eine Mickey-Maus-Stimme. Die Sonne scheint nicht warm genug. Die Wellen kommen viel zu flach. Wenn's heute Mittag nicht geregnet hätte, wär's ein schöner Tag gewesen. Wenn das Wasser bei Ebbe nicht so weit zurückgegangen wäre …

»Ach, Gisbert«, sagte sie wohlüberlegt. Sie schoben ihre Räder nebeneinanderher. »Es ist vorbei. Klar, sind da noch Gefühle … Aber ich glaube, wir rennen beide gegen eine Wand. Ich will in dir immer noch den Mann sehen, der du früher für mich warst, und der bist du nicht mehr.«

»Glaubst du denn, du bist noch wie damals?«

»Nein, natürlich nicht.«

»Ich meine jetzt nicht nur das Äußere«, hob er hervor.

Sie schloss das Gartentor, wobei sie aufpasste, dass dabei keine Wicken eingeklemmt wurden.

»Ist schon klar. Früher war ich dümmer und anschmiegsamer.«

Er lächelte amüsiert, spöttisch und liebevoll zugleich. »Stimmt. Heute hast du nicht mehr alle Latten am Zaun.«

»Und?«, gab sie zurück. »Neidisch?«

Er prustete los. Sie musste auch lachen.

»Siehst du? Das lieb ich so an dir«, sagte er mit treuem Hundeblick. »Und deshalb komm ich nicht von dir los. Auch in Zukunft werd ich dich als Erste anrufen, wenn ich betrunken bin.«

Sie wusste, wie er es meinte. Er glaubte allen Ernstes, darauf sollte sie stolz sein. »Ach, Gisbert«, sagte sie wieder.

Ihr Handy klingelte. Es war Gardon. »Du, ich bin gerade mit Gisbert auf dem Weg in ein Restaurant, wir treffen uns mit den Kindern.«

»Du bist mit Gisbert zusammen?«, fragte Gardon entsetzt. »War etwa ein Jahr meiner seelsorgerischen Tätigkeit vergebens?«

Sie lächelte traurig. »Nein, mach dir keine Sorgen. Ich meld mich am Wochenende. Grüße an deinen Liebsten.«

»Gardon ist schwul«, sagte Gisbert, dem sie die Sensation schon vor Tagen berichtet hatte. »Hätt' ich nie gedacht. So was! Selbst ich kann mich irren.«

»Natürlich nur extrem selten«, gab sie zurück.

Er atmete tief durch. »Na ja, ich hab's wenigstens versucht. Oder?«

Sie nickte. Auf einmal schossen ihr Tränen in die Augen. »Danke, dass du es versucht hast.« Sie senkte den Blick und verstand sich selbst nicht recht. Doch, es war okay. »Es ist wie es ist«, sagte sie leise.

Er stellte sein E-Bike ab, packte ihr Rad, lehnte es gegen eine Hausmauer und nahm sie in den Arm.

»Du bist eine alte Ziege. Wenn du mich brauchst, ruf mich an.«

Sie lehnte ihren Kopf an seine Brust, spürte seinen warmen Bauch. Eigentlich ganz gemütlich, dachte sie und spürte, wie ihr Tränen die Wangen runterliefen und sein Polohemd befeuchteten. Du wirst immer zur Familie gehören. Aber es ist wirklich vorbei. Vorbei.

Nachdem Gisbert und die Kinder am nächsten Vormittag im wahren Wortsinn den Abflug gemacht hatten, räumte Marieke auf. Danach legte sie sich aufs Sofa und schlief völlig erschöpft bis zum Nachmittag. Am Sonntag kribbelte ihre Oberlippe, und sie wusste, dass sie Herpes bekommen würde. So ein Mist. Das passierte immer dann, wenn sie Wut und Wahrheiten unterdrückte. Sie tupfte sich mit einem Wattestäbchen Aciclovir-Salbe auf die Stelle.

Die Zwillinge teilten die glückliche Landung und Ankunft in Hamburg mit und schickten ein paar lustige Fotos von der Rückreise. Sie antwortete ihnen mit Herzchen-Smileys und schickte Gisbert eine Nachricht: *Wenn du das nächste Mal betrunken bist, ruf nicht mich an, sondern Kiki oder sonst jemanden.* Das hätte sie ihm schon früher sagen sollen. Vielleicht milderte es den Herpesverlauf, dass sie es wenigstens schriftlich nachgeholt hatte.

Am Sonntag bekam sie mit, dass Alwines Sohn den Hund abholte. Ihr wurde ein wenig mulmig, weil sie keine Ahnung hatte, wie man so ein Tier steuerte. Sie ging noch mal rüber und klingelte bei Alwine, um sich ein paar Gebrauchsanweisungen abzuholen.

»Lucky braucht klare Ansagen. Mit ein paar Leckerlis bist du schnell seine beste Freundin.« Alwine drückte ihr eine Tüte mit Hundesnacks in die Hand.

»Wie fühlst du dich?«, fragte Marieke sie. »Was ... was genau hast du eigentlich, wenn ich das fragen darf ...«

Alwine seufzte. »Ich hab den Ärzten gesagt: So genau will ich das alles gar nicht wissen. Macht, was ihr machen müsst. Wenn ihr schnibbeln müsst, dann nur zu. Aber keine Details. Gebt mir Medikamente und Anweisungen. Dann wird's schon werden.«

Marieke atmete langsam tief ein. Was sollte sie darauf entgegnen? »Du bist für dein Alter in einer guten Verfassung«, sagte sie schließlich und hoffte, dass es tröstlich klang. »Allein, wie du beim Linedance abgehst. Und dazu dein starker Wille und das gute Klima hier. Das sind alles gute Rahmenbedingungen.«

Alwine lächelte tapfer. »Kannst mich ja mal besuchen.«

»Ja, ich werde dir nach dem Eingriff schreiben und fragen, wie es dir passt.«

»Das ist fein.« Alwine schluckte schwer. Nun stand ihr

die Sorge deutlich im Gesicht geschrieben. Gleich darauf schenkte sie ihnen beiden Fasanenbrause ein, hob ihr Glas und stieß mit ihr an. »Bangemachen gilt nicht!«

»Prost! Auf dein Wohl!«

»Auf ex!«

Die Brause kitzelte Marieke in der Nase. Wenn sie an Alwines Stelle gewesen wäre, würde sie wahrscheinlich nicht so gefasst reagieren. Sie empfand aufrichtige Bewunderung für ihre Nachbarin.

»Am besten, man lenkt sich ab«, sagte Alwine mehr zu sich selbst. »Ich kann dir ja noch ein bisschen was erzählen von Anni. Die hat sich den Schneid nicht abkaufen lassen. Wirklich schade, dass du sie nicht mehr kennengelernt hast.«

Willow Hill, London, Juli 1911

Anni legte einen Finger auf ihre Lippen. Sie musste nachdenken. Keine Panik, beschwor sie sich selbst. Wer Angst hat, kann nicht denken. Du musst denken. Schlag den Feind mit seinen eigenen Waffen, sagte ihr Vater immer.

Sie hörten Mr. Fairfield aufgebracht durch den Vorraum des Toilettenhäuschens stapfen, er rüttelte am Schloss der Kabinentür. Und da kam ihr eine Idee.

Wortlos bedeutete sie Millie, die Jacke und den Hut abzunehmen, sie gab ihr dafür ihre Sachen. Sie hörten, dass eine weitere Person das Toilettenhäuschen betrat.

»Mein Herr, was haben Sie hier zu suchen?«, empörte sich eine Frau. »Hier ist für Ladys!«

»Ladys!«, wiederholte Mr. Fairfield höhnisch, entfernte sich aber offenbar aus dem Vorraum, während die Frau die knarrende Tür zur Nachbarkabine öffnete. »Ich warte draußen, Millie«, drohte er. »Glaub nicht, dass du mir entkommst!«

Anni klinkte leise das kleine Fenster auf. Millie verstand. Sie nickten einander zu. Anni half ihrer Freundin, über eine Räuberleiter hinauszuklettern. So geräuschlos wie möglich zog sie deren hellblaue Jacke über und setzte sich Millies Hut auf. Dann straffte sie sich, schob den Riegel zurück und ging erhobenen Hauptes nach draußen.

Mr. Fairfield lauerte direkt am Ausgang. Er musterte sie feindselig, sein Blick tat beinahe körperlich weh.

»Warum brüllen Sie hier so herum?«, fragte Anni mit erzwungener Ruhe. »Ich heiße nicht Millie.«

»Aber ... aber gerade hab ich Sie doch noch ...« Er brachte den Satz nicht zu Ende.

Was für ein Glück, dachte sie, dass der feine Gentleman sich nicht für die Angestellten seiner Nachbarn interessiert und mich nie angesehen hat.

»Offenbar verwechseln Sie mich mit jemandem«, sagte sie hochnäsig. »Ich möchte Sie bitten, mich nicht länger zu belästigen.«

Ihr Herz hämmerte, als sie weiterging, sie bewegte sich absichtlich langsam, um ihre Angst nicht zu zeigen, fürchtete aber, dass Mr. Fairfield ihr von hinten einen Schlag versetzen könnte. Erst ein ganzes Stück später, als sie sich wieder auf dem belebten Boulevard befand, wagte sie es, sich umzudrehen. Sie konnte ihn nirgendwo entdecken. Erleichtert atmete sie auf.

Millie und sie hatten keine Gelegenheit gehabt, einen Treffpunkt zu verabreden. Aber Anni wusste, dass jede Stadt Kraftplätze besaß, an denen sich sogar Ortsunkundige, die sich aus den Augen verloren hatten, wiederfanden, sofern sie nur ihrer Intuition vertrauten. Sie ließ sich treiben bis zum Piccadilly Circus, setzte sich auf die Stufen des Shaftesbury-Memorial-Springbrunnens und wartete einfach ab. Es vergingen etwa zwanzig Minuten, während der sie nicht eine Sekunde daran zweifelte, dass Millie sie aufspüren würde. Sie musste nur ausharren, sich sichtbar machen. Und dann tauchte ihre Freundin wirklich auf. Anni sprang hoch, winkte. Sie umarmten einander, bevor sie wieder Jacken und Hüte tauschten.

Auf dem Heimweg erzählte sie Millie von einem kleinen Wickenfest, das Mr. Hopkins und Meg am Sonntag nach der Preisverkündung des *Daily-Mail*-Wettbewerbs Ende Juli in ihrem Gärtchen veranstalten wollten. Mr. Hopkins hatte sie bereits eingeladen und dazu gesagt, auch Millie sei herzlich willkommen.

»Vielleicht kannst du ja deinen freien Tag auf diesen Sonntag legen und für den Montag Urlaub bekommen, wenn du's Mrs. Fairfield jetzt schon sagst«, meinte sie. »Nach den bahnbrechenden Neuigkeiten, die du heute für sie unter Einsatz deines Lebens zutage gefördert hast ...«

»... mit deiner Hilfe«, warf Millie ein.

»Na, da wird sie es dir doch bestimmt erlauben, oder? Und vielleicht bringst du sogar deine Tochter mit ... Die Bauernfamilie, bei der sie untergebracht ist, lebt doch gar nicht weit von Willow Hill entfernt, sagtest du. Ich würd' Mary so gern kennenlernen.«

Millies blaue Augen glänzten, ihre Wangen waren gerötet. »Das wär' wirklich wunderbar.«

Es wollte und wollte nicht regnen. Sogar durch die dicken Mauern auf der Nordseite des Gebäudes war die Hitze inzwischen gekrochen. Katherine Moss schwitzte. Dabei fror sie eigentlich sonst eher. Durch die hohen Fenster der Bibliothek schaute sie auf einen gelblich verblichenen Rasen und schlappe Blätter. Um diese Zeit, nach dem Junifeuerwerk der Blumen, gab es immer eine Blühpause, bevor dann im August die Spätsommerstauden ihre Pracht entfalteten. Aber dermaßen verdorrt hatte sie die Gärten von Willow Hill im Sommer noch nie erlebt. Dieser Zustand hätte ihren verstorbenen Mann betrübt. Charles Moss senior war ein begeisterter Hobbygärtner gewesen, nicht nur ein kühl kalkulierender Kaufmann, und auch der Poesie nicht abgeneigt.

Sie griff nach einem abgewetzten kleinen Band, der ganz vorne im Regal mit ihren Herzensbüchern stand – Gedichte von William Butler Yeats. Dieses Büchlein hatte Charles ihr geschenkt. Es schlug sich von selbst auf.

Der Text auf dieser Seite war nichts, was sie sich vorlesen lassen wollte. Außerdem kannte sie ihn auswendig. Die Zeilen hatten einen wunderbaren Rhythmus, den man genau einhalten musste. Leise und bedächtig begann sie, das Gedicht auswendig aufzusagen.

»When you are old and grey and full of sleep,
And nodding by the fire, take down this book,
And slowly read, and dream of the soft look
Your eyes had once, and of their shadows
deep;
How many loved your moments of glad grace,
And loved your beauty with love false or
true,
but one man loved the pilgrim soul in you ...«

Tränen stiegen ihr in die Augen, und ein Kloß in der Kehle hinderte sie daran weiterzusprechen. Das Gedicht handelte davon, dass ein junger Mann seiner Liebsten sagte, sie möge sich einst, wenn sie alt und grau sei, daran erinnern, dass unter allen, die sie – aus welchen Gründen auch immer – geliebt hatten, nur einer gewesen sei, dem es nicht nur um ihre Schönheit, sondern auch um ihre Seele gegangen sei. Dass sie daran denken möge, wenn sie dereinst am glimmenden Kaminfeuer sitze und wehmütig in einen Sternenhimmel über den Bergen blicke, bedauernd, dass die Liebe in dieses ferne Firmament entschwunden sei und dort ihr Haupt verberge.

»Ach, Unsinn!«

Geräuschvoll klappte sie das Büchlein zu. Yeats war erst Mitte zwanzig gewesen, als er diesen Erguss – zugegeben, brillant in seiner Einfachheit – zusammengereimt hatte. Aber sie befand sich nun schon lange in einem Alter, da man Frauen statt für ihre Schönheit Komplimente für ihre Ausstrahlung machte. Sie kannte das Leben, und sie kannte sich selbst. Der junge Kerl hatte keine Ahnung gehabt. Sie gehörte nicht zu den sentimentalen alten Frauen, die seufzend am Feuer hockten und ihrer verflossenen Liebe nachtrauerten. Na ja. Und falls doch, dann jedenfalls nur ganz selten und ganz kurz.

Sie fühlte sich nicht so, wie sie früher geglaubt hatte, dass man sich in ihrem Alter fühlen müsste. Im Gegenteil. Manchmal blitzte und wallte es auf, eine Ahnung, eine Gewissheit sogar, dass sie das alles noch konnte – zutiefst lieben, sogar Lust empfinden, leidenschaftlich sein, abenteuerbereit den Aufbruch in etwas ganz Neues wagen, wenn ... Ja, wenn sie einen Menschen an ihrer Seite wüsste, in dessen Armen sie sich überall auf der Welt zu Hause fühlte. Da war sie trotz ihrer Erziehung ganz unviktorianisch. Die Bekanntschaft mit der indischen Liebeslehre hatte ihrem Mann und ihr wundervolle Erlebnisse beschert.

Doch die Männer, die sie heute noch bekommen konnte, wollte sie nicht. Und jene, die sie attraktiv fand, richteten ihren Blick auf Jüngere. Dabei hätte sie so viel zu bieten. Lebensschätze warteten darauf, offenbart und gewürdigt zu werden. Katherine verbot sich zu seufzen. Sie war kein Opfer. Sie lebte nicht in der Vergangenheit. Und sie konnte auch ohne Mann komplett sein.

Entschlossen fächelte sie sich Luft zu.

Die Herausforderung mit der Würde des Alters bestand für Witwen ihres Schlages darin, diese tief verborgene Sehnsucht in Schach zu halten. Sie sich nicht anmerken zu lassen. Und gleichzeitig nicht als Relikt einer vergangenen Zeit zweifelhaftes Vergnügen nur noch darin zu suchen, mit pikierter Miene auf Bällen wie auch im normalen Alltag das Verhalten jüngerer Frauen zu bekritteln. Nein, immerhin, das Positive in dieser Lebensphase war, dass man endlich das ganze lächerliche Konkurrenzverhalten, die sogenannte Stutenbissigkeit, aufgeben konnte.

Mehr und mehr entdeckte sie, wie interessant zuweilen doch andere ältere Frauen waren. Auch in ihnen lagen Schätze verborgen. Sie konnten einander bereichern, ermutigen, das Leben zu ertragen, es noch besser kennenzulernen und gemeinsam vergnügt zu sein.

Wie viele Anregungen hatte sie schon von anderen Frauen, auch jüngeren und besonders von Suffragetten erhalten – Inspirationen, sich ganz gegenwärtig für etwas zu begeistern. Für diese Frauen spielte es keine Rolle, ob es einen Mann an ihrer Seite gab oder nicht. Häufig handelte es sich bei den Betätigungsfeldern, ihrem Stand angemessen, um Wohltätiges. Zuweilen brachten aber auch skurrile, exzentrische Themen diese Frauen zum Leuchten. Und manchmal ging es einfach nur um elementare Dinge wie backen, essen, spazieren gehen im Wald oder baden im Meer.

Man müsste an der Nordsee sein, dachte Katherine plötzlich. Sich die frische Luft um die Nase wehen lassen, barfuß durchs Wasser gehen, Muscheln ans Ohr halten, auf einer Seebrücke sitzen und sich einen guten Roman vorlesen lassen.

Zwar waren sie gerade erst aus London aufs Land zurückgekehrt. Aber schließlich war sie die Herrin und konnte tun, was ihr beliebte.

Kurz entschlossen ließ sie sich telefonisch mit ihrer Freundin Elisabeth Pepperton in Broadstairs verbinden. Katherine kannte sie aus der Zeit, als sie Charles auf seinen Geschäftsreisen durch Indien begleitet hatte. Elisabeths Mann Horatio gehörte ein für seine First-Flush-Ernten legendärer Teegarten in Darjeeling im indischen Teil des Himalayas. Er hatte sich vor einigen Jahren auf Wunsch seiner Ehefrau mit ihr in der alten Heimat zur Ruhe gesetzt, sie lebten nun an der Steilküste Kents auf einem großzügigen Landsitz. Elisabeth lud sie bei jedem ihrer Treffen, die meist in London stattfanden, dorthin zum Weekend ein.

»Ich möchte dein Angebot gern annehmen, meine

Liebe«, erklärte sie ohne große Umschweife nach der Begrüßung. »Wann würde es euch passen?«

»Katherine!« Elisabeth klang hocherfreut. »Wie wunderbar! Kommt unbedingt gleich dieses Wochenende, da wird im Ort das Sommerfest gefeiert. Bring alle mit. Hier ist Platz genug. Wir haben noch etwa ein Dutzend interessanter Leute zu Gast.«

»Gehst du eigentlich immer noch baden im Meer?«

»Aber selbstverständlich, meine Teuerste. Bei diesem Wetter fast jeden Tag. Bring dein Badekostüm mit!« Kleine Kiekser in ihrer Stimme ließen sie jünger klingen. »Hach, Horatio wird entzückt sein, wenn er mit deinem Sohn über das Teegeschäft fachsimpeln kann. Rosabel muss natürlich ihren Verlobten mitbringen. Ich habe gehört, dass bereits die ersten Hochzeitsvorbereitungen laufen. Wie aufregend, wir haben viel zu bereden!«

Nach dem Telefonat klingelte Katherine den Butler herbei. Normalerweise reisten sie immer erst im Herbst an die See, nach Brighton. Dort pflegte ihre Familie im ehrwürdigen Grandhotel The Grand mit seinem herrlichen Wintergarten zur Seeseite hin abzusteigen. Sie fuhren keinesfalls während der Juli- und Augustwochen, wenn sich am Ärmelkanal überwiegend Anwälte und Ärzte mit ihren Familien tummelten, sondern erst dann, wenn es auf dem West Pier genannten Seesteg mit seinem prächtigen Konzertsaal und dem Theater nur so wimmelte von Lords und Ladys, die von ihren Sommertouren aus Europa zurückgekehrt waren und viel zu erzählen hatten.

Jones schien nicht überrascht, als sie verkündete, dass

sie am Wochenende nach Broadstairs zu reisen wünschte. Das Städtchen lag zwischen Margate und Ramsgate an der Küste der Isle of Thanet. Diese Region konnte sich leider nicht rühmen, sonderlich vornehm zu sein. Doch Jones wusste selbstverständlich, dass Northcliffes Adelstitel Baron of the Isle of Thanet in the County of Kent lautete. Seine Verbindung zur Familie Moss adelte quasi das Ziel. Außerdem dauerte die Anreise nicht lange.

»Bereiten Sie alles vor, Jones. Wir fahren natürlich mit der Eisenbahn. Rosabel kommt mit. Vielleicht kann sich auch mein Sohn freimachen. Ein bisschen Durchlüften würde ihm guttun.«

»Sehr wohl, Madam.« Jones verbeugte sich und trat in dieser Haltung den Rückzug bis zur Tür der Bibliothek an – etwas, das Mrs. Moss jedes Mal wieder als albern empfand, aber doch genoss.

Anni hatte gleich nach der Rückkehr aus London als Erstes ihre Wicken kontrolliert und erfreut festgestellt, dass sie noch gut im Saft standen und überwiegend recht ansehnlich blühten. Wie Meg trug auch sie ein leichtes, fröhlich bedrucktes Musselinkleid. Das Hochdruckgebiet, das über dem Land lag, hatte nach Auskunft der Meteorologen inzwischen eine Rekorddauer erreicht. Überall im Lande wankten die strengen Kleiderordnungen, das Leben spielte sich praktisch nur noch draußen im Schatten ab. Zwar lechzte alles nach Wasser, doch die Abendstunden in England entfalteten in diesen Wochen einen geradezu mediterranen Charme.

Anni besprühte ihre Wicken mit einem Zerstäuber, den ihr die Köchin ausgeliehen hatte. Während dieser angenehmen Arbeit bedankte sie sich bei Meg, die am Gartentisch saß und malte, fürs Kümmern. Sie berichtete ihr auch von den Einkäufen mit Miss Rosabel, von den fashionablen Läden und von ihrem Abenteuer mit Millie.

Mr. Hopkins kam hinzu. Er beschnitt seine Pflanzen nach einer neuen Methode. »Diesen Kniff hab ich auf unserer Schottlandtour kennengelernt.«

Meg strahlte. So glücklich hatte Anni sie noch nie gesehen. Sie pinselte an einem Blumenporträt der Painted Lady mit subtilen Rosanuancen.

Anni schielte vom Beet rüber auf das Werk. »Wo hast du nur gelernt, so mit Farben umzugehen?«, fragte sie bewundernd.

»Es klingt vielleicht eingebildet, aber ich habe schon immer geahnt, dass ich's kann«, erwiderte Meg ungewohnt selbstbewusst.

»Und woher hast du auf einmal die teuren Utensilien?«

»Du glaubst es nicht! Ein Aquarellkasten stand kürzlich bei uns vor der Haustür, einfach so.« Megs Augenaufschlag spiegelte erneut die freudige Überraschung. »Dazu noch ein Block Aquarellpapier, Pinsel und ein Zettel, auf dem stand: *Von einem Kunstfreund, der unerkannt bleiben möchte.*«

»Mensch, es gibt doch noch Wunder!«, rief Anni aus. »Hast du eine Ahnung, wer dieser Kunstfreund sein könnte?« Meg schüttelte errötend den Kopf. Sie hob nur die Schultern, statt eine Vermutung zu äußern. Wahrscheinlich hat ihr Großvater ihr das Geschenk gemacht, dachte Anni, wunderte sich allerdings über seine Geheimnistuerei. Vielleicht glaubte er, auf diese Weise besser das Gesicht wahren zu können, denn bislang hatte er immer behauptet, »für so was« sei kein Geld da. »Wenn es also Wunder gibt, was hiermit als erwiesen gelten darf«, spann sie vergnügt, »dann können wir ja getrost unsere Weltreise weiter planen. Also, in Paris möchte ich unbedingt das Grand Palais sehen. Darüber hab ich gerade etwas sehr Interessantes gelesen.«

»Wenn wir anschließend nach Florenz weiterreisen«, steuerte Meg bei, »am liebsten übrigens in einem Heißluftballon, dann möchte ich bitte vor den Toren der Stadt landen. Dort gibt's nämlich eine riesengroße Wiese mit Panoramablick über die Dächer von Florenz, und auf dieser Wiese wachsen Abertausende von lila Schwertlilien. Die möchte ich unbedingt malen!«

»Einverstanden. Wird aufgenommen ins Programm.«

Die Witwe Scott klopfte ans Gartentor. Sie brachte Mr. Hopkins zwei kleine Blumentöpfe. »Es sind keine Wicken«, erklärte sie mit einem liebenswürdigen Lächeln. »Das hieße ja, Eulen nach Athen zu tragen. Ich möchte Ihnen Ableger von meinen Petunien schenken. Sie duften mindestens ebenso schön wie Wicken. Ich liebe es, wenn ich morgens auf meine Loggia trete und erschnuppern kann, wie sich darin über Nacht der Duft beider Blumensorten verfangen und vermischt hat.«

Mr. Hopkins ließ sofort seine Gartenschere fallen, um sie in Empfang zu nehmen. »Vielleicht sollten Sie einen Parfümladen eröffnen, meine Liebe. Bei Ihrer feinen Nase.«

Aufmerksam roch er an den Petunien, bevor er sie abstellte und ihr einen Stuhl zurechtrückte. »Port oder Sherry?«

»Gerne Sherry, wenn's keine Umstände macht.«

Meg löste sich widerstrebend von ihrem halb fertigen Bild, räumte die Malutensilien zur Seite und bereitete frischen Tee zu. Anni half ihr, brachte Besteck und Teller für Cracker, Butter und Käse. Mr. Hopkins holte Gläser und eine Flasche Sherry. Kaum saßen sie alle um den Gartentisch herum, ließ sich Jim blicken.

Er brachte einen von seiner Mutter gebackenen herzhaften Pie mit. »Hühnchen und Lauch«, sagte er nach der Begrüßung knapp. Außerdem präsentierte er ihnen ein Pappkästchen, in dem sieben Samentüten steckten. »Das war deine Idee, Anni. Weißt du noch?« Er lächelte stolz. »Sieben unterschiedliche Blumensorten, die gut miteinander in einem Beet harmonieren. Samt einer Skizze, wie man sie säen sollte, damit sie später von der Farbe und Höhe her richtig gestaffelt wachsen.« Interessiert besahen sie die einzelnen Tüten. »Die florreichen Sieben! Die haben sich verkauft wie geschnitten Brot. Das Gleiche werde ich im Herbst anbieten mit Blumenzwiebeln fürs Frühjahr.«

Anni durchströmte ein warmes Gefühl. Es freute sie auch, dass sich Jims Kontakt zu einer der deutschen Gärtnereien, der auf ihren Geschäftsbrief zurückging, erfolgreich entwickelte. »Und das hier hab ich mir jetzt geleistet.« Er hielt eine Taschenuhr hoch, die er gekauft hatte, obgleich er sonst sehr sparsam lebte. Mr. Hopkins prüfte sie ausgiebig und lobte Jim für die gute Wahl. Während sie den Pie verspeisten, Tee und Sherry tranken, mussten sie viel lachen. Der Abend gipfelte darin, dass sie sich gegenseitig mit dem Rezitieren und sogar Erfinden von Limericks zu übertreffen versuchten.

Als Anni zurück ins Haupthaus musste, stand auch Jim auf. »Ich begleite dich«, sagte er. »Muss morgen wieder früh raus.«

Sie hatten es nicht eilig. Jim lenkte sie in der milden Abenddämmerung auf dem Weg durch die Gärten mit Seitenschlenkern zu botanischen Besonderheiten und erklärte sie ihr. Sie setzte ihn launig in Kenntnis über die neu hinzugekommenen Stationen ihrer fantasierten Weltreise. Hinter einer Zypressenhecke griff er schüchtern nach ihrer Hand. Und sie ließ ihn gewähren. Seine Hand fühlte sich warm und etwas rau an.

»Wohin möchtest du am liebsten, Jim?«, fragte sie, während sie vertraut Hand in Hand weitergingen. »Von welchem Land träumst du?«

»Ich bin Realist«, antwortete er nach einiger Überlegung. »Reisen ist was für die feinen Herrschaften. Ich konzentrier mich auf das Machbare, nicht auf Hirngespinste.«

»Denkst du denn nur an dein Geschäft?«

Er schüttelte den Kopf. »Nein. Als Nächstes will ich das Dachgeschoss im Haus meiner Eltern zu einer Wohnung ausbauen.«

Bei den Kletterrosen blieben sie stehen. Er zog sie an sich und legte seine Arme um sie. Ihr Herz schlug schneller. Sie nahm den für ihn typischen Duft nach Kernseife und gebügelter Baumwolle wahr und etwas, das sie für sich als »draußen« bezeichnete – frisch, erdig, grün.

Sie spürte seine Nervosität, er lächelte schief. »Wir sind doch ein gutes Gespann, oder?«, fragte er unbeholfen.

»Kann schon sein ...«

Er schaute ihr in die Augen. »Du bist so ... schön!«, brach es aus ihm heraus.

Sein Mund kam näher, unter ihrer Haut kribbelte es vor Aufregung, sie hielt die Luft an, und dann küsste er sie. Ungestüm und ungeschickt. Sie öffnete den Mund, vor Überraschung und um Luft zu holen, ihre Zähne stießen gegeneinander, sie spürte seine Zunge. Ihr wurde ein wenig schwindelig, und zugleich schien es ihr, als könnte sie sich von außen beobachten. Wie eigenartig. Dieser Moment verflog, die Küsse besserten sich, je länger sie übten, und es fühlte sich wahrlich nicht unangenehm an.

Jim streichelte sie. Anni lachte leise, etwas verlegen. Wie gut, dachte sie, dass es schon ziemlich dunkel ist. So standen sie noch eine Weile in enger Umarmung bei den Kletterrosen, hörten die Nachtvögel, hier und da ein Knacken im Gebüsch, sahen die Sterne und fühlten sich jung und stark und lebendig.

In dieser Nacht träumte sie von den Schwertlilien vor Florenz.

Eine frische Meeresbrise umschmeichelte die Gäste der Peppertons. Katherine Moss genoss beim großen Picknick unter einem Baldachin oberhalb der Botany Bay den Darjeeling, natürlich ohne Milch und Zucker, und lobte sein blumig frühlingsleichtes Aroma. Gerade herrschte Ebbe. Das türkisblau changierende Meer war so weit zurückgewichen, dass ein einzelner Riesenfelsen vor der weißen Klippe frei lag. Ein herrlicher Anblick und ein verlockendes Ziel. Denn etliche Neugierige, unter ihnen Rosabel und John, erkundeten die Felsenbecken, um dort nach Fossilien zu suchen. Sie selbst verspürte wenig Neigung, hinunterzuklettern und sich am Ende einen Knöchel zu verstauchen.

Am Vormittag waren Elisabeth und sie, nur begleitet von ihren Zofen, heimlich an einer weniger belebten Stelle in die Nordsee eingetaucht. Sie hatten sich von den Wellen umspülen lassen und gegenseitig bespritzt wie übermütige Kinder. Nur zehn Minuten waren sie im Wasser geblieben, wie Badeärzte es empfahlen, aber es hatte ihnen beiden richtig gutgetan.

Anni saß während des Picknicks auf Abruf in der Nähe, bereit, ihr weiter aus dem Roman *Buddenbrooks* vorzulesen. Doch das Baden im Meer, vielleicht auch das Seeklima ganz allgemein, hatte Katherine in einen Zustand angenehmer Trägheit versetzt. Sie ruhte bequem auf einem Stuhl, die Füße lagerten auf einem der Kissen, die den Jüngeren ringsum zum Sitzen auf ausgerollten Teppichen genügten. Sie wollte jetzt keine geistige Nahrung. Ihr reichten für diesen Tag die vor ihnen ausgebreiteten kulinarischen Angebote.

»Was für köstliche Verlockungen!«, lobte sie und hatte Schwierigkeiten, sich zu entscheiden zwischen in Blätterteig gebackenen Snacks, Entenbrust auf Birnen-Himbeer-Salat, Ingwerkoteletts, Apfeltörtchen oder hausgemachtem Fruchteis.

Sie winkte Anni herbei und gab ihr großzügig für den Rest des Tages frei.

Außerdem hoffte sie auf ein vertrauliches Gespräch mit Elisabeth. Die begeisterte sich nämlich, wie nicht wenige Damen der Gesellschaft, für okkulte Rituale und für die aus Indien stammende transzendentale Meditation. Offenbar hatte sie, wie sie nach dem Baden angedeutet hatte, auf diesem Gebiet neue Erfahrungen gemacht. Das Thema Frauenwahlrecht ruhte dieser Tage, vermutlich bis zur Abstimmung nach der Sommerpause des Parlaments, als hätte es ebenfalls Ferien.

»Nun erzähl mal, Elisabeth, was dieser Guru gesagt hat«, bat sie und ließ sich von einem Diener ein Käseküchlein reichen.

Mit beschwingten Schritten wanderte Anni an der Steilküste entlang. Ab und an breitete sie die Arme aus, um den Wind unter den Achseln zu spüren. Tief sog sie die salzige Seeluft ein. Das Gras war zwar vertrocknet, doch die Aussicht aufs Meer, die wunderschönen Türkistöne des Wassers unter einem wolkenlosen blauen Himmel begeisterten sie an jeder Bucht aufs Neue. Das müsste Meg mal malen, dachte sie. Vielleicht sollten wir auf unserer Weltreise mehr Ausflüge in Großbritannien einplanen. Als sie müde und hungrig wurde vom Gehen, setzte sie sich auf einen Stein. Ein Diener der Peppertons hatte ihr ein Sandwich zugesteckt, das sie genüsslich verzehrte.

Sie haben Talent, klang es in ihr wider. Das hatte Lord Ramsgate am Vormittag zu ihr gesagt, als die Familie Moss kurz vor der Ankunft bei den Peppertons auf einen Tee, wohl hauptsächlich der Aussicht wegen, in ein Ausflugslokal mit Meerblick eingekehrt war. Er habe ihre Geschichten gern gelesen. »Das Handwerkliche lässt sich erlernen. Natürlich merkt man, dass Englisch nicht Ihre Muttersprache ist. Manche Formulierungen oder Bilder stimmen nicht. Das wird aber sicher mit der Zeit besser. Schreiben Sie weiter.«

Seitdem schwebte sie.

Sie musste auch an seine Unterhaltung mit Mr. Moss über den deutschen Kellner, der sie bediente, denken. Die war ihr doch eigenartig vorgekommen. Es gab viele deutsche Servicekräfte in den englischen Seebädern, denn während der Saison konnte man hier gut Geld verdienen. Mr. Moss aber hatte gemeint, der Deutsche sei vermutlich ein gefährlicher Schläfer, ein feindlicher Spion des deutschen Kaiserreichs, der nur darauf warte, im Falle eines Krieges zwischen Deutschland und dem Königreich britische Staatsbürger zu meucheln. Natürlich hatte sie als Angestellte und als Frau sich dazu nicht äußern dürfen, es war ihr schwergefallen, den Mund zu halten. Sie wusste um die kindliche Freude Kaiser Wilhelms II. an der Marine, vor allem an prächtigen Kriegsschiffen, die Verantwortlichen hier schienen dies völlig falsch zu interpretieren. Ausgerechnet die Welt- und Seemacht Großbritannien bekam es anscheinend mit der Angst zu tun – Lord Ramsgate hatte entsprechende Befürchtungen von Lord Northcliffe zitiert. Das war doch lächerlich! Anni hätte ihnen allen am liebsten gesagt, dass die Briten das deutsche Volk und seinen

Kaiser nicht richtig einschätzten. Deutschland liebte den Frieden.

Sie schaute zum Horizont. Eine kleine hüpfende Freude erfüllte sie. »Schreiben Sie weiter«, hatte Lord Ramsgate gesagt. Wirklich und wahrhaftig. Das war das Wichtigste.

Und dann notierte sie ein paar Eindrücke, denn zum Glück führte sie, jederzeit offen für Eingebungen wie eine richtige Schriftstellerin, immer ein Notizbüchlein und einen Bleistift bei sich. Eigentlich wollte sie eine Novelle, eine kleine Liebesgeschichte, schreiben, nur so für sich. Falls sie gelänge, würde sie vielleicht später versuchen, sie an eine Zeitung zu verkaufen. Einige selbst verfasste Geschichten lagen schon versteckt in ihrem Wäscheschrank.

Sie bemühte sich, Jims Kuss als zentrale Szene auszugestalten, doch es wollte ihr nicht recht gelingen. Da fehlte die Spannung. Sie kaute auf dem Bleistiftende. Was lösen Zärtlichkeiten denn in einer jungen Frau aus?, fragte sie sich, aber sie kam zu keinem überzeugenden Ergebnis. Beim nächsten Kuss musste sie sich einfach mehr Details merken.

Vorerst gab sie auf, steckte das Büchlein wieder in ihre Rocktasche.

Sie horchte in sich hinein. Es war schön gewesen mit Jim. Natürlich schmeichelte die Umarmung eines gut aussehenden jungen Mannes ihrem Körper ebenso wie der Seele. Aber etwas störte sie doch. Es war nicht das Fehlen rauschhafter Leidenschaft, von der sie in Romanen gelesen hatte. Nein, so was wollte sie gar nicht. Sie wollte einen klaren Kopf behalten. Das konnte es folglich nicht sein.

Schließlich kam sie drauf. Es berührte sie unangenehm, dass er ihre Reisefantasien als Hirngespinste betrachtete. Hatte er denn vielleicht recht? Es stimmte schon, die Chance zu gewinnen war extrem gering. So gesehen, machte sie sich eigentlich zur Närrin dadurch, dass sie ihren Träumen jeden Tag, besonders kurz vorm Einschlafen, dermaßen viel Aufmerksamkeit schenkte. Sollte sie nicht besser ihre Energie auf das Naheliegende, Machbare richten? Und was wäre das? Ein Buch noch besser vorzulesen, die Betonung mehr zu üben? Dieser Gedanke machte sie ärgerlich. Waren womöglich auch alle Träume vom Schreiben nur Hirngespinste? Was nützte es denn weiterzuschreiben, wenn es nur für die Schublade war? Ihre Überlegungen stockten.

Die Sonne ging gerade unter wie auf einem Gemälde von William Turner. Eine willkommene Ablenkung. Wunderschön. Oh, Meg, dachte sie, wir müssen unbedingt auch eine Englandrundreise machen! Es wurde Zeit, zum Landhaus der Peppertons zurückzukehren. Anni schlug den Weg durch die nahe gelegene Ortschaft ein, die sich mit Fahnen und Blumen für das alljährliche Sommerfest geschmückt hatte. Vielleicht gab's da etwas Interessantes zu entdecken.

Noch fern von den Straßenlaternen sah man erste Sterne am Himmel funkeln. Süße Sommerdüfte erfüllten die Luft. Während sie auf der einen Seite noch das Meeresrauschen im Ohr hatte, vernahm sie auf der anderen die Klänge einer Tanzmusik wie aus alten Zeiten. Eine Dorfkapelle spielte, offenbar mit ungewöhnlichen Instrumenten. Fasziniert lauschte sie und unterschied – schließlich war sie die Tochter einer Musikerin – nach und nach Kornett, Klarinette, große Posaune, Geige, Cello, Basstrommel, Fagott, Flöte und ein tiefes Blechblasinstrument, vermutlich ein Euphonium. Was für eine kuriose Zusammenstellung! Aber es klang hinreißend.

Verzaubert ging sie weiter in die Richtung, aus der die Musik ertönte. Bald hörte sie Stimmengewirr von Menschen in Feierlaune. Und gleich darauf erblickte sie die Einwohner, wie sie geschäftig redend und lachend durcheinanderwuselten. Anscheinend war der ganze Ort auf den Beinen. Aus den Häusern heraus und in die Eingänge hinein strömten endlos Leute, tänzelnd, drängelnd, schnappten sich Partner und Partnerinnen. Und alle wollten nur tanzen. Junge Männer fassten Mädchen um die Taille, eilig, eilig, um sich ins Getümmel zu stürzen. Aber auch die Älteren machten den Spaß mit. Ob sie einander kannten oder nicht, konnte Anni nicht abschätzen. Es schien, als spielte es gar keine Rolle und kümmerte auch niemanden – fröhlich wurde abgeklatscht, Hauptsache, man konnte tanzen, feiern und küssen. Ja, tatsächlich, viele Paare küssten sich in aller Öffentlichkeit, immer wieder, während sie zu einer Art Polka durch die Straßen hüpften. Wirklich kein Mensch schien daran Anstoß zu nehmen. Und die Musiker holten alles aus ihren Instrumenten heraus, jeder wollte der Beste sein.

Jetzt erkannte sie auch einige der Weekend-Gäste. Miss Rosabel kreiselte mit Mr. Pepperton an ihr vorüber. Der alte Herr schlug sich ganz wacker, trotzdem verdarb dieser

Anblick Anni irgendwie die Stimmung. Alle amüsierten sich, nur sie nicht.

Auf einmal fühlte sie sich schrecklich einsam. Wie ein Mauerblümchen stand sie am Rande des Geschehens und konnte nur zuschauen. Allein, ohne einen feschen jungen Mann, der sie aufforderte. Sie beschloss weiterzugehen.

Da eilte eine Gestalt über die Straße, steuerte mit ausgestreckten Händen direkt auf sie zu und zog sie ins fröhliche Gedränge. Ein Einheimischer walzte mit ihr los, konzentriert gab sie sich Mühe, ihm nicht auf die Füße zu treten. Kurz darauf wurde sie abgeklatscht – von Lord John Ramsgate. Was mochte ihn bewogen haben? Etwa Mitleid? Lächelnd ahmte er die Tanzschritte nach, plötzlich war es nicht mehr schwierig. Anni machte mit, es ging wie von selbst. Leichtfüßig sprang sie im Takt und drehte sich zu den eigentümlichen Klängen im Kreis. Sie legte den Kopf in den Nacken, blickte in den Sternenhimmel und fühlte nur noch Freude, Harmonie, Gegenwart. Schwungvoll änderte Lord Ramsgate die Tanzfigur. Sie sahen sich an, Begeisterung sprühte aus seinen Augen. Dass er so ausgelassen sein konnte!

Ein paar Meter von ihnen entfernt küsste sich ein Paar. Das inspirierte die Tanzenden daneben zur Nachahmung, die wiederum steckten ihre Nachbarn an. Kurz bevor der Kuss sich bis zu ihnen durchgesetzt hatte, klatschte ein Herr mittleren Alters Anni ab. Mit einem halb bedauernden, halb amüsierten Lächeln ließ Lord Ramsgate sie los.

In dieser Nacht träumte Anni von ihm. Und sogar im Traum wusste sie, dass sich solche Träume nicht gehörten.

Am Sonntag führten die Peppertons ihre Gäste zu einem Umtrunk in eine Höhle nahe Margate, die rund fünfundsiebzig Jahre zuvor durch einen Zufall entdeckt worden war. Anni durfte Mrs. Moss hineinbegleiten, um sie bei Bedarf zu stützen. Rosabel ging neben ihrem Vater. Lord Ramsgate war schon wieder unterwegs nach London, weil er Sonntagsdienst in der Redaktion hatte. Seine Abwesenheit machte den Ausflug für Anni etwas entspannter.

Und sie kam aus dem Staunen nicht heraus. Nach einem über zwanzig Meter langen tunnelartigen Spitzbogengang, dessen Wände über und über mit Muschelmosaiken verziert waren, gelangten sie in eine Rotunde, die wie ein Altarraum anmutete. Der perlmutterne Glanz ungezählter, teils exotischer Muscheln schimmerte ganz wundersam im Schein zahlreicher Kerzen und Laternen. Diener servierten auf Tabletts Häppchen und Getränke. Anni fühlte sich wie in einem Märchen. Ein Rest von Beklommenheit, den sie der Höhle wegen empfand, verschwand, als sie erkannte, dass die Kuppel nach oben hin eine kleine Öffnung besaß. Die eigenartige geheimnisvolle Atmosphäre sorgte unter den Besuchern für abenteuerliche Erklärungsversuche zur Entstehungsgeschichte. Doch ob die Grotte nun aus heidnischer Zeit stammte, von Tempelrittern oder während der Ära des Barock als Vergnügungsstätte eines Fürsten gestaltet worden war, wusste niemand wirklich, auch nicht Horatio Pepperton.

Das alles war schon verblüffend genug. Doch als Anni mit Mrs. Moss, die sich auf dem Rückweg an ihren Arm klammerte, wieder ans Tageslicht zurückkehrte, erwartete sie die eigentliche Überraschung des Tages. Es regnete!

Bei bewölktem Himmel erwartete Mr. Hopkins die Herrschaften am späten Montagvormittag mit dem Rolls-Royce am Bahnhof von Higher Frithim. Auf Anni wirkte er bedrückt. Aber vielleicht täuschte sie sich auch, und in Gegenwart ihrer Herrschaften mochte sie ihn nicht direkt fragen. Mr. Jones, die Zofen der Damen und Anni legten die restliche Strecke bis Willow Hill in einer schlecht gefederten Kutsche zurück. Nach dem Niederschlag lag auch hier in der Luft ein ungewohnt aufdringlicher Geruch nach leicht Verbranntem, feuchtem Straßenstaub und verdorrtem Gras.

Mrs. Moss wünschte gleich nach ihrer Ankunft zu ruhen. Kaum hatte Anni ihre Reisetasche ausgepackt und ein paar kleinere Aufträge erledigt, stahl sie sich zum Kutscherhaus. Der Regen hatte ihren Wicken sicher gutgetan. Endlich war die größte Gefahr gebannt. Das Wetter schien sich wieder umgestellt zu haben auf wechselhaft, wie es sich für diese Klimazone gehörte. Das letzte Wegstück rannte sie fast vor lauter Vorfreude auf die Blütenpracht. Außerdem hatte sie Meg so viel zu erzählen! Die Freundin wusste ja noch nichts von Jim und dem Kuss, und dann waren da all die Eindrücke vom Wochenende, die sie mit ihr besprechen wollte.

Doch kaum war sie durch die Gartenpforte gestürmt und um die Ecke des Cottages gebogen, um ihre Lieblinge Painted Lady, Cupani, Miss Willmott, Cheshire Blue und Co. einzeln zu begrüßen, da erstarrte sie. Was – war – das? Das durfte nicht wahr sein!

Sie kniff ein paarmal die Augen zusammen, bevor sie wieder hinschaute, aber der grauenvolle Anblick blieb. Im

Beet vor der Hecke lag bis zur Teppichstange hin nur verheddertes Grün. Ihre Wicken waren dahingerafft, hatten sich innerhalb eines Wochenendes in jämmerliche Knäuel verwandelt. Und das, obwohl es geregnet hatte. Sie verstand es nicht.

Anni war so schockiert, dass sie nicht einmal weinte. Alle anderen Blumen im Garten, auch die Wicken von Mr. Hopkins, strotzten vor Lebenskraft.

»Meg?«, rief sie. Wo blieb sie denn? Sonst war ihre Freundin doch immer sofort zur Stelle, wenn sie kam. »Meg!«

Borkum, Juli, August 2024

»Es wird Zeit, Mama«, drängte Eike seine Mutter am Montagmorgen, »die Fähre legt gleich ab.« Marieke hatte sich früh aus dem Bett gequält und noch nicht gefrühstückt, um ihrer Nachbarin auf Wiedersehen zu sagen.

»Jaja. Hör mal gut zu, Lucky«, Alwine beugte sich zu ihrem Hund runter und strich ihm über den Kopf, »ich muss weg, und du bleibst da. Aber ich komm wieder. Hast du das verstanden?« Lucky legte den Kopf schräg, schaute sie mit wachem Blick an und antwortete mit einem Wuff. »Gut. Du wohnst jetzt bei Eike. Und Marieke«, sie zeigte auf sie, »die gehört zum Rudel. Sie geht ab und zu mit dir spazieren, wenn ich im Krankenhaus bin, und du folgst ihr brav. Alles klar?« Lucky bellte.

»Dann kann's ja losgehen.«

Marieke umarmte sie noch einmal. »Alles Gute, Alwine.«

»Unkraut vergeht nicht.« Alwine lächelte schief, während sie in den Kübelwagen ihres Sohnes stieg. »Wir hören voneinander.«

Marieke winkte ihnen hinterher, dann ging sie in ihr Haus zurück. Sie sah in den Spiegel. Dieser doofe Herpes hatte sich richtig fett ausgebreitet, sie sah fürchterlich aus. Und fühlte sich auch so. Innerlich schlapp, fast fiebrig. Dabei herrschte endlich schönstes Badewetter.

Am folgenden Tag hatte sie eine angeschwollene Lippe, als wäre sie eine von diesen Influencerinnen mit Duckface, die sich die Lippen zu stark hatten aufspritzen lassen. Wie konnte man sich das nur freiwillig antun?

Marieke konzentrierte sich auf kleinere Ausbesserungsarbeiten am Haus und ruhte sich zwischendurch immer wieder aus. Es würde vorbeigehen. Alwine war schlimmer dran. Hoffentlich ging es gut aus.

Nach dem Mittagessen rief Tibo sie an. »Hallo, Marieke!« Der Klang seiner Stimme ließ in ihrem Bauch einen ganzen Schwarm von Schmetterlingen aufflattern.

»Hallo, schön, von dir zu hören«, erwiderte sie mit belegter Stimme.

»Ich bin morgen und übermorgen auf Borkum. Hast du Lust, irgendwo was zu trinken oder mit mir essen zu gehen?«

Ach herrje. Was sollte sie antworten? Ich sehe grässlich aus. Du wirst im Leben nie wieder Lust haben, mich zu küssen, wenn ich dir verrate, dass ich Lippenherpes habe. Nein, das konnte sie nicht sagen. Eine Ausrede musste her. Sie überlegte.

»Äh ...« Verdammt, ihr fiel nichts Glaubwürdiges ein. Wie flunkerte man denn sonst so? »Also, ja, tut mir echt leid ...«

Während sie noch im Geiste mögliche Absagen durchging – Alwine ist krank, ich muss ihren Hund ausführen, ich bin gar nicht hier, es handelt sich um eine Rufumleitung, meine Erbtante ist zu Besuch und muss rund um die Uhr bespaßt werden –, hörte sie ihn einen enttäuschten Kehllaut ausstoßen.

»Du, wenn's grad nicht passt, dann passt es nicht.«

»Tut mir wirklich leid. Ein andermal …« Sie wollte nicht, dass das Gespräch damit endete.

»Klar, gern.«

Warum wohl kam er wieder auf die Insel? Gab es etwas Neues zum Thema Gasbohrung oder eine botanische Neuentdeckung?

»Was machen die *Lathyrusse?*«

Das war garantiert der falsche Plural, sie wollte nur witzig klingen, doch hörte selbst, wie gekünstelt die Frage rüberkam.

»Nichts Neues.«

»Ach übrigens, ich war letzte Woche wieder mal im Heimatmuseum!« Ihr fiel die kleine Beobachtung ein, auf die Gisbert mit völligem Desinteresse reagiert hatte. »Da hab ich erfahren, dass die alten Römer vor ungefähr zweitausend Jahren über die Ems in diese Gegend vorgedrungen sind und eine Insel erobert haben, die sie Burcana nannten, weil sie die Form einer Bohne hatte.«

»Ja, die Geschichte kenne ich. Bohneninsel, so genannt nach den dort wild wachsenden Bohnen.«

»Genau. Plinius der Ältere hat das aufgeschrieben. Mit seinen Texten sind wir endlos im Lateinunterricht gequält worden, aber das nur nebenbei.« Sie lachte kurz auf. »Und? Glaubst du auch, dass es eher die Schoten von wilden Wicken waren, die dann letztlich Borkum den Namen gegeben haben? Die sehen doch aus wie Bohnen, oder?«

»Das ist eine ziemlich verkürzte Darstellung der Namensentwicklung«, erwiderte er sachlich. »Aber im Prinzip halte ich es für möglich.« Sie fand, er hätte etwas mehr Begeisterung über ihren Scharfsinn an den Tag legen können. Das wäre doch eine irre Verbindung zwischen ihm, seinem Spezialgebiet, Borkum und der Weltgeschichte. Sie überlegte, ob sie ihm nun das erzählen sollte, was sie von Alwine als Fortsetzungen von Annis Wickenstory erfahren hatte. Oder ob sie ihn über Alwines Erkrankung informieren sollte. Aber das hätte die Stimmung nur noch trüber gemacht. »Na dann ...«, sagte er in einem Tonfall, mit dem man das Ende eines Gesprächs einleitete.

»Ja, dann ...«, gab sie resigniert zurück.

»Mach's mal gut.«

»Okay, du auch.«

»Tschüss.«

»Jup, tschüss.«

Lucky war nicht nur ein Freigeist, sondern auch ein Rüde und nicht kastriert. Er schien nicht einzusehen, weshalb er mit Marieke Gassi gehen sollte. Wahrscheinlich gefiel es ihm ohnehin schon nicht, dass er auf einmal bei Alwines Sohn untergebracht war. Jedenfalls blieb er einfach sitzen, als sie ihn dort am späten Nachmittag zum ersten gemeinsamen Spaziergang abholen wollte. Eike drückte ihr noch kleine schwarze Plastikbeutel in die Hand. In diesem Moment bereute sie ihre Zusage. Daran hatte sie nicht gedacht.

»Nun komm schon!« Sie versuchte, Lucky mit Leckerlis zu locken. Für alle Fälle hatte sie zusätzlich noch ein Wiener Würstchen eingepackt, das sie ihm vor die Schnauze hielt und schnell wieder in ihrem Beutel verschwinden ließ. Es funktionierte! Der Hund trabte neben ihr her. Sie beglückwünschte sich innerlich. Nachdem er recht bald sein Geschäft erledigt hatte, sah sie sich gezwungen, den Haufen zu entfernen. »*Must I, Miss Sofie?*«, murmelte sie gequält und blickte sich noch einmal um.

Zu prägnant, der Schauplatz, zu viele Zeugen. Na denn. Millionen von Hundemenschen machten das mehrmals am Tag. Beherzt griff sie in einen der kleinen Plastikbeutel, dachte an ihre Babys von einst, und umfasste den warmen, weichen Haufen, ohne genau hinzusehen. Schnell einen Knoten machen und weg damit in den nächsten Abfallkorb. Nun gingen sie beide erleichtert weiter.

Am Bahnübergang an der Süderstraße vor dem Achilleion blieb Lucky stehen. Und wollte sich nicht mehr rühren. Vergebens redete sie auf ihn ein. Schließlich hielt sie ihm wieder das Würstchen hin. Diesmal schnappte Lucky zu, und weg war es. Doch weiter wollte er trotzdem nicht.

»Du bist ja wie ein bockiges Kind!« Sie zog am Halsband. Da ging der Hund plötzlich ein paar Schritte rückwärts, zog seinen Kopf aus dem Halsband und lief davon. »Lucky! Komm zurück! Bei Fuß!« Sie rannte hinter ihm her. Bis zu Alwines Haus. Dort saß er vor der Tür und wartete ganz offensichtlich darauf, dass Frauchen ihn hereinließ. Außer Atem legte sie ihm das Halsband wieder an. Sie erkannte, dass sie es nicht eng genug eingestellt hatte und befestigte es diesmal richtig. »Na los, Hund«, sagte sie ärgerlich. »Alwine ist nicht da.«

Lucky sah sie beleidigt an. Vielleicht wollte er lieber mit

seinem Vornamen angesprochen werden. Aber immerhin begleitete er sie bis zur Klempnerei.

Eike nahm Lucky wieder in Empfang. »Hast du schon was gehört?«, fragte sie ihn.

Sie duzten sich, weil Alwine das so verfügt hatte.

»Der Eingriff findet erst morgen statt«, erklärte er. »Meine Schwester Fenna, die lebt ja in der Nähe von Leer, in Amdorf, hat sie vorhin besucht. Es müssen noch etliche Computertomografien, Blutproben und so was ausgewertet werden. Und erst wenn ein Team von Fachärzten alle Ergebnisse vorliegen und gemeinsam darüber beraten hat, sagen sie was.« Innerhalb weniger Tage hatten seine Gesichtszüge etwas Verhärmtes bekommen. »Frühestens kommenden Montag haben sie das Biopsieergebnis ...«

Marieke dachte viel an ihre Nachbarin, die ihr in der kurzen Zeit so sehr ans Herz gewachsen war, und bangte mit ihr. Wie plötzlich sich das Leben ändern konnte. Eine Binsenweisheit. Man wusste es, und doch, wenn es einen nahestehenden Menschen traf, begriff man es erst richtig.

Sie selbst funktionierte, sobald sie die Schlappheit und Übelkeit des Vormittags überwunden hatte. Welchen Kraftaufwand das kostete, konnte sich kein Außenstehender vorstellen, davon war sie überzeugt. Aber sie behielt es ja ohnehin für sich. Immer wieder mahnte sie sich zur Disziplin. Wie konnte sie sich mit ihren Luxusproblemchen hängen lassen, während Alwine um ihr Leben fürchten musste?

Jeden Nachmittag gegen halb fünf holte sie nun Lucky ab. Sie machte für Alwine Fotos vom Hund, wie er an der Schleppleine durch die Gegend streifte. Wie er auf der Promenade Artgenossen beschnüffelte. Mit der Leckerlimethode, schrieb sie dazu, laufe es ganz gut, aber der Hund vermisse natürlich seine Rudelführerin. Und sie sandte ihr ein Foto vom Grenzzaun zwischen ihren Häusern, an dem sich eine blühende Painted Lady emporrankte. Alwine schickte massenweise Herzchen zurück.

Als Marieke Lucky am Montag abholte, kannte Eike die Diagnose noch immer nicht. »Die Besprechung findet wohl zur Stunde statt«, sagte er nervös. »Meine Schwester will mich gleich danach anrufen.«

Marieke entschied sich, einen Abstecher an den Südstrand zu machen. Da sie neben den Leckerlis auch wieder ein erstklassiges Wiener Würstchen dabeihatte, fühlte sie sich auf der sicheren Seite. Es war schönes Wetter, viele Urlauber vergnügten sich am Strand und im Wasser. Sie trug ein türkisfarbenes Sommerkleid, das ihr besonders gut stand, weil sie inzwischen leicht gebräunt war. Gleich verstaute sie ihre Flip-Flops im Beutel, weil sie den feinen weichen Sand unter den Füßen und zwischen den Zehen spüren wollte. Beim Schild HUNDESTRAND ließ sie Lucky von der Leine.

»Sollst auch nicht leben wie 'n Hund«, sagte sie, »mach mal Urlaub, tob dich richtig aus!«

Und genau das tat er. Wie der abging! So was hatte sie noch nicht gesehen. Der Silver Ghost von Rolls-Royce hätte im Beschleunigungstest mit Lucky schlecht abgeschnitten.

Durch das fliegende Fell sah das Hundegesicht ganz anders aus. Es zeigte pure Lebensfreude! Marieke hätte schwören können, dass Lucky lachte.

Zeitweilig verlor sie ihn aus den Augen. Er begrüßte andere Hunde, peste am Meeressaum entlang, wagte sich sogar ins Wasser bis Brusthöhe, obwohl vereinzelt Wellen über ihn schwappten. Als sie ihn einholte, sprang er wieder raus und wälzte sich mit seinem nassen Fell lustvoll im Sand, bis er richtig schön paniert war. Und dann schüttelte er sich kräftig. Der Sand flog ihr ins Gesicht, um die Ohren, spritzte an die Kleidung. Darauf war sie nicht gefasst gewesen. Warum hatte sie denn kein Mensch vorgewarnt? Die vorbeispazierende Besitzerin eines Pudels kicherte schadenfroh.

Für Lucky begann das Abenteuer erst. Er flitzte los, obwohl sie nach ihm rief. Sie versuchte es mit einem Pfiff, der ungehört blieb. Marieke eilte ihm hinterher. Inmitten der Strandzelte entdeckte Lucky eine Golden-Retriever-Hündin, in die er sich offenbar spontan verliebt hatte. Marieke wollte ihn an die Leine nehmen, doch Lucky sah die Sache anders. Er drängte sich der Hundedame auf, sie biss ihn weg. Das Besitzerpaar fand sein Werben ebenfalls nicht charmant.

Marieke stand der Schweiß auf der Stirn. Sie zückte ihre Wunderwaffe, das Wiener Würstchen. Aber anscheinend vergaß ein verliebter Rüde sogar seine Verfressenheit. Der Besitzer der Retriever-Hündin packte Lucky und zog ihn, lautstark im Ruhrpottdialekt schimpfend, bis vor ihre Füße. Schnell machte sie die Leine am Halsband fest, doch der

Mann hörte nicht auf, gegen Lucky zu wettern. Das fand sie nun doch etwas heftig, um nicht zu sagen beleidigend.

»Das Schimpfen können Sie sich sparen«, wies sie den Urlauber zurecht. »Der Hund versteht nur Borkumer Platt.«

Ziemlich geschafft erreichte sie den Klempnereibetrieb und lieferte Lucky wieder bei Eike ab. Der sah schockiert aus.

»Willst du dich setzen?«, fragte er sie.

Marieke schüttelte den Kopf. »Sprich!«

Er schluckte. »Es ist was Bösartiges«, sagte er schwer atmend. »Sie soll Chemo kriegen in Leer. Ambulant. Die nächsten Wochen bleibt sie bei meiner Schwester in Amdorf.«

Niedergeschlagen kehrte Marieke nach Hause zurück. Sie schaltete das Radio ein und versuchte, sich mit alltäglichen Verrichtungen abzulenken. Am Abend setzte sie sich an den Laptop, um ihr Aktiendepot zu checken. Das munterte sie meistens ein wenig auf. Doch – so was hatte sie noch nie gesehen – alle Zahlen waren rot! Erst glaubte sie an einen Darstellungsfehler. Sicher nur ein technisches Problem. Dann begriff sie. An diesem Tag, dem 5. August 2024, hatte es an den Aktienmärkten weltweit, besonders in Japan, einen Absturz gegeben wie seit Langem nicht. Aktien, ETFs und andere Wertpapiere hatten teils zweistellig an Wert verloren. Auch ihr Depot war deutlich geschrumpft.

Sie versuchte, Näheres über die Ursache herauszufinden. Die Verluste der Aktienindizes wie DAX, Nikkei, Dow Jones und S&P 500 seien erst der Auftakt einer längst überfälligen Kurskorrektur, schrieben Experten im Netz. Es werde noch richtig den Bach runtergehen.

»Oh – mein – Gott!«, rief sie entsetzt. »Was für ein Horrortag!«

Ihr Lieblingsradiosender spielte *Manic Monday*. »*It's just another manic Monday, I wish it was Sunday.*« Es ist nur ein weiterer verrückter Montag, ich wünschte, es wäre Sonntag. Marieke wünschte vor allem, es wäre so einfach.

Sie loggte sich in ihre Finanzgruppe ein. Dort herrschte ebenfalls helle Aufregung, einige Frauen waren ihren Kommentaren zufolge panisch und wollten sofort alles verkaufen.

Was meint ihr denn?, schrieb eine Suse23, mit der Marieke sich öfter austauschte.

Richtig coole Typen kaufen in einer solchen Situation, antwortete Marieke.

Und sie selbst? Sie war nicht cool. Fühlte sich wie beim Zahnarzt, wenn sie heimlich unterm Lätzchen kräftig einen Fingernagel in den Daumenballen presste, um den Schmerz beim Bohren weniger zu spüren. Sie entschied, einfach abzuwarten.

Am folgenden Tag schickte sie zuerst eine WhatsApp-Nachricht an Alwine und fragte, ob sie sie anrufen dürfe. Gleich darauf klingelte es, und Alwine war dran. Sie klang schwach, aber ungebrochen.

»Sie haben letzte Woche ja nur eine Gewebeprobe entnommen. Ich soll erst mal eine Chemotherapie machen. Vielleicht müssen sie dann gar nicht mehr operieren.«

»O Mann, Alwine, ich kann dir gar nicht sagen, wie leid mir das tut.«

»Es ist, wie es ist«, antwortete Alwine. »Nützt ja nix.«

»Und du willst noch immer nichts Genaueres ...«

»Bliev mi van't Liev!«, rief die Kranke aus. »Soll'n mich in Ruhe lassen mit ihrem Doktorengequatsche.«

»Ja, aber irgendwie musst du doch ...«

»So viel weiß ich, dass ich im statistischen Durchschnitt betrachtet 'ne fünfzigprozentige Chance habe, dass ich in vier Jahren noch am Leben bin. Ist doch nicht schlecht, oder? Dann wär' ich achtzig.«

»Ja ...«, erwiderte Marieke gedehnt, weil sie nicht wusste, was sie sagen sollte. Sie wollte nichts schönreden, aber die Patientin auch nicht entmutigen.

»Es gibt immer Ausreißer nach oben und nach unten«, verkündete Alwine. »Ich hab in mir so ein Gefühl, dass ich es schaffe. Also, jedenfalls bis zum Achtzigsten.«

»Super, das ist viel wert.« Die Frage war natürlich, wie viel Lebensqualität ihr bis dahin noch vergönnt sein würde.

»Könntest du dich eine Weile weiter mit um Lucky kümmern?«

»Selbstverständlich.«

»Man muss immer zuversichtlich bleiben«, verkündete Alwine. Sie schwiegen eine Weile. »Ist scheiße, klar. Will man nicht haben. Aber man darf nie aufgeben.«

»Wohl wahr.« Marieke stieß heftig die Luft aus. »Was kann ich noch für dich tun?«

»Kannst mich mal in Amdorf besuchen, bei meiner

Tochter. Ist ein kleines Nest, nicht viel los, aber sie haben eine tolle Brücke hier, und eine noch tollere Fähre.«

»Klar, mach ich.« Marieke musste plötzlich gegen Tränen ankämpfen. Offenbar merkte Alwine es.

»Nu' blaar man nich', min Wicht.«

»Ich wein' ja gar nicht.«

»Es gibt doch Hoffnung«, sagte Alwine. Nun klang sie wie immer, stark und selbstbewusst. »Mein Glas ist halb voll.«

Marieke lächelte unter Tränen. »Ich hoffe, dass wir bald mal wieder mit Fasanenbrause anstoßen können.«

»Manchmal denkt man, alles ist verloren. Vor allem, wenn man jünger ist, glaubt man das viel zu schnell. Aber das meiste hat sich doch immer noch zurechtgeruckelt. Manchmal erweisen sich Katastrophen im Rückblick sogar als Glück.« Alwine schneuzte sich vernehmbar. »Man darf sich nicht verrückt machen. Wenn ich da an Anni denke ... Weißt du, damals, als ihr großer Traum ruiniert war, weil alle Wicken über Nacht eingegangen sind ...«

Willow Hill, Juli 1911

Da war nichts mehr zu retten. Anni stand fassungslos vor ihrem Beet. Sie zitterte am ganzen Körper und hatte das Gefühl, jede Sekunde könnte ihr der Kopf platzen. Ihre wundervollen Duftwicken, ihre Hoffnung, ihre Zukunft – alles ruiniert!

Meg ließ sich nicht blicken. Doch nach einer Weile kam Mr. Hopkins aus der Werkstatt rüber. Er knirschte mit den Zähnen, unterdrückte wohl einen schlimmen Fluch.

»Tut mir verdammt leid, Anni«, sagte er, während er sich die ölverschmierten Finger an einem Tuch abrubbelte.

»Was ist denn nur passiert?«, fragte sie. »Wo steckt Meg?«

»Wirklich ein Jammer, den Schwarzen Tod wünsch ich dem, der das verbrochen hat!«, schimpfte Mr. Hopkins. »Da muss doch jemand was Schädliches drübergegossen haben.«

»Aber warum?« Sie begriff es nicht. »Und wer?«

Beim besten Willen konnte sie sich nicht vorstellen, dass ihr irgendein Mensch so etwas antun wollte. Nun brach sie doch in Tränen aus.

»Och, Mädchen!« Mr. Hopkins legte tröstend einen Arm um ihre Schultern. »Ich hab keine Ahnung. Meg ist auch am Boden zerstört. Sie musste noch ins Dorf, was einkaufen. Aber, zur Hölle, wenn du mich fragst: Sie hat Angst, dir unter die Augen zu treten.«

»Das ist so gemein!« Sie stampfte auf.

In der Tat, es war vielleicht wirklich besser, dass Meg sich gerade nicht blicken ließ. Schließlich hatte sie während ihrer Abwesenheit die Verantwortung übernommen. Wahrscheinlich hätte sie ihrer Freundin in diesem Moment Dinge an den Kopf geworfen, die sie später bereuen müsste.

Mr. Hopkins schaute sie unglücklich an. »Ich hab's gleich nach dem Aufstehen gesehen. Du kannst mir glauben, mir tut's genauso weh, als wenn's meine eigenen wären.« Drohend reckte er die Faust mit dem Öllappen. »Aber wenn ich den erwische ...«

Anni zog die Nase hoch. Ja, natürlich glaubte sie ihm. Aber was half das? Es brach ihr das Herz, die schlaffen farbigen Blüten zu sehen, die wie tote Schmetterlinge im verhedderten Grün lagen.

Trotz alldem wässerte sie noch einmal. Zusammenharken und wegwerfen konnte sie das labberige Grün auch später noch.

Am Nachmittag musste sie Mrs. Moss ausgerechnet die Szene vorlesen, in der Madame Antoinette Buddenbrook das Zeitliche segnete und ihr eher staunend, in nachdenklicher Wehmut zurückgelassener Gatte ein neues Lieblingswort fand – »kurios«. Anni reagiert anders auf ihren Verlust. Wütend. Aufgebracht. Verzweifelt.

Nach dem Abendessen stahl sie sich, angetrieben von einer kleinen unrealistischen Hoffnung noch einmal in den

Garten der Hopkins. Aber die grünen Haufen waren nur weiter geschrumpelt. Sie begann, das Kraut zusammenzuharken. Nun trat Meg aus dem Cottage. Verweint, blass und ohne Blüte im Haar. Düster sahen sie sich an. Meg atmete sehr lange geräuschvoll aus.

»Wird wohl nix mit unserem Ballonflug über Florenz«, sagte Anni schließlich bitter, weil ihre Freundin keinen Ton herausbrachte. Sie erwartete irgendeine Art von Erklärung oder Entschuldigung von ihr. Wenigstens könnte sie ihr lebhaft schildern, welches Entsetzen sie empfunden hatte bei der Entdeckung der Katastrophe, wie spät es da gewesen war, oder wie sie so nichtsahnend gerade an dies und das gedacht hatte, als sie plötzlich ... »Und?«, setzte sie deshalb hinzu. Doch statt ihr zu antworteten, kniff Meg die Augen nur enger zusammen und schaute finster drein. »Was sagst du dazu?«, fragte Anni vorwurfsvoll.

»Willst du jetzt mir die Schuld geben?« Offenbar glaubte Meg, Angriff sei die beste Verteidigung. Dabei hatte sie ihre Freundin überhaupt nicht bezichtigen wollen, jedenfalls nicht absichtlich. Aber diese Reaktion ärgerte Anni zusätzlich. Das wiederum drückte sie anscheinend durch ihre Körpersprache aus, jedenfalls wirkte Meg nun noch eine Spur gereizter. »Du glaubst, dir steht alles zu, oder? Du hast Anspruch auf jedes Glück der Welt: reisen, schreiben, was auch immer ... Selbstverständlich, meinst du, muss dir das zufallen, was du dir wünschst. Oder? Kann eben auch mal was schiefgehen, Fräulein. Sogar bei dir.«

Fräulein – auf Deutsch –, das hatte ihre Freundin noch nie zu ihr gesagt.

»Meg! Was soll denn das jetzt?« Völlig konsterniert stand sie da und verstand die Welt nicht mehr. »Phh!« Der feindselige Ausdruck in Megs Augen verletzte sie. »Du spinnst ja! Dumme Kuh!«

Zornig warf sie die Harke in die Geräteecke und stapfte von dannen. Kurios konnte sie das alles überhaupt nicht finden. Es war niederschmetternd und furchtbar enttäuschend.

Die nächsten Tage mied Anni das Cottage, sie trauerte ihren Wicken und Träumen hinterher.

Desillusioniert bereitete sie die Lektüre für Mrs. Moss gründlicher vor als sonst. Sie wusch ihre Kleidung besonders sorgfältig und widmete Dingen, die immer zu kurz kamen, etwa Staubwischen, Schuhe putzen, Karten und Briefe schreiben, große Aufmerksamkeit. Anni hörte auf, sich kurz vorm Einschlafen eine herrliche Zukunft auszumalen. Stattdessen forderte sie Unterlagen für einen Einführungskurs in Buchführung an, den eine Zeitungsanzeige als hilfreich für mithelfende Familienangehörige anpries.

Das Wetter verhielt sich vorbildlich. Genau wie Wicken es brauchten, wechselten sich Regen und Sonne ab, nichts fiel extrem aus. Es schmerzte sie, den Blütenflor glücklicherer Gärtner und Gärtnerinnen zu sehen. Dennoch besuchte sie Mrs. Scott in ihrem paradiesischen Garten. Die Witwe berichtete ihr mit rosigen Wangen, dass Mr. Hopkins des Öfteren vorbeischaue, um kleine Reparaturen in ihrem Häuschen und drumherum auszuführen. Durch ihn hatte sie auch bereits von Annis Pech erfahren.

»Kann es nicht sein, dass Meg einfach mal vergessen hat zu gießen?«, fragte sie. »Und könntest du es ihr nicht vergeben?«

Anni schüttelte den Kopf. »Sie wusste, was auf dem Spiel steht. Außerdem sind meine Wicken nicht vertrocknet, sondern vergiftet worden. Eine andere Erklärung gibt's nicht.«

»Aber dass nun auch noch eure Freundschaft daran zugrunde geht«, Mrs. Scott tätschelte ihr die Hand, »das scheint mir doch ein sehr hoher Preis zu sein. Meg hätte ja wohl schlecht Tag und Nacht neben dem Beet wachen können.«

Anni verzog das Gesicht. Der Groll über den rätselhaften Blumenmord rumorte weiter heftig in ihr.

Gut eine Woche nach dem Eklat ließ sich Jim im Aufenthaltsraum für das Personal von Willow Hill blicken. Mr. Jones, die Hausdame und die Köchin schauten neugierig von ihren Beschäftigungen hoch. Anni stand auf, um draußen mit Jim zu reden.

»Meg ist nur noch ein Schatten ihrer selbst«, sagte er besorgt. »Wollt ihr euch nicht versöhnen?«

»Meine Blumen sind tot, nicht ihre«, antwortete sie bockig. »Und ihre Art, Mitgefühl zu zeigen, finde ich auch nicht gerade ...«

»Deine Wicken waren auch ihre«, fiel er ihr ins Wort. »Sie hat sich genauso darum gekümmert wie du. Mindestens. Wahrscheinlich war sie neulich nur deshalb so garstig, weil sie sich schämt, dass sie es nicht verhindern konnte.«

Verwundert nahm Anni diesen Gedanken auf, drehte und wendete ihn, denn so hatte sie es noch nicht betrachtet. Es stimmte schon, manchmal verhielten sich Menschen widersprüchlich. Jim schlug einen Pfad ein, der sie zwischen großen Rhododendronbüschen hindurchführte.

»Aber was steckt denn nur hinter alldem?«, wollte sie von ihm wissen. »Hast du eine Erklärung?«

»Sie sind wirklich vergiftet worden. Ich hab eine Handvoll Erde aus deinem Beet zerrieben und mir unter die Nase gehalten«, erwiderte er. »Sie roch nicht gut. Säuerlich, irgendwie nach Chemie.« Er blieb stehen und schnupperte in ihre Richtung. Seine Stimme wurde weicher. »Ganz im Gegensatz zu dir. Du duftest immer so gut.« Sein sehnsüchtiger Blick brachte sie auf andere Gedanken.

»Ach ...« Sie lächelte. »Wie geht es dir denn, Jim? Was gibt's Neues?«

»Du bringst mich durcheinander.« Er griff nach ihrer Hand und hielt sie zwischen seinen Händen.

»Das ist schön«, sagte sie leise, schlug aber verlegen die Augen nieder.

Und auf einmal spürte sie seinen Atem und seine Lippen auf ihren. Er zog sie in seine Arme, sie schmiegte sich an ihn. Sie küssten sich lange. Es ging schon deutlich besser als beim ersten Mal. So gut, dass Anni wieder nicht dazu kam, sich im Geiste Stichworte für ihre Liebesszene zu notieren.

»Ich hab nun auch angefangen zu träumen«, gestand er plötzlich.

»Das gibt's doch nicht!«, entfuhr es ihr. »Ich versuche

gerade, es mir abzugewöhnen. Keine Hirngespinste mehr, mein fester Vorsatz.«

Jim hielt sie weiter umfangen. Sie registrierte, dass sich seine Wangen bis zu den Schläfen hoch fleckig verfärbt hatten. »Es müssen ja keine Hirngespinste bleiben, Anni. Ich ... ähm ... du ... ich und du ... Also, immer wenn ich die neue Wohnung plane, dann stelle ich mir vor ... Also, was ich sagen will, ist ...«

»Ich weiß ...«, flüsterte sie etwas verschämt.

»Ja? Und?« Seine Halsschlagader pochte sichtbar.

Sie dachte an all die Romane, in denen sich die stolze Heldin stets Bedenkzeit erbeten hatte. Wie viele Heiratsanträge würde sie denn noch in ihrem Leben erhalten? Vor allem, wenn sie gleich beim ersten zusagte? Da musste man das Ereignis doch ein wenig zelebrieren. Sie hatte außerdem gelesen, dass man es einem Mann am Anfang schwer machen sollte, umso dankbarer wäre er dann hinterher. Wenn eine Frau sofort Ja sagte, würde das irgendwann in späteren Zeiten für ihn den Wert ihrer Zuneigung mindern.

Sie schenkte Jim einen tiefen, ernsten Blick und antwortete: »Ich möchte gerne in Ruhe darüber nachdenken.«

Er nickte gefasst. Vielleicht, so schien es ihr, war er sogar ein wenig erleichtert, weil sie zumindest nicht sofort abgelehnt hatte.

Fünf Tage vor der Endausscheidung mit dem offiziellen Anmeldeschluss, wussten sie es endlich genau. Ungläubig ließ der Chefredakteur der *Daily Mail* noch einmal alle Meldeformulare durchzählen. Es blieb dabei. Unverzügliches Handeln war nun geboten. John verteilte in seinem Reporter- und Organisationsteam die Aufgaben. Bahn und Post wurden alarmiert, damit sie rechtzeitig für zusätzliches Personal sorgen und Sonderschichten fahren konnten. Er telefonierte erneut mit dem Chef der Pfadfinder, die bereits als Helfer vorgesehen waren, um noch mehr Jungen zu mobilisieren.

Dass John am Nachmittag zur lange zuvor verabredeten Teestunde mit Rosabel nach Willow Hill hinausfuhr, grenzte an Leichtsinn. Doch sie hatte gesagt, es gebe wichtige Dinge zu besprechen, die keinen Aufschub duldeten, und er wollte sie nicht schon wieder enttäuschen. Zu oft hatte er in letzter Zeit der Arbeit wegen kurzfristig Verabredungen abgesagt. Auch an der Freundesfeier zum 21. Geburtstag von Lord Archibald Merrymaid würde er unmöglich teilnehmen können. Was er nicht sonderlich bedauerte. Aber natürlich war Rosabel über seinen Rückzieher enttäuscht, sogar verärgert gewesen.

Sie erwartete ihn draußen auf der Terrasse zwischen Palmen in Kübeln.

»Stell dir vor, wir müssen damit rechnen, dass am Donnerstag vierzigtausend Wickensträuße geschickt werden!«, eröffnete er ihr als Erstes gleich nach der Begrüßung. Auf dem von Loom-Sesseln umstellten Gartentisch stapelten sich Unterlagen.

»Ach, du meine Güte! So viele?«, erwiderte sie. »Grandma lässt sich übrigens entschuldigen. Sie ist unpässlich.«

Rosabel sah hinreißend aus. Er nutzte die günstige Gelegenheit, sie ohne Aufpasserin anzutreffen, umarmte und küsste sie, was sie sich gern gefallen ließ.

Anmutig strich sie sich die Frisur wieder zurecht. »Mach es dir bequem, John.« Kaum saß er, schenkte sie ihnen Tee ein und schob ihm eine Ledermappe zu. »Also ... Welches Büttenpapier sollen wir nehmen?«

Feierlich schlug Rosabel die Mappe auf. Sie enthielt vier Varianten für ihre Hochzeitseinladung, auch die Schriftarten und Druckverfahren waren unterschiedlich. Sollte das etwa die wichtige Angelegenheit sein? Er schluckte seine Enttäuschung über ihr mangelndes Interesse am Wickenwettbewerb hinunter und wies auf das erste Beispiel.

»Nehmen wir doch dieses.«

»Meinst du?« Unsicher verglich sie die klassisch geprägte Druckschrift mit einer eleganten Schreibschrift. »Nicht lieber Vorschlag Nummer 4?«

»Nummer 1 gefällt mir gut«, beteuerte er, nur weil ein Mann Entschlossenheit demonstrieren sollte. Es war ihm eigentlich egal.

»Ja, aber ... Ist es auch vornehm, John?«, insistierte sie.

»Natürlich«, behauptete er. »Das könnte so direkt aus dem Königshaus versandt worden sein.«

»Tatsächlich?« Sie strahlte. »Dann nehmen wir es.« Rosabel sprudelte nun über, sie erörterte lauter Detailfragen zu ihren Hochzeitsvorbereitungen. Doch er war überhaupt nicht bei der Sache. In diesem Moment sollte er in der Redaktion sein, um mit seinem Team konkret die Berichterstattung über das Großereignis zu planen. »Denkst du schon wieder an diesen Wickenwettbewerb?«, rüffelte ihn

345

Rosabel jetzt sanft. »Sollten wir nicht für unsere Hochzeitsreise Reservierungen in Venedig und Norditalien machen? Es wird schneller Oktober, als man glaubt.«

»Verzeih mir, Darling. Über all diese Dinge reden wir in Ruhe, wenn die nächste Woche überstanden ist.« Er lächelte zerknirscht. »Dann werden wir auch Wohnungen besichtigen. Ich habe den besten Makler der Stadt beauftragt, für uns eine Vorauswahl zu treffen.«

Während er noch versuchte, sie versöhnlich zu stimmen, indem er ihr vor Augen führte, wie wichtig der Erfolg der aufwendigen *Daily-Mail*-Aktion für seine Karriere und damit für ihre Zukunft war, erschien der Butler.

»Entschuldigen Sie, Mylord, Sie werden am Telefon verlangt«, sagte Jones steif. »Der Chefredakteur der *Daily Mail* wünscht Sie dringend zu sprechen.«

John ging rasch in die Bibliothek, wo sich der Fernsprecher befand. »Ja, Ramsgate hier ...«

Der Chefredakteur teilte ihm mit, dass zwei Kollegen aus seinem Reporterteam bei einem Unfall verletzt und ins Krankenhaus eingeliefert worden waren. »Die Jungs haben über ein Polospiel berichtet. Sie standen in der ersten Reihe, als ein Gaul durchging und der Schläger des Polospielers in die Presseriege krachte.«

»Um Himmels willen! So was kann man sich ja nicht ausdenken! Wie schlimm ist es?«

»Sie werden wieder«, antwortete der Chefredakteur, »aber nicht mehr diesen Monat.«

Die beiden lädierten Redakteure waren tragende Säulen in Johns Team, fest eingeplant für die Wettbewerbsberichterstattung aus dem Kristallpalast. Für den einen, der Experte für Zahlen, Statistiken und schnelle Übermittlung von Informationen war, einigten sie sich auf einen Ersatzmann aus dem Sportressort.

»Aber ich weiß beim besten Willen nicht, wen wir statt Howard ins Rennen schicken können.«

John hatte Howard erst nach dem Gespräch mit Anni über das fehlende Menscheln ins Team geholt, und der Redakteur, ein Ire, hatte sich als ein Meister darin erwiesen, Leuten Geschichten zu entlocken, die entweder originell waren oder richtig schön zu Herzen gingen. Selbst in der Wüste würde er noch unterhaltsame Anekdoten aufspüren. Er schrieb auf den Punkt und auf Zeile, und das alles im Rekordtempo. Einen Moment lang dachte John, ohne Howie packen wir's nicht. Doch solche Gedanken, das hatte er von Lord Northcliffe gelernt, galten nicht. Es gab immer eine Lösung.

»Wir brauchen Sie hier«, sagte der Chefredakteur harsch. »Sofort.«

»Bin praktisch schon auf dem Weg«, antwortete John. Als er zu Rosabel zurückkehrte, saß auch ihre Großmutter auf der Terrasse und ließ sich von Anni etwas auf Deutsch vorlesen. Selbstverständlich begrüßte er die Damen höflich. »Wie schön, dass es Ihnen wieder besser geht, liebe Mrs. Moss.« Anni nickte er freundlich zu.

»Schlechte Neuigkeiten?«, fragte Rosabel besorgt.

»Leider.« Er schilderte, was geschehen war. »Howard, unser wichtigster Redakteur für Buntes und People, fällt aus. Ich brauche dringend Ersatz, und es gibt noch so viel zu organisieren!«

»Rosabel erwähnte vorhin, dass die *Daily Mail* mit vierzigtausend Einsendungen an einem einzigen Tag rechnet«, bemerkte Mrs. Moss ungläubig. »Wie soll denn die Annahme derartiger Mengen reibungslos funktionieren?«

»Das wird eine echte Herausforderung«, pflichtete er ihr bei, fühlte, wie ihm der Schweiß ausbrach und suchte seine Sachen zusammen. »Wir brauchen jetzt jede helfende Hand, um einen Kollaps zu verhindern. Deshalb muss ich mich leider verabschieden.«

Mrs. Moss blickte ihre Enkeltochter auffordernd an. »Rosabel, willst du deinem Verlobten nicht zur Seite stehen?«

»Ich?«, fragte Rosabel entgeistert. »Wie könnte ich ihn denn bei so einem Volksfest unterstützen?« Ihre Stimme nahm einen hochfahrenden Klang an. »Selbstverständlich werde ich bei der Siegerehrung an Johns Seite sein, wenn er die Countess of Bective begrüßt, und er wird sich meiner nicht schämen müssen.« Eine Wespe umschwirrte ihre Teetasse. Sie klappte die Mappe mit dem Büttenpapier mit einem Knall zusammen, um sie zu verscheuchen. »Ansonsten wird mein Beitrag darin bestehen, dass ich bei den Merrymaids gut Wetter mache. John kann ja leider nicht mitkommen, um Archis Volljährigkeit zu feiern. Dabei gehört seine Familie seit Jahrhunderten zu den einflussreichsten des Königreichs. Und die Sprösslinge aller anderen wichtigen Familien werden da sein.«

Obwohl John in Gedanken schon in London war, spürte er auf einmal eine besondere Energie, er fühlte sich beobachtet. Als er sich umsah, traf sein Blick auf den von Anni.

Sie saß zwar äußerlich ruhig im Gartensessel, doch ihre Augen und ihr ganzes Wesen schienen auf ihn gerichtet zu sein, mit der Absicht, ihn davon zu überzeugen, dass er ihr eine Chance geben sollte.

Mrs. Moss entging der Blickkontakt nicht. Offenbar empfing sie ebenfalls die lautlosen Funksignale.

»Anni?«, fragte sie lang gezogen. »Glaubst du, dass du helfen könntest?«

»Ja! Ganz bestimmt.« Anni knetete ihre Hände, sie wirkte, als unterdrückte sie den Impuls aufzuspringen. Ihre Augen leuchteten. »Das würde ich sehr gern.«

Rosabel schnaubte verächtlich. »Du willst dich freiwillig in das Getümmel stürzen? Wie kann man nur ...«

John schürzte die Lippen. »Ich könnte zwar gut eine Assistentin mit schneller Auffassungsgabe gebrauchen. Aber ich fürchte, das lässt sich nicht mit den Wettbewerbsregeln vereinbaren. Fräulein Anni möchte doch selbst mit einem Wickenstrauß teilnehmen, nicht wahr?«

»Nein!«, widersprach sie aufgeregt. »Meine Wicken sind verdorrt. Ich könnte gar keinen Strauß mehr einreichen.«

»Tatsächlich?« Er rieb sich das Kinn. »Na, unter diesen Umständen ... Mrs. Moss, würden Sie mir Ihre Vorleserin für ein paar Tage ... nun ... quasi ausleihen?«

Mrs. Moss nickte großzügig. »Natürlich. Wenn's der Sache dient. Mein Sohn ist diese Woche mit der Hälfte des Personals in London. Anni, du kannst dann dort in deinem Zimmer im Stadthaus übernachten.«

»Danke, Mrs. Moss!«

»Gut, dann packen Sie bitte schnell ein paar Sachen«,

sagte John und schaute auf seine Taschenuhr. »Wir fahren in einer halben Stunde.«

Anni lief zum Haus. Am Personaleingang begegnete sie Meg, die einen leeren Korb trug. Wahrscheinlich hatte sie der Köchin Mrs. Tufts Kräuter aus dem Küchengarten gebracht. Betreten hielt sie inne.

»Hallo, Meg.«

»Hallo, Anni.« Meg wagte kaum, sie anzuschauen.

»Meggy, ich muss blitzartig meine Sachen packen und überraschend nach London fahren. Willst du mich kurz nach oben begleiten, damit wir beim Packen reden können? Ich möchte nicht im Streit mit dir abreisen.« Meg schüttelte nur den Kopf. »Nein? Nicht? Wie schade.« Anni fühlte den Zeitdruck, aber auch den Wunsch, sich auszusöhnen. »Du, ich hab nachgedacht. Und ich wollte dir sagen, es tut mir leid, wenn ich dir ein schlechtes Gewissen gemacht habe. Wahrscheinlich hast du deshalb überreagiert. Das verstehe ich jetzt. Ich hab wirklich nicht erwarten können, dass du rund um die Uhr Wache schiebst, um die Wicken zu beschützen.«

»Ach, Anni!« Ihre Freundin brach unvermittelt in Tränen aus. »Ich bin ein böser Mensch. Es tut mir so leid, ich wollt', ich könnte es ungeschehen machen ...«

»Wie? Was?«

Meg straffte sich, wischte sich mit dem Handrücken übers feuchte Gesicht und sah sie todesmutig an. »Ich war das. Ich hab einen ordentlichen Schuss Essig ins Gießwasser ... also ... ja ... gekippt, dazu auch noch Insektenvernichtungsmittel. Sie sollten doch nur nicht mehr so prächtig blühen. Ich wollte nicht, dass sie richtig absterben.«

Anni klappte die Kinnlade runter. »Duuuu?« Ihre beste Freundin – eine Verräterin? Das konnte nicht wahr sein! Meg war doch diejenige, die Blumen nur in lauwarmes Wasser stellte. Niemals würde sie einem Pflänzchen absichtlich etwas Böses antun können! »Das glaub ich nicht. Wieso, in Gottes Namen?«

»Neulich abends«, begann Meg zu erklären, »da hatte Jim seine neue Taschenuhr bei uns vergessen, und ich bin hinterher und wollte sie ihm geben, und da hab ich euch beide gesehen, wie ihr euch geküsst habt, und hab eine Riesenwut auf dich gekriegt, eine richtig heiße Flamme schoss da in meinem Bauch hoch, das hab ich noch nie erlebt. Ich war eifersüchtig, und ich bin es immer noch. Denn, weißt du, ich bin schon ganz lange in ihn verliebt, und ich dachte, der Aquarellkasten wär' ein Geschenk von ihm, und ich hab deshalb umso mehr gehofft, dass er auch in mich verliebt ist. Aber dann küsst er dich ... und das alles auch noch heimlich ... Keiner hat mir was gesagt.« Sie konnte einen Moment lang nicht weitersprechen. »Ich ... ich hab mich von euch beiden betrogen gefühlt!«

Anni war schockiert. Sie wusste nicht, wie sie reagieren sollte. Aber die Zeit drängte. Eigentlich hätte sie Meg noch sagen wollen, dass sich der Wickentod gerade eben sogar zum Positiven wendete, nur als Nichtteilnehmerin des Wettbewerbs durfte sie nämlich in einem echten Reporterteam mitarbeiten.

»Du bist die Giftmischerin!« Fassungslos starrte sie Meg

an. Dann fiel ihr ein, dass Lord Ramsgate wartete. Diese Chance durfte sie sich nicht selbst verderben. »Ich muss jetzt los.«

Sie drehte sich um, ließ die tränenüberströmte Meg einfach stehen und lief, um ihre Sachen zu holen.

In den folgenden Tagen in London kam Anni kaum zum Nachdenken – weder über Jims Antrag noch über Megs Geständnis. Jede wache Minute drehte sich alles um den Wettbewerb. Sie schaffte es sogar nur ein einziges Mal für eine halbe Stunde rüber zu Millie, um ihr in der Dachkammer bei der Auswahl ihrer Wicken zu helfen.

»Die hier sieht schöner aus, aber diese riecht besser. Welche soll ich nur nehmen?« Ihre Freundin tat sich schwer. Sie stellten schließlich eine Komposition aus Pastellfarben zusammen, hauptsächlich in Rosa- und Violetttönen. Insgesamt zwölf Stängel von fünf verschiedenen Sorten, die Millie allesamt über Monate in den Pflanzkästen vor ihrem Mansardenfenster gehegt und gepflegt hatte. Anni strich einen Bogen fettdichtes Papier glatt, damit Millie ihren Strauß behutsam darauflegen konnte. »Toi, toi, toi! Verzaubert sie alle, damit ich gewinne und meinen Blumenladen aufmachen kann!« Millie spuckte drei Mal, bevor sie die Wicken einhüllte und in eine Pappschachtel legte. Drumherum stopfte sie noch sicherheitshalber zum Abfangen möglicher Stöße bei der Zustellung zerknülltes Zeitungspapier. Sorgfältig klebte sie auf die Schachtel ein vorgedrucktes, mit einer Nummer versehenes Etikett. Es trug die Nummer, die sie nach ihrer Anmeldung von der *Daily Mail* erhalten hatte. »Genau diese Zahlen standen auch auf meinem Anmeldeformular«, erklärte sie.

»Damit sind die Beiträge anonym«, bemerkte Anni. »Jeder Strauß gehört zu einer Nummer, es gibt keinen Namen als Absender. Das haben sie gut ausgetüftelt.«

Millie zeigte auf eine zweite Schachtel. »Der Strauß von Mrs. Fairfield«, sagte sie. »Sie hat mich gebeten, ihn für sie fertig zu machen, weil sie vorerst bei ihrer Freundin wohnt.«

»Hat sie ihren Mann inzwischen mit der Wahrheit konfrontiert?«, fragte Anni gespannt. Millie nickte. »Wie hat er reagiert?«

»Sie war so schlau, ihm alles vor den Augen eines Rechtsanwalts zu sagen. Sonst hätte er sie nur wieder als Lügnerin bezeichnet. Bestimmt wär' er auch wütend geworden, und wer weiß, was er ihr angetan hätte.«

»Puh!« Anni nickte. »Klug gemacht.«

»Sie hat ihn angezeigt wegen Bigamie und Betrug und was noch alles, ich weiß nicht, wie diese Rechtsverdreher das nennen. Aber natürlich hat sie Schiss, dass er mal nachts hier vorbeikommt, um sich zu rächen oder sie einzuschüchtern, damit sie die Anzeige zurücknimmt. Deshalb ist sie zu ihrer Freundin gezogen.«

»Und du?«

»Ich? Angst?« Millie lachte spöttisch. »Ich bin mit versoffenen Alten groß geworden, im East End. Ich weiß mich zu wehren, darauf kannst du aber einen lassen!« Sie schaute demonstrativ in eine dunkle Ecke neben ihrem Bett. Dort an der Wand lehnte ein Krocketschläger. »Wir

hoffen, dass sie den feinen Herrn bald in Untersuchungs-
haft stecken.«

»Wenn der man nicht versucht zu fliehen«, wandte Anni
ein.

»Mir tut seine andere Frau leid«, sagte Millie. »Immerhin
hat sie ein Kind von dem Kerl. Die war ja genauso ahnungslos wie Mrs. Fairfield.«

Am ersten Wettbewerbstag, einem Donnerstag, traf sich
Anni kurz vor sechs Uhr morgens im Pressezentrum des
Kristallpalastes wie verabredet mit Lord Ramsgate und
mindestens einem Dutzend Mitarbeitern und Mitarbeite-
rinnen der *Daily Mail* – Redakteuren, Boten und Sekretärinnen. Sie hatte vor Aufregung kaum geschlafen. Zur Feier
des Tages trug sie ein graues Kostüm und eine weiße Bluse
mit lilafarbener Schleife. Die Jacke verfügte über Seitenta-
schen, die tief genug für Block und Bleistift waren.

»Anni, bitte laufen Sie umher und beobachten Sie«, trug
ihr Lord Ramsgate auf. »Mit Ihrem Talent für Geschichten,
in denen es menschelt, werden Sie sicher allerhand aufspüren. Sammeln Sie Eindrücke ... Atmosphäre, Stimmung, Gefühle, Unterthemen ...«

Anni warf sich ins Getümmel und war glücklich. Mit diesem Auftrag im Rücken fühlte sie sich stark und berechtigt,
wildfremden Menschen neugierige Fragen zu stellen. Beinahe stündlich trug sie den Reportern ihre Beobachtungen
und Kurzinterviews zu. Sie fand alles spannend. Es faszinierte sie, dass alles trotz des Lärms und des Gewusels wie
am Schnürchen lief. Dazu schien die Sonne durch die glä-

sernen Wände. In der Wärme entfalteten sich alle Gerüche intensiver, es duftete betörend nach Wicken.

Vor dem Kristallpalast war ein riesiges Festzelt aufgebaut, knapp hundert Meter breit. Es diente nur der Annahme der Sträuße. Darin standen in der gesamten Breite zwei lange Reihen von Tischen. Als die ersten roten Postlastwagen anrollten, warteten schon mehrere Gruppen von Pfadfindern darauf, sie zu entladen.

Insgesamt fünfhundert Scouts, die in der Nähe in Zelten untergebracht waren, rissen sich darum, nützlich zu sein. Scoutmaster gaben die Anordnungen und sorgten für Disziplin. Sie schleppten Säcke voller Schachteln zur Annahme, luden sie auf den Tischen in der ersten Reihe ab. Dort packten andere Gruppen von Pfadfindern die Sträuße aus und trugen sie zu den Tischen in der zweiten Reihe, wo eine Jury für die Vorauswahl saß. Anni gelang es, den Jungen einige witzige Bemerkungen zu entlocken. Die Herren von der Jury strömten Wichtigkeit aus und gaben bedeutungsschwere Kommentare von sich. Es flogen aber auch Scherze hin und her.

Wenn ein Juror die Blumenqualität für ausreichend hielt, arrangierte er den jeweiligen Strauß in einer der Vasen, die bereits mit Wasser gefüllt hinter ihm standen. Bei dieser ersten Prüfung wurden mehr als die Hälfte der Einsendungen zurückgewiesen, weil sie nicht alle Bedingungen erfüllten. Die Vasen mit den angenommenen Sträußen rollten Pfadfinder auf kleinen Transportwägelchen weiter zur dritten Station in die Haupthalle. Hier standen weiß gedeckte Tische, und zwei weitere Jurys warteten darauf, ihre

Expertise zu demonstrieren. Ihre Aufgabe bestand darin, aus der Menge zweitausendfünfhundert Sträuße auszusuchen, die es verdienten, in die engere Wahl für die Medaillenprämierung zu gelangen. Diese Arbeit dauerte den ganzen Tag an.

Immer wieder blieb Anni bewundernd vor einem außergewöhnlichen Strauß stehen, erfreute sich an den Farben und den Feinheiten der Zeichnung oder staunte über die Duftnuancen. Dagegen hätten ihre Blüten ohnehin keine Chance gehabt. Der Verlust tat nicht mehr gar so weh, denn ohne ihn wäre sie nicht hier mitten im herrlich brodelnden Leben der Weltstadt gelandet. Ab und an fragte sie sich, ob sie wohl, ohne es zu wissen, den Strauß der Witwe Scott oder den von Mr. Hopkins angeschaut hatte. Sie zitterte mit für alle Bekannten, deren Hoffnungen in Wickensträußen blühten. Vor allem Millie wünschte sie von Herzen einen Preis.

Wie sich am Abend herausstellte, waren bis zum Annahmeschluss um neun Uhr insgesamt rund achtunddreißigtausend Sträuße in Empfang genommen worden. Achtunddreißigtausend!

Anni war die ganze Zeit hin und her geflitzt. Auch am späteren Abend noch lief sie vom Zelt in die diversen Hallen des Kristallpalastes, ins Pressezentrum, wo Lord Ramsgate seine Leute souverän dirigierte, und wieder zurück. Sie fragte die Juroren, ob ihnen bei der Qualität regionale Schwerpunkte aufgefallen seien, und fand heraus, dass es deutliche Unterschiede gab. Diese Erkenntnisse gab sie an Lord Ramsgate weiter.

Man konnte schon die ersten Sterne am Himmel erkennen, und noch immer ratterten Transportwägelchen durch die Haupthalle. Unermüdlich schufteten Pfadfinder und Jurymitglieder weiter. Lord Ramsgate ließ Verpflegung verteilen, auch an sein Team im Pressezentrum.

Die meisten Redakteure rauchten und tranken Bier, während sie in ihre Schreibmaschinen hackten. Einige zogen es vor zu diktieren, direkt oder am Telefon. Neben der *Daily Mail* hatten noch andere Redaktionen Reporter entsandt, nicht nur welche aus dem Presseimperium von Lord Northcliffe, sondern auch die Konkurrenz und sogar Blätter aus dem Ausland. Der lockere Umgangston der Journalisten gefiel Anni. Sie fühlte sich wie ein Fisch in lauwarmem Wasser und gab schlagfertig Antworten, die ihr Sympathien und Respekt verschafften. Besonderen Spaß bereitete es ihr, verbal mit Lord Ramsgate die Klingen zu kreuzen.

Zu später Stunde saß sie ihm gegenüber an einem der Schreibtische und verzehrte mit großem Appetit ein Leberwurstsandwich. Es war warm und stickig im Presseraum. Deshalb legte sie während ihrer angeregten Unterhaltung die Jacke ab. Ebenso wie es viele Redakteure gemacht hatten, krempelte sie die Ärmel hoch.

»Es sollte mehr schreibende Frauen in den Redaktionen geben, nicht nur Sekretärinnen«, sagte sie, »dann würden auch mehr Frauen die Zeitungen lesen.«

»Wir wollen aber nicht zu viel über Kinder, Kochen und Mode berichten«, gab er zurück.

»Das meine ich nicht. Frauen können über jedes Thema

berichten«, behauptete sie. »Aber sie schreiben anders, anschaulicher. Wenn sie denn schreiben können.«

»Denken Sie an jemand Spezielles?«, neckte er sie. Der verschmitzte Ausdruck in seinen Augenwinkeln stand ihm verdammt gut.

Sie tat ahnungslos. »Wie kommen Sie nur darauf, Eure Lordschaft?«

Er lachte kurz auf. »Machen Sie Schluss für heute«, sagte er dann.

Aber Anni fand es wunderbar bei den Journalisten. Vermutlich war sie schon etwas überdreht, weshalb sie seinen Appell absichtlich überhörte. Sie konnte noch ewig weiterwirbeln.

Gegen elf Uhr forderte Lord Ramsgate sie nicht mehr auf, sondern befahl ihr, ins Townhouse der Familie Moss zu fahren. Er ließ eine Droschke ordern und verpflichtete einen Volontär als Begleitung für sie. Anni widersprach, schließlich war die Juryarbeit noch in vollem Gang, doch er bestand darauf.

»Sie müssen morgen sehr früh wieder ausgeruht hier sein«, erklärte er. »Um zwölf Uhr Mittag erwartet die Welt das Endergebnis. Wir brauchen exzellentes Recherchematerial über die Stunden davor.« Dieses Argument überzeugte sie.

»Und Sie?«, fragte sie, während er ihr in die Jacke half.

Seine Nähe löste ein Prickeln in ihr aus. Wie gut er immer noch aussieht, dachte sie, trotz all der Hektik seit heute Morgen. Das klare Gesicht, die markanten Züge verrieten keine Müdigkeit, allerdings benötigte er eine Rasur.

»Ich bleibe.«

»Aber Sie müssen doch auch mal schlafen«, erlaubte sie sich zu bemerken.

Er wies auf ein karges Feldbett, das halb hinter einem Paravent stand. »Ich bleibe hier, bis die Schlacht geschlagen ist.«

»Ach«, erwiderte sie seufzend, durch die Übermüdung mutig geworden, mit feinem Spott, »was ist nur aus den Privilegien des Adels geworden?«

»Welche Privilegien meinen Sie?« Er lächelte amüsiert.

»Das Privileg, Verantwortung zu tragen?« Wenn sie ehrlich war, wusste sie es gar nicht genau. Sie versuchte, sich aus der Affäre zu ziehen, indem sie behauptete, es gebe so viele Sonderrechte für Blaublütige, die könne sie gar nicht alle aufzählen. »Die Sache mit den Privilegien wird vom gemeinen Volk meist maßlos überschätzt«, klärte er sie auf. »Die besten sind längst ungültig, und ständig haben wir weitere Verluste zu beklagen.«

»Ist das so? Zum Beispiel?«

»Nun, beispielsweise durften Männer aus dem Hochadel in früheren Zeiten lediglich angeklagt werden, wenn es um Verrat an König oder Königin ging. Um ihnen ein Geständnis abzuringen, durften sie jedoch nicht gefoltert werden.«

»Der Verlust dieses Vorrechts ist gewiss bitter.« Sie heuchelte Mitleid. »Noch dazu, wo man solch ein Privileg beinahe täglich gut brauchen könnte.«

Er tat, als überlegte er. »Noch eines fällt mir ein ... Obwohl bei derartigen Anklagen natürlich auch Angehörige des Hochadels zum Tode verurteilt werden konnten, sah das Gesetz für sie eine andere Todesart vor als für normale Bürger.«

»Auf Hochverrat standen doch Hängen, Ausweiden und Vierteilen, nicht?« Diese grausame Regel, von der Anni in einem Geschichtsbuch gelesen hatte, war ihr in lebhafter Erinnerung geblieben.

»Respekt, Sie kennen sich aus!« Erstaunt neigte er den Kopf, das Glitzern in seinen Augen verriet eine unwiderstehliche Mischung aus Intelligenz und Humor. »Unsereins jedoch wurde einfach nur enthauptet. Tja, diese feinen Unterschiede werden heutzutage nicht mehr gemacht.«

Anni setzte eine entrüstete Miene auf. »Wirklich bestürzend!« Nur mühsam unterdrückte sie ein vergnügtes Glucksen. »Bis morgen früh dann also!«

»Gute Nacht, Anni. Und danke für Ihren Einsatz heute.«

Er sah sie mit einem offenen, freundlichen Lächeln an. Ihr Herz wurde ganz weit. Sie lächelte zurück. Eigentlich hätte nun einer von ihnen den Blick abwenden müssen, weil man sich so lange nicht anschaute. Für so was gab es schließlich ungeschriebene Gesetze. Wieso guckte er denn nicht weg? Sie konnte nicht. Er hatte wunderschöne olivfarbene Augen, mit braunen Inselchen darin, sehr interessant, vertrauenerweckend, klug. Und dieses Funkeln und Fragen darin! Sie holte tief Luft, ihr Brustkorb hob und senkte sich, und es gelang noch immer keinem von ihnen, woanders hinzuschauen. Der Ausdruck in seinen Augen veränderte sich. Überraschung las sie auf einmal darin, Freude, Bewunderung, Zuneigung und mehr ... Oder? Sie hob verwirrt die Linke, berührte mit zwei Fingern ihre Lippen.

»Die Droschke ist da!«, verkündete der Volontär und bot ihr wohlerzogen seinen Arm.

Als Anni mit dem Volontär als Beschützer an ihrer Seite nach Hause gefahren wurde, fühlte sie sich wie auf Wolken. Ein verrücktes, jauchzendes Gefühl erfüllte sie. Ihr Herz klopfte vor Aufregung. Sie freute sich unbändig auf den kommenden Tag.

Im Bett wollten sich Gedanken an Jim und Meg in ihr Bewusstsein drängen und ein diffuses Unbehagen auslösen. Aber zum Glück war sie so müde, dass sie schnell in einen seligen traumlosen Schlaf sank.

Borkum, August 2024

An diesem Tag war es leicht, Borkum zu lieben. Der schönste Sandhaufen der Welt präsentierte sich in Hochsommerstimmung und sprach freundlichst alle Sinne an. Marieke schnupperte an ihren Duftwicken, bevor sie das Gartentor schloss und losging, um Lucky abzuholen. Die frische, ozonhaltige Seeluft belebte. Es war sonnig, leicht windig, Möwen glitten durchs Himmelblau, die Backsteine der Wege und Häuser strahlten Wärme ab. Sie sah gut gelaunte Menschen, Eltern mit Bollerwagen, Kinder mit Schaufeln und Schiffchen.

Lucky saß bereits vor dem Rolltor der Klempnerei und wedelte zur Begrüßung mit dem Schwanz. Seit gut einer Woche gingen sie nun täglich Gassi.

»Woher weiß der Hund, wann es halb fünf ist?«, fragte Marieke.

»Is' eben auch nur 'n Gewohnheitstier«, antwortete Eike augenzwinkernd.

»Er scheint mich inzwischen sogar zu mögen«, stellte sie halb verwundert, halb geschmeichelt fest. »Aber wahrscheinlich liegt es nur an den Leckerlis und den Wiener Würstchen.«

»Das kannst haben«, antwortete Eike mit breitem ostfriesischem Zungenschlag. »Is' eben 'n korrupter Hund!«

»Gab's im Laufe des Tages etwas Neues von deiner Mutter?« Mit einem tiefen Seufzer schüttelte er den Kopf. »Bitte grüß sie von mir, falls ihr telefoniert.«

Marieke spazierte mit Lucky in Richtung Nordbad durch den Ort, mied allerdings die bevölkerte Fußgängerzone und schlug am Ende der Promenade beim Toilettenhäuschen den Weg zum Hundestrand ein. Während sie durch die begrünten Vordünen streiften, konnte sie ihren Gedanken nachhängen. Ab und an betrachtete sie eine der Pflanzen, die Tibo ihr vorgestellt hatte. Anders, aufmerksamer und dankbarer als früher. Sie versuchte, sich an deren Namen zu erinnern. Ein paarmal schaute sie in der neuen App nach, um mehr zu erfahren.

Seit ihre Kinder und Gisbert abgereist waren, fühlte sie sich irgendwie betäubt. Morgens musste sie nicht mehr weinen, ihr war nicht mehr übel, jedenfalls nicht so wie sonst, nur die Schlappheit drückte sie noch nieder. Andererseits spürte sie aber auch, wie das Baden im Meer und die Spaziergänge sie jeden Tag etwas mehr stärkten. Ganz so katastrophal wie noch vor einer Woche erschien ihr die Welt jedenfalls nicht mehr. Die internationalen Börsen schienen sich zu beruhigen, und auch ihr Herpes heilte ab.

Dass sie Gisbert nun wirklich loslassen konnte, hing vermutlich damit zusammen, dass sie neulich nicht mal mehr ein Fünkchen Lust auf Sex mit ihm verspürt hatte. Dieses Desinteresse lag am Ende weniger daran, dass sie die Art abstieß, wie er mit den Fingern Gurken aus dem Glas friemelte, denn Frauen konnten vieles verzeihen, wenn sie einen Mann begehrten, beinahe alles. Selbst sein Fremdgehen hätte sie ihm vergeben können, wenn es zwischen ihnen noch echte Leidenschaft und Erfüllung gegeben hätte. Dass sie endlich abgetörnt war, lag daran, dass inzwischen ein anderer sie angetörnt hatte. Tibo. So einfach war das.

Und so kompliziert.

Während der vergangenen Wochen und Monate hatte sie, weil ihr die Energie zum Lesen fehlte, zahlreichen Hörbüchern gelauscht. Darunter vielen Bekenntnissen von Prominenten, die ihre Depression oder einen Burn-out schilderten. Ob Benjamin von Stuckrad-Barre, Thorsten Sträter, Maxi Gstettenbauer oder Kurt Krömer – jeder schilderte Verhaltensweisen, Störungen und Empfindungen, die man normalerweise für sich behielt, und in denen sie sich wiedererkannte. Was blieb, war der tröstende Eindruck, dass es besser werden konnte. Aber auch die Erkenntnis, dass es dauern würde. Und dass man während der depressiven Episode nicht in der Lage war, eine befriedigende Beziehung zu leben. Eine neue Liebe würde kaum eine Chance haben. Der Versuch musste scheitern. Deshalb wäre es einem anderen gegenüber unfair, wenn man ihm Hoffnung machte.

Lucky zog ungeduldig an der Leine. Er wollte einen Labrador begrüßen, der seine Leine mit einem Frauchen am Ende ebenfalls stramm auf Spannung brachte.

»Ist das nicht Lucky, der Glückliche?«, rief die Frau. »Sie sind Alwines Nachbarin, nicht wahr? Wie geht's ihr denn?«

»Moin, Frau Teerling!«

Marieke kannte die Frau flüchtig. Sie wusste, dass sie in der Bücherei Arche in der Kulturinsel, dem zentralen

Veranstaltungsort Borkums, arbeitete. Während die Vierbeiner einander beschnüffelten, unterhielten sie sich über Alwines Erkrankung. Marieke erzählte Frau Teerling, dass sie Alwine demnächst in Amdorf bei ihrer Tochter besuchen wollte, dann plauderten sie über dieses und jenes. Mitten im Gespräch machte Frau Teerling sie auf einen Mann aufmerksam, der nahe der Brandung einen großen, tragbaren Käfig hochhievte.

»Ach, sieh an! Da ist Freddy. Muss wohl wieder 'nen Heuler retten.« Sie winkte dem Mann zu, und er winkte zurück. Marieke fand, dass er selbst ein wenig Ähnlichkeit mit einem freundlichen Seehund hatte. »Freddy ist schon seit über dreißig Jahren dabei, Seehundjunge aufzusammeln, wenn sie krank oder verlassen sind. Er schafft sie zur Aufzuchtstation nach Norddeich.«

Marieke hatte davon gehört. Dort päppelten sie die Kleinen auf und entließen sie anschließend wieder in die Freiheit.

»Wie nennt man denn so einen Beruf?«, fragte sie. »Seehundretter?«

»Wattenjagdaufseher, glaub ich. Freddy macht das ehrenamtlich. Aus Überzeugung.« Frau Teerling lächelte. »Er sagt immer, sein Job ist wichtig, weil die Seehunde wichtig sind. Wie's den Seehunden geht, so geht's dem Meer, an dem und von dem wir alle leben.«

»Ach so«, erwiderte Marieke. »Na, da hat er wohl recht.«

Komisch, in letzter Zeit hörte sie ständig von ehrenamtlichen Tätigkeiten. Der Inselarzt war seit Jahrzehnten ehrenamtlich Vorsitzender des Heimatvereins. Svenja hatte ihr kürzlich von zwei Frauen vorgeschwärmt, die den Borkumer Kindern und Jugendlichen kostenlos alte Volkstänze beibrachten.

»Alwine fehlt uns«, sagte Frau Teerling. »Wird langsam eng. Wir sind ja eigentlich zehn Frauen, die sich um die Bücherei kümmern.«

»Auch alle ehrenamtlich?«

»Natürlich. Im Moment ist Hochsaison, und wir haben noch zwei Ausfälle ...« Sie seufzte. »Aber Hauptsache, Alwine kommt wieder auf die Beine. Grüßen Sie sie ganz herzlich von mir.«

»Das werde ich machen«, versprach Marieke. »Tschüss!«

»Tschüss, einen schönen Spaziergang noch.«

Endlich konnte Marieke Lucky freien Lauf lassen. Als er von null auf hundertachtzig beschleunigte, dämmerte ihr, weshalb Alwine dem Hund seinen Namen gegeben hatte – eine glücklichere Kreatur war kaum vorstellbar. Nach einer Weile verschwand er wieder aus ihrem Blickfeld. Sie zog ihre Flip-Flops aus, steckte sie in den Umhängebeutel und lief suchend umher, bis sie ihn schließlich dabei ertappte, wie er eine kleine Bulldoggenhündin bedrängte. Von deren Seite war das durchaus nicht unerwünscht. Der Besitzer aber regte sich fürchterlich auf.

»Luna, halt! Hierher, zu Papa!«

Die Hundedame trug ein Höschen. Marieke musste grinsen. Standen etwa auch Hunde auf Reizwäsche? Ach, du meine Güte! Und sagte man jetzt nicht mehr Herrchen und Frauchen, sondern Mama und Papa? Das letzte Kind trägt Fell, hieß es ja.

Der ältere Herr klärte sie auf, dass ihre reinrassige Französische Bulldogge Luna nur von einem reinrassigen Französischen Bulldoggen beglückt werden dürfe. Das Höschen müsse sie tragen, weil sie läufig sei. Marieke schüttelte den Kopf. Die rätselhafte Welt der Hunde und ihrer Menschen – ein Parallelkosmos, von dem sie bislang keine Ahnung gehabt hatte.

»Du Ärmste«, sagte sie zur Hündin, trennte den widerspenstigen Lucky von ihr und leinte ihn wieder an. Sie fragte sich, weshalb Leute an den Hundestrand gingen, wenn ihre Hündin läufig war, aber nicht durfte, was die Natur ihr vorgab. Sie lockte Lucky mit Leckerlis. Erst als sie ein ganzes Stück weiter bis an die Wasserkante gelaufen waren, ließ sie ihn wieder frei. Da eine große Sandbank vorm Strand lag, konnten die dadurch flacheren Wellen hier nur plätschern. Das schien ihm zu gefallen. Jedenfalls tobte er mit anderen Hunden im seichten Wasser herum. Später warf sie noch eine Frisbeescheibe, die Eike ihr gegeben hatte, und Lucky fand auch dieses Spiel toll. So kam es, dass ihr Spaziergang an diesem Tag länger als sonst dauerte und sie noch unterwegs war, als Gardon anrief.

»Ich bin ratlos«, gestand er. Pia konnte seiner Idee von der Patchworkfamilie nach wie vor nichts abgewinnen. Sie und die Kinder leiden zu sehen, schmerzte ihn nun mehr, als er erwartet hatte. »Ich hab am Wochenende einen Workshop besucht«, erzählte er. »Es ging darum, wie man besser mit seinem Schmerz umgeht.«

»Gesponsert von einem Pharmakonzern?«

»Nein, eher was Spirituell-Esoterisches.« Er räusperte

sich. »Um ehrlich zu sein, das Thema lautete ... ähm ... Erleuchtung.«

»Gardon, du bist Orthopäde! Orthopäden sind nicht so.«

»Gerade dir, meine Liebe, hätte ich so ein Klischeedenken nicht zugetraut.«

»Na gut, ich bin ja flexibel. Ich nehme an, Alex war nicht ganz unbeteiligt?«

»Stimmt.«

»Und was hast du gelernt?«

»Dein Schmerz ist das Ergebnis deiner Vergangenheit«, sagte er im Dozententon. »Wenn du dich damit identifizierst, bleibt er. Wenn du ihn verdrängst oder dagegen ankämpfst, bleibt er. Nur wenn du ihn dir bewusst machst, kannst du ihn loswerden.«

»Ach, so was Ähnliches hab ich mal in einem Meditationskurs geübt!« Sie erinnerte sich an die Sätze, die sie damals während der schlimmen Scheidungszeit mantramäßig wiederholt hatte. »Ich bin ein Stein, ich bin ein Stein. Ich beobachte den Schmerz, aber ich bin nicht der Schmerz.«

»Genau«, bekräftigte Gardon. »Andernfalls schlüpfst du nämlich in die Opferrolle und lässt die Vergangenheit wichtiger sein als deine Gegenwart. Willst du das etwa?«

Es sagte sich so leicht. Marieke mochte Kalendersprüche, die sie aufforderten: Sei nicht mehr zornig auf die Vergangenheit! Hab keine Angst vor der Zukunft, schau lieber, was dich heute glücklich machen könnte! Es war nur leider schwer zu praktizieren. Oder musste man es einfach wieder und wieder versuchen?

Über ihr schrien Möwen, das Wasser plätscherte um ihre Füße. Sie hielt ihr Handy hoch. »Hörst du das?«, fragte sie.

»Ja, beneidenswert. Du solltest längst super drauf sein bei solchen Rahmenbedingungen auf deiner Insel.«

»Bin auf dem Weg dahin.«

»Im Ernst, Marieke. Ich hab bei diesem Workshop oft an dich gedacht. So manche der Weisheiten würde dir auch guttun.«

»Erzähl weiter.«

»Na ja, wenn man gegen etwas ankämpft, einen Schmerz oder eine Schwäche, dann erzeugt das durch den inneren Konflikt nur mehr davon.«

»Du meinst, ich sollte einfach mal einen ganzen Tag im Bett liegen bleiben?«

»Vielleicht. Man muss akzeptieren, was ist, auch wenn's wehtut.«

»Hmm. Ich hab Angst, dass ich dann völlig verlottere.«

»Ach, ich weiß es doch auch nicht ... Man sucht eben nach Wegen.«

»Ja, das verstehe ich nur zu gut.«

»Ich will es jedenfalls mal ausprobieren mit diesem Konzept von der Gegenwärtigkeit.«

»Das funktioniert wie?«

»Indem du versuchst, ganz in der Gegenwart zu sein, nicht mehr in der Vergangenheit, noch nicht in der Zukunft. Frag dich: Wie geht es mir jetzt gerade, in diesem Augenblick? Was sehe, höre, fühle ich?«

»Na gut, ich probiere es ...« Sie lächelte leise. »Bei

unserem nächsten Gespräch verraten wir uns dann gegenseitig, was es gebracht hat.«

»Okay! Viel Erfolg.«

»Dir auch. Tschüss, Gardon.«

Auf dem Rückweg befolgte sie seine Ratschläge. Was ist jetzt gerade?, fragte sie sich. Und registrierte: Die Sonne wärmt meine Haut, ich spüre den Wind in meinem Haar, meine Füße sind nass, zwischen den Zehen reibt feiner Sand. Ich habe keine Schmerzen. Am Horizont über dem Wasser sehe ich eine flimmernde Linie. Ich rieche Salzwasser, Seetang, nassen Hund. Und so langsam bekomme ich Hunger.

Das Unglücklichsein erschien ihr plötzlich nur noch wie eine schlechte Angewohnheit von früher.

»Hey, Lucky, das ist toll! Es geht uns gerade richtig gut, weißt du das?«

Lucky bellte und wedelte mit dem Schwanz. Natürlich, der Hund lebte das Prinzip immer schon.

Zwei Tage später wurde Marieke von einem Anruf geweckt. Ihr Sohn wollte ihr nur sagen, dass er gut in Sydney gelandet war. Da sie nun schon früher als sonst wach war, versuchte sie, ihre Gewohnheiten auszutricksen, indem sie, ohne zu frühstücken, einen Morgenspaziergang unternahm. Es herrschte merkwürdiges Wetter, in der schwülen Luft lag etwas, das sie unruhig machte. Zwischen dicken Regenwolken konnte man immer wieder etwas hellblauen Himmel sehen. Als sie den Musikpavillon erreicht hatte, bemerkte sie, dass Dutzende von Menschen gebannt aufs

Meer hinausschauten. Weiße Schaumkronen tanzten auf den Wellen. In den Strandkörben saßen vereinzelt Urlauber, meist mit Sweatshirt bekleidet und lesend. Direkt am Strand standen einige Leute. Sie filmten oder fotografierten etwas. Und nun sah Marieke es auch.

Über der Nordsee, vielleicht dreihundert Meter entfernt, schraubten sich aus den dicken grauen Wolken zwei spitze, aufs Wasser weisende Trichter hinunter. Marieke konzentrierte sich auf eine dieser Erscheinungen und beobachtete, wie sich direkt unter dem Rüssel, während der sich immer tiefer schraubte, ein Wasserstrudel bildete. Die Wind- oder Wassersäule steuerte nun auf den Strand zu, erreichte ihn, wirbelte hellen Sand auf. Alles ging rasend schnell, ein Strandkorb fiel um, ein gestreiftes Teil, vielleicht die Seitenwand eines Strandzelts, flog meterhoch in die Luft, dann wohl hundert Meter weit über den Korbstrand und die Promenade hinaus. Leute riefen durcheinander, flüchteten mit Sack und Pack. Eine Familie strebte der Treppe zu, die vom Strand zur Promenade hochführte. Zwei Erwachsene ergriffen schon das Geländer, als ein Strandzelt umfiel, über den Boden getrieben wurde, sich mehrfach überschlug, mit Wucht direkt auf die Treppe mit der Familie zutrieb – und sie nur um wenige Zentimeter verfehlte.

»Ein Wassertornado«, brüllte jemand.

Er ging in die Knie, vielleicht wegen des Drucks oder um sich zu schützen. Der Tornado fegte scharf am Musikpavillon vorüber auf die Liegestühle, Tische, Stühle und Sonnenschirme der Restaurationsbetriebe zu. Es verschlug Marieke den Atem. In der nächsten Sekunde vollführten die schweren Outdoormöbel Purzelbäume, kreiselten durch die Lüfte wie Papier über einem Feuer. Zum Glück war es dort noch menschenleer. Eine weiße Kunststofffliege hüpfte vier Meter hoch und sauste mit enormer Geschwindigkeit die Fensterfront der Wandelhalle empor bis über die Brüstung auf den Aussichtsplatz vor der Jann-Berghaus-Straße.

Und dann war es vorbei.

Wahnsinn, dachte Marieke, wenn ich nur ein kleines Stück weitergegangen wäre, hätte mich dieses Strandzelt erwischt, und ich wäre jetzt verletzt oder vielleicht gelähmt oder mausetot. Benommen ging sie weiter.

»Wie ein Fingerzeig Gottes«, meinte etwas später eine ältere Frau, die ebenfalls Augenzeugin geworden war, eingeschüchtert.

Andere Passanten, die über das Naturschauspiel redeten, waren überzeugt davon, dass dies ein Ergebnis des Klimawandels war.

»Weil das Wasser zu warm ist. Dann bilden sich solche Tornados«, sagte ein Mann.

Natürlich kannte man auf der Insel an diesem Tag kein anderes Gesprächsthema. Insgesamt hatten sich fünf Wassertornados gebildet, hieß es, einige Leute sprachen von sechs. Zwei davon waren mit Bodenkontakt an Land gekommen und über den Strand gefegt. Ein Einheimischer versicherte, das seien keine Tornados gewesen, sondern ganz ordinäre Windhosen, wie es sie schon immer gegeben hätte. Wie man schnell erfuhr, waren keine Menschen zu Schaden gekommen.

Das änderte jedoch nichts an Mariekes Gefühl, dass sie ein Riesenglück gehabt hatte. Ihr leuchtete ein, dass solche Phänomene durch die Erderwärmung begünstigt wurden. Man muss was tun, beschloss sie, man kann im Leben nicht einfach abwarten, wie man einen Sturm abwartet, und nur hoffen, dass es irgendwann besser wird.

Einen Tag später, es war Freitag, fuhr sie aufs Festland. Am Sonnabend hatte sie keinen Platz mit ihrem Auto auf der Fähre bekommen, weil die Wochenendtermine schon seit einem halben Jahr ausgebucht waren. Während der Überfahrt legte sie sich auf eine Sitzbank und schlief. In Leer stärkte sie sich erst im Café Schöne Aussichten, das, direkt am Fluss Leda gelegen, seinem Namen alle Ehre machte. Danach lieh sie sich über die angrenzende Touristeninfo ein Fahrrad aus und radelte los in Richtung Amdorf. Die Strecke war ein Teil der Deutschen Fehnroute, eines Fahrradrundkurses, den sie schon immer mal hatte kennenlernen wollen. Zunächst führte ihr Weg am Hafen von Leer vorüber, dann kam ein Stück Gewerbegebiet, das nicht so prickelnd war, aber gleich nach der Ledabrücke bog sie von der viel befahrenen Papenburger Straße nach Osten ab und radelte durch eine ostfriesische Landschaft mit Deichen und Kühen auf satten Weiden wie aus dem Bilderbuch bis ins bäuerliche Amdorf. Sie benötigte weniger als eine halbe Stunde.

Alwine hatte nicht zu viel versprochen. Über die Leda führte hier eine weitere Brücke, angeblich die schmalste Autobrücke Europas, die manchem Fahranfänger den

Schweiß auf die Stirn treiben mochte. Als Marieke wenig später mit einer Pünte, so nannte man die von zwei Fährmännern handgezogene Fähre, über den Nebenfluss Jümme setzte, fühlte sie sich um einige Jahrhunderte zurückversetzt.

Alwines Tochter Fenna und deren Mann bewirtschafteten einen großen Milchbetrieb. Sie wurde in die Wohnküche gebeten. Alwine saß auf einem rot bezogenen Friesensofa mit Fransen. Sie sah mitgenommen aus, aber nicht todkrank.

»Ich warte die ganze Zeit darauf, dass ich brechen muss«, gestand sie. »Aber bislang vertrag ich die Chemo eigentlich ganz gut.« Fenna machte Tee, sie hatte Streuselkuchen mit Pflaumen aus dem eigenen Garten gebacken. Dazu schnitt sie noch den Rosinenstuten auf, den Marieke von Borkum mitgebracht hatte, und reichte ihn mit Butter bestrichen. Marieke grüßte von etlichen Nachbarn und von Frau Teerling, sie musste von Lucky berichten und von den Wassertornados, die deutschlandweit in den Nachrichten Beachtung gefunden hatten. »Och, Windhosen hat's früher schon gegeben«, sagte auch Alwine. »Die bauschen immer alles auf.«

»Man muss doch trotzdem was tun«, erwiderte Marieke. »Aber bevor ich's vergesse ... Hättest du was dagegen, wenn ich dich in der Bücherei vertrete, solange du nicht kannst?«

»Nein, gar nicht! Die Mädels werden sich freuen.« Alwine ließ sich den Rosinenstuten schmecken. »Aber nur, solange ich nicht da bin.«

»Versprochen!«

»Kannst dir ja dann was anderes suchen«, schlug Alwine vor. »Ich wette, es gibt in ganz Deutschland keinen Flecken mit mehr Vereinen pro Kopf als auf Borkum. Da wirst du wohl was finden.«

»Ich bin mir sicher!« Fenna rollte mit den Augen.

»Morgen ist übrigens auf der Insel eine Demo«, fügte Marieke hinzu. »Da geh ich hin.«

»Wieder gegen die Gasbohrungen?«

»Genau.« Wahrscheinlich würde Tibo auch kommen. Davon ging sie eigentlich aus. Aber das musste sie ja nicht erwähnen. »Bei der letzten Protestaktion hab ich nur ein paar Männeken gesehen, aber trotzdem ...«

»Gut so.« Alwine beförderte mit der Silberzange noch ein Kluntje in ihren Tee. »Auf Veränderung zu hoffen, ohne selbst was dafür zu tun, das ist wie am Bahnhof stehen und auf ein Schiff warten.« Marieke und Fenna verzogen die Mienen, um zu zeigen, wie beeindruckt sie von dieser Weisheit waren. Alwine wiegelte ab. »Ist nicht von mir. Hab ich irgendwo gelesen.«

Fenna legte ihr noch ein Stück Pflaumenkuchen auf den Teller und gab einen ordentlichen Klacks Schlagsahne darauf.

»Hmmm!« Marieke ließ sich den frischen Rahm auf der Zunge zergehen, ein Hochgenuss, vor allem kombiniert mit den saftigen, süßsäuerlichen Pflaumen und den knusprigen Butterstreuseln. »Ist die Sahne von euren eigenen Kühen?«

Fenna nickte stolz. »Frischer und besser geht's nicht. Ich hab nicht mal Vanillezucker reingetan.«

»Wenn nicht hier, wo sonst sollten denn Milch und

Sahne wohl spitzenmäßig sein?« Alwine ließ sich über die regionalen Spezialitäten aus, schwärmte von den Molkereiprodukten der Gemeinde, besonders vom Buttermilchbrei mit Graupen. »Die Leute kommen sogar aus den Nachbargemeinden, um den hier zu kaufen. Ist doch immer wieder erstaunlich«, sinnierte sie, »wie der Boden und die Luft, das Klima und der Menschenschlag den Ertrag oder die Ernte beeinflussen, nicht wahr?«

»Mama hat in den letzten Tagen öfter von Annis Duftwicken gesprochen«, sagte Fenna. »Ich kannte wohl schon ein paar Anekdoten von früher. Aber jetzt, wo sie dir noch mal alles am Stück erzählt, finde ich die Geschichte viel spannender.«

Alwine lächelte zufrieden. Sie tunkte eine Ecke ihres Rosinenstutens in den Tee, bevor sie abbiss.

»Ich würde gerne endlich erfahren, wie dieser Wettbewerb ausgegangen ist«, gab Marieke zu. »Also, falls es dich nicht zu sehr anstrengt ...«

»Du kannst ja nicht ahnen, mein Kind, dass ich schon mit der Überleitung angefangen hab«, antwortete Alwine verschmitzt.

London, Juli 1911

Auf dem Weg zum Glaspalast kaufte Anni die Frühausgabe der *Daily Mail* und las sie im Pferdeomnibus im Stehen. Sie platzte fast vor Stolz, als sie im Artikel über den ersten Wettbewerbstag das Ergebnis ihrer Recherchen zu den regionalen Besonderheiten wiederfand. Danach zeichneten sich Sträuße, die aus dem Süden Englands eingesandt worden waren, durch exzellente Qualität aus. Besonders viele schöne Wicken hatten auch Hobbygärtner und -gärtnerinnen aus der nordenglischen Grafschaft Yorkshire geschickt. Weitere herausragende Wickenbouquets stammten laut Auskunft der Juroren aus Redding, Wolverhampton, Irland sowie von den Kanalinseln. Und diese Informationen hatte sie, Anni, zusammengetragen! Sie war den erfahrenen Reportern tatsächlich eine Hilfe gewesen.

Seit dem Aufwachen fühlte sie sich ganz hibbelig. Sie dachte ständig an Lord Ramsgate. Was für ein außergewöhnlicher Mann, was für ein wunderbarer Mensch! Wieso war ihr das nicht gleich aufgefallen? Und dieser letzte Blick gestern Abend ... Sie mochte es kaum richtig zu Ende denken. Denn es war ja völlig ausgeschlossen, aussichtslos. Nie und niemals ... Aber wie er sie angeschaut hatte, das war doch keine Einbildung gewesen. Oder etwa doch? Und selbst wenn, ach ...

»Crystal Palace«, rief der Schaffner. Sie sprang ab und eilte zum Haupteingang.

Der Erste, dem sie begegnete, war der Volontär, der sie nach Hause begleitet hatte. Sein Haar glänzte feucht.

»Guten Morgen, was haben Sie denn gemacht?«, fragte sie und lachte.

Er griente. »Haare gewaschen, im Waschbecken auf dem WC. Bin nicht nach Hause gekommen heut Nacht. Wir haben bis zur Morgendämmerung durchgearbeitet.«

Anni beneidete ihn glühend.

Sie schaute sich um. Die immer noch riesige Auswahl der Nacht – jede der zweitausendfünfhundert Vasen mit einer Nummer markiert – prangte auf den weiß gedeckten Tischen. Es duftete nasenbetäubend. Bis vor wenigen Stunden hatte man hier noch Sträuße ausgepackt, angenommen oder zurückgewiesen, ins Wasser gestellt, arrangiert, in die Haupthalle gebracht und entweder dort gelassen oder zu diesen besonderen Tischen transportiert. Aktuell herrschte die Ruhe vor dem Sturm, es liefen nur ein paar Reinigungskräfte umher.

Sie ging weiter ins Pressezentrum. Lord Ramsgate saß an einem der Schreibtische, redigierte offenbar ein Manuskript. Er sah etwas übernächtigt aus, war aber frisch rasiert und trug einen eleganteren Anzug als am Vortag. Als er hochblickte und sie erkannte, leuchteten seine Augen auf.

»Guten Morgen, Eure Lordschaft!« Sie blieb vor ihm stehen, knickste und strahlte ihn einfach an.

»Guten Morgen, Fräulein Anni!« Ewige Sekunden lang verhakten sich wieder ihre Blicke. Ihr wurde ganz schwummerig, ihr Herz machte Hüpfer. Dann besann sie sich darauf, dass sie ja zum Arbeiten hier war. Auch er schien sich einen Ruck zu geben. »Die neue Jury wird gleich eintreffen«, erklärte er sachlich. Was für einen warmen tiefen Klang seine Stimme doch hatte! Sie fürchtete, rot zu werden. »Die Juroren von gestern dürften ziemlich erschöpft sein. Heute kommen zehn andere renommierte Experten, frisch und ausgeruht. Sie müssen als Erstes aus der Vorauswahl exakt eintausendunddrei Sträuße herausfiltern. Verfolgen Sie das Prozedere, und versorgen Sie uns wieder mit Ihren netten kleinen Beobachtungen.«

»Sehr gerne«, antwortete sie, wobei sie Block und Bleistift zückte. »Ich schwärme sofort aus.«

Die Experten trudelten in kurzen Abständen ein. Sie bildeten fünf Zweierteams und prüften viel gründlicher als die Jurys vom Vortag. Diese Männer sahen sich nicht nur die einzelnen Sträuße an, sondern jeden einzelnen Stängel. Als sie die besten Einsendungen ausgesucht hatten, konnte der nächste Durchlauf starten. Sie mussten neunhundert Sträuße wählen, jeder davon würde eine Bronzemedaille erhalten.

Die Sonne schien, mittlerweile herrschten im Glaspalast Temperaturen wie in einem Treibhaus. Das Komitee schwitzte würdevoll vor sich hin. Mit großem Gefolge traf die Schirmherrin und zugleich Schiedsrichterin des Wettbewerbs ein, die Countess of Bective. Die respekteinflößende alte Dame wurde von Lord Northcliffe und dessen Gattin begrüßt, weitere Ehrengäste erschienen. Auch die Familie Moss. Miss Rosabel, frisch onduliert, sah einschüchternd gut aus. Sie hatte sich neu eingekleidet, trug einen wagenradgroßen Hut mit Straußenfedern und gab sich äußerst charmant. Ihr Anblick versetzte Anni einen heftigen Stich. Auf einmal verstand sie Meg mit ihrer Eifersucht nur zu gut.

Unterdessen arbeitete die Jury weiter, die gründlichen Prüfungen benötigten schließlich viel Zeit. Die Herren ließen sich aber auch jetzt nicht aus der Ruhe bringen. Anni zog wieder die Kostümjacke aus und krempelte ihre Blusenärmel hoch. In der Aufregung löste sich leider ihr schwerer, kunstvoll gedrehter Knoten. Sie konnte ihr Haar nur rasch notdürftig wieder zusammenstecken und ärgerte sich darüber, dass ihr dauernd widerspenstige Strähnen ins Gesicht fielen. Aber sie recherchierte mit Feuereifer, was an diesem Tag mehr als am Vortag bedeutete, die Ohren zu spitzen, statt viel zu fragen.

Sie fand es unglaublich, wie detailliert und ernsthaft die Expertenduos die Sträuße begutachteten. Jedes Mal gingen sie eine bestimmte Abfolge von Fragen durch, nahmen Maß, steckten ihre Nasen in die Blüten und machten sich über alles Notizen, um bei Meinungsverschiedenheiten besser argumentieren zu können. Wie frisch ist der Strauß? Wie viele Blüten hat er pro Stängel? Wie lang sind die Stängel? Wie sind die Blüten angeordnet? Welchen Durchmesser haben sie? Wie ist ihr Duft? Wie gelungen finden wir die Farbkomposition?

Gegen halb zwölf stimmten die Juroren endlich anonym darüber ab, welche Sträuße die hundert Silbermedaillen verdient hatten. Nun standen auf einem Extratisch noch drei Wickensträuße. Die drei besten von achtunddreißigtausend. Die Auserwählten, die einen Geldpreis erhalten würden. Aber wer kam auf welchen Platz?

Für den dritten entschieden sich die Experten relativ schnell. Jetzt ging es um Platz eins. Anni spürte, dass ihre Wangen glühten. Die Herren machten es aber auch spannend! Sie verglichen noch einmal die letzten beiden Wickenarrangements akribisch – Stängel mit Stängel, Blüte mit Blüte und so weiter. Es gab sowohl Argumente für den einen als auch für den anderen. Jeder der beiden letzten Sträuße hatte seine Fürsprecher und Gegner. Am Ende wurde wieder anonym abgestimmt. Zum Glück fiel das Ergebnis eindeutig aus. Der Sprecher der Jury teilte es der Schirmherrin mit.

Anni stellte sich zu den Presseleuten an den Rand der Menschenmenge, die auf das Ergebnis wartete. Sie konnte zahlreiche Prominente unter den Ehrengästen ausmachen. Dass Miss Rosabel engelsgleich mit ihrem raffiniert frisierten Blondhaar neben Lord Ramsgate stand, störte für sie die Harmonie dieses Tages enorm.

»Das ist das Paar der Zukunft«, hörte sie dann auch noch einen Journalisten neben sich einem anderen zuflüstern. »Wenn die erst mal verheiratet sind, ich sag's dir ...«

Punkt zwölf Uhr trat die Countess of Bective vor und verkündete die drei Sieger.

»Der mit fünfzig Pfund dotierte dritte Preis geht an ... Reverend D. D. Fraser aus Sprouston in Schottland!«

Einer der Juroren hielt die Vase mit dem Strauß hoch. Es war eine Sinfonie in Pastell, komponiert aus blassem

Lila, zartem Rosé und reinstem Weiß, mit vier großen Blüten an jedem Stängel, zart, feminin und duftig, perfektioniert durch anmutig fließendes Grün. Wirklich wundervoll. Annis Blick wanderte zurück zu Lord Ramsgate. Er wirkte irritiert. Sie kannte ihn inzwischen gut genug, um zu erkennen, dass er nicht erfreut war, sich aber zusammenriss. Miss Rosabel schien es nicht zu bemerken. Anni verpasste den Namen des zweiten Gewinners. Oder war er überhaupt nicht genannt worden? Jedenfalls, als schließlich der Strauß emporgehalten wurde, der den ersten Preis errungen hatte, ging ein Raunen durchs Publikum. Diese Farben knallten wie ein Feuerwerk der Leidenschaft und Lebenslust! Flammendes Rot loderte neben leuchtendem Pink, tiefdunklem Rot, herzerwärmendem Karminrot und glühendem Purpur.

Anni blickte wieder auf Lord Ramsgate, als die Countess endlich den Namen verkündete.

»Platz eins, Ladys und Gentlemen, und damit die Gewinnerin von eintausend Pfund ist ... Mrs. J. H. Fraser aus Sprouston in Schottland!«

In dieser Sekunde versteinerte das Gesicht des Lords. Anni wusste sofort, dass etwas nicht stimmte. Zweimal derselbe Nachname, und beide Personen lebten im schottischen Sprouston? Das war verwirrend. Sie hatte Fragen, viele Fragen, und stand damit, wie das anschwellende Gemurmel im Publikum bestätigte, nicht allein da.

Borkum, August und September 2024

Alwine brach ab. »Ich bin nun doch zu müde, um weiter-zuerzählen«, sagte sie.

Marieke verabschiedete sich mit einer herzlichen Um-armung. Als sie am Deich entlang durch eine unglaublich weitläufige, Hammrich genannte Weidelandschaft zurück nach Leer radelte, den hohen Himmel über sich und in der Nase Heugeruch, war sie wunschlos glücklich. Ganz im Hier und Jetzt. Es wird, dachte sie hoffnungsvoll. Ich kehre langsam zurück zu alten Kräften.

Doch am nächsten Morgen rächte sich ihr Ausflug mit einem Rückfall. Sie fühlte sich furchtbar erschöpft. Ihr war so blümerant zumute, dass sie nichts essen konnte. Mit der körperlichen Schwäche stieg auch wieder der Angstpegel. Ich schaff das alles nicht. Quälend zog diese eine Sorge immer neue Kreise. Ich schaff das alles nicht.

Wenn jemand sie gefragt hätte, was denn eigentlich »alles« sei, hätte sie keine einleuchtende Antwort geben können. Alles eben. Das ganze Leben.

Sie kroch tiefer unter die Bettdecke. Das Konzept der Gegenwärtigkeit erschien ihr in diesem Zustand äußerst fragwürdig. Unruhig wälzte sie sich hin und her. Hoffent-lich hörte es bald auf.

»Was willst du?«, fragte sie innerlich das, was sie so schmerzte und schwächte. »Los, komm her! Ich will dich sehen und weiche nicht mehr aus. Ich schmeiß mich da jetzt rein. Sag mir endlich, was du willst!«

Schlafen, lautete die Botschaft. Nicht mehr kämpfen müssen. Traurig sein dürfen.

Marieke akzeptierte, dass sie zu schwach war. Sie blieb im Bett. Weinte. Diesmal tat sie es, ohne sich Vorwürfe zu machen und sich dagegen aufzubäumen. Vielleicht war es ja das, was Gardon ihr hatte vermitteln wollen. Der Schlaf zumindest, in den sie versank, wirkte erholsam.

Gegen Mittag kam sie allmählich auf Betriebstemperatur. Nachdem sie einen Teller Haferflocken mit Bananen und Honig verspeist hatte, musste sie sich noch einmal für zwanzig Minuten hinlegen. Danach ging es ihr gut genug, um zur Demonstration aufbrechen zu können.

Das sommerliche Wetter würde der von Fridays for Future angemeldeten Protestveranstaltung bestimmt ein paar mehr Teilnehmer bescheren als der verregneten neulich, bei der sie ein Foto vom durchnässten Tibo gemacht hatte. Die Kundgebung sollte um halb drei auf dem Bouleplatz gegenüber vom Inselbahnhof beginnen. Schon auf dem Weg dorthin staunte Marieke. Es waren deutlich mehr und jüngere Menschen unterwegs als an normalen Tagen. Sie liefen, fröhlich und sommerlich gekleidet, zügiger und zielgerichteter als der gemeine Kurgast. Viele trugen einen Rucksack, etliche Pappschilder oder Plakate, und alle strebten sie in den Ortskern. Als Marieke dort ankam, waren bereits mehrere Hundert Demonstranten versammelt. Mindestens. Sie erkannte auch viele Borkumer, darunter die Mutter des Inselbäckers Nabrotzky, die wie ihre Enkel in einem weißen T-Shirt mit dem Aufdruck #BackenStattBohren kostenlos Laugenstangen verteilte.

Die stellvertretenden ehrenamtlichen Bürgermeisterinnen der Insel – die eine Mitglied der CDU/Die Grünen-Fraktion, die andere der SPD-Fraktion – sprachen nacheinander und bedankten sich für die große Teilnahme an der Protestaktion. Marieke sah von Weitem Svenja, erwiderte ihr Winken, lächelte einer Frau aus dem Country-Linedance-Kurs zu und entdeckte in der Nähe Frau Teerling, mit der sie sich kurz unterhielt. Sie bot ihr ihre Hilfe in der Leihbücherei an, solange Alwine nicht konnte, und sie vereinbarten gleich einen Termin zum Einarbeiten.

Interessiert studierte Marieke die Aufschriften der Schilder ringsum. LASST DIE ROBBEN IN RUHE! SAUBERES GAS? DRECKIGE LÜGE! SCHÜTZT DIE RIFFE! BORKUM LIEBT DAS MEER – GAS GEHÖRT HIER NICHT HER.

Großen Beifall erhielten die Statements, die nun Vertreterinnen und Vertreter des Fördervereins Freundeskreis Nordsee-Aquarium Borkum e. V., der Bürgerinitiative Saubere Luft Ostfriesland und der Deutschen Umwelthilfe abgaben. Sprechchöre skandierten »No, no, no, One-Dyas go!« und »Keep it in the ground!«

Und dann setzten sich alle in Bewegung zu einem Protestzug, der von der Umweltaktivistin Luisa Neubauer angeführt wurde. Marieke marschierte mit. Es war die erste Demonstration überhaupt, an der sie teilnahm. Beinahe schämte sie sich, dass sie erst mit über vierzig aktiv wurde.

Dabei war es einfach, Flagge zu zeigen, wenn man eigentlich alle, sogar die Kommunalpolitiker, auf seiner Seite wusste. Wie viel mehr hatten zu Annis Zeiten die Suffragetten riskiert – Ächtung, Gefängnis, Folter durch Zwangsernährung, lebenslange Gesundheitsschäden. Dass sich jetzt hier so viele Frauen ganz selbstverständlich in der Öffentlichkeit für etwas einsetzen konnten, war auch ein Ergebnis der mutigen Blaustrümpfe von damals. Insofern reichte die Vergangenheit bis in ihre Gegenwart hinein.

Sie zogen durch die Franz-Habich-Straße, machten einen Schlenker durch den Ort, dann ging es über die Strandstraße am Neuen Leuchtturm vorbei in Richtung Promenade. Marieke hielt die ganze Zeit über Ausschau nach Tibo. Doch die Menge war sehr unübersichtlich.

»Das sind bestimmt zweitausend«, hörte sie eine der Organisatorinnen gegenüber einem Mann mit PRESSE-Schild am Hemd Auskunft geben.

»Aber die Polizei bestätigt das nicht, sie will sich zahlenmäßig nicht festlegen«, erwiderte der Journalist.

Immer wieder reihten sich Menschen ein oder scherten wieder aus, Alt und Jung, Inselbewohnerinnen und -bewohner sowie Urlauber. Eine große Energie, viel Zuversicht begleitete den Zug. Und Marieke erkannte plötzlich mit ungewohnter Klarheit die Zusammenhänge. Nicht nur zwischen Klimaschutz und Inselwohl, sondern zwischen ihrem Leben, ihrem Denken und der Zukunft. Viel zu lange hatte sie auf Borkum immer nur das Alte, das nostalgisch Inseltypische und Folkloristische sehen wollen. Viel zu lange hatte sie auch ihren Ex-Mann in seiner Vergangenheitsform idealisiert. Dabei brauchte es einen Aufbruch. Für sie persönlich und für die Insel. Selbst Borkums Status quo erhalten zu wollen, konnte nicht das Ziel sein. Sie brauchten neue mutige Zukunftspläne, Visionen, wie es besser werden konnte. Die Inselpolitiker und -politikerinnen folgten bereits einer Leitlinie, die Lebensraum Borkum 2030 hieß und Klimaneutralität bis zum Jahr 2030 anstrebte.

»Wir wollen der Insel künftig mehr zurückgeben als wir ihr nehmen«, rief jemand.

Marieke dachte voller Dankbarkeit an das alte Ehepaar, das ihr statt solventeren Investoren die Villa Cupani verkauft hatte. Die Akkermanns hatten damit bereits für das Gemeinwohl der Insel gehandelt. Denn längst existierten zu viele Ferienwohnungen auf der Insel, siebzig Prozent davon gehörten Auswärtigen. Das bedeutete, dass an den Schätzen Borkums immer mehr Auswärtige verdienten, nicht die Einheimischen selbst. Und nun wollte der niederländische Energiekonzern One-Dyas trotz aller Gefahren für die Umwelt vor Borkum nach Gas bohren.

»Wenn ihr erst mal richtig frieren müsst, werdet ihr das alles anders sehen!«, ätzte ein älterer Herr am Straßenrand. »Wir brauchen das Gas! Erst recht, seit durch Putins Krieg die Energiekrise …«

»Nein, es gibt doch längst keinen Gasmangel mehr!«, fiel ihm eine junge Frau ins Wort. »Es ist Irrsinn, jetzt noch auf fossile Energie zu setzen. Alle Risiken liegen bei uns, aber aller Gewinn bei einem ausländischen Energiekonzern. Das ist doch nicht in Ordnung!«

Der Mann winkte verärgert ab. Die Karawane zog weiter

die breiten Steintreppen zur Promenade hinunter und kam erst am Musikpavillon zum Stehen. Von hier aus konnte man die bereits montierte große Bohrplattform in der Nordsee gut erkennen.

Ein Vertreter von Greenpeace griff zum Mikrofon. Marieke kannte inzwischen die meisten Argumente. Sie stand mittlerweile auch voll überzeugt auf der Seite des Protests, aber plötzlich musste sie an Lucky denken. Bestimmt wartete er auf sie. Schon am Tag zuvor hatte sie ihn wegen des Amdorf-Ausflugs sitzen gelassen.

Sie blieb nicht bis zum Ende der Demo. Tibo hatte sie nicht ausmachen können. War vermutlich auch besser so. Denn sie wollte definitiv keine neue Beziehung. Alles sprach dagegen. Sie würde einem Partner nicht gerecht werden können. Man machte sich verletzlich. Noch mal Liebeskummer würde sie nicht überleben. Außerdem genoss sie es, abends den Fernsehsender selbst bestimmen zu können.

Lucky begrüßte sie freudig, als wären sie schon ewig beste Freunde. Marieke wechselte ein paar Worte mit Eike, dann steuerte sie als Spazierstrecke die Gegend um die Aussichtsdüne Hermannshöhe vor dem Südstrand an. Hier waren sie fast allein. Es duftete nach Heidekraut und Wildrosen. Als sie ihr Handy zückte, um ein Foto zu machen, sah sie, dass Tibo ihr eine Aufnahme geschickt hatte. Und zwar schon vor zwei Stunden. Sie hatte den Benachrichtigungston wohl im Getümmel überhört. Er war also doch auf der Insel, und diesmal hatte er sie von Weitem fotografiert. Besonders gut getroffen fand sie sich nicht, denn sie guckte sehr ernst auf dem Foto. Das Haar war zerzaust, aber immerhin, das hellblaue T-Shirt zur knielangen weißen Hose stand ihr. *Treffen wir uns gleich, bevor ich wieder abfahre, noch auf ein Fischbrötchen beim Knurrhahn?*, hatte er dazugeschrieben.

Sie rief ihn an. »Tut mir leid, ich hab deine Nachricht jetzt erst gesehen.« Er sei gerade schwimmen gewesen, sagte er, und vorher hätten sie jede Menge Gruppenfotos mit der Nordsee im Hintergrund für die Presse aufgenommen. Sie verabredeten sich in knapp einer Stunde bei ihr. »Dann können wir uns ja in Ruhe überlegen, wohin wir gehen wollen«, schlug Marieke vor. »Ich muss vorher noch Lucky zu Alwines Sohn zurückbringen. Alwine ist krank und auf dem Festland, aber das erzähl ich dir nachher.«

Zügig kehrte sie zur Klempnerei zurück, gab Lucky ab, duschte zu Hause schnell noch, föhnte im Rekordtempo ihr Haar, schminkte sich ein wenig, wischte den Gartentisch ab. Und dann stand Tibo auch schon an der Pforte. Rucksack mit eingerollter Windjacke, Khakihose, weißes Leinenhemd, gebräunt, sportlich, strahlendes Lächeln. Marieke atmete tief durch. Blödes Herzklopfen, was sollte das? Mit einer aufmerksamen Verbeugung würdigte er die viktorianischen Duftwicken, bevor er auf sie zuging.

»Hallo!« Sie lächelte, musste sich räuspern.

»Hallo, Marieke!«

»Setz dich doch. Tee oder Wein?«

»Wein.« Er legte zwei Papiertüten auf den Gartentisch. »Ich hab Brötchen mitgebracht. Zweimal mit Bismarckhering, zweimal mit Krabben.«

Umarmte man sich in einer solchen Situation oder

nicht? Sie klammerte sich an ihrem Wischtuch fest. »Oh, super. Dazu dann vielleicht lieber Bier oder einen Klaren?«

»Wein ist okay.«

»Ich hoffe, dass ich einen Weißen kühl gestellt hab. Kleinen Augenblick.«

Im Kühlschrank fand sie Oliven, Käse, eingelegte getrocknete Tomaten und Schinken. Rasch schob sie ein Baguette zum Aufbacken in den Ofen und brachte die Vorspeisen mit dem Wein nach draußen. Tibo schnupperte in Richtung Wickenzaun.

Sie unterhielten sich, während sie aßen und die Flasche leerten, über Unverfängliches. Er berichtete von der Demo und dass auch Luisa im Meer gebadet hätte und von der Absicht der Deutschen Umwelthilfe, weiter alle juristischen Möglichkeiten von Widerspruch bis Klage zu nutzen, um die Gasbohrungen zu verhindern. Außerdem freute er sich auf eine vierwöchige Exkursion mit Doktoranden, die unter seiner Leitung an einem Projekt zur Erforschung der Flora im deutsch-dänischen Grenzbereich des Nationalparks Wattenmeer teilnahmen.

»Wir starten nächsten Sonnabend.«

Sie brachte ihn auf den aktuellen Stand, was Alwine betraf.

»Nun möchte ich aber bitte endlich die Fortsetzung von Annis Geschichte hören«, bat er. Für die Kurzfassung benötigten sie noch eine Flasche Wein, wobei sie vorsichtshalber zu jedem Glas ebenso viel Wasser trank. Die Dämmerung zog sich hin, es war einer dieser nordischen Sommerabende, an denen es auf Borkum mindestens eine halbe

Stunde länger hell blieb als in Bayern. »Aber die Story ist ja damit noch nicht zu Ende«, fasste er zusammen, nachdem sie an der Stelle der Preisverkündung im Kristallpalast angekommen war. Seine tiefe, warme Stimme schien sie zu streicheln. Er sah ihr tief in die Augen. Ja, es prickelte. Ja, sie hatte in diesem Augenblick große Lust, ihn zu küssen und mit ihm ins Bett zu gehen. Aber sie wusste, dass es auf Dauer nicht funktionieren konnte. Sie lächelte wehmütig, schüttelte kaum merklich den Kopf. Es musste nicht ausgesprochen werden. »Liegt es an deinem Mann?« Er klang enttäuscht. »Versteht ihr euch wieder?«

»Wie man's nimmt. Aber nicht so ...« Prüfend betrachtete er sie. Sie rutschte auf dem Gartenstuhl hin und her, fühlte sich unbehaglich. »Es ist der falsche Zeitpunkt«, erklärte sie. »Ich bin noch nicht so weit. Offenbar stecke ich mitten in einer Krise. Mir fehlt einfach die Energie.«

Er sog tief die Abendluft ein. »Ich erinnere mich noch gut an die Zeit nach dem Tod meiner Frau«, sagte er langsam. »Es dauert. Im Grunde genommen hat es sogar bis in diesen Sommer hinein gedauert.«

Sie war erleichtert, dass er ihre Ablehnung nicht persönlich nahm. »Es tut mir leid. Ich komm gerade kaum mit mir selbst klar. Erst muss ich einiges verarbeiten und wieder ...«, es war ihr peinlich, es auszusprechen, »... naja ... wieder heil werden.«

Dass sie sich als Zumutung empfand, als »nicht anbietbar« in ihrem Zustand, sprach sie nicht aus. Aber irgendwie schien er es auch ohne Worte zu verstehen.

Er nickte nachdenklich. »Solche Lebenskrisen erweisen

sich im Nachhinein meist als sehr wertvoll. Nur wenn man mittendrin steckt, ist es alles andere als toll.«

»Wohl wahr. Ich bin echt froh, dass du das nachvollziehen kannst!«

»Man fühlt sich wie gehäutet und ist überempfindlich«, sagte er leise. »Man wünscht sich so sehr, wieder der oder die Alte zu sein. Aber weißt du, Marieke, es ist doch auch eine Bereicherung, einen solchen Zustand erleben zu dürfen.«

Fragend, eher ablehnend, hob sie die Brauen. »Ich soll gar nicht wieder die Alte werden, sondern eine Neue, meinst du?«

»So ungefähr. Oder die Alte mit einem Plus.« Er grinste, wurde aber gleich wieder ernst. »Ich bin überzeugt, dass man durch Krisen Dinge lernt, die man sonst nicht lernen würde.«

»*May be.* Ich mach mir gerade viele Gedanken über die Zeit. Über das Gegenwärtige, die Vergangenheit und die Zukunft ... Womit soll man sich mehr beschäftigen? Und kann man das überhaupt selbst bestimmen und lenken?«

»Interessante Frage!« Er schenkte ihnen Wein nach. »Ich hab dazu meine eigene Philosophie. Willst du sie hören?«

»Auf jeden Fall.«

»Also ... es ist nicht einfach in Worte zu fassen ... Zum Beispiel: Wenn jemand gestorben ist, den wir sehr lieben, dann spüren wir es, denn wir lieben ihn ja weiter. Die Liebe bleibt also Gegenwart, obwohl dieser Mensch schon Vergangenheit ist. Wir spüren, dass es etwas gibt, das umfassender ist als unsere normale Vorstellung von Zeit.« Sie nickte beeindruckt. Tibo, der Naturwissenschaftler, offenbarte ihr gerade eine Seite, die sie nicht an ihm vermutet hätte. »Auch die Liebe des Verstorbenen erreicht uns immer noch«, fuhr er fort, »so wie die Strahlen der Sonne, obwohl sie schon untergegangen ist, den Himmel zum Leuchten bringen.«

»Wo könnte man das besser sehen als auf Borkum?«, warf sie ein.

»Und man ist nicht sicher, ob diese Energie aus der Vergangenheit oder aus der Ewigkeit strömt.«

Marieke fühlte sich ertappt. »So erging es mir nach dem Tod meines Vaters und auch, als meine Oma starb.« Um ihre Rührung zu verbergen, pickte sie nach der letzten Olive. »Klar, ich war auch sensibler als sonst. Kleinigkeiten haben mich zum Weinen gebracht. Als über Nacht der Kaktus meiner Oma eine Blüte ausgetrieben hatte, war es natürlich ein Zeichen von ihr. Ehrlich gesagt, immer wenn ein Rotkehlchen länger im Blumenkasten sitzen bleibt und mich ansieht, bin ich insgeheim zutiefst davon überzeugt, dass es ein Gruß von drüben ist.« Nur sprach sie darüber sonst nicht.

Tibo lächelte milde. »Wir spüren in solchen Phasen wieder die Verbundenheit mit der Natur, mit dem Kosmos«, sagte er. »Da kommt eine vage Erinnerung ans Goldene Zeitalter auf, von dem die Romantiker geschwärmt haben. Sie glaubten doch, dass Menschen einst nicht nur mit Tieren und Pflanzen kommunizieren, sondern sogar mit Steinen reden konnten.«

Marieke merkte, dass sie einen kleinen Glimmer hatte. Ideal für tiefsinnige Gespräche. Sie entzündete zwei Windlichter, die auf dem Tisch standen. »Ich hab mal gelesen, einige Ureinwohner Nordamerikas glauben, dass die Zeit im Kreis verläuft, nicht linear nur in eine Richtung.«

»Genau. Denk an Einstein.«

»Ich weiß, alles ist relativ.« Sie streckte ihm die Zunge raus. »Hab ich aber nie begriffen.«

»Zeit dehnt sich. Und manchmal spielt sie keine Rolle.«

»Na, darüber freut sich jede Frau, die kurz vor den Wechseljahren steht.«

Diese Bemerkung konnte sie sich nicht verkneifen. Aber kaum hatte sie es ausgesprochen, ärgerte sie sich darüber.

Er ging darauf nicht ein. »Wenn du dich in diesem überempfindlichen Zustand befindest, wird die Trennung von Mensch und Universum aufgehoben. Natürlich ist das mehr eine Ahnung, aber ... Kannst du mir folgen?« Allmählich merkte man seiner Aussprache den Alkohol an.

»Möglicherweise. Aber eigentlich geht's mir genau umgekehrt.« Sie stützte ihren Kopf auf. »Ich bin dann von allem abgetrennt.«

»Nein«, fand er. »Alles ist umfassender.«

»Ja, schon, irgendwie auch ...« Marieke versuchte, den Faden wiederaufzunehmen. »Wir begreifen es nicht, aber wir spüren es.«

»Richtig«, bemerkte er. Sie sahen sich in die Augen, ziemlich lange, und sein Blick löste bei ihr ein Kribbeln unter der Haut aus, Schauer liefen ihr über den Rücken und die Oberarme. »Wir spüren es ...«

Mit einem Ruck stand sie auf. »Nein, nein!« Wenn er nun plötzlich zum Romantiker mutierte, dann musste sie eben vernünftig bleiben und für Aufklärung sorgen. Es würde in einer Enttäuschung enden. »Es geht nicht. Jeden Morgen bin ich am Ende, ich muss mich ein-, zweimal am Tag hinlegen. Manchmal bin ich tieftraurig und für alle um mich herum eine Spaßbremse. Es wäre nur eine Illusion. Ich brauche Zeit, Tibo.«

»Hab ich dich etwa gedrängt?«

»Ein neuer Mann, eine neue Liebe und alles wird gut, so was gibt's nur im ZDF-Herzkino am Sonntagabend, aber nicht im wahren Leben. Jedenfalls, solange man sich mit 'ner Art Halbtagsdepression herumplagt. Es gibt keine Wunder.«

Er stand auf und nahm sie in die Arme. »Mach es nicht so kompliziert. Wenn alle immer erst abwarten sollten, bis sie selbst oder die jeweils anderen mit ihrer Selbstoptimierung fertig sind, würde die Liebe aussterben.«

Sie musste lachen. Er streichelte sie zärtlich, seine Lippen berührten ihre Schläfen. »Sieh es etwas lockerer.«

Sie spürte, wie ihre Knie weich wurden. Ihr Körper sehnte sich danach, gehalten und begehrt zu werden. »Aber ... aber nur ganz unverbindlich«, brachte sie gerade noch heraus, »nur eine Ausnahme ...«

»Natürlich«, murmelte er mit betont seriöser Miene. »Das respektiere ich.«

Süße kleine Küsse an ihrem Hals ließen sie dahinschmelzen.

»Und du bleibst nicht bis morgen früh! Auf keinen Fall!«

»Versprochen. Ich nehm den ersten Katamaran, den gleich um sieben.«

Sie spürte seine Muskeln durch das dünne Leinenhemd, schlang ihre Arme um seinen Rücken, fühlte seine ganze Breite und Stärke. Hach, was für ein schöner, durchtrainierter Körper, so herrlich männlich! Sein Drängen schaltete etwas in ihrem Körper auf Autopilot, sie sträubte sich nicht länger. Freudig spiegelten ihre Neuronen seine Erregung. Es war ja nur für diese Nacht, ganz unverbindlich. Das heulende Elend am kommenden Morgen würde er nicht zu Gesicht bekommen.

In dieser Nacht gab es einen Augenblick, den sie nie vergessen würde. Sie lagen da, noch erhitzt, ihre Hand ruhte in seiner. Und es gab nichts zu sagen. Das Fenster war geöffnet, der Vorhang zurückgezogen. Eine angenehme Brise wehte herein. Aus der Ferne klangen Möwenrufe. Ganz in der Nähe, wahrscheinlich in ihrem Garten, streifte offenbar ein Fasan umher, der in regelmäßigen Abständen Göö-Gok rief, während sich der Himmel rosa färbte und auch das Schlafzimmer in ein himmlisches Morgenlicht tauchte.

Bevor Tibo ging, küsste er ihre Schulter. »Ich muss los, der Kat geht gleich.« Sie drehte sich auf den Bauch, knurrte etwas Unverständliches. »Ich überlasse es dir, Marieke. Gib mir ein Zeichen.« Benommen nickte sie und zog sich mit beiden Händen ein Kissen über den Kopf.

Das Eigenartige war, dass sie sich später am Vormittag super fühlte. Nein!, dachte sie geradezu empört, das ist mir jetzt zu billig – eine Nacht richtig guter Sex, und alle Probleme sind wie weggeblasen? Der Ausdruck in diesem Zusammenhang brachte sie kurz zum Kichern. Aber sie wusste doch, dass es sie jedes Mal, wenn sie glaubte, alles wäre überstanden, wieder zurückwarf. Deshalb blieb sie vorsichtig.

Sie ließ das Erlebte einfach sacken.

Am Montagabend war sie plötzlich so unruhig, dass sie sich nach Sonnenuntergang entschloss, mit dem Rad noch etwas über die Insel zu kurven. Draußen vor Rias Bar trank sie einen Tee. Ihre Tischnachbarn unterhielten sich darüber, dass in dieser Nacht die Perseiden zu beobachten sein würden. Ein paar Sternschnuppen gucken, überlegte Marieke, das könnte interessant werden. So radelte sie, statt nach Hause auf dem schmalen Klinkerweg, der die Promenade verlängerte, zum Café Sturmeck raus.

An der Schutzmauer davor ließ sie ihr Rad stehen und ging ein Stück auf feinsandigen Pfaden, um sich oben auf einer Aussichtsdüne einen Logenplatz zu suchen. Da war es schon kurz vor Mitternacht. Jede Menge furchtloser Kaninchen säumten ihren Weg. Die Umrisse zeichneten sich scharf vor dem dunkelblauen, am Horizont überm Meer noch immer helleren Himmel ab. Sie setzte sich zwischen Strandhafer und Dünengras und blickte hinaus. Lichter von fernen Schiffen und von den Windkraftparks blinkten auf.

Bald schon sah sie aus der Höhe eine Sternschnuppe herabsausen, gleich noch eine. Wie märchenhaft! Sie wünschte sich, wieder gesund und stark zu sein. Noch zwei Sternschnuppen. Sie legte den Kopf in den Nacken, schloss die Augen. Glück für die Kinder! Weltfrieden!

Als sie die Augen öffnete, nahm sie einen rötlichen Widerschein über der Nordsee wahr. Als würde es dort brennen. Aber dort gab es nichts, das brennen konnte. Der Schein wurde größer, intensiver, er stieg empor, färbte sich grünlich. In geisterhaften Schwaden verbreitete er sich weiter, wurde riesig, wechselte von Rot zu Lila und von Grün zu Gelblich. Die Farbströme bewegten sich wie Vorhänge bei schwachem Luftzug. Marieke bekam eine Gänsehaut. Polarlichter. Hier in Deutschland. Auf Borkum.

Der Klimawandel bringt auch viel Schönes, dachte sie etwas ketzerhaft. Ein Zeichen? Ein Wunder? Nicht gleich übertreiben. Sternschnuppen sind nur Staubkörner im Licht. Und Polarlichter entstehen durch Sonnenwinde, alle elf Jahre intensiver als sonst. Reine Naturwissenschaft.

Dennoch fasziniert beobachtete sie das Schauspiel. Sie freute sich darüber. Es dauerte vielleicht fünf oder sieben Minuten. Und dann wurde ihr bewusst, dass sie sich endlich wieder richtig freuen konnte. Ganz für sich allein, aus tiefer Seele. Das freute sie noch mehr. Vielleicht war es doch ein Wunder.

Am Morgen zog sie in Erwägung, dass es ebenso gut ein Zeichen gewesen sein könnte. Denn ganz Ostfriesland wurde von einem Unwetter mit Hagelschauern und Starkregen ungewohnten Ausmaßes heimgesucht. Der Klimawandel zeigte sich von seiner üblen Seite.

In den folgenden Wochen lebte Marieke diszipliniert, ernährte sich gesund, bewegte sich viel, arbeitete weiter ihre

To-do-Liste ab. Ohne recht zu wissen, weshalb, beruhigte sie die Vorstellung, dass sich Tibo auf einer Exkursion befand.

Sie freute sich über ihre Fortschritte, aber blieb skeptisch. Das weitere Hickhack um die Gasbohrungen verfolgte sie wie einen Fortsetzungskrimi. Mal schien die eine Seite vorn zu liegen, mal die andere. Auf jeden Fall sah es danach aus, als würde sich zumindest der Beginn des Projekts deutlich verzögern. Es blieb also spannend.

Die Arbeit in der Arche machte ihr Spaß. Besonders gut gefiel es ihr, mit Kindern geeignete Bilderbücher auszusuchen. Es war außerdem ein gutes Gefühl, etwas für die Gemeinschaft zu tun. Schon bald bedauerte sie die zeitliche Begrenzung ihrer Vertretung in der Bücherei. Was andererseits natürlich positiv war, weil es bedeutete, dass Alwine wieder auf die Insel zurückkehrte.

Ihre Nachbarin hatte nach fünf Wochen den ersten Zyklus ihrer Chemotherapie überstanden. Sie trug jetzt einen Turban, weil sie die Krankenkassenperücke scheußlich fand, und litt unter Nervenschmerzen in den Händen, die mit Glück wieder verschwinden würden. Aber sie war trotz allem guter Dinge. Marieke zollte ihr großen Respekt für die Art, wie sie mit der Krebserkrankung umging. Alwine jammerte nicht. Jöseln freut nur die anderen, dir selbst bringt es gar nix, lautete ihr Credo. Sie ließ sich aus Eikes Betrieb Unterlagen nach Hause bringen, um für ihren Sohn die Buchhaltung vorzubereiten.

»Wenn ich schon sonst nicht viel tun kann«, sagte sie. »Das lenkt mich ab.« Marieke versuchte sich an Scones und brachte ihr ein paar rüber. »Mach uns mal 'nen schönen Ostfriesentee dazu und leiste mir noch etwas Gesellschaft«, bat Alwine. Sie brach ein Teebrötchen auf und bestrich es mit der Mascarpone und der Erdbeerkonfitüre, die sie ebenfalls mitgebracht hatte. »Noch lauwarm. Mhmm! Da muss ich mich jetzt echt beherrschen, nicht sofort reinzubeißen.«

»Mach ruhig.«

»Nee, mit einem Schluck Tee ist es erst perfekt.«

Marieke lächelte. »Das Beste aus drei Welten eben.«

Auch sie hatte noch nicht gekostet. Nachdem der Tee lange genug gezogen hatte und eingeschenkt war, machte sie sich auch ein Scone fertig. Es schmeckte so himmlisch, dass sie die Augen schloss, um sich ganz auf den Genuss konzentrieren zu können.

»Hmm«, hörte sie Alwine wohlig seufzen. »Die sind dir gut gelungen!«

»War eigentlich ganz einfach«, erwiderte Marieke. »Am Anfang klebte der Teig ein bisschen zu sehr, lag vielleicht am großen Ei, aber mit etwas mehr Mehl hab ich's hingekriegt.«

»Genau richtig«, lobte Alwine. »Köstlich!« Dann wechselte sie das Thema. »Ich wette, du hast dir schon Gedanken darüber gemacht, warum es sein konnte, dass ausgerechnet der schottische Reverend und seine Frau den dritten und den ersten Preis gewonnen haben, oder?«

»Na klar, das ist schließlich gegen jede Wahrscheinlichkeitsrechnung.«

London, Juli 1911

Das konnte kein Zufall sein! Nie und nimmer. John kochte innerlich. Aber er hatte gelernt, sich zu beherrschen. Der Vorsitzende der Jury trat vor und erklärte dem überraschten Publikum, wie verblüfft er selbst und seine Kollegen über diese unglaubliche Auswahl gewesen seien. Dass die Siegerin des ersten und der Sieger des dritten Preises dieselben Nachnamen und dieselbe Anschrift hatten, sei zwar in der Tat sensationell, aber keineswegs verboten. Denn die Wettbewerbsbedingungen erlaubten ja, dass jedes Mitglied einer Familie einen Strauß einschicken durfte. Es gebe jedoch keinen Zweifel daran, er selbst könne es bezeugen, dass alle Beurteilungen unter strengster Neutralität und Anonymität vorgenommen worden seien. Nur vorgedruckte Nummern, keinerlei Namen hätten an den Vasen gestanden.

»Es ist wohl einfach so, dass im Garten des Reverends von Sprouston die schönsten Wicken des Königreichs wachsen und nun ihre verdiente Anerkennung finden.«

»Na, der Reverend hat anscheinend einen besonders guten Draht nach oben«, witzelte jemand hinter Johns Rücken. Das Publikum applaudierte. Eine Kapelle spielte eine fröhliche moderne Musik, das Stück hieß sinnigerweise *Floral Dance*. »Das hat eine Frau komponiert, Katie

Moss«, flüsterte Rosabels Großmutter, »erst vor Kurzem. Hinreißend, oder? Ethel wird entzückt sein.«

»Ist diese Katie mit uns verwandt?«, fragte Rosabels Vater.

»Wenn's ein Erfolg wird, ganz bestimmt«, gab Rosabel kichernd zurück.

Einige Gäste guckten etwas irritiert, schienen letztlich aber doch bereit zu sein, das Unglaubliche für möglich zu halten. John schaute zu Lord Northcliffe, der anscheinend der Countess of Bective eine Schmeichelei ins Ohr flüsterte, denn sie lächelte ihn entzückt an. Dann begegnete der Chief seinem fragenden Blick mit einem sehr zufriedenen Lächeln. In seinen Augen glitzerte es wie bei einem Schuljungen, dem ein köstlicher Streich gelungen war. Das gab John die Gewissheit. Der Verleger überließ nichts dem Zufall. Wie hatte er überhaupt etwas anderes annehmen können?

Nun konnte und wollte er, Lord John Ramsgate, sich vor dem Publikum keine Blöße geben. Er spürte, dass Anni ihn ansah. Sie schien seine Unruhe zu bemerken. Er riss sich zusammen, spielte das Spiel mit und kümmerte sich professionell um seine Aufgaben. Mit liebenswürdigen Worten verabschiedete er sich von den Ehrengästen und von Rosabel und ihrer Familie, um in die Redaktion zu eilen. Dort koordinierte er die Berichterstattung. Außerdem mussten umgehend die Sieger informiert werden, die drei Hauptgewinner erhielten Telegramme.

Anders als ursprünglich geplant, konnte er allerdings unmöglich selbst die Homestory bei der Gewinnerin des

Hauptpreises machen, denn Mrs. Fraser und ihr Mann hätten ihn wiedererkannt. Und wenn sie von seiner Verbindung zur *Daily Mail* erfahren hätten, wären ihnen gewiss Zweifel an der Rechtmäßigkeit ihres Doppelsiegs gekommen. Er gönnte den beiden das Geld von Herzen. Bessere Leute hätte man sich als Gewinner nicht wünschen können, die Leserschaft würde sich mit dem bescheidenen, gottesfürchtigen Ehepaar freuen, dessen größter Wunsch der Einbau einer Kanzel in die Dorfkirche war. Die Beweggründe Lord Northcliffes leuchteten ihm also durchaus ein. Aber den Betrug, den er dafür begangen oder zumindest eingefädelt haben musste, konnte John nicht gutheißen. Er fühlte sich vorgeführt, ausgenutzt. Schließlich hatte er unermüdlich, blauäugig wie ein Backfisch, auf die Neutralität der Jury in diesem grandiosen Wettbewerb hingewiesen. Oh, wie ihn das zornig machte!

Er beauftragte seinen besten Reporter und einen Fotografen, sofort nach Sprouston zu reisen. »Nehmt den Nachtzug.« Während die beiden am Schreibtisch Kursbücher mit Fahrplänen wälzten, über die schnellste Strecke berieten und sich einig darin wurden, dass sie erst bis Carlisle reisen mussten, bevor es weiter über Land, umständlich an jeder Milchkanne haltend, bis in das kleine schottische Dorf ging, blödelten zwei andere Kollegen, dass es von Carlisle ja nicht mehr weit bis nach Gretna Green im Süden Schottlands sei.

»Hey, Jungs, ist nur ein kleiner Abstecher. Will nicht zufällig noch schnell einer von euch beim Schmied 'ne Minderjährige heiraten?« Alle lachten.

»Ich war mal dort und hab 'ne Geschichte gemacht über diesen Dorfschmied, der die Erlaubnis hat, Minderjährige zu trauen«, erzählte ein älterer Kollege. »Dahin kommen bis heute verliebte Pärchen aus ganz Europa, jede Menge entlaufene Töchter aus gutem Hause. Man könnte eigentlich mal wieder 'ne schöne Reportage drüber machen.«

Die Kollegen amüsierten sich, in John rumorte es. »Seht zu, dass ihr loskommt«, drängte er. »Wir brauchen die Fotografien und den Text über die Frasers und ihren Garten bis Sonntagnachmittag. Und vergiss nicht«, trug er dem Schreiber auf, »wieder auf die Gewissenhaftigkeit hinzuweisen, mit der die Entscheidung herbeigeführt worden ist.« Er hätte kotzen mögen.

In der Redaktion wuselten alle noch hektischer als sonst durcheinander, weil fünf Tage zuvor schon wieder ein *Daily-Mail*-Sensationswettbewerb gestartet war. Lord Northcliffe, der seit Jahren die Meinung vertrat, dass die Fliegerei im Königreich auch aus militärischem Interesse stärker gefördert werden müsse, weil Deutschland, das derzeit führend in der Fliegerei war, die Zerstörung des Empire anstrebe, hatte zehntausend Pfund für denjenigen ausgelobt, der Großbritannien am schnellsten umflöge. Die Strecke von genau eintausend Meilen war in Etappen eingeteilt. Johns Kollege, der für die Koordination mit dem Royal Aero Club und für die Berichterstattung des Circuit of Britain air race zuständig war, rannte aufgeregt zwischen Setzerei und Chefredaktion hin und her. Sein Wettkampf endete zwar erst am 5. August, doch den ersten Sieger gab es bereits. Ein Franzose hatte schon am vergangenen Mittwoch als Erster das Ziel erreicht, und nun musste sich John auch noch mit seinem Kollegen darum streiten, wer mehr Platz im Blatt für seinen Wettbewerb bekam.

Nachdem er den Text und die Überschrift für die Sonnabendausgabe fertig gemacht hatte – *Schottische Lady ist Siegerin* – suchte er das Bureau des Verlegers auf.

»Ist er schon zurück vom Mittagessen mit der Countess?«, fragte er im Vorzimmer.

»Gerade eben«, lautete die Auskunft.

John atmete tief durch und klopfte an.

»Ja, bitte?« Er trat ein und blieb an der Tür stehen. Lord Northcliffe wirkte sehr zufrieden. »Eine großartige Aktion«, lobte er, während er John mit einer Geste den Stuhl vor seinem Schreibtisch anbot. »Wirklich gelungen. Ich freue mich schon auf die Fotografien.« Er schaute auf einen frischen Schwarz-Weiß-Abzug aus dem Labor, das den siegreichen französischen Flieger André Beaumont zeigte. »Wollen wir mal hoffen, dass wenigstens auf Platz 2 und 3 Briten landen.« Er betonte das Wort »landen«, weil es so gut in den Zusammenhang passte.

Den Wickenwettbewerb hatte er offenbar bereits abgehakt. John zog es vor, stehen zu bleiben. Es musste geklärt werden, auch wenn schon wieder eine andere Sau durchs Dorf getrieben wurde.

»Sie waren nicht überrascht«, sagte er. Eine Feststellung, keine Frage, eher ein Vorwurf.

Der Chief verstand gleich, worauf er anspielte. Er lachte auf. »Mein Lieber, haben Sie eine Ahnung, was diese Wett-

bewerbe, mit denen wir im Übrigen gerade Zeitungsge-
schichte schreiben, mich unterm Strich kosten?« Er erhob
sich aus seinem schweren Ledersessel. »Solche Summen
puste ich doch nicht auf gut Glück zum Schornstein raus.«
Leichte Irritation mischte sich in seine selbstzufrieden
klingende Attitüde. »Warum setzen Sie sich denn nicht?
Möchten Sie einen Drink?« Lord Northcliffe ging zu einem
Schrank, in dem sich, wie John wusste, eine kleine Bar befand. »Ja, wir sollten anstoßen auf unseren Erfolg. Sie
haben gute Arbeit geleistet, mein Junge.«

John sah den Verleger auf einmal mit ganz anderen
Augen. All die bösen Gerüchte über den skrupellosen, oft
auch charmanten Pressemogul, den Napoleon der Fleet
Street, erschienen ihm in einem anderen Licht. Sein Held,
das große Vorbild, der Mann, den er insgeheim als Ersatz-
vater betrachtet hatte, war in Wirklichkeit jemand, der kalt-
blütig Menschen und, tatsächlich, auch den Lauf der Geschichte manipulierte.

Northcliffe besaß aber auch ein feines Gespür. Er fing
seinen Blick auf und begriff, dass er nicht gekommen war,
um mit ihm anzustoßen.

»Oh, nein!«, rief er aus. »Er ist empört?«

»Wann haben Sie beschlossen, wer gewinnen wird?«,
fragte John mit unterdrücktem Zorn in der Stimme.
»Gleich, als ich Ihnen nach der Edinburgh-Tour von der
Familie des Reverends in Sprouston berichtet habe? Und ...
wie haben Sie es angestellt?«

»Ach, mein Lieber, ich wollte Ihren Idealismus nicht trüben«, antwortete Northcliffe leicht spöttisch, doch auch be-

sänftigend, während er die Schranktür öffnete. »Stimmt, vielleicht hätte ich Sie früher ins Boot holen sollen.« Er lächelte listig. »Gucken Sie nicht so! Niemand kann irgendetwas nachweisen. Wenn schon, dann muss man richtig dick auftragen, nur so glaubt's einem die Leute.«

»Es ist nicht fair«, sagte John empört, doch mit fester Stimme. Genau das hatte er fast ein halbes Jahr lang ununterbrochen behauptet, geschrieben, verbreitet. Dass es fair war. Dafür hatte er mit seinem Namen gestanden. »Es ist Betrug.«

»Junger Mann, wenn Sie Karriere machen wollen, dürfen Sie nichts dem Zufall überlassen. Merken Sie sich das für Ihre Zukunft.« Nun schloss er die Schranktür halb und machte einen Schritt auf ihn zu. »Wer das nicht kann oder dazu nicht bereit ist ...«

Sie standen sich gegenüber, Auge in Auge. Northcliffe war groß und trotz seiner Krankheiten ein imposanter starker Mann. John hielt dem Blick stand. In diesen Sekunden entschied sich seine Karriere. Er befand sich am Scheideweg, wollte nicht im Zorn oder Affekt handeln. Dennoch spürte er mit jeder Faser seines Seins, dass er so etwas nicht wollte. Er hatte vieles verloren. Seine Familie, das Vermögen und den Einfluss der Ramsgates. Aber nicht seine Ideale und seine Selbstachtung.

»*No*, Sir!«, sagte er im vollen Bewusstsein der Konsequenzen. »*That's not my cup of tea*. Das ist nicht mein Weg.« Er holte tief Luft, bevor er seine Entscheidung aussprach. »Ich kündige.«

Im Gesicht des Verlegers zeichnete sich ein Ausdruck

von Überraschung ab, den John bei ihm noch nie gesehen hatte.

»Das werden Sie bereuen«, sagte er, beinahe väterlich besorgt, doch dann zogen sich seine Augenbrauen zusammen, und er wirkte innerhalb kürzester Zeit feindlich, gealtert und knallhart.

An der Tür drehte John sich noch einmal um, sein Herz hämmerte, aber in seinem Kopf herrschte eine große Klarheit.

»Das glaube ich nicht«, sagte er und verließ den Raum.

»Du hast … was?«

Fassungslos starrte Rosabel ihn an. Eigentlich waren sie im Stadthaus der Familie Moss verabredet gewesen, um schick zum Essen auszugehen und das Ende des Wettbewerbs zu feiern. Rosabel hatte sich elegant zurechtgemacht, ihr Abendkleid schimmerte türkis und silbern. Mit ihrem Gespür für dekorative Posen hatte sie ihn am Blumentisch im Salon – weiße Azaleen vor himmelblauer Seidentapete – stehend empfangen. Doch nun kämpfte sie gegen eine beginnende Schnappatmung an.

»Rosabel«, er ging einen Schritt auf sie zu, »begreifst du nicht, was für eine Art von Leben das für uns bedeutet hätte? Ein Leben voller Falschheit, Lügen, Manipulationen …«

»… und Einfluss, Reichtum, Macht.« Sie stöhnte auf. »Alles perdu! Wie kann man nur so dumm sein?« Charles betrat den Salon. »Er hat gekündigt, Vater!« Rosabel machte eine theatralische Armbewegung und gab in kurzen Worten wieder, was sie soeben erfahren hatte. »Ein Affront!«

Die Gesichtszüge ihres Vaters entgleisten nur für Sekunden, gleich hatte er sich wieder in der Gewalt. »Du kannst dich doch nicht mit so einem mächtigen Mann anlegen!«

Rosabel stützte sich mit einer Hand am Blumentisch ab und sah John eindringlich an. »Lässt es sich rückgängig machen? Vielleicht, wenn du sagst, dass du überreizt warst wegen des Wettbewerbs ...?«

»Nein!« Seine Stimme donnerte. »Niemals.«

»Du ruinierst deine Karriere«, konstatierte der Mann, der sein Schwiegervater werden würde. »Und das nur wegen so ein bisschen Trickserei, bei der niemand zu Schaden gekommen ist?«

»Lügen ist lügen«, entgegnete John, »und betrügen ist betrügen. Dabei kommt es nicht auf die Menge an.« Ihm war schleierhaft, wieso man darüber überhaupt diskutieren musste. »Außerdem ... Es gibt andere Redaktionen. Gute Leute werden immer gesucht.«

»Mehr als die Hälfte aller Redaktionen im Lande gehören Northcliffe, du Idiot!«, fuhr ihn Rosabels Vater an. »Und glaubst du ernsthaft, dass du woanders ein Bein an Land bekommst, wenn er seine Beziehungen spielen lässt?«

»Es erscheinen jede Menge ausländische Zeitungen und Zeitschriften, die zum Beispiel einen London-Korrespondenten brauchen«, entgegnete John. »Irgendetwas wird sich schon finden.«

Rosabel drückte das Kreuz durch und richtete sich stolz auf. »Ich will aber nicht ›irgendetwas‹«, sagte sie hochmütig. »Damit würde meine gesellschaftliche Reputation ruiniert.«

John konnte es nicht fassen, dass sie so wenig Verständnis aufbrachte. In seinen Schläfen pochte es. Er hatte fest damit gerechnet, dass Ehre und Ehrlichkeit ihr ebenso wichtig waren wie ihm. Erschüttert erkannte er, dass seine Verlobte eine menschliche Enttäuschung war, die zweite schon innerhalb eines Tages.

Charles Moss legte schützend einen Arm um die Schultern seiner Tochter. »Gut, dass du es aussprichst, mein Kind«, sagte er in blasiertem Ton. »Dann muss ich es nicht. Für ›irgendetwas‹ steht weder unser Haus noch meine Tochter zur Verfügung.«

John spürte, wie das Blut in seinen Adern gefror. »Ist das dein Ernst?«, fragte er Rosabel. Sie wechselten einen langen, intensiven Blick. Doch vergeblich suchte er in ihren Augen nach einem Fünkchen Zuneigung oder Verständnis. Jetzt wendete sie den Blick ab. In dieser Situation gab es nur eine angemessene Reaktion. »Dann …«, er räusperte sich, nahm einen tiefen Atemzug, »… dann bitte ich darum, mich von meinem Eheversprechen zu entbinden.«

»Nur zu gern!«, antwortete Rosabel schnippisch und drehte ihm den Rücken zu.

Er atmete heftig aus. Es fühlte sich so unwirklich an.

»Adieu!«

Ohne Begleitung ging er zur Tür und verließ das Haus Moss – wohl für immer.

Rosabel lief die Treppe hinauf, warf sich in ihrem Boudoir auf die Chaiselongue und weinte den ganzen Abend. Eine Welt war für sie zusammengebrochen. Ihr Traum vom

Leben an der Seite des blendend aussehenden, einflussreichen Journalisten und Politikers Lord Ramsgate war ohne Vorwarnung einfach so zerplatzt. Irgendwie hatte sie ihn schließlich auch liebgehabt. Doch nun empfand sie nur Zorn und Enttäuschung.

Durch sein Fehlverhalten war sie plötzlich ohne eigenes Verschulden eine junge Frau, deren Wert in den Augen der feinen Gesellschaft durch die Entlobung erheblich sinken würde. Sie galt damit zumindest schon als ein wenig »benutzt«.

Außerdem war es ein Jammer um das schöne Haus in Kensington, das ihr Vater ihnen schon als Hochzeitsgeschenk gekauft hatte. John ahnte davon nichts. Sie wurde von einem neuen Weinkrampf geschüttelt. John und sie waren so ein schönes Paar gewesen und hätten wirklich tonangebend werden können.

Andererseits – sie hatte doch so handeln müssen! Sie durfte nicht nur egoistisch an sich selbst denken, sie musste immer das Wohl und die Zukunft ihrer Familie mit einplanen. Wenn sie einen naiven Mann gewollt hätte, dann hätte sie sich auch für Archi entscheiden können. Der war nun immerhin volljährig und Herrscher über große Ländereien, Güter und Anwesen. Und ebenfalls adelig. Zudem war er ihr überaus ergeben. Sie putzte sich die Nase. Eine Weile dachte sie nach. Seine Pickel würden sich auswachsen.

Schließlich setzte sie sich auf, betrachtete sich nachdenklich in ihrem dreiteiligen Spiegel. Noch hatte sie keine Falten, noch verlief die Kinnlinie straff und jugendlich. Das würde nicht ewig so bleiben. Eine Frau musste ihr Glück selbst schmieden. Beizeiten. Lady Rosabel Merrymaid – das klang nicht übel. Nach dem Tod seiner Mutter würde sogar der Titel The Lady Merrymaid an Archis Gattin übergehen. Rosabel tupfte sich die Tränen ab.

Genug für heute, dachte sie, und klingelte nach ihrer Zofe.

John ließ sich stundenlang durch London treiben. Aufgewühlt, nachdenklich, zu seiner Verwunderung auch erleichtert. Es war schon eigenartig – da lebte man über lange Zeit eifrig und fleißig vor sich hin, immer ein klares Ziel vor Augen, und dann änderte sich an einem einzigen Tag das ganze Leben. Kein Ziel mehr? Doch, allerdings eines, das weiter weg lag und wichtiger war als das gekippte von einer Karriere als Leitartikler und Politiker. Man musste sich selbst treu bleiben. Das stand über allem. John bereute keine seiner Entscheidungen, aber er fühlte sich verdammt einsam. Das Gefühl kannte er, seit sein Vater sich das Leben genommen hatte, und er hasste es. Immer wieder dachte er an den ablehnenden Ausdruck in Rosabels Augen zurück.

Als es dämmerte, kehrte er in irgendeinem Pub ein.

»Was will denn so'n feiner Pinkel wie du hier?«, pöbelte ihn ein ungewaschener Mann an, der an der Theke stand.

»Vermutlich das gleiche wie du, Kumpel«, erwiderte John. »Trinken und vergessen.«

Er spendierte dem Mann ein Bier. Es stellte sich heraus, dass er im Hafen arbeitete. Die Dockarbeiter, die ihre Familien von dem geringen Lohn kaum ernähren konnten, so erzählte der Mann, wollten bald in einen großen Streik treten. Unruhe hatte die Arbeiterschaft in den Bergwerken, Industriehallen, Häfen und Eisenbahnen des Landes erfasst. John spürte deutlicher als sonst, dass gerade alles im Wandel begriffen war. Er spendierte dem Hafenarbeiter noch einen Drink und noch einen. Irgendwann diskutierten sie über die Rechtmäßigkeit von Klassenunterschieden. Als der Wirt sie zur Sperrstunde hinausbeförderte, waren sie beide ganz demokratisch gleich betrunken.

John musste eine Weile in diesem ihm unbekannten Stadtteil suchen, bis er eine Mietdroschke herbeiwinken konnte. Zu Hause schlief er sofort ein. Aber er hatte einen Traum. Einen von der Sorte, bei denen man schon während des Träumens genau wusste, dass sie etwas Besonderes waren.

Er stand in Gretna Green neben einer Frau vor dem Amboss des Schmieds, der sie verheiratete. Der kräftige Schotte mit einem Hammer in der Hand sagte: »Sie dürfen die Braut jetzt küssen.«

John sah die Frau an und wurde von einem für ihn völlig neuen Gefühl überwältigt.

Borkum, September 2024

Marieke saß da wie angespitzt und erwartete das Ende der Geschichte.

»Ach, bitte komm morgen wieder«, bat Alwine, »dann erzähl ich dir den Rest. Ich möchte jetzt schlafen.«

»Klar, natürlich.« Marieke verbarg ihre Enttäuschung. »Kann ich noch was für dich tun?«

»Wenn du vielleicht noch das Geschirr in die Maschine räumen und sie einschalten würdest?«

»Mach ich. Dann bis morgen. Zum Nachmittagstee?«

»Jup.« Alwine hatte schon ganz kleine Augen vor Erschöpfung. »Ach, nächste Woche übernehme ich wieder in der Arche, sind ja nur zwei Stunden. Das krieg ich wohl hin.«

Marieke räumte ab, machte die Küche klar und gab Lucky noch sein Fressen. Der Rüde wedelte freudig mit dem Schwanz.

»Darf ich ihn zum Spaziergang mitnehmen?«, fragte sie.

Alwine hatte sich schon mit einer Wolldecke aufs Sofa gelegt. »Wenn du ihn danach wiederbringst«, antwortete sie mit einem müden Lächeln.

»Er würde sicher immer von allein zu dir zurücklaufen. Hab ich recht, Lucky?« Der Hund bellte. Sie lachte und leinte ihn an. »Na, komm!« Mittlerweile waren sie ein eingespieltes Team. »Ich lass Lucky nachher einfach rein. Bis morgen, Alwine.«

Es herrschten angenehme Temperaturen, und sie spazierten durch die Greune Stee, die im September, wenn der Frühherbst den Spätsommer ablöste, mit sonnenbeschienenen Schwebeteilchen in der Luft am allerschönsten war und den Namen Goldene Stee verdient hätte. Allein, wie es duftete! Würzig nach Heidekraut, Wacholder und Nadelhölzern, nach reifen Beeren, feuchter Erde und natürlich nach erstklassiger Seeluft.

»Ein Fest für die Nase, was?« Lucky erschnupperte am Wegesrand hochkonzentriert die Neuigkeiten. Trockene Sandwege führten erst durch die Woledünen, die ältesten Dünen der Insel, und dann durch teilweise sumpfiges Gelände.

Beim Dahintrotten überließ sich Marieke dem Fluss ihrer Gedanken. Der Sturmschaden war endlich behoben. Die Versicherung hatte nur einen der beiden Schäden anerkannt und wollte selbst dafür nur die Hälfte dessen erstatten, was der Kostenvoranschlag verlangte. Das ärgerte sie so, dass sie beschloss, den Anbieter zu wechseln. Nächste Woche würde auch endlich die Wand zwischen den beiden Giebelzimmern im Obergeschoss abgerissen, danach kämen ein kleines Bad und neue Fenster rein. Sicher musste auch noch einiges verputzt werden, und anschließend würde sie streichen. Es sollte ein hübsches kleines Appartement entstehen. Wenn sie das endlich überstanden hatte, konnte sie einen Teil des Obergeschosses vermieten.

Sie horchte in sich hinein. Kein Schmerz, weder im Rücken noch im Gedärm. Keine Übelkeit. Gut, vormittags musste sie sich immer noch einmal wieder aufs Sofa legen, dann fiel sie für eine halbe Stunde in einen oft komatösen Schlaf. Aber die tiefe, unerklärliche Traurigkeit fehlte. Beziehungsweise fehlte natürlich nicht. Es war, als hätte jemand nach und nach eine Last von ihrer Brust und von den Schultern gehoben. Vielleicht hatte ihr Körper mittlerweile die Stoffe, deren Mangel ihren Glückspegel so lange unter Normalnull gesetzt hatten, in ausreichendem Maße gebildet. Vielleicht war ihr innerer Konflikt wegen Gisbert nun endlich auch in den tieferen Schichten ihrer Psyche beigelegt. Und Tibo? Der hatte ihr gutgetan. Keine Frage. Doch das war kein Grund, die Angelegenheit zu forcieren.

Ihr Herz klopfte regelmäßig und stark, auch wenn sie längere Zeit zügig lief. Ein gutes Gefühl, dachte sie dankbar und schaute sich aufmerksamer um. Zwischen Vogelbeerbäumen und lilabraunen Erikabüscheln hingen filigrane Spinnweben, an denen winzige Wassertröpfchen hafteten. Holundersträucher neigten sich unter der Last reifer, fast schwarzer Fliederdolden. Da fiel es einem leicht zu glauben, dass hier Erdmantjes und Feen lebten. Dass hier irgendwo einst Kaninchen Störtebekers legendären Goldschatz verbuddelt hatten. Dass ganz in der Nähe früher die Töchter des Meeresfürsten Ekke Nekkepenn zum Spielen an Land gekommen waren. Ab und zu blieb Marieke stehen und befragte ihre App nach einer Pflanze. Auch ohne Nachhilfe erkannte sie die Bäume, unter denen sie gingen, als Moorbirken. Ihre flirrenden Blätter und weiß-schwarzen Stämme schufen eine geheimnisvolle Atmosphäre. Sie blieb stehen, nur um die milde Wärme des Sonnenlichts auf ihrem Gesicht zu genießen.

Auf dem Rückweg telefonierte sie mit Gardon. Mittlerweile hatte sich etwas in ihrem Verhältnis gedreht. Nun brauchte er Trost, weil ihm Pias unversöhnliche Haltung und seine Scham darüber, dass er ihr so großen Schmerz zugefügt hatte, sehr zu schaffen machten. Der Plan, nur in der Gegenwart zu sein, war auch für Gardon nicht aufgegangen.

»Ich freue mich auf die Zukunft«, sagte er bedrückt. »Wenn endlich die Scheidung durch ist und Pia sich beruhigt hat und hoffentlich die Kinder nicht mehr gegen mich aufhetzt.«

»Bestimmt wird es besser werden«, versuchte sie ihn aufzumuntern. »Ich finde es richtig, dass du die Wahrheit gesagt hast und danach lebst. Wenn du trotz deiner Gefühle zu Alex bei ihr geblieben wärst und sie im Unklaren gelassen hättest, das wäre gemein gewesen.«

»Wenigstens scheint es dir ja wieder gut zu gehen.«

»Ich trau mich kaum, es auszusprechen«, gestand sie, »weil ich fürchte, dass ich dann gleich wieder eins auf den Deckel krieg. Aber es stimmt.« Sie schwiegen einen Moment. »Vielleicht liegt's auch daran, dass mein Tag wieder strukturierter ist. Nur muss ich mir einen Ersatz für den Job in der Leihbücherei besorgen.«

»Wo bist du gerade?«, fragte er. Sie beschrieb ihm, was sie in dem Wäldchen mit seiner besonderen Mischung aus Dünen, Sumpf und Heide sah.

»Klingt ein bisschen wie verzaubert«, sagte er. »Ich werd direkt neidisch.«

Das war der Moment, in dem Marieke etwas begriff. Ihre wieder aufflackernde Freude, das Polarleuchten, die Sternschnuppen, das Meeresglitzern, ihre Gespräche mit Lucky waren der Beweis – nach aller Desillusionierung erlebte sie gerade am eigenen Leib so etwas wie die Wiederverzauberung der Welt. Sie versuchte, ihrem Freund diese Gedanken nahezubringen.

»Du kannst jederzeit für ein paar Tage herkommen, Gardon, und bei mir wohnen.« Noch ein bisschen zögerlich, aber doch ernst gemeint fügte sie hinzu: »Auch mit Alex.«

»Danke. Das ist schön zu wissen, Mieke. Dann mach's mal gut. Bis bald!«

»Du auch, mein Lieber. Tschüss!«

Als sie am folgenden Nachmittag Alwine besuchte, hatte ihre Nachbarin schon Besuch. Auf dem Sofa saß Rosalie, die von einer verstorbenen Verwandten die Frühstückspension Bi Theda übernommen und in ein Appartementhaus umgewandelt hatte. Bislang kannten sie sich nur vom Sehen. Alwine stellte sie einander vor. Aus Rosalies Familie stammte das Rezept für den köstlichen Rosinenstuten, den Alwine vor Wochen gebacken hatte.

Sie fanden sich auf Anhieb sympathisch. Rosalie wirkte klug, humorvoll und lebenslustig. Sie war allenfalls Ende dreißig, trug das dunkelblonde, leicht gesträhnte lange Haar offen, schien gern und öfter mal was Leckeres zu genießen und blickte sie freundlich aus ihren blaugrauen Augen an.

Rosalie war spontan mit einem Strauß Sommerastern aus dem eigenen Garten »up Visite« gekommen, um sich nach Alwines Befinden zu erkundigen und ihr Hilfe anzubieten. Beim Teetrinken kamen sie schnell miteinander ins Gespräch. Rosalie wusste bereits von Alwine, dass sie gerade auf das Finale von Annis Geschichte zusteuerten.

»Ich erinnere mich in groben Zügen daran«, erklärte Rosalie. »In grauer Vorzeit, bevor meine beiden Kinder geboren waren, hab ich meine Magisterarbeit über Frauen auf Borkum in verschiedenen Epochen geschrieben. Bei den Recherchen bin ich damals auch auf Annis Biografie gestoßen.«

»Wie interessant!«, sagte Marieke begeistert. »Die Arbeit möchte ich unbedingt mal lesen.«

»Klar, warum nicht?« Rosalie lächelte erfreut.

Sie sprachen eine Weile über ihre Kinder, die von Rosalie – ein Junge und ein Mädchen – gingen noch zur Schule. Rosalie war zwar nicht geschieden, bezeichnete sich dennoch als »mehr oder weniger alleinerziehend«. Ihr Mann, ein bekannter Musikproduzent, reiste viel in der Welt umher.

»Aber über Anni steht doch nichts in deiner Magisterarbeit, oder?«, wollte Alwine wissen.

»Nee, ich hab sie nicht mit reingenommen, weil Anni keine gebürtige Borkumerin war und erst spät als Erwachsene auf die Insel kam. Ich fand sie auch nicht repräsentativ für ihre Epoche. Eher das Gegenteil, so emanzipiert, wie sie schon als junge Frau war.«

»Dazu hat sicher ihre Nähe zur Suffragettenbewegung beigetragen«, meinte Marieke. »Ich hab neulich in der Bücherei recherchiert und entdeckt, dass die englische Frauenbewegung sich im friedlichen Sommer 1911 in falschen Hoffnungen wiegte. Im Herbst des Jahres hat das Parlament das Gesetz für das Stimmrecht von Frauen trotz aller Versprechungen doch nicht beschlossen. Die Suffragetten fühlten sich ausgetrickst. Und danach wurde es dann richtig hässlich.«

»Ja, sie und Tausende von Unterstützerinnen, interessanterweise auch sehr viele aus der Upperclass, schreckten nicht mehr vor Gewalt zurück«, bestätigte Rosalie. »Sie haben damals Fenster eingeschmissen, Bomben sind explodiert, Brandsätze wurden in Briefkästen geworfen. Hunderte von Frauen wanderten dafür in die Gefängnisse, sind da in den Hunger- und Durststreik getreten. Das Ganze ist mit jedem Monat mehr eskaliert. Schließlich gab's sogar Tote.«

Marieke war überrascht und froh, dass sie eine auf diesem Gebiet so bewanderte Gesprächspartnerin gefunden hatte. »Ich hab gelesen, dass deren Anführerin Emmeline Pankhurst und ihre Tochter nach Paris ins Exil flüchten mussten. Ethel Smyth, die Komponistin, hat sich verkleidet und sie unter abenteuerlichen Umständen besucht und unterstützt. Irgendwann saßen sie aber alle im Gefängnis.«

»Ja, eine unglaubliche Geschichte.«

»Im Knast haben sie noch die Freiheitshymne gesungen. Wusstet ihr das? Ethel hat in ihrer Zelle am Fenstergitter den Takt geschlagen, während die anderen Frauen im Hof ihre Runde drehen mussten und trotzig *March oft the Women* sangen. Irre, oder?«

»Wer weiß, vielleicht wäre daraus noch ein richtiger Bürgerkrieg geworden«, warf Alwine ein, »ein Krieg Männer gegen Frauen. Wenn nicht der Erste Weltkrieg ausgebrochen wäre.«

Rosalie nickte. »Tatsächlich verdanken die Frauen das Wahlrecht und mehr Gleichberechtigung dem Krieg.«

»Warum erfahre ich das alles eigentlich erst jetzt?« Marieke schüttelte den Kopf. »Und warum habe ich die Suffragetten in meiner Jugend für hässliche, hysterische Weiber gehalten?«

»Warum wohl?«, fragte Rosalie mit einem mokanten Lächeln. »Weil sie so jahrzehntelang in Büchern und in den Medien dargestellt wurden. Und wer könnte wohl ein Interesse daran gehabt haben, sie in der Öffentlichkeit lächerlich zu machen?«

Statt dazu noch mehr zu sagen, stießen sie alle drei verächtlich Luft durch die Nase aus.

Marieke nahm Alwine die schwere Teekanne ab und schenkte noch eine Runde Tee ein. »Weiß eigentlich eine von euch, wieso Anni ausgerechnet auf Borkum gelandet ist?«

Alwine zupfte ihren Turban zurecht. »Keine Ahnung. Sie war da, solange ich denken kann. Deshalb hab ich nie gefragt.«

Rosalie rührte nachdenklich ihren Kandis um. »Ich hätte schon eine Idee. Aber hundertpro beweisen kann ich es nicht.«

»Ach«, sagte Alwine erstaunt. »Was meinst du denn?«

»Erinnerst du dich an die Geschichte des Hauses Constanze in der Wilhelm-Bakker-Straße? Heute erinnert leider gar nichts mehr daran.«

»Ja!« Alwine sah aus, als wäre ihr ein Licht aufgegangen. »Der frühere Kindergarten von den beiden Frauen, die als Gouvernante und Klavierlehrerin in England gearbeitet haben ...«

»Genau. Ein verheirateter hochadliger und hochrangiger Politiker mit entsprechendem Landsitz, der später sogar Außenminister wurde, glaub ich, hatte neben seiner Arbeit in London dort auch eine Geliebte.« Rosalie lächelte vieldeutig. »Und die erwartete ein Kind von ihm. Das musste natürlich vertuscht werden. Also begleiteten die beiden deutschen Erzieherinnen sie nach Bremen, wo die eine herkam, und blieben, bis sie entbunden hatte. Anschließend wurden sie dafür bezahlt, dass sie dieses Kind als seine Pflegetanten aufzogen. Sie haben auf Borkum eine Ferienpension eröffnet. Ursprünglich hieß die nach der Schwester des Viscounts Villa Constance. Die Lady kam wohl ab und zu hierher, um Geld für die Miete zu bringen und nach dem Rechten zu schauen.«

»Das Kind war ein Mädchen«, schob Alwine ein. »Es hatte einen putzigen Namen. Wie lautete der noch gleich?«

Rosalie überlegte. »Winefrid!«, fiel ihr dann wieder ein.

»Richtig«, erzählte Alwine weiter. »Winefrid wurde bis zu ihrem sechsten Lebensjahr nur auf Englisch erzogen, auch sonst sehr fürnehm, mit Klavierunterricht und so. Die ›Tanten‹ haben ihr immer zu verstehen gegeben, dass sie was Besseres wäre als die Inselkinder.«

Rosalie nickte. »Überliefert ist der Satz: ›Die sind nicht würdig, dir die Schuhriemen zu lösen.‹«

»Die Ärmste.« Marieke verspürte Mitleid mit dem Mädchen. »Sie muss sich ja ziemlich isoliert gefühlt haben. Was war denn mit ihrer Mutter?«

»Die stammte aus einer angesehenen Maklerfamilie«, wusste Rosalie noch. »Deshalb konnte auch sie sich natürlich kein uneheliches Kind leisten und musste wohl oder übel einverstanden sein mit dieser Regelung.«

»Ach! Jetzt versteh ich, worauf du hinauswillst!«, rief Alwine. »Anni ist durch die Vermittlung ihrer Tante, die in England als Gouvernante gearbeitet hatte, zur Familie Moss gekommen.«

»Genau«, pflichtete ihr Rosalie bei. »Das wär' doch 'ne einleuchtende Erklärung. Und dann hat sie diese Tante später auf Borkum besucht, und es hat ihr und ihrem Mann so gut gefallen, dass sie sich hier niedergelassen haben.«

»Ja, so wird's gewesen sein. Oder so ähnlich.« Kopfschüttelnd nahm Alwine einen großen Schluck Tee. »Was ist die Welt doch klein.«

»Ihren Mann hast du aber nicht mehr kennengelernt, oder?«, fragte Marieke neugierig.

»Nee, ich weiß nur, dass sie zweimal verheiratet war«, antwortete Alwine. »Der erste ist Engländer gewesen und hat so hobbymäßig viel im Garten rumgepütschert.«

Nun mischte sich Rosalie wieder ein. »Meine Tante Nina hat noch ihren zweiten Mann gekannt, aber da war sie 'n Kind. Der Engländer, sagte sie mir mal, ist schon im Ersten Weltkrieg gefallen. Anni hat die Pension Villa Cupani eröffnet, um sich und den gemeinsamen Sohn durchzubringen.«

»Ist ja interessant.« Marieke fand es spannend, damit

auch mehr über ihr Haus zu erfahren. »Und was ist aus dem Sohn geworden?«

»Der ist in den 1950ern nach Amerika ausgewandert.«

Alwine befand, dass sie nun alle mit einem Gläschen Fasanenbrause auf Anni anstoßen sollten. »So jung kommen wir nicht wieder zusammen!«

»Da ist doch Alkohol drin, darfst du das denn?«, fragte Marieke besorgt.

»Nich' lang schnacken, Kopp in'n Nacken!«, antwortete Alwine und wandte sich Rosalie zu. »Wie geht's eigentlich Nina und Klaas?«

Rosalie strahlte. »Die beiden sind verliebt wie am ersten Tag. An Ninas Geburtstag hat Klaas ihr wie jedes Jahr wieder ›ihren‹ Walzer auf dem Akkordeon vorgespielt. Im Moment sind sie auf Kreuzfahrt, mit dem Schiff, auf dem Klaas früher Kapitän gewesen ist.«

»Ach, das freut mich aber!« Alwine ließ den Rest aus ihrem Glas auf die Zunge tröpfeln.

»Alwine«, bat Marieke schließlich, »würdest du mir nun bitte endlich das Ende der Geschichte erzählen?«

»Jaja«, Alwine lächelte schlitzohrig. Natürlich genoss sie wieder die Situation. »Was ist eigentlich mit Tibo?«

»Was soll sein? Ich nehme an, dass er inzwischen von seiner Dänemark-Exkursion zurück ist.«

»Und sonst?« Alwines Blick bekam etwas Lauerndes. »Soll er denn gar nicht erfahren, wie es weitergegangen ist?«

Unwillig zuckte Marieke mit den Achseln. »Das wird sich noch ergeben. Oder auch nicht. Ist doch jetzt nicht wichtig.«

»Ich finde, ihr wärt ein schönes Paar. Dein Ex dagegen, och nee ...« Sie machte eine kleine wegwerfende Handbewegung, wirklich nur winzig, aber vernichtend.

»Alwine!« Marieke wurde ärgerlich. Nun empfand sie ihre Nachbarin wieder als übergriffig. »Das ist meine Angelegenheit. Ich bin froh, dass ich meine Ehe inzwischen einigermaßen verarbeitet hab. Da will ich nicht Hals über Kopf in die nächste Katastrophe schliddern.«

Rosalie guckte betont abwesend an die Zimmerdecke.

»Misch ich mich schon wieder zu doll ein?«, fragte Alwine scheinheilig. Dann wurde ihr Blick ernst. »Ich weiß nur eins, min Wicht: Das Leben ist endlich. Und manchmal braucht man die Gedanken anderer, um auf andere Gedanken zu kommen.«

Marieke grummelte vor sich hin. Aber natürlich wollte sie nicht mit einer Krebskranken streiten.

Rosalie bemühte sich, gute Stimmung zu machen. »An welcher Stelle der Geschichte hast du denn beim letzten Mal aufgehört, Alwine?«, fragte sie.

»Bei Johns Traum«, erwiderte Marieke wie aus der Pistole geschossen. »Und nun?«

»Geht's weiter am ersten Sonntag nach dem Wickenwettbewerb.«

»Wieso? Was war denn jetzt mit dem Traum?«

»Wart's ab.« Alwine lehnte sich gemütlich in ihrem Sessel zurück. »Es ist also der Tag, an dem der Chauffeur Mr. Hopkins alle zu einem Wickenfest in seinen Garten eingeladen hat.«

Willow Hill, Juli 1911

Anni erwachte mit einem mulmigen Gefühl, obwohl sie an diesem Sonntag frei hatte. Um vier Uhr sollte das Wickenfest von Mr. Hopkins beginnen. Sie würde Jim begegnen. Und Meg.

Jim erwartete ihre Entscheidung. Sie würde seinen Heiratsantrag annehmen. Natürlich. Einen tüchtigen, strebsamen und sympathischen jungen Mann wie ihn hatte sie sich immer gewünscht. Immer? Seit zwei Tagen nicht mehr. Seit zwei Tagen wusste sie, dass sie rettungslos in Lord John Ramsgate verliebt war. Aber er hatte einer anderen die Ehe versprochen, überhaupt musste ein Mann wie er auf ewig unerreichbar für sie bleiben. Plötzlich hing ein Senkblei an ihrem Herzen. Sie seufzte schwer.

Wegen der Sache mit Meg wechselten ihre Gefühle ständig hin und her. Der Vertrauensbruch, die bösartige Zerstörung ihrer Wicken, ließ sie noch immer zornig sein. Andererseits hatte Meg eine Vernichtung in diesem Ausmaß nicht beabsichtigt. Sicherlich litt sie Qualen, weil sie sich schämte. Und natürlich, weil sie weiter eifersüchtig sein musste.

Ach, es war zum Mäusemelken! Ich geh einfach nicht hin, beschloss Anni, nachdem sie gefrühstückt hatte.

Sie wusch sich das Haar mit nach Veilchen duftenden

Seifenflocken. Es würde mindestens zwei Stunden dauern, bis es getrocknet war. Ein Spaziergang durch Feld und Wiesen konnte den Vorgang beschleunigen. Außerdem war sie zu unruhig, um die nächste Lektüre für Mrs. Moss vorzubereiten, einen Brief oder eine kleine Geschichte zu schreiben.

Aber Millie reist extra aus London an, schoss es ihr durch den Kopf. Wahrscheinlich bringt sie Mary mit. Die beiden kennen die anderen kaum. Wenigstens muss ich sie doch begrüßen, ich darf sie da nicht auflaufen lassen. Und natürlich war da noch Jim.

»Aarr!«

Ärgerlich kickte sie einen Stein aus dem Weg. Wie sie es auch drehte und wendete, es blieb eine unangenehme Situation. Sie wanderte, bis ihre Naturwelle getrocknet war. Dann stand für sie fest, dass sie den Stier bei den Hörnern packen musste. Wenn du Angst vor etwas hast, musst du beherzt darauf zugehen, sagte ihre Mutter immer.

Sie steuerte das Häuschen der Hopkins an. Die Tür stand offen. Meg, ihr Großvater und die Witwe Scott liefen geschäftig ein und aus. Auf dem kleinen, von Blumenrabatten gesäumten Rasen standen bereits mehrere Tische in einer Reihe mit unterschiedlichen Stühlen. Ein einfacher Baldachin bot Schutz vor Regen oder zu viel Sonne.

»Warte, Alice«, rief Mr. Hopkins gerade der Witwe zu, die einen Klapptisch allein nach draußen tragen wollte, und nahm ihn ihr ab. »Der ist doch zu schwer für dich.«

Ach, sieh an, dachte Anni, die beiden sind sich schon nähergekommen. Meg brachte einen Stapel Tischdecken nach draußen, erblickte sie am geöffneten Gartentor und blieb stehen.

»Hallo!«, sagte sie betreten.

»Hallo, Meg.«

»Ah, unsere liebe Anni ist auch da«, rief Mr. Hopkins, während er weiterwerkelte. »Willst du mit anpacken? Wir können Unterstützung verdammt gut gebrauchen!«

Eine Weile rührte weder sie noch Meg sich von der Stelle.

»Was stehst du da so unnütz herum, Anni?«, rief Mrs. Scott munter aus der Küche. »Ich bräuchte jemanden, der die Scones im Backofen überwacht, damit ich draußen weitermachen kann.«

»Einen Augenblick!«, rief Anni zurück.

Meg legte den Deckenstapel auf einem Tisch ab und kam auf sie zu. »Kannst du mir verzeihen?«, fragte sie mit leiser Stimme.

Anni spürte vor lauter Unbehagen Knoten im Bauch und wäre am liebsten weggelaufen, weil sie die Auseinandersetzung fürchtete.

»Ich hatte vor, dir ordentlich die Meinung zu geigen. Aber ...« Sie sah die Tränen in Megs Augen. Die Freundin tat ihr leid. Meg versuchte zu lächeln, doch merkte gleich, dass es misslang. Hilflos zuckte sie mit den Schultern. »Und wie wirst du damit klarkommen, wenn Jim und ich ...«

Meg zog geräuschvoll die Nase hoch. »Es ist eben, wie es ist.« Eine Träne rollte ihr die Wange hinunter. »Ich muss es aushalten, oder?« Sie schluckte, konnte offenbar kaum weiterreden.

Auch Annis Augen wurden feucht. »Ach, Meggy, wir haben uns doch immer so gut verstanden.« Was für ein Dilemma. »Eigentlich wollte ich auch sagen, dass ich nicht komme zu eurem Fest, weil ich Bauchschmerzen hab. Oder Kopfschmerzen. Vielleicht tut mir auch das Herz weh. Kannst dir was aussuchen.«

»Das geht nicht«, erwiderte Meg. »Grandpa und Mrs. Scott wollen heute was bekannt geben. Du darfst ihnen nicht die Freude verderben.« Sie schniefte erneut.

Anni machte große Augen. »Die beiden wollen ... sie sind ein Paar?«

Meg nickte. »Ich werde demnächst ganz allein dastehen. Beziehungsweise mein Dasein künftig als ein zu groß geratenes Anhängsel fristen.«

»Das ist ja 'ne Nachricht.«

»Verrate bloß nichts. Es soll die Überraschung des Tages werden.«

»Ach du meine Güte!« Anni hob eine Hand vor den Mund.

»Es kommt alles auf einmal. Ist ja schon schlimm genug, dass Jim dich will«, murrte Meg. »Aber muss ich deshalb auch noch meine beste Freundin verlieren?«

»Die Scones dürfen nicht zu lange drinbleiben, Anni, sonst werden sie trocken!«, rief Mrs. Scott.

Anni und Meg sahen sich an. In den Augenwinkeln der Freundin entdeckte Anni ein verstecktes Lächeln, sie erwiderte es. Und gleich darauf fielen sie sich in die Arme.

»Es wird schon irgendwie gehen«, flüsterte Meg ihr ins Ohr.

Anni gab ihr einen dicken Schmatz auf die Wange. Dann eilte sie in die Küche.

»Stell die Scones am besten zum Abkühlen auf ein Gitter«, rief Meg ihr hinterher. »Das liegt im Schrankregal unten.«

Anni suchte die Schrankregale unten durch, fand aber kein Gitter. Vielleicht hatte Meg die Schublade im Küchenschrank gemeint. Sie zog die untere auf und entdeckte einen Stapel Aquarelle. Der Geruch nach leicht Angebranntem lenkte sie kurz ab. Schnell öffnete sie den Backofen und nahm mit zwei Handtüchern das Blech heraus. Nachdem sie es auf dem Spülbecken abgestellt hatte, wandte sie sich wieder den Aquarellen zu. Es waren mindestens zehn, alle im modernen Jugendstil gemalt. Sie zeigten nach dem gleichen Schema aufgebaute Entwürfe für die Vorderseiten von Samentüten diverser Duftwickensorten. Stets rankte sich elegant ein Stängel mit mehreren Knospen und Blüten von rechts unten empor über den oberen Teil bis ganz nach links. Jede Blüte zeigte Farbe oder Farbverläufe, gewellte oder glatte Ränder wie in natura. Im weißen Feld darunter verkündeten schwungvolle Buchstaben den Namen der jeweiligen Sorte. In den Initialen saßen winzige Feen, auf oder an einigen grünen Blättern oder Ranken turnten Kobolde. Darunter standen der Name und die Adresse von Jims Firma. Was für hinreißende Bilder!

Ausgerechnet jetzt betrat Meg die Küche. »Was machst du da?«, rief sie.

Anni fühlte sich ertappt. »Entschuldige, ich wollte nicht schnüffeln«, antwortete sie rasch. »Ich hab nur nach dem

Gitter gesucht. Aber Meg, die sind ja wunderschön! Hast du die schon Jim gezeigt?«

Ihre Freundin schüttelte den Kopf. »Nee, werd ich auch nicht«, sagte sie patzig. »Pack sie wieder weg.« Sie ging zu einem Regal neben der Eingangstür und kramte das Gitter hervor. »Hier.«

Zum Glück überwog in der Küche der Duft der süßen kleinen Teebrötchen. Mrs. Scott kam herein, um sie zu prüfen. Sie kratzte ein paar dunkle Stellen ab und meinte, so seien sie wohl anbietbar. Dann begann sie damit, ihre selbst gemachte Clotted Cream und Erdbeermarmelade auf kleine Gefäße zu verteilen.

»Wir rechnen mit zwanzig bis dreißig Personen«, sagte sie freundlich zu Anni. »Wollt ihr zwei nicht jedem Gast ein kleines *Nosegay* binden?«

»Ich hab für die Duftbouquets schon Gefäße zusammengesucht«, erwiderte Meg lächelnd und holte aus dem Nebenraum ein Tablett mit kleinen Einweckgläsern, die bereits mit Wasser gefüllt waren.

Anni half ihr, von Mr. Hopkins' Beet Sträußchen zu schneiden, hübsch in den Gläsern anzuordnen und auf die Tische zu stellen. Es versetzte ihr wieder einen Stich, ihr eigenes leeres Beet sehen zu müssen.

»Miss Rosabel hat neulich einen üppigen Wickenstrauß für die Halle arrangiert«, lästerte Meg. »Rate mal, womit sie die Painted Lady kombiniert hat?«

»Keine Ahnung.«

»Du kommst nicht drauf: mit Farn, mit starren Farnblättern! Das passt doch nun überhaupt nicht, oder?«

»Aber wirklich ... So was Geschmackloses!« Es war Anni nicht unlieb, dass sie noch einen Grund mehr hatte, schlecht über Miss Rosabel zu denken. Damit allerdings wanderten ihre Gedanken auch wieder zu Lord Ramsgate, was ein unerwartet heftiges schmerzhaftes Ziehen in ihrer Herzgegend auslöste. Und dann fiel ihr Jim ein. Sie konnte ihrem künftigen Bräutigam unmöglich im einfachen Sommerkleid mit unfrisiertem Haar begegnen. Anni blickte an sich hinunter. »Meg, ich möchte mich noch ein bisschen zurechtmachen. Kommt ihr ohne mich klar?«

»Na, sicher doch.« Meg warf eine große karierte Decke über den Tisch, auf dem das Sommerbüfett angerichtet werden sollte.

Ihr Großvater, der Lampions in den Sträuchern ringsum anbrachte, drehte sich um. »Das meiste ist längst fertig. Geh ruhig, Kind.«

»Ja, die Kuchen und die eingelegten Sachen konnte man gut vorbereiten«, ergänzte Meg. »Wir haben diverse Chutneys und kaltes Fleisch. Und Jim hat Grandpa versprochen, dass er wieder eine Pastete seiner Mutter mitbringt.« Sie sah auf die Uhr. »Ach herrje. Er will schon um drei Uhr kommen, damit wir sie ein bisschen hübsch anrichten können.« Nun betrachtete sie sich kritisch. »Und ich muss mich auch noch umziehen.«

Eine gute englische Garden Party begann üblicherweise um fünf Uhr nachmittags. Mr. Hopkins hatte den Start jedoch um eine Stunde vorverlegt, damit Auswärtige ihren Zug zurück ohne Hetze erreichen konnten und auch vom Personal aus dem Haupthaus immer mal jemand für ein Stündchen herüberkommen konnte, bevor gegen Abend drüben seine oder ihre Anwesenheit bei den Herrschaften erforderlich war. Eilig machte Anni sich auf den Weg. Sie hoffte, dass ihr Haar nicht zu wild und krisselig war, normalerweise bürstete sie die dicke Mähne mehrfach, während sie trocknete.

Auf halber Strecke begegnete sie Jim, der vorne im Korb seines Fahrrads die Pastete, eingepackt in ein Geschirrtuch, transportierte.

»Hallo, Anni!« Er stieg ab. Richtig fein gemacht sah er aus.

»Hallo, Jim!« Sie blieb stehen und griff sich mit einem entschuldigenden Lächeln ins Haar. »Könntest du bitte so tun, als hättest du mich überhaupt nicht gesehen? Ich muss mich noch ...«

»Du siehst schön aus so, Anni.« Er grinste. Dann wurde er verlegen, schluckte. »Hast du ... ähm ... also, na, du weißt schon?«

Sie wollte Ja sagen. Sie versuchte es. Wirklich. Aber sie brachte das Wort nicht über die Lippen. In ihrem Innern war eine Sperre.

So hatte sie sich das eben doch nicht vorgestellt. Es fühlte sich einfach falsch an. Sie atmete schwerer, suchte verzweifelt nach den richtigen Worten, fuhr sich langsam über die Stirn.

»Hmm ...« Sie senkte den Kopf.

»Oh.« Seine Stimme klang dumpf. »Verstehe.« Sie blickte wieder hoch. Ihre Augen baten um Verzeihung. »Ich möchte dir nicht wehtun, Jim. Du bist ein großartiger Kerl. Ich mag dich wirklich gern. Aber ...«

»Jaja, hab ich mir schon gedacht.« Er ließ die Schultern hängen. »Du bist einfach zu klug für mich.«

Sollte sie ihm erklären, dass sie sich in einen anderen Mann verliebt hatte? Nein. Außerdem bestand ja eh keine Hoffnung. Es ging niemanden etwas an. Aber vielleicht sollte sie ihm verraten, was Meg für ihn empfand. Nein, auch das kam ihr in diesem Moment indiskret vor. Sie durfte nicht Megs Geheimnis enthüllen, um ihr eigenes schlechtes Gewissen zu beruhigen.

»Ach herrje!«, sagte sie nur. »Es ist schwer zu erklären.«

»Nee, lass mal.«

Er griff zum Fahrradlenker und begann zu wenden. »Willst du etwa deshalb nicht zum Wickenfest?«, fragte sie entsetzt. »Bitte, geh trotzdem, Jim. Alle freuen sich auf dich!« Sie versuchte zu scherzen. »Und auf die Fleischpastete deiner Mutter.«

»Mir ist die Stimmung gründlich verdorben.«

»Ach, bitte, Jim! Unter uns ... Mr. Hopkins will heute seine Verlobung bekannt geben. Ist er nicht wie ein Vater für dich? Willst du ihm diesen wichtigen Tag vermiesen?«

»Ach, wirklich? Er und Mrs. Scott?« Ein wenig hellte die Überraschung seine Miene auf, er rang sichtlich mit sich. »Na gut«, sagte er schließlich.

Erleichtert atmete sie durch. »Wie schön. Ich zieh mich schnell um. Dann bis später!«

In ihrem Zimmer bürstete Anni ihr Haar, bis es glänzte, toupierte rasch die Vorderpartie, steckte sie eingerollt hoch und schlang den Rest im Nacken zum Doppelknoten. Sie zog ein cremefarbenes Sommerkleid mit hoher Taille an. Das hellblaue Ripsband ihres Strohhuts passte zur Schmucknaht an Ausschnitt, Ärmeln und Saum.

Als sie in den Hopkins-Garten zurückkehrte, waren die meisten Gäste bereits eingetroffen. Aus dem Reden und Lachen, Geschirr- und Gläserklirren hörte sie die aufgeregte Stimme eines kleinen Mädchens heraus. Die Frauen hatten sich Wicken an den Hut oder ans Kleid gesteckt, die Männer trugen welche im Knopfloch. Sie selbst hatte glatt vergessen, sich zum Wickenfest mit einer Blüte zu schmücken. Millie sah sie kommen, sprang auf und winkte ihr über den Zaun zu. Mit dem Rücken zu ihr saß eine Dame in vorbildlicher Haltung, sie trug ein hellgelbes Kleid aus edlem Stoff. Irgendwie kam sie ihr bekannt vor. Millie lief ihr entgegen.

»Anni! Weißt du's schon? Die große Neuigkeit?« Sie umarmte sie überschwänglich. Dann posierte sie wie die Heldenfigur eines Denkmals. »Hier steht die Gewinnerin einer Silbermedaille.«

»Nein!«, rief Anni. »Ehrlich? Das ist ja sensationell! Ich gratuliere!« Ein hübsches kleines Mädchen mit rotbraunem Haar näherte sich schüchtern.

»Das ist meine Tochter Mary. Mary, das ist meine Freundin Anni.« Anni ging in die Knie, um das Mädchen begrüßen zu können. Es hatte die Augen seiner Mutter. »Es freut mich sehr, dass ich dich endlich kennenlerne, Mary. Deine Mummy hat mir schon viel von dir erzählt.«

Das Mädchen reichte ihr die Hand und knickste brav. »Guten Tag.«

Noch hielt sie sich schüchtern zurück, doch sie machte einen aufgeweckten Eindruck, und niedlich war sie auch.

»Was fängst du nun mit deinem Gewinn an?« Anni richtete sich wieder auf.

In diesem Moment drehte sich die Dame im hellgelben Kleid um. Es war Mrs. Ellen Fairfield. Sie erhob sich und gesellte sich zu ihnen. »Hast du es ihr schon gesagt, Millie?«

»Nein, Ellen.« Anni zuckte zusammen. Sie sprach ihre Herrin mit dem Vornamen an? Mrs. Fairfield lachte. »Wir haben nämlich große Pläne«, erklärte sie, »gemeinsame Pläne.« Mary drückte sich zwischen die beiden Frauen.

»Wir werden ein Blumengeschäft eröffnen«, platzte es aus Millie heraus. »Und wir ziehen zusammen. Ellen zahlt die Miete für den Laden und die Wohnung darüber. Jedenfalls, bis das Geschäft läuft. Und ich werde meine Silbermedaille ins Schaufenster hängen. Natürlich nicht die echte, damit sie nicht geklaut werden kann. Aber die Auszeichnung wird 'ne grandiose Reklame!«

Mrs. Fairfield strich Mary über die Wange. »Und ich kümmere mich um Mary, wenn Millie arbeitet. Wir beide haben uns schon gut angefreundet, nicht wahr, meine Kleine? Nun kann sie endlich bei ihrer Mummy leben, und ich habe eine Aufgabe.« So gelöst hatte Anni Mrs. Fairfield noch nie erlebt. Sie war richtiggehend aufgeblüht seit ihrer letzten Begegnung. »Das Kind ist eine solche Freude!«

»Und Mr. Fairfield?«, wollte Anni wissen.

»Der schmort im Untersuchungsgefängnis«, antwortete Millie triumphierend.

»Was für eine Wendung!«

Mr. Hopkins schlug mit einem Teelöffel gegen sein Glas. Umständlich stand er auf. »Liebe Gäste, liebe Freunde, Mitstreiter und Nachbarn«, hob er an und bedachte Mrs. Scott an seiner Seite mit einem stolzen, liebevollen Blick, »Alice und ich haben, wie ihr wisst, auch beide am Wickenwettbewerb der *Daily Mail* teilgenommen, der uns heute hier zusammengeführt hat. Im Gegensatz zu Millie ... noch mal herzlichen Glückwunsch zur Silbermedaille«, Applaus brandete auf, und er wartete einen Augenblick, bis er fortfuhr, »... im Gegensatz zu ihr haben wir zwar keinen Preis gewonnen. Aber die Monate der Vorbereitung, der Wickenzucht und -pflege, haben uns, verflucht noch mal, einander nähergebracht.« Man hörte unterdrücktes Gekicher. Meg prüfte mit einem Rundblick, ob auch wirklich jeder neben seiner Teetasse ein Glas mit Cider, gewürztem Johannisbeerlikör oder schottischem Whiskey zum Anstoßen stehen hatte. »Wir sind die eigentlichen Sieger des Wettbewerbs, denn wir haben uns durch ihn kennen- und lieben gelernt. Und hiermit geben wir unsere Verlobung bekannt. Bitte stoßt mit uns an.«

»Nein!«

»Gibt's denn so was?«

»In dem Alter noch?«

»Hoch soll'n sie leben!«

Alle erhoben ihr Glas und prosteten dem glücklichen Paar zu. Im Anschluss an die Gratulationen begaben sich die Gäste ans Büfett. Ein Bekannter von Mr. Hopkins, der ebenfalls aus Schottland stammte, brachte dem Paar auf seinem mitgebrachten Dudelsack ein Ständchen.

Bald amüsierten sich alle, nur Jim hockte betrübt am Tischende und stocherte lustlos im Essen herum, während die anderen es sich schmecken ließen. Anni versuchte, ihre widersprüchlichen Gefühle im Zaum zu halten, indem sie sich auf die Feinheiten des Büfetts konzentrierte. Neben den Scones mit Clotted Cream, Erdbeermarmelade und Quittengelee gab es Biskuitkuchen, getoasteten Rosinenkuchen, Kressesandwiches und gekochte Eier. Meg, eine Expertin in der Herstellung von pikanten Saucen der indischen Küche, hatte sich selbst übertroffen – das Aprikosen-Chutney mit Schalotten und Zitronensaft schmeckte herrlich zu Weichkäse und gegrilltem Geflügel. Das warme Zwetschgen-Chutney mit Zimt, Knoblauch, roten Zwiebeln, gerösteten Koriandersamen, Honigessig und Ingwer passte perfekt zu den Schweinemedaillons. Daneben gab's noch jede Menge selbst eingelegter Mixed Pickles.

Vom Haupthaus kamen nacheinander alle Angestellten auf einen Sprung vorbei. Die Haushälterin Mrs. Pennymore, die Köchin Mrs. Tufts, die natürlich noch etwas zum Dessert beisteuerte, Miss Rosabels Zofe Daisy Duncan und die Zofe von Mrs. Moss, Harriett Brown, genossen von den Köstlichkeiten. Es schien Anni, als legte sich hier im Garten des Kutscherhäuschens über ihre Gesichter ein träumerischer Schimmer. Sie verstand, weshalb. Mr. Hopkins' Glück bedeutete schließlich, dass es jederzeit möglich war, von Amors Pfeil getroffen zu werden, sogar noch in reiferen Jahren.

Auch der Butler Mr. Jones machte seine Aufwartung. »Dann werden Sie wohl zu Ihrer künftigen Frau ziehen, sobald Sie pensioniert sind?«, fragte er Mr. Hopkins. Der nickte. »Ja, wir wollen nächstes Jahr heiraten, wenn ich in den Ruhestand gehe.« Verheiratetes Personal war grundsätzlich nicht erwünscht, eine Eheschließung erforderte immer die ausdrückliche Erlaubnis des Dienstherrn. Selbstverständlich wusste Mr. Hopkins das und hatte längst alles mit Mr. Moss geklärt.

Anni beobachtete Meg. Ihre Freundin riss sich mustergültig zusammen. Sicher gönnte sie ihrem Großvater die neue Liebe, aber fühlte sich auch einsam. Während Millie auf Mr. Jones einredete und ihm noch einmal dafür dankte, dass er ihr einst die Pflegestelle für Mary und eine neue Anstellung besorgt hatte, verwandelten sich seine stets wie eingemeißelt wirkenden Gesichtszüge doch tatsächlich zu einem Lächeln.

In der beginnenden Dämmerung verbreiteten die roten, gelben und orangefarbenen Lampions eine heitere, gemütliche Stimmung. Einige Frauen legten sich breite, feine Schals um die Schultern, aber alle plauderten munter weiter. Die ersten Tänzchen wurden gewagt. Mr. Hopkins ließ sich schließlich sogar zu einem schottischen Soloschautanz hinreißen. Mrs. Scott applaudierte.

»Heiliger Bimbam!«, rief sie immer wieder. »Heiliger Bimbam!«

Anni schlich in die Küche. Vorsichtig holte sie die Aquarelle hervor. Sie wartete ab, bis Meg anderweitig beschäftigt war, und begab sich dann damit ans Tischende zu Jim.

»Schau mal«, sagte sie. »Sind die nicht hinreißend?«

Seine trübsinnige Miene heiterte sich auf. »*Wow!* Das

sieht ja unglaublich aus! Hat Meg die gemalt? Meine Güte!« Staunend betrachtete er Bild für Bild. »Und wie der Firmenname hervorsticht! Sieht er nicht sagenhaft seriös aus?«

»Ja, als wärst du bereits Hoflieferant.« Augenzwinkernd versuchte sie, ihm auf die Sprünge zu helfen. »Vielleicht kannst du ja mit Meg ins Geschäft kommen.«

Ohne eine Antwort abzuwarten, mischte sie sich wieder unter die Gäste, die in Grüppchen neben dem geplünderten Büfett standen und den Tanzenden zuschauten.

Anni fühlte sich eigenartig. Traurig, etwas wehmütig, aber auch durchdrungen von der Gewissheit, richtig gehandelt zu haben. Der Wettbewerb war entschieden. Ein wichtiger Lebensabschnitt ging zu Ende. Was die Zukunft bringen würde, konnte sie noch nicht ahnen. Jemand forderte sie zum Tanzen auf, doch sie lehnte ab. Sie sah, dass Jim mit Meg sprach, und beobachtete die beiden. Die Freundin schaute auf, ihre Blicke trafen sich. An ihrem ebenso erstaunten wie dankbaren Ausdruck konnte Anni ablesen, dass sie Bescheid wusste. Nimm du ihn, dachte sie. Ihr passt viel besser zusammen.

Auf einmal war ihr zum Heulen zumute. Sie verließ das Fest, ohne sich zu verabschieden, unauffällig durch die Gartenpforte. Hinter der Hecke klang die Dudelsackmusik gedämpfter, sie weckte Sehnsucht und Fernweh. Vielleicht, weil sie in sich die Weite der schottischen Highlands trug. Aber nicht mal bis dahin werde ich in absehbarer Zeit kommen, dachte Anni, von einer Weltreise ganz zu schweigen. Die Lampions schimmerten durch das Grün. Sie atmete tief die noch immer nach Wicken duftende Abendluft ein. Alle hatten durch den *Daily-Mail*-Wettbewerb etwas gewonnen, nur sie nicht. Sie hatte nicht nur nichts gewonnen, sondern auch einiges verloren. Auf einmal fühlte sie sich schrecklich allein und enttäuscht. Ihre Kehle schnürte sich zusammen. Eine Woge von Traurigkeit rollte auf sie zu, hinter den Augen sammelten sich schon Tränen, bereit, gleich in Sturzbächen zu fließen ...

Da hörte sie hinter sich eine vertraute Stimme. »Anni?«

Sie drehte sich um. »Mylord!« Lord Ramsgate stand vor ihr. »Was machen Sie denn hier?« Sie hoffte inständig, dass er ihre Konfusion nicht bemerkte. Ihr Herz klopfte heftiger. Sie versuchte, sich zu fangen. »Wollen Sie auch Mr. Hopkins zur Verlobung gratulieren?«

»Was? Er hat sich verlobt?« Er brach in ein Gelächter aus, das sie unverhältnismäßig fand.

»Was ist denn daran so lustig?«, fragte sie irritiert, immer noch kurz davor zu weinen.

»Haben Sie Zeit für einen kleinen Spaziergang?«, bat er. »Entschuldigen Sie bitte. Ich erkläre es Ihnen.«

Während sie langsam auf dem Pfad unter Bäumen in Richtung Hauptstraße gingen, erzählte er, dass er bei der *Daily Mail* gekündigt hatte. Erstaunlich offen verriet er auch den Grund.

Sie pflichtete ihm bei. »Das finde ich völlig richtig«, sagte sie. »Man muss zu seinen Werten stehen.«

»Es tut gut, das zu hören.«

Sie musterte ihn misstrauisch. War das ironisch gemeint? Nein, offenbar nicht. Ihr Herz wollte sich nicht beruhigen. Es hämmerte, als müsste es sie bei einem Waldlauf unterstützen. Überdeutlich spürte sie die körperliche Nähe des Mannes, in den sie verliebt war wie noch nie. Ein leichtes Schwindelgefühl begleitete sie bei jedem Schritt. Aber wenigstens drängten die ungeweinten Tränen nicht mehr.

»Sie werden sicher bald eine andere Redaktion finden, die Sie mit Kusshand nimmt«, sagte sie voller Überzeugung.

»Ihr Vertrauen ehrt mich«, erklärte er. »Vielleicht, so habe ich mir überlegt, gehe ich auch als freiberuflicher Journalist auf Reisen. Sie erinnern sich gewiss an unsere Tour beim Festival of Empire durch das nachgebaute Commonwealth.«

»Ja, natürlich.« Sie blieb stehen. »Oh, wie ich Sie beneide! Wenn Sie wollen, könnte ich ab und zu Ihre Artikel übersetzen, für Zeitungen im deutschsprachigen Raum.«

»Anni, Sie sind wunderbar.« Er wandte sich ihr zu, stand direkt vor ihr, sie musste all ihre Konzentrationskraft aufbringen, um nur keine falsche Reaktion zu zeigen. Sie hätte sich ihm an den Hals werfen oder ihn küssen mögen, allein schon ihr Blick könnte sie verraten. Um regelmäßige Atmung bemüht, schlug sie die Augen nieder. »Ich musste vorhin lachen«, erklärte er, »weil gestern eine Verlobung im Hause Moss geplatzt ist. Die von Rosabel und mir. Sie möchte keinen Schreiberling, an dessen Seite sie um ihre gesellschaftliche Reputation fürchten muss.«

»Waaas? Diese dumme ...« Anni biss sich auf die Lippen. Dann sagte sie es doch. »... Schnepfe!« Sie schnaubte aufgebracht. »Tut mir leid, aber wie kann sie nur so eingebildet sein? Ist es sehr hart für Sie?«

Er überlegte nicht einmal. »Ich bin erleichtert, Anni! Verstehen Sie ... verstehst du das? Ich fühle mich sagenhaft erleichtert.«

»Ehrlich?« Wie viele Schläge konnte ihr Herz denn aushalten, ohne zu zerspringen?

»Heute Nacht hatte ich einen Traum, einen besonderen Traum, der mir die Augen geöffnet hat.«

»Ja?«, hauchte sie nur noch.

»Ich stand mit einer Frau vor dem Amboss des Schmieds von Gretna Green. Er wollte uns trauen, ich drehte mich zu meiner Braut und fühlte mich auf einmal unglaublich glücklich und leicht. Denn als ich in ihr Gesicht sah, wusste ich, das ist die Frau, die ich liebe und mit der ich den Rest meines Lebens verbringen möchte.«

Sie schluckte, taumelte. »Könnten Sie ... könntest du bitte ...«

»Ich habe dich gesehen, Anni.« Er zog sie an sich, und dann nahm er ihr Gesicht in beide Hände. »Kommst du mit mir? Willst du mit mir um die Welt reisen? Wir wären wohl nicht reich, aber das perfekte Reporterpaar. Anni, willst du mich heiraten?«

Nun ließen sich ihre Tränen nicht mehr zurückhalten. »Kann man sterben vor Glück?«, flüsterte sie.

»Vielleicht ...«, seine Lippen kamen näher, »... aber bitte nicht jetzt.«

Und dann küssten sie sich.

Borkum, September, Oktober 2024

»... *and they lived happily ever after*«, schloss Alwine.

»Wenn sie nicht gestorben sind ...?« Marieke runzelte die Stirn. »Ich denk, ihr erster Mann ist schon im Ersten Weltkrieg gefallen.«

»Sei nicht so pingelig«, motzte Alwine. »Das ist einfach der bessere Schluss. Außerdem haben sie wenigstens ein paar wunderbare Jahre gehabt. Hoffe ich jedenfalls. Immerhin hatten sie einen Sohn.«

Nun, da Marieke endlich die ganze Geschichte von Annis Duftwicken kannte, liebte sie ihr Haus und das am Gartenzaun rankende Grün noch mehr. Rosalies Bekanntschaft erwies sich als echte Bereicherung, im Großen wie im Kleinen. Sie luden sich gegenseitig ein. Einmal begleitete Rosalie sie beim Gassigehen mit Lucky und machte sie auf die zahlreichen besonderen Wetterfahnen auf den Dächern aufmerksam.

»Das sind alles Unikate. Der Mann, der sie nach Wunsch fertigt, lebt auf Borkum.« Sie brachte ihr auch die Magisterarbeit, die Marieke in einem Rutsch durchlas. Wie viel besser konnte sie nun die Menschen auf der Insel verstehen! Zudem hatte Rosalie ihre alten Aufzeichnungen zu Winefrid noch mal gesichtet. »Der Sohn von Winefrid, ein seriöser, pensionierter Ingenieur aus Berlin, hat mir damals seine Familienchronik zur Verfügung gestellt. Er war überzeugt, dass Sir Edward Grey, der spätere britische Außenminister, Winefrids Vater gewesen ist. Sie hat ihn aber wohl nur ein einziges Mal getroffen, und die Familie hat sie nie offiziell anerkannt.«

»Sir Edward Grey?«, wiederholte Marieke erstaunt. »Northcliffe kannte ihn gut«, wusste sie. »Durch seine Zeitungen, aber auch auf diskreteren Kanälen hat er die Regierung stark beeinflusst. Darüber hab ich neulich erst was in der Bücherei gelesen, als ich aus Neugier ein bisschen zu Lord Northcliffe recherchiert habe. Der Verleger wurde übrigens einer der größten Kriegshetzer gegen Deutschland, seine Zeitungen haben die Kriegsbegeisterung in Großbritannien ordentlich geschürt. Zum Schluss seines nicht allzu langen Lebens war er wohl tatsächlich größenwahnsinnig.«

»Ich dachte immer, in der Leihbücherei stehen nur seichte Inselromane.«

»Ach, du findest, Inselromane müssen immer seicht sein?« Marieke zwinkerte ihr zu. »Natürlich erfährt man aus Inselromanen nicht oft was über solche Zusammenhänge«, gestand sie dann ein. »Aber in der Arche stehen ja auch Sachbücher. Und den Rest hab ich gegoogelt.« Besonders beeindruckt hatte sie die Einschätzung eines Historikers, von der sie Rosalie erzählte. »Wenn Sir Edward Grey 1914 anders entschieden hätte, wäre England nicht in den Ersten Weltkrieg eingetreten. Dann hätte Deutschland wahrscheinlich Frankreich besiegt, die große Katastrophe mit Inflation et cetera wäre ausgeblieben. Es hätte keinen

Hitler geben müssen, und die Welt sähe heute ganz anders aus.«

»Wirklich ein faszinierender Gedanke«, bemerkte Rosalie. »Und zu beiden Männern finden wir hier auf Borkum eine Verbindung. Also echt, wenn die große Historie einem plötzlich so nahe kommt … kriegt man direkt 'ne Gänsehaut.«

»Ich hab neulich in der Wilhelm-Bakker-Straße nach dem Haus Constanze Ausschau gehalten, aber nichts entdecken können«, sagte Marieke. »Auf welcher Höhe stand es denn?«

»Ungefähr da, wo sich heute das Dekolädchen von Trixi befindet.«

»Das mit den kleinen Antiquitäten? Geschirr, Gläser, Schmuck und so weiter?«

»Richtig. Trixi ist übrigens auch sehr nett. Ihr solltet euch mal kennenlernen.«

Durch ihre Arbeit in der Arche war Marieke auf ein Projekt des Rotary Clubs zur Leseförderung von Grundschülern und -schülerinnen aufmerksam geworden. Es nannte sich 4L, abgekürzt nach der Erkenntnis, dass »Lesen lernen, Leben lernen« bedeutete. Das brachte sie auf die Idee, einmal in der Woche ehrenamtlich in der Spielinsel, die zur Kulturinsel gehörte, Kindern im Vorschulalter etwas vorzulesen. Einheimische waren ihr ebenso willkommen wie die Kinder von Urlaubsgästen.

Der Lokalredakteur schaute vorbei, um über das neue Angebot zu berichten. Sie fand ihn nett. Sie plauderten noch ein wenig, und irgendwie ergab es sich, dass sie ihm von der Villa Cupani und der Geschichte dahinter erzählte. Er fragte, ob er darüber schreiben und noch ein paar Fotos vom Haus und von ihren Duftwicken machen dürfe. Sie hatte nichts dagegen.

Bald erschien ein großer Artikel mit der Schlagzeile *Wie Annis Duftwicken nach Borkum kamen*. Was dazu führte, dass etliche Alteingesessene, mit denen Marieke nie zuvor ein Wort gewechselt hatte, sie freundlich ansprachen. Sie kannten noch die eine oder andere Anekdote zum Haus oder wollten ihr alte Fotoalben zeigen.

»Kommen Sie doch mal auf einen Tee vorbei. Dann können Sie auch gleich meine Hortensien angucken. Die blühen dieses Jahr besonders gut.«

Von nun an lief es für Marieke mit dem Leutekennenlernen wie nach dem Schneeballsystem. Sie vergaß, dass sie sich einige Wochen zuvor noch einsam gefühlt hatte.

Die Veröffentlichung in der Zeitung führte allerdings auch dazu, dass nun jeden Tag Neugierige zur Villa Cupani pilgerten. Einige fotografierten nur, andere versuchten, Wicken zu pflücken. Verärgert malte Marieke ein Schild. BITTE NICHT ANFASSEN. WICKENDIEBE WIRD DER FLUCH EKKE NEKKEPENNS TREFFEN.

»Mama, wer ist das?«, fragte ein Junge, der sich mit dem Buchstabieren des Namens Ekke Nekkepenn schwertat.

Die Mutter wusste es nicht. »Aber halt mal besser Abstand.«

Als sie gegangen waren, malte Marieke ein Sternchen hinter den Namen und erklärte kleingeschrieben: *alter Meeresfürst*.

Sicherheitshalber lieh sie sich manchmal Lucky aus, leinte ihn auf der Gartenseite des Zauns an und instruierte ihn, jeden zu verbellen, der den Blumen zu nahetrat.

Je besser es ihr ging, desto öfter dachte Marieke an Tibo. Irgendwie traute sie sich nicht, die Initiative zu ergreifen, aber sie suchte in den sozialen Medien nach Lebenszeichen von ihm und stieß auf Postings von Teilnehmern der Dänemark-Exkursion. Eine gewisse Simone, Doktorandin der Biologie, verbreitete häufig Fotos von Strandpflanzen und manchmal auch von sich und Tibo. Die beiden sahen verdammt vertraut miteinander aus. Einmal hing sie ihm sogar am Hals, in inniger Umarmung. Das war's, dachte Marieke da grimmig, beinahe befriedigt darüber, dass sich ihre schlimmsten Befürchtungen bewahrheiteten. Männer sind alle gleich. Aber sie hatte ja ihre Lektion gelernt.

Andererseits, überlegte sie dann wieder, gibt es vielleicht eine harmlose Erklärung. Man könnte auch Gardon und sie auf eine Art fotografieren, die Außenstehende wer weiß was annehmen ließe.

So zögerte sie vor sich hin, und die Zeit verstrich. Bis Alwine zu ihrem nächsten Chemozyklus aufs Festland musste. Sie bat sie, sich wieder um Lucky zu kümmern. Beim Abschied fragte ihre Nachbarin, ob sie ihr noch einen guten Rat geben dürfe.

»Ach nee, lass mal«, antwortete Marieke scherzhaft. »Mich irritiert allerdings, dass du überhaupt fragst.«

Beide grinsten sich an, um zu vertuschen, dass sie Angst hatten. Der Ausdruck in ihren Augen blieb ernst.

»Wenn du dich heute freuen kannst«, sagte Alwine eindringlich, »dann verschieb es nicht auf morgen.«

»Aye-Aye, Madam!« Marieke salutierte übertrieben. Dann umarmten sie sich noch mal.

Alwines Satz hallte in ihr nach. Zumindest den Ausgang von Annis Geschichte sollte Tibo doch erfahren. Am Abend schickte Marieke ihm einen Link zum Artikel über die Villa Cupani. Tibo reagierte nicht sofort wie sonst meistens. Auch am folgenden Tag kam keine Antwort von ihm. An den beiden blauen Häkchen ihrer WhatsApp-Botschaft konnte sie jedoch erkennen, dass er sie gelesen haben musste.

Wollte er sie bestrafen, weil sie sich so lange Zeit gelassen hatte? Oder war er längst mit dieser Simone glücklich? Auch zwei Tage später keine Reaktion.

»Vergiss es.« Neuerdings redete sie mit sich selbst. »Vergiss ihn!«

Dummerweise funktionierte ihr Unterbewusstsein aber genau entgegengesetzt. Sie dachte mehr denn je an ihn. Rief sich die schönen Erlebnisse in Erinnerung. Wie er ihr die Strandwinden gezeigt hatte, wie sie nach dem Schwimmen den Regenbogen betrachtet hatten. Wie sie beide grandios beim Country Linedance gescheitert waren. Wie sie beim Konzert der Oldtimer geschunkelt und sich weggeschmissen hatten vor Lachen über die Wortspielereien. Wie überraschend warm und trocken seine Haut gewesen war, wie angenehm sein Duft. Und wie er zur Gitarre das Lied von André Heller gesungen und sein Blick sie tief berührt hatte.

Sie suchte auf YouTube nach dem Chanson. »*Du, du, du*

bist mein einziges Wort.« Immer wieder hörte sie es. *»Du, du, du heißt alles … das Suchen, das Finden und das Verlieren.«* Hervorragend geeignet zur Selbstquälerei. Noch mal von vorn. Das steigerte die Sehnsucht. Dann *Black Coffee*, das Musikvideo von Lacy J. Dalton. Wer vorher noch keinen Liebeskummer gehabt hatte, fühlte ihn beim Zuhören.

Was war sie für eine dumme Kuh gewesen! Da begegnete ihr ein Mensch, den sie vielleicht lieben könnte. Und sie vermurkste alles. Schlechtes Timing. Sie hatten einfach den richtigen Zeitpunkt verpasst. Wie sagte doch Alwine? *It's all about time.*

Die Tage wurden kürzer, die Winde aufbrausender, bunte Blätter bedeckten ihren Garten. Marieke hatte nach einigem Ausprobieren endlich die richtigen Farben gefunden für das Appartement im Obergeschoss – Dunkelblau und Beige. Sie wollte sie unbedingt von einem ganz bestimmten, leider sehr teuren englischen Hersteller. Um an anderer Stelle Geld einzusparen, beschloss sie, die Malerarbeiten selbst vorzunehmen.

Im Overall, mit zusammengefriemeltem Haar, begann sie eines Nachmittags, die vorbereitete Wand neben der Dachschräge in Stiffkey Blue zu streichen. Durch den Einbau des kleinen Bads hatte sich hier im Wohnraum eine Nische ergeben. Gut, dass der neue Teppichboden, hochflorig und sanft beige, erst anschließend verlegt werden würde. Da machte es nichts, dass immer wieder Farbe auf den Boden kleckste. Sie musste einen Standstrahler einschalten, weil die Lampen abgenommen worden waren und dieser Tag nicht aus seinem Dämmerzustand herauskam. Die Nische mit der dunkelblauen Rückwand, das konnte man jetzt schon erkennen, würde toll aussehen. Da hinein wollte sie eine gemütliche Kuschelecke mit Tagesbett bauen. Und bestimmt würde eine Vase mit Wicken vor diesem dunklen Hintergrund besonders gut zur Geltung kommen.

Ein Klingeln an der Haustür unterbrach ihre Arbeit. Sie erwartete niemanden. Ein bisschen ungehalten über die Störung zog sie Handschuhe und Schuhe aus und lief nach unten, um zu öffnen.

»Tibo!« Meine Güte, wie seh ich bloß aus?, war ihr erster Gedanke. Der zweite: Meine Güte, wie gut sieht er aus!

Er lächelte. »Du bist ja blau!«

»Kommt mir auch fast so vor.« Sie stützte sich am Türrahmen ab.

»Nein, im Gesicht.«

»Warum hast du nicht vorher Bescheid gesagt?«

»Ich wollte dich überraschen.«

Zwischen Verlegenheit und Freude schwankend, machte sie die Tür weiter auf. »Komm rein.«

Er hob einen schweren Jutesack, der vor der Tür abgestellt war, auf den Rücken. Der Inhalt raschelte geheimnisvoll.

»Was ist das?« Das Geräusch erinnerte an den Sound, den manche Musikinstrumente indigener Völker machten.

»Na, die Überraschung.«

Mit den Malerklamotten wollte sie sich nicht ins Wohnzimmer setzen. Sie bat ihn in die Küche.

Im Wandspiegel des Flurs sah Marieke im Vorüberge-
hen, dass tatsächlich Wange und Stirn blaue Farbe abbe-
kommen hatten. Sie wusch sich in der Küchenspüle die
Hände. Tibo stellte den Sack ab.

»Nimm doch Platz.« Sie lächelte ihn an. »Schön, dass
du da bist.«

»Schön, dass du das findest.« Er rieb sich den Arm. »Ist
doch schwerer, als ich erwartet hatte.«

»Was? Mich zu überraschen?« Sie lächelte verschmitzt.
»War doch ganz einfach.«

»Nein, der Sack. Du erinnerst dich an die Mission
Marieke, oder?«

Sie hob eine Braue. »Und?«

»Na ja, die Überraschung gehört dazu. Es hat leider ein
bisschen gedauert, bis alles so weit war.«

»Du sprichst in Rätseln. Möchtest du Tee?«

»Immer gern.«

Ihr Gespräch plänkelte eine Weile hin und her, bis sie
die erste Tasse Tee getrunken hatten. Dann verstummten
sie plötzlich beide. Sie sahen sich an, schauten wieder weg,
sahen sich wieder an. Mariekes Herz klopfte Stakkato. Sie
verlor sich in seinen Augen, studierte die Schluchten und
Farbtöne darin, las die unausgesprochenen Fragen, die Aufregung und eine Entschlossenheit, die sie nervös machte.
Was für schöne Lippen er hatte! Allein der Schwung der
Oberlippe ... Sie verspürte den dringenden Wunsch, sie mit
ihren Lippen zu berühren, ganz zart, vielleicht sogar bewe-
gungslos zu bleiben, nur um das feine Pulsieren, das Leben-
dige darin wahrzunehmen.

In ihr summte eine Melodie. *Du, du, du bist mein einziges Wort.*

»Wie geht's dir inzwischen?«, fragte er.

»Besser.« Sie straffte sich. »Deutlich besser. Bin nur noch ziemlich wetterfühlig, und vormittags brauch ich eben, um in die Gänge zu kommen, aber sonst ...«

»Das ist toll.«

Wieder sahen sie sich in die Augen. Er errötete plötzlich.

»Woran denkst du?«, fragte sie.

»An dich. Ständig. Wie seit Wochen.« Nun spürte sie, dass ihr die Hitze ins Gesicht stieg. Wie peinlich! »Ich hab viel über dich nachgedacht, Marieke. Du musst nicht perfekt sein, weißt du. Wenn du perfekt wärst, müsste ich ja auch perfekt sein, und das bin ich nicht.« Er unterbrach sich. »Es muss doch einfach nur passen.«

Für einen Naturwissenschaftler war das eine sehr lange, sehr gefühlvolle Ansprache. Noch immer spürte sie in sich auch leichte Widerhaken. Aber ob ihr Kopf nun lieber noch abwägen wollte oder nicht, spielte keine Rolle mehr, ihr Herz flog ihm längst entgegen.

»Was ... was hast du denn eigentlich in dem Sack da?«

Ein Strahlen ging über sein Gesicht. Er schnürte den Verschluss auf und hielt ihr die Öffnung entgegen. »Nimm dir eine Tüte raus.«

Sie schaute zuerst hinein. Lauter kleine Samentüten? Sie griff nach einer, erkannte darauf ein Foto von bunten Blüten und las *Annis Duftwicken*, darunter in kleinerer Schrift *Historische viktorianische Wicken – Lathyrus odoratus*.

»Was ist das? Und warum ein ganzer Sack voll?«

»Du erinnerst dich doch an die Aktion mit den Wildblumensamen, oder? Dies ist eine Art Fortsetzung.« Tibo erklärte ihr, dass er mit den Naturfreunden, der Umweltschutzbeauftragten der Insel und dem Rotary Club Borkum gesprochen hatte. »Es ist ein Beitrag für die Bienen, Hummeln und andere Insekten, für mehr Vielfalt eben. Und der Erlös aus dem Verkauf der Samentüten soll wieder wohltätigen Zwecken auf Borkum zugutekommen.«

»Das ist ja wirklich eine Überraschung!« Ungläubig sah sie ihn an.

»Freust du dich?«

»Und wie!«

Diese Samen würden die Insel oder andere Orte, an die Urlauber sie mitnehmen könnten, ein kleines bisschen schöner, romantischer machen.

»Und wir beide?« Er schaute fragend.

Sie zögerte, weniger aus Skepsis, eher wie bei einem freudigen Schreck. »Wir werden sehen«, sagte sie.

Er atmete tief durch. Dann begann er zu lächeln. Das Glitzern in seinen Augen verriet Vorfreude.

»Genau. Wir werden säen.«

Nachwort und Dank

Den Wickenwettbewerb der *Daily Mail* hat es wirklich gegeben, und gewonnen haben tatsächlich Mr. Fraser aus Sprouston auf Platz 3 sowie seine Frau auf Platz 1. Und von ihrem Gewinn haben sie tatsächlich eine Kanzel in die Dorfkirche einbauen lassen, die man bis heute besichtigen kann. Viele Infos zum Wettbewerb verdanke ich einem Büchlein, das Henry Donald, ein Nachfahre der Frasers, verfasst hat – *A Bunch of Sweet Peas*.

Die Geschichte hat mich beeindruckt. Nicht nur, weil ich Duftwicken schon als Kind besonders mochte – es kommt mir so vor, als wären sie früher in den Hausgärten verbreiteter gewesen –, oder weil sie mir als Studentin den Balkon einen Sommer lang für den Preis einer Samentüte in ein wunderbar duftiges Blütenmeer verwandelten. Beschäftigt hat mich diese Begebenheit vor allem wegen des unglaublichen Zufalls – ein Ehepaar unter achtunddreißigtausend Teilnehmern landet auf Platz 1 und 3? Jedenfalls setzte sie meine Fantasie in Gang, und ich fragte mich: Wie könnte es sich wirklich zugetragen haben? Das Ergebnis ist im *Duftwickensommer* zu lesen. Soll heißen: Alles, was sich um die wahre Geschichte herumrankt, ist ausgedacht.

Das gleiche Prinzip gilt für den Erzählstrang, der im Sommer 2024 auf Borkum spielt. Das Wetter – von Dauerregen bis Wassertornados – und die Proteste gegen die Gasbohrungen haben stattgefunden. Was aber meine Figuren innerhalb dieses Rahmens erleben, ist erfunden. Denn leider gibt oder gab es Marieke, Tibo, Gisbert, die Zwillinge und Alwine ebenso wenig wie Anni, Lord John Ramsgate, die Familie Moss, Mr. Hopkins, Meg und alle anderen Romanfiguren. Ausnahmen sind bekannte historische Persönlichkeiten wie Lord Northcliffe und Ethel Smyth, deren Biografien ich mit großer Faszination studiert habe. Wie sie sich im Roman verhalten, das ist zwar ihren Charakteren angepasst, aber letztlich nur eine Interpretation, also auch fiktiv.

Den Tatsachen dagegen entspricht, dass im September 1911 ein Rolls-Royce Silver Ghost bei einer vom Royal Automobile Club überwachten Testfahrt auf der Strecke London-Edinburgh so erfolgreich abschnitt, dass er damit den Mythos als bestes Auto der Welt begründete. Die Probefahrt von Lord Ramsgate und Mr. Hopkins hat nie stattgefunden.

Das Haus Constanze auf Borkum existierte wirklich. Die Geschichte um die bereits in meinem Roman *Die Inselfrauen* erwähnte Winefrid beruht auf sorgfältiger Recherche.

Die Villa Cupani ist nur eine Blüte der Fantasie. Aber natürlich gibt es einige Inselhäuser, die mich inspiriert haben. Vielleicht entdecken Sie bei einem Borkumbesuch, welche es sein könnten, und vielleicht blüht ja künftig auf der Insel hier und da eine Duftwicke mehr als früher ... ☺

Dass dieser Roman zustande kam, ist der Vor- und Mitarbeit vieler Menschen zu verdanken. Besonders drei großartigen Frauen, die mich beim Schreiben schon seit vielen Jahren ebenso professionell wie zugewandt begleiten:

· der Literaturagentin Petra Hermanns
· der Blanvalet-Lektorin Anna-Lisa Hollerbach
· der Textredakteurin Margit von Cossart.

Wir sind ein tolles Team geworden. Danke für die wunderbare Unterstützung!

Bedanken möchte ich mich auch bei Bernd Oltmanns, Leiter des Dezernats »Nationalparkmanagement, Energiewende und natürlicher Klimaschutz« in der Nationalparkverwaltung Niedersächsisches Wattenmeer, für seine Auskünfte zur Flora auf Borkum und für seine Anregungen. Während der Recherchen erwies sich das Monatsmagazin *Borkum Aktuell* als wahre Fundgrube für Inselgeschichte(n). Ein großer Dank gilt deshalb der Redaktion, besonders Andreas Behr, einem der beiden Inhaber und Chefredakteure, der mir zusätzlich noch zahlreiche Fragen beantwortet hat. Manche Borkumerinnen und Borkumer haben durch ihr reines Da- und Sosein geholfen, den im Roman auftauchenden Protagonisten Charakter zu verleihen. Herzlichen Dank!

Danke auch dir sehr, lieber Dandelion unter anderem für dein Oldtimerwissen.

Und was wäre das Schreiben ohne das Feedback meiner Testleserinnen Theodore und Tjalda? Prima, dass ihr mir immer noch tapfer eure Meinung sagt. Außerdem gibt es inzwischen einen Kreis von Stammleserinnen und -lesern, deren Rückmeldungen, Kommentare, Rezensionen, Geschichten und Zwischenrufe, ob online oder bei Begegnungen im Anschluss an Lesungen, mich immer wieder bestärken, inspirieren und beflügeln. Ohne euch wäre es nicht mal halb so schön. Ich hoffe, dass euch auch der *Duftwickensommer* gefällt.

Auf jeden Fall wünsche ich allen Leserinnen und Lesern viel Freude bei der Lektüre – vielleicht ja bei Ostfriesentee und Scones.

Sehr herzlich
Sylvia Lott

PS: Beinahe hätte ich es vergessen: Auch Edgar, der als Vorbild für Lucky diente und in Wirklichkeit sein Hundeleben in Hamburg-Altona genießt, sei an dieser Stelle dankend erwähnt.

Quellen

Man sollte sich darauf einstellen, sein Leben unzählige Male ganz von vorn zu beginnen. Zitiert nach Ethel Smyth: ***Paukenschläge aus dem Paradies** Erinnerungen.* Ebersbach & Simon, Berlin 2023

Rainer Maria Rilke: ***Blaue Hortensie** Sonett.* Aus: *Sämtliche Werke,* Erster Band. Insel Verlag, Frankfurt am Main 1955

Volker Rosin: ***Theo Theo.*** Moon Records Verlag, Volker Rosin, Jägerhofstr. 17, 40479 Düsseldorf

Ostfriesische Jungs: ***Die Insel meiner Träume.*** Aus der CD: *Typisch Ostfriesische Jungs – Die Insel meiner Träume.* Arminia. Musikverlag Storz KG, Bad Sachsa, 1993–95

William Butler Yeats: ***When You are Old.*** Gedicht. Aus: *The Rose,* 1893, zitiert nach *The Collected Poems of W. B. Yeats.* Scribner Paperback Poetry. Simon & Schuster, New York 1996

André Heller: ***Du, Du, Du.*** Von der LP: *Das war André Heller.* Heller Enterprises für BASF 1972

Rezepte

Das Beste aus drei Welten

Scones mit Mascarpone und Konfitüre
zum Ostfriesentee

Ostfriesentee

1 TL Ostfriesenteemischung (mindestens 70 Prozent Anteil Assam-Tee) pro Tasse, plus 1 TL für die Kanne in eine vorgewärmte Teekanne oder in einen Teefilterbeutel/ein Teenetz geben. Mit kochend heißem Wasser nur gerade so bedecken, zwei Minuten ziehen lassen, dann mit kochendem Wasser auffüllen, noch mal drei Minuten ziehen lassen. Kleine Probe ausschenken, Farbe prüfen. Sie sollte dunkelrot sein, aber nicht so dunkel, dass man den Boden der Teetasse nicht mehr erkennen kann.

Falls die Teeblätter lose in die Kanne gegeben wurden, den Tee durch ein Sieb in eine andere, mit heißem Wasser ausgespülte Kanne umgießen. Sonst den Filterbeutel/das Teenetz herausnehmen. Auf einem Stövchen mit Teelicht warmhalten.

Kluntjes (Kandis) in die Tasse geben, Tee einschenken. Ohren spitzen und das Knistern genießen! Mit einem Schwanenlöffel aufgerahmte Sahne abschöpfen und locker aus dem Handgelenk im Kreis entgegen dem Uhrzeigersinn (symbolisch für: die Zeit anhalten und die Teepause genießen) vom Löffel in die Tasse fließen lassen. Innehalten und das langsam aufsteigende, explodierende Sahnewulkje bewundern.

Traditionsbewusste Ostfriesen rühren den Tee nicht um, weil sie sich gern drei Geschmacksrichtungen auf der Zunge zergehen lassen, die zum Philosophieren über das Leben an sich anregen: anfangs sahnig, dann bitter und schließlich süß. Es ist aber auch völlig in Ordnung, wenn man lieber umrührt und die gelungene Mischung bevorzugt.

*Teelöffel ist bei den Ostfriesen nicht identisch mit Kaffeelöffel, sondern kleiner

Scones

Zutaten:

- 300 g Weizenmehl
- 1 EL Backpulver
- 1 EL Zucker
- ½ TL Salz
- 60 g kalte Butter
- 80 ml Vollmilch
- 60 ml flüssige Sahne
- 2 Eier, Größe M
- Mehl für die Arbeitsfläche

Das Mehl mit Backpulver, Zucker und Salz mischen. Sieben. Die kalte Butter in Würfel schneiden, mit den Fingern mit der Mehlmischung verarbeiten, bis eine Art krümeliger Sand entsteht. Eine Mulde in die Mitte drücken. Nacheinander Milch, Sahne und ein Ei hineingeben und alles, statt zu verkneten, mit einer Gabel vermischen – so erhält der Teig die für Scones charakteristische, leicht brüchige Konsistenz. Etwa eine Stunde lang kühl stellen.

Backblech mit Backpapier auslegen, Backofen auf 190 ℃ Ober-/Unterhitze vorheizen.

Arbeitsfläche mit Mehl bestreuen. Teig darauflegen, ebenfalls mit Mehl bestreuen, etwa 2,5 cm dick ausrollen und mit einem runden Keksausstecher (oder kleinen Glas) etwa ein Dutzend Scones ausstechen.

Auf das Backblech legen, in den Backofen schieben. Nach etwa acht Minuten das Gebäck mit dem Eigelb des zweiten Eis bestreichen, noch mal acht bis zehn Minuten weiterbacken lassen, bis die Oberfläche leicht gebräunt ist.

Am besten schmecken Scones lauwarm. Man kann sie auch gut einfrieren. Die kleinen englischen Teebrötchen werden aufgebrochen und traditionell mit Clotted Cream bestrichen, die bei uns nur schwer erhältlich ist. Man kann sie selbst herstellen, was allerdings einen Tag Vorlaufzeit erfordert, oder ersatzweise wie Alwine und Marieke einfach italienischen Mascarpone dazu reichen. Perfekt wird der Genuss mit Konfitüre oder einem weniger süßen Fruchtaufstrich.